U0461611

[英]莎拉·J.哈里斯 著　　张白桦 译

谋杀的
颜色

The Colour

of

Bee Larkham's Murder

a novel by
Sarah J. Harris

中信出版集团｜北京

图书在版编目（CIP）数据

谋杀的颜色 /（英）莎拉·J.哈里斯著；张白桦译
. -- 北京：中信出版社，2020.4
书名原文：The Color of Bee Larkham's Murder
ISBN 978-7-5217-1395-4

I.①谋… Ⅱ.①莎…②张… Ⅲ.①长篇小说—英
国—现代 Ⅳ.①I561.45

中国版本图书馆 CIP 数据核字（2020）第 016915 号

The Colour of Bee Larkham's Murder
Copyright © Sarah J. Harris 2018
Simplified Chinese translation copyright © 2020 by CITIC Press Corporation
ALL RIGHTS RESERVED
本书仅限中国大陆地区发行销售

谋杀的颜色

著　者：[英]莎拉·J.哈里斯
译　者：张白桦
出版发行：中信出版集团股份有限公司
　　　　　（北京市朝阳区惠新东街甲 4 号富盛大厦 2 座　邮编　100029）
承 印 者：北京诚信伟业印刷有限公司

开　本：880mm×1230mm　1/32　　　印　张：13.75　字　数：321 千字
版　次：2020 年 4 月第 1 版　　　　　印　次：2020 年 4 月第 1 次印刷
京权图字：01-2020-0617　　　　　　　广告经营许可证：京朝工商广字第 8087 号
书　号：ISBN 978-7-5217-1395-4
定　价：48.00 元

版权所有·侵权必究
如有印刷、装订问题，本公司负责调换。
服务热线：400-600-8099
投稿邮箱：author@citicpub.com

献给达伦、詹姆斯和卢克，
以及对妈妈、爸爸和蕾切尔的爱

"我可以告诉你们我的冒险经历——从今天早上开始，"爱丽丝有点胆怯地说，"但是回到昨天是没有用的，因为从那之后，我已经变成另外一个人啦！"

　　　　　　　　　　——《爱丽丝梦游仙境》，刘易斯·卡罗尔

通感 synaesthesia(ˌsɪniːsˈθiːzɪə)

词性：名词

1. ［生理学］在身体的某个部位，而非受到刺激的部位所感受到的感觉。

2. ［心理学］一种感官的主观感受，而非被刺激而产生的感受。例如，声音可以唤起色彩的感觉。

——《柯林斯英语词典》

周二（瓶绿色）

下午

碧·拉卡姆谋杀案是冰蓝色晶体，边缘闪闪发光，还有锯齿状的银色冰柱。

这就是在我爸爸没来得及阻拦我之前，我在警察局对碰到的第一个警官说的话。我想招供，将此事彻底了断，可他肯定是没听懂我的话，要么就是没把我提供的信息转达给他的同事。他的这位同事此时正在讯问我。

这个人在最后五分二十二秒里问了我一些问题，可是这些问题与我的邻居碧·拉卡姆星期五晚上所遭遇的事儿一丁点儿关系都没有。

他说他是个探员，我却百分百不信，因为他上身穿了一件白色衬衫，下身一条灰色裤子，连制服都没穿。我们坐在褪了色的绯红色沙发上，四周是奶油色的墙壁。一面镜子挂在我左边的墙上，一台摄影机固定在右手边角落的天花板上。

他们这里倒不是审犯人的地方，至少不是审问成年人的地方，因为一个架子上放着一些玩具，还有一本旧的《最新评测》年刊和哈利·波特系列的第一册，书破破烂烂的，看起来就像有个孩子曾经企图把这本书吃了似的。如果摆放这些东西的目的是让我不紧张的话，那他们可没达到目的。独臂小丑看我的目光绝对是邪恶的。

贾斯珀，你会说自己在学校很快乐吗？

十一年级的男生里有你的朋友吗？

你知道男孩们去碧·拉卡姆家上音乐课的事儿吗？

拉卡姆小姐是否托你给哪个男孩递过口信或者礼物，比如卢卡斯·德鲁里？

你知道安全套是用来做什么的吗？

最后一个问题很好玩儿。

我很想告诉这位探员，没打开的安全套看起来像闪闪发光的糖果包装，不过，我最近知道了正确答案。

是性——一个泡泡糖一样的粉红色的词，带有一种淘气的丁香色。

必须再说一遍，这跟我和碧有什么关系呀？讯问开始以前，这个人告诉我们，他的名字叫理查德·张伯伦。

跟那个演员同名呢，他当时说。

我根本就不知道理查德·张伯伦是谁，可能是爸爸最喜欢的美国电视节目《犯罪心理》或者《犯罪心理鉴证科》里的演员吧。我也不知道那位演员的声音是什么颜色，不过眼前这位理查德·张伯伦声音的颜色是褪了色的铬橙色。

我努力对他声音的颜色视而不见，因为他与爸爸浑浊的黄褐色混在一起让人不愉快，刺痛我的眼睛。

*

今天上午，爸爸接了一个电话，对方问他是否可以带着我到警察局去一趟，回答一些关于碧·拉卡姆的问题，因为一个跟她学音乐的年轻男学生的父亲对她提出了一些严重指控。他的同事也计划对她进行讯问，了解一下她的说法。

爸爸强调说，我倒是没有任何麻烦，可我知道他担心我。

他想出一个主意，让我们把我的笔记本和油画都带上。我们会告诉警察我当时站在我卧室的窗前，举着双筒望远镜，看长尾小鹦鹉在碧·拉卡姆家的橡树上筑巢。也会告诉警察我是怎样把我所看到的窗外发生的一切记录下来的。

贾斯珀，要让警察认为我们很合作，而不是在试图隐瞒什么，这很重要。

我可不想冒险，所以我把十七张主要的油画和八箱笔记本全部分门别类，一一归档，按照日期顺序贴了标签，放在前门旁边。

我一想到它们都挤在一个封闭的黑暗地方——爸爸汽车的后备厢里——我就不乐意。如果汽车撞坏了，着火了可怎么办？我的记录也会被销毁的。我提出了一个有益的建议：我们把箱子分开，分乘两辆出租车去警察局，就像不允许皇室成员同乘坐一架飞机旅行一样。

爸爸否决了这个建议，嘟囔着："如果这些箱子真的付之一炬，可能也不失为一件好事。"

我尖叫着，眼中出现了闪闪发光的碧绿色云团，边缘是白色的，棱角分明，云团向爸爸冲去，直到他答应不伤害我的笔记本电脑和油画为止。但是已经造成了损害，我无法摆脱他的威胁，或者说我无法摆脱自己脑海里的这些颜色，这些颜色在我的眼睛后面不怀好意地混合在一起。我只要一看到爸爸或者一想到他可能做出的可怕事情就无法忍受。

他已经做了什么。

回到卧室角落的小床上，我摩挲着妈妈的开襟羊毛衫上的纽扣，直到平静下来。当我在二十九分钟以后再次爬出来的时候，爸爸已经自顾自地把汽车装满了。他把我一些标了号的，记录这条街上人的箱子替换了，用阁楼上的一些时间更早的记录取而代之。

我告诉他，你错了，这些是我多年以前记的笔记，罗列的是《星球大战》里的人物和商品。

爸爸说不用担心，警察可能还对我的一系列作品感兴趣，对笔记本的筛选有助于分散他们的注意力。

我不喜欢他的解释。更糟糕的是，当我凑近汽车后备厢一看，才发现他把四号箱子放到六号箱子上面了。

"四号箱子是卑鄙无耻的胡萝卜橙色！"我抗议道，"不可以放在亲切友好的柔粉色六号箱子上面。它们根本就不是一路货，完全不可以相提并论！你怎么到现在还不明白呢？"

我其实还想追加一句：为什么我能看见的你却看不见呢？

没用，一直都没用。爸爸看不见的东西多了，特别是在涉及我的时候。我小的时候，妈妈一直都理解我脑海里五彩缤纷的颜色，可是，现在妈妈已经不在了，爸爸也不想了解。

他让我回家去，这样我就会在厨房的扶手椅上胡思乱想，而不是再蜷缩回自己的小窝里。我们没时间了，可是，我们俩都清楚，我必须避免更沮丧。我感觉从碧·拉卡姆被谋杀的那个夜晚开始，我就像一个演员一样，扮演自己的角色到处游荡——假装自己是贾斯珀·威沙特……

我还不能去警察局，现在还不能。

我把脑海里歪歪扭扭的彩纸整理好，因为这些彩纸已经缠在一起，重要的碎片和已经受损或者乱成一团的，我想不出怎么把发生的一切归位。

迟到了，这更是雪上加霜，让我抓狂。爸爸说没事，不必担心，而我们收到晚交电费的通知时，他也是这么说的，对于他的判断，我没有把握，不敢再信。

我又检查了一遍汽车后备厢里的箱子，我们都确定系好了安全带，因为人们不系安全带的时候，从汽车里被甩出去的概率是三十倍以上。

等我们最后终于到达警察局的时候，已经迟到了五十分四十三秒。值班警察跟我们说这不是问题，我们应该坐下，一个探员很快就会见我们。

值班警察的声音是淡淡的铜色，我尽量忍住不要因为其中的反讽而发出咯咯的笑声。警察局里没有人懂这个笑话，爸爸懂是懂，却不会笑，他觉得我脑海里五彩缤纷的颜色并不好笑。

我特想像一只长尾小鹦鹉那样在等候室里飞来飞去，可我却没有那么做，相反，我双手紧紧地抱在胸前，装得像一个正常的十三岁男孩。我盯着手表，一分一秒地数着时间。

五分钟，十四秒。

门哗的一声打开了，一个个暗淡的绿松石色的圆圈，一个身穿灰色套装的男人出现了，他握了握爸爸的手，看都没看我一眼。

"警官你好，"爸爸说道，"你负责调查碧和这些男孩吗？"

那个男人把爸爸拉到一旁压低声音说了几句柔和的、灰白色线条形状的话，他既没跟我说话，也没有盯着我看。

我听到爸爸告诉警官说，他怀疑我能否帮上忙，因为我无法分辨人脸。爸爸猜测与我的严重学习障碍有关。他迟早要验证这个问题的。

这个警察还要继续讯问吗？那样的话，无疑是在浪费大家的时间。

"贾斯珀还能依靠颜色和形状来识别各种各样的声音，可是这对谁也没什么用处。"爸爸补充道。

他怎么敢这么说？这至少对我自己来说是有用的，因为我依靠人们声音的不同颜色来辨别谁是谁。还有，这不仅很有用，而且还很奇妙——爸爸永远都不会懂。

我的生活是一个五彩缤纷、激动人心的万花筒，这个万花筒只有我能看得见。

当我从卧室向窗外眺望，燕雀为我唱小夜曲，伴随着糖鼠从树梢发出的粉色颤音，愤怒的画眉画出淡淡的绿松石色的线条，让我发笑。

星期六早上我躺在床上，爸爸对我大发雷霆，伴随着厨房收音机里出现的纯绿、深紫罗兰和未成熟树莓的颜色。

我很高兴我不跟其他大多数十几岁的男孩一样，因为我看到这个世界充满了五彩缤纷的荣耀。我无法辨别人们的面孔，但我能看到人们声音的颜色，这样要好得多。

我特别想告诉这个警官：他和爸爸只能看到几百种颜色，我能看到数百万种。

但是，在这个世界上也有可怕的颜色，应该不是每个人都亲眼见过的。从星期五晚上开始，我就没能从我的头脑中抹掉这些难看的颜色，不论我多么努力，都没能成功。

我渴望反驳爸爸所说的话，告诉这个警察：每当夜里我闭上眼睛，调色板会变得更生动、更残忍。

那是因为我无法回避自己看到的谋杀的颜色。

星期二（瓶绿色）

还是那人的下午

在去警察局之前，爸爸就教我对星期五晚上避而不谈。我必须遵守我们所商定的内容。可是，一到警察局，他，而不是我，却率先偏离了我们商定的计划。虽然他们在等候室的另一边，我却可以听到他连珠炮似的向那个警官发问：

"这次是正式讯问吗？"他问道，"是关于小男孩们去碧家的讯问吗？"

那个探员低低的声音从远处传来，像潺潺的流水，背景上的灰白色的声音渐渐飘远，好像是不想引起注意似的。

"哦，好的。不是正式讯问，而是对碧，特别是她与卢卡斯·德鲁里之间关系的解释说明，对吗？我曾经就你可能会对贾斯珀提出的问题向他解释，可是，对于他这样的人来说，理解起来不容易。"

灰白色的线条化作轻柔的云朵飘走了。

"你没有试图把碧控制起来吗？"爸爸接着问道。

那个探员点头的同时，可以听到更多带颜色的、压低的声音——在解释警方还无法确定是否审讯她。

什么叫第一次解释？我到底为什么要到这里来？

我的目光逐一从这两个人的脸上扫过，却没有发现任何线索的印记。爸爸和这位探员想要谈谈对碧·拉卡姆的第一印象吗？

天蓝色。

回忆一下我和她的第一次见面？

我当时有一种感觉，觉得我们会成为好朋友。

要么他们想了解她第一次的威胁？

今天夜里为我做这件事，否则，我就再也不让你看我卧室窗外的长尾小鹦鹉了，你要是不老老实实地按照我说的去做，我就不喂长尾小鹦鹉了。

我想要爸爸给我解释一下他们讨论的内容，可是，他得去车里取箱子。就在我们等的时候，我盯着自己的一只鸽灰色的脚轻轻拍打着，感觉到那个探员的眼睛像刀一样切开了我的前额，进入我的大脑，仿佛从头到尾对每个细节都了如指掌似的。这个令人毛骨悚然的彩色故事从头到尾未经剪辑。

等候室的四壁向我合拢过来，我无法呼吸。我什么都听不见，什么颜色也看不见。我非但忘掉了要讲的故事，那个我和爸爸在家里编排了几个小时的故事。相反，我一有机会就向那位探员走去，深吸一口气以后，就开始招供。我给他讲了那些在碧·拉卡姆家的橡树上筑巢的，颈部有色环的长尾小鹦鹉。

它们非常聪明，音乐色彩丰富，像一个充满活力的管弦乐队。它们已经让我跟邻居与警察起了争执，但是仍然是我在这个世界上最喜欢的鸟。

更重要的是，我声音洪亮而清晰地说："冰蓝色晶体，边缘闪闪发光，还有锯齿状的银色冰柱。"

爸爸回来了，抱着车里摞在上层的两个箱子，我没来得及解释星期五夜里碧的尖叫声的那些颜色和形状。

"贾斯珀，我不在这里的时候你别说话。"他责怪我，"去那边坐着。"

他的眉间出现了一条深深的纹线。他因为我背着他开始讲故事而恼火、生气和担心。爸爸没必要担心，因为我花了三分二十三秒来描述长尾小鹦鹉及其华美的颜色，还没有讲到用锋利的、闪着寒光的刀子刺杀碧和那些鲜血淋漓的场面呢！

爸爸转向穿套装的男人说话时，左眼抽搐了一下。"他在学校最喜欢的课程是艺术，一谈起颜色和油画就会陶醉其中，忘乎所以。"

他那浑浊的黄褐色声音悄悄向我传递了一个警告：

保持安静，否则有人会把你带到另一个世界。

我回到鲜艳的橙色塑料椅子上，而与此同时，那个探员按了几个门板上银币形状的数字，接着就消失了。爸爸一趟一趟地搬运着箱子。我伸开双臂，以防警察认为我看起来有防范心理，有要隐瞒的事情。

爸爸总是说第一印象非常重要：

注意一个人的脸，注意眼神交流，否则你会看起来很诡诈。

如果感觉这太难了，那就转而盯着对方的眉毛上方，假装在看对方的眼睛。

试着表现得很正常。

不要拍打你的手臂。

不要东摇西晃。

不要大谈你所看到的颜色。

不要告诉任何人你对碧·拉卡姆做了什么。

记住，那不是他们今天要对我们讯问的原因。

我可以肯定自己给那个探员留下了深刻的印象。我告诉他的都是不容置疑的真相。嗯，百分之六十六是真相。我还没有对他和盘托出，我不想去想那其余的百分之三十四。

三分十五秒以后，值班警察在门缝里跟我们低声说了几句话，爸爸把那些箱子搬进了一个小屋。

十秒钟以后，一个穿白衬衫的男人进了屋，他先看了看我，然后抬头看了看摄像机。

"你好，贾斯珀。感谢你今天到这里来。为了保留这次记录，接下来会进行录像，我来介绍一下在场的各位：我是理查德·张伯伦警官，同时在场的还有贾斯珀的父亲，埃德·威沙特。今天是四月十二日，星期二，我们在这里讨论对你的邻居碧·拉卡姆指控的相关问题。"

他的声音是褪色的铬橙色。

"你叫什么名字来着？"我颤抖着再次问道。

"理查德·张伯伦——跟那个演员同名呢！"他回答，"这也是我能出名的唯一原因。我们现在开始，好吗？"

我们面对面坐在沙发上，为了躲开看起来令人作呕的污渍，我差点从沙发边上掉下去，爸爸猛地一把抓住了我，用力向后拉。

我的心就像一个巨大的玻璃电梯。这不是我在等候室遇到的第一个探员，那个人听得认真，回答令人安心，是白灰色的低声细语。

这是褪色的铬橙色，可能是以某个神秘的美国探案节目里的演员名字命名的。

我立刻对他产生了反感，原因是：

1. 他的颜色（显而易见）。
2. 他谈到了无名演员，还自称自己有名气。
3. 他直勾勾地盯着我看。

他在毫无预警的情况下，就开始问了一系列莫名其妙的问题：关于学校、我的朋友和老师、给男孩子们的礼物和可以伪装成闪闪发光糖果的安全套包装。可是，他提的问题从一开始就不对——而且它们没有进展。

从等候室来的那个穿灰色套装的人到哪里去了？

*

"我不想无礼，可我不喜欢你的颜色，不想跟你说话了。"

"贾斯珀！孩子，我们是怎么说的，回答问题时要有礼貌，尊重别人。"

"可以，可是，也许那个灰白色低声细语的警官可以回来？似乎他可以听懂我的意思。我不想要跟演员同名的理查德·张伯伦，我想要等候室的那个探员。"

沉默。

人们都说沉默是金，他们说得不对，沉默根本就没有颜色。

褪色的铬橙色又说话了："等候室里的那个人，其实就是我。你还跟我讲了颜色和长尾小鹦鹉。"

"什么？"

他拿起了笔记本："冰蓝色晶体，边缘闪闪发光，锯齿状的银色冰柱。你还说长尾小鹦鹉非常聪明。"

我看了一眼爸爸，求证褪色的铬橙色所说的话是真是假。

他点点头："我从车里搬箱子的时候，你当时在跟张伯伦警官说话。"

我几乎不敢相信。我凝视着沙发上这位探员身旁的那件灰色夹克衫，这个理查德·张伯伦已经把它脱掉了，他进来的时候，我没有注意到他带了这件夹克衫过来。

"哦。"我想不到还能说些什么，哦是个小词，准确地反映了我的感受。

微小。微不足道。

哦。一个人们看不见的颜色。

"对不起，我忘了。"当然，这是一个谎言，却是一个有用的谎言，就像"对不起，我没看见你"一样。这样的话，我反反复复地说，每天至少都要说一遍，每当我应该认出却没有认出某个人的时候都会说。

"我没有事先提醒你，"爸爸浑浊的褐色声音对理查德·张伯伦说道，"如果我事先没有告诉他，就在他的学校出现，他连我都认不出来。"

他说得没错。

我不记得爸爸的脸。

不记得理查德·张伯伦的脸。

不记得任何人的脸。

我看得见他们，也看不见他们。我看不出完整的画面。

我闭上了眼睛。听到爸爸浑浊的黄褐色声音，却无法在大脑里合成他脸的图像。他通常穿蓝色牛仔裤和蓝色衬衫，我无法在一排穿同样衣服的男人中辨认出他来。爸爸今天穿的也是这么一身吗？我不记得了。我没太注意。

他说话的时候，理查德·张伯伦褪色的铬橙色声音连续敲打着我的眼球，可是，假如他在街上拦住我的去路，我还真认不出来他，除非我能想起他某个独特的细节，譬如他戴的手表的牌子，他戴的帽子，穿的袜子图案像荷马·辛普森，他声音的颜色。这些才是我首先注意到的，而不是人们头发的颜色和发型，人们的发色和发型总会变化。

我又睁开了眼睛，常见的线索这次没能帮到我。褪色的铬橙色没有穿奇装异服。他脱下了他的灰色夹克衫来骗我，他用耳语的白色和灰色线条来掩盖他真实的声音颜色。

耳语总是让我有挫败感，因为耳语完全地改变了人声音的色彩。咳嗽和感冒也是同样的卑鄙伎俩。

又是一阵没有颜色的沉默。

这次沉默的时间比上次长。我用舌头数到第十颗牙齿的时候，理查德·张伯伦清了清嗓子，生成了一种咄咄逼人的黄褐色。

他指着我的箱子说："你就这样进城去了。"我坐在那里，半个臀部悬空着，沙发上有鸡蛋形状的油污。

我叹了口气，说道："我们没有进城。我们是直接来的，否则的话，我们到得就更晚了。"

"好——吧。"褪色的铬橙色延伸为同样令人不快的褐泥色。

他解释说，看到我保留了这么多笔记本他很惊讶，还强调说今天没必要带这么多。他只想知道我是否可能对调查有帮助。

在爸爸阻止我之前，我从六号箱子里抽出了那个事关重要的笔记本，翻到一月二十二日。这不是真正的开始的日子，但这是一个非常重要的日子，对随后发生的一系列事件都产生影响的日子：

早上七点零二分

长尾小鹦鹉落在二十号文森特花园街的橡树上。

快乐，明亮的粉红色和蓝宝石阵雨，带金色水滴。

早上七点零六分

穿着一件白菜绿睡衣的男人，打开了楼上挨着碧·拉卡姆家的窗户，对长尾小鹦鹉大喊大叫，言语是有刺痛感的西红柿红。线索：二十二号是大卫·吉尔伯特家。

"我们可以慢慢来吗？我不能肯定你的笔记会给我们什么线索。"褪色的铬橙色打断道，这让我咬牙切齿。

我叹了口气。我们回到了我们开始的地方，褪色的铬橙色又问起了那些错误的问题。

假如他是一个严格意义上的探员的话，他会让我倒叙。从更早的时间开始，从一切开始的那天——一月十七日。

那天，碧·拉卡姆搬到了我们这条街。

我想我可以理解褪色的铬橙色为什么不耐烦。自从她被谋杀，已经四天了，而他似乎还没有意识到她已经死了，而他需要按照正确的程序走。我再次尝试从一月二十二日开始，因为这部分在我的头脑里非常清晰，一点也不混乱：

上午八点二十九分

一个穿樱桃红色灯芯绒裤的男人牵着一条吠叫着薯条黄色的狗，跟爸爸在街上交谈。穿着黑粗呢大衣的男人抽着烟来了，可是我听不见他说的话。

樱桃红灯芯绒裤子威胁说要用猎枪杀死长尾小鹦鹉。他裤子的颜色，他沙哑的声音，还有狗叫的声音给我提供了线索——这一定是二十二号的大卫·吉尔伯特。

我不知道穿黑粗呢大衣的男人的声音是什么颜色。我后来再一次查证了他的身份，爸爸说是奥利·沃特金斯。我以前没和他说过话。他两个星期前搬回了这条街，来照顾他的妈妈，二十二号的莉莉·沃特金斯，她于十八日死于癌症。

我顿了顿，等待褪色的铬橙色跟上我的思路，因为这是我们这条街即将发生的谋杀的第一个线索。可是，他却在用钢笔敲着膝盖，错过了这条至关重要的线索。

啪，啪，啪。

一个淡淡的棕色声音，边缘呈蓝黑色的薄片状。

我忽略了这一恼人的颜色，来到了九分钟以后的这条笔记。

上午八点三十八分

跟爸爸一起去学校，担心大卫·吉尔伯特。他在我们这条街上住的时间跟沃特金斯夫人一样长。我问爸爸他为什么会提到猎枪。爸爸说他是一个退休的猎场看守人，每年还在继续猎杀野鸡和山鹑。

为什么，哦，为什么没有人出面阻止这个潜在的杀手大卫·吉尔伯特呢？

上午九点零二分

到学校。迟到。爸爸告诉我不必担心。他很担心我，说自己不应该提及大卫·吉尔伯特的爱好和以前曾经从事过的职业。忘了这件事吧!

上午九点零六分

一定要救长尾小鹦鹉。注意未来的潜在杀手——二十二号的大卫·吉尔伯特。在卫生间我用手机拨打999,报告有人威胁要进行谋杀。

上午九点零八分

电话接线员说……

"让我们休息一下吧,贾斯珀,"褪色的铬橙色打断了我,"我想我们应该现在处理这个问题。我能从我们的日志记录里看到这通报警电话,是你最近打给警察局的。这些电话不属于紧急情况。不必要的999电话占用了警察局的资源,这些资源应该用于严格意义上的紧急情况。这些电话浪费了警察的时间。"

这个白痴是谁啊?他此刻正在浪费我的时间,此时我完全可以观赏我的长尾小鹦鹉。可能连演员理查德·张伯伦都比他聪明。

"那当然属于必要的电话,那就是那天的紧急情况。你不明白吗?我在报告一个即将发生的谋杀威胁。如果你想阻止一场谋杀的话,你应该更加严肃地对待这个电话。"

"贾斯珀……"爸爸开口阻止我。

"没什么。"生锈的铬橙色像指挥交通似的举起一只手。

可能他指挥交通的水平都比向我讯问谋杀案的水平高。

"你爸爸已经解释过,你怀疑你们所住的这条街上有人杀了几只在拉卡姆小姐家门前花园建巢的长尾小鹦鹉。"

"我知道已经死了十二只长尾小鹦鹉了,要是你把那只长尾小鹦鹉宝宝也算在内的话,就是十三只了。长尾小鹦鹉宝宝死于三月二十四日,可那是个意外死亡。其余那些长尾小鹦鹉肯定是被蓄意谋杀的。"

褪色的铬橙色颔首:"我理解你发现近期发生的事件以后难以承受的心情。"

"就是,"我承认,"谋杀让我沮丧。"

"住口,贾斯珀!"爸爸警告我。

褪色的铬橙色又用手做了一个停车的动作:"没关系,威沙特先生,我能处理好。"

他向我俯下身来,而我为了躲避他,差点儿从沙发垫上掉下来。

"不必担心,贾斯珀。我们当然可以说说你对长尾小鹦鹉死亡的关切。不过,我更愿意先谈谈你的朋友们:碧·拉卡姆和卢卡斯·德鲁里。"

这个警察局是怎么找到这个人的?难道他是遭遇过丧尸末日的地球上最后一个人类幸存者吗?老实说,我想这正是他突然提出长尾小鹦鹉屠杀问题之前,我们一直谈论的话题。

我想我应该再给他一次机会,尽管他愚蠢到以为我和卢卡斯是朋友。我们从来没有做过朋友。我们是碧·拉卡姆的朋友,她心甘情愿的同伴。

我试着让他明白"冰蓝色晶体,闪闪发光的边缘,还有锯齿状的银色冰柱。"我强调冰柱,因为这很重要。这是周五晚上的一件事,却一直在我的脑海里挥之不去。其余部分太模糊,太多空白和卷曲的问号,但冰柱的锯齿让我想起那把刀。

"你已经跟我说了两次了,但恐怕艺术家眼里的颜色对我来说没太多意义。"褪色的铬橙色说，"听着，假如我让你迷惑不解了，我要说声对不起。让我们把话说清楚，我们所讯问的男孩都没有什么麻烦和危险。在调查碧·拉卡姆小姐以及与她面谈之前，我们正在努力构建几个背景事实。"

我想告诉他，他永远也没有可能跟碧·拉卡姆谈话了，可是他却没有兴趣听。他的声音像指甲刮黑板一样刺耳。

"我想回家。"

"求你了，贾斯珀。集中精力，没多长时间啦！"浑浊的黄褐色声音里有一种微黄色的恳求的语调。

"我不能这样做。我太年轻了。我不能这样做。我太年轻了。"我大声地说，但爸爸不肯听。

他说："对于你的调查来说，贾斯珀不是一个理想的证人。他的学校里肯定还有其他男孩可以帮助你？那些没有那么多特殊需求的男孩怎么样？"

我需要回家。这就是我的特殊需求。我肚子疼。没人肯听我说话。他们历来不肯听我说话，就好像我不存在似的。可能我已经在自己的指尖下化为乌有。

"我理解你的关心，威沙特先生。我会在本周把他们召集起来开个会，谈谈我们的案子。可是，我们需要深入了解贾斯珀与碧·拉卡姆和卢卡斯·德鲁里之间的关系。我们相信，他所知道的信息对我们的调查有帮助。他可能在与他们所谓的'关系'中记录了一些重要时间和日期。"

"我不信。"

一个忐忑不安的、淡淡的柠檬色。

我的一个笔记本反抗着爸爸探寻的手指。

"看看这个记录。人们从碧·拉卡姆家进进出出，只有一些基本细节：黑色运动夹克进去了，淡蓝色外套离开了，等等。贾斯珀对于他们的长相没有感觉，甚至对他们是十几岁的孩子还是成年人都没有感觉。我怀疑他能不能辨认出卢卡斯以及其他男孩。"

爸爸浏览着我的笔记本。

"贾斯珀的大多数笔记，记录的并不是人，而是他所看到的栖息在碧·拉卡姆家树上的长尾小鹦鹉和其他鸟类。他是一个热心的鸟类学家。"

褪色的铬橙色的手伸进箱子，抽出一本钢青色笔记本，笔记本封皮上有一只白兔。

"不对，"我惊讶地说道，"兔子这本不是那个箱子里的。"

"好的，对不起。"褪色的铬橙色说道。

白兔封皮的笔记本回到了箱子里。

"看看这本笔记，"爸爸手里拿着另一个笔记本，说道，"这都是关于他那些颜色的。对你来说怎么会是有趣的呢？对谁来说会是有趣的？"

我想大声尖叫，拳打脚踢，摇晃身体。

爸爸没有把我的与众不同视为一个正面的因素。他不去寻找那些我们可能共有的颜色，只找那些我们不一样的颜色。

我需要坚持住。我不得不集中在我在这个世界上最爱的颜色上：钴蓝色。

这是我从妈妈那里继承的全部——她声音的颜色——可是，自从碧·拉卡姆搬到我们住的这条街，这颜色变淡了。这是一个渐变的过程，我没留意，等我留意时，已经为时晚矣。

"带我回家！"我喊道，"立刻！马上！现在就回！"

我声音的颜色和参差不齐的形状让我自己都感到震惊。通常情况下，我的声音是冷静的蓝色，比妈妈的钴蓝色淡一点。今天我声音的颜色看起来很奇怪。是不是平时我声音的颜色比妈妈的颜色深呢？还是比妈妈的更灰暗呢？我不记得了。我需要记住妈妈，我要把她的声音画出来。

"我非走不可啦！"

可是为时已晚。她的颜色在我的手中溜掉了，就像沙子从指间漏掉了似的。我用双手捂住了眼球，我想把生动、安全的钴蓝色留在眼睑后面。

摩挲，摩挲，摩挲。

我想要她的开襟羊毛衫。我忘了带上开襟羊毛衫上的一粒纽扣了，因为当时我的注意力全都集中在确保箱子的顺序正确这件事上了。

我扫了一眼整个房间，后脖颈有种刺痛感。褪色的铬橙色告诉我这个镜子只是一个装饰品，跟墙上挂的轮船图片一样。他坚持说镜子后面什么都没有，可我不信任他的颜色。

确实有人正站在镜子后面，仔细观察我的脸，我的言谈举止，嘲笑我的失态。镜子的那一侧猩红色的沙发上坐着三个陌生人。

我一个都不认识。

最矮小的那个，深色金发，正在前仰后合地摇晃着，张开嘴尖叫着。

淡蓝色略微带些紫罗兰色的竖线。

他吐在沙发上了。

*

爸爸沉默了。他既没有把广播按到二号频道，也没有在方向盘上轻轻地敲手指。我猜测，如果把整个令人尴尬的呕吐时间也考虑进去的话，这也不让人惊讶。尽管褪色的铬橙色说不用担心，可爸爸还在生我的气。好多孩子都在那个房间吐了；警察局雇人来清除污迹。爸爸说我如果不更加努力自控的话，我的下场就会是个游手好闲的二流子。

这张沙发肯定见识过大量的恶心行为。褪色的铬橙色往墙上挂这面骗人的镜子的时候期待会有怎样的结果？前一分钟你还觉得是一个人，后一分钟你就被陌生人包围了。

我平静下来以后，他领我看镜子的后面，是一面正常的墙。

并没有连接另一个房间的隐形窗户。

我试图屏蔽轰隆隆驶过的卡车和轿车深深的颜色和粗糙的形状。爸爸从开车开始就没说过一个字，橘子酱橙色混合着简洁的穗黄色。也许他并没有生我的气。也许他在想碧·拉卡姆。

他知道我们都需要时间来反思所发生的一切——我需要没有不必要的颜色和形状的纷扰，他需要没有我在旁边对颜色和形状喋喋不休。

鉴于他为我所做的一切，我应该努力让他感觉好些。最近这三天，除了去警察局，他并没有强迫我离开我的小窝。他昨天给我就读的学校打电话，说我肚子疼得厉害。起码这不是一个谎话。

"不要担心，爸爸，"我看着他，终于开了口，"我想我们已经做到了。"

"我们做到了什么？"他问道，并没有转头看我。

"我们摆脱了谋杀的罪名。那个跟一个演员同名的理查德·张伯伦，他一无所知。"

爸爸吐出了一句淡黄色的骂人话。

我讨厌骂人。他也知道我讨厌骂人。

他在报复我在那个房间里的沙发上的呕吐行为。

"对不起，贾斯珀。我不应该用那个词。我告诉你的话你都懂不懂？你对所发生的一切就是那么看的？"

我紧紧地闭着眼睛，在安全带下面蜷缩成了一个球。

是的，我是那么看的，那里所发生的一切就是这样。

尽管他一再警告我别说话，我还是试图招供。我也确实这么做了，因为我对在文森特花园街二十号厨房所发生的一切感到非常非常非常难过，我理应受到惩罚。

褪色的铬橙色不肯听。我怀疑他是不是要开始寻找碧·拉卡姆的尸体。

这给我留下了时间。

留下了保护幸存下来的长尾小鹦鹉的时间。我需要更长一段时间，大约七天，未成年的长尾小鹦鹉才能抛弃在碧·拉卡姆家橡树和屋檐上的鸟巢，飞走，飞得远远的，远离这条街上潜在的危险。

可我却无法离开。

我再也无法对那些色彩视而不见。

我不得不正视真相。我不得不回忆我谋杀碧·拉卡姆那天夜里所发生的一切。

星期二（瓶绿色）

傍晚

那天夜里躺在床上，我的食指摸索着《鸟类百科全书》上颈部带有色环的长尾小鹦鹉。成年雄性长尾鹦鹉很容易识别，因为它的颈部有粉黑色的色环。雌性的颈部也有色环，但色环的颜色跟它们身体的颜色相近，都是绿色，分辨起来更难。

总共死了十二只。

碧·拉卡姆死之前并没有告诉过我有多少雄性和雌性长尾小鹦鹉被屠杀。在鸟巢被抛弃之前，我现在必须未雨绸缪，着手做新的统计。

我们从警察局回到家里以后，爸爸问我下午还能不能去上课。就在他做奶酪烤面包片，给我找治疗肚子疼的止疼药时，我抓起我那半袋鸟食冲出去。我要在他阻止我之前跑到走廊。

不要去碧·拉卡姆家喂长尾小鹦鹉。

能保证吗？

不要为了鸟，把苹果片放到外面前花园的地上，会招老鼠的。

能保证吗？

不要再给 999 拨电话。

能保证吗？

这是个灰色的词，带粉色调，边缘曲曲弯弯的，总会让我的肚子里产生一种奇怪的痛感——跟肚子外部的感觉不一样，肚子外部目前火烧火燎的感觉像干冰，看起来像半张开的嘴巴。

我嘴上答应着，可是手指却在背后交叉，意思是说的不算数。总得有人喂长尾小鹦鹉，因为碧·拉卡姆再也不能喂了。

爸爸还没有意识到，然而，碧·拉卡姆的家已经在抓人眼球了。从星期五深夜到现在，前花园的六个鸟食罐已经空了。她再没有挂过花生，没有摆出装有苹果片和板油的盘子。碧·拉卡姆再也没有像往常那样，把音乐放得震天响。长尾小鹦鹉再也没有唱过小夜曲，左邻右舍再也没有抱怨噪声。今天早些时候，她再也没有打开前门，等待那些学钢琴和吉他的小学生放学以后，从下午四点开始，以四十五分钟为单位，按照预约的时间表陆续前来。她的家自星期五以来一直黑着，没有动静。星期五——碧·拉卡姆死去的靛蓝色日子。

我知道这些重要的证据，因为自爸爸禁止我走出家门给长尾小鹦鹉喂食后，我就把自己关在卧室里。起初，我专注地画妈妈的声音，可是却失去了颜色。

好难。

他说他那天要在家里工作，可是，我画画的时候，能看见楼下电视的颜色。半小时以后，当妈妈真实的钴蓝色不肯现身，而电视的黑色和银色条纹越来越让人心不在焉，我放下了蓝色颜料管，拿着我的双筒望远镜站到了窗前。

像往常一样，我把所有相关的活动都记录下来，我启用了一个新的矢车菊色笔记本。我特地用了个新本子，因为这似乎理所当然——把我"后来的"笔记与"先前的"笔记分开，不要被"先前的"笔记污染。

下午三点三十五分：雄性长尾小鹦鹉飞进树枝里，枝头有浆果。

下午四点零二分：碧的钢琴课。穿翠鸟蓝外套的男孩迟到了两分钟。跑上小路。看空空的鸟食罐。敲门，出现纸盒的颜色。门没开。穿翠鸟蓝外套的男孩走上街道。

下午四点十一分：一个枝头上有五只长尾小鹦鹉雏鸟在一起。

下午四点四十五分：碧的吉他课。穿海藻绿色外套的男孩轻轻叩击，褪色的棕色。门没开。穿海藻绿色外套的男孩回到了黑车里。

碧·拉卡姆除了日常的授课日程，还有一个意外的约会。

下午五点四十一分：戴深蓝色棒球帽的男人。

砰，砰，砰。

"开门，碧，我们需要谈一谈！"一团团肮脏的棕色，边缘是煤炭色的。

我特别想从窗口探出头，大声喊道：滚开！

当然，我不能这样。我太害怕这个戴深蓝色棒球帽的男人了。我不能肯定以前是否见过他，可是我知道我不喜欢他的颜色，也不喜欢他的棒球帽。

我已经用双筒望远镜仔细查看过了那棵树。长尾小鹦鹉还藏在那些最高的树枝上，就连最幼小的长尾小鹦鹉为了不引人注意，也没有发出刺耳叫声。聪明的鸟。

　　下午五点四十三分：戴深蓝色棒球帽的男人往回走，上了
　小路，盯着碧·拉卡姆卧室的窗户。转身……

钢笔从我手中掉落下来，在绿色的地毯上滴落下淡淡的燧石般的墨水。我一头扎进我的小窝，把自己埋在毯子底下。我停留在黑暗温暖的蚕茧里，手指摩挲着妈妈开襟羊毛衫上的纽扣，嗅着玫瑰的芬芳。

最后，我从床上爬了出来，向窗外窥探。戴深蓝色棒球帽的男人已经走了。当时是六点十四分，我知道，因为我看了两次手表和床头钟。细节的精确非常重要。

我现在不得不记录其余的了——一小时四十二分钟以后，也就是晚上七点五十六分——否则我一旦知道自己的记录是不完整的，我永远也不会睡着。我捡起蓝色自来水钢笔，放到我的床边，继续写这个句子。这样看起来好多了，我的笔迹不再惊慌失措，想逃离这一页。我写道：

　　下午五点四十五分：戴深蓝色棒球帽的男人往回走，上了
　小路，盯着碧·拉卡姆卧室的窗户。转身看见我在用双筒望远
　镜看着他。他大步向我们家走来。

？？？？？？？？？？？？？？？？？？？？？？？？？？？？？？？？？？？

下午六点十四分：戴深蓝色棒球帽的男人走了。

我藏在窝里三十一分钟，期间都发生了什么？我无法回答我写下的三十三个问号。

戴深蓝色棒球帽的男人是不是打算跟我对质，问我为什么多管闲事？我没听到爸爸开前门的声音。我用双手捂住耳朵，大声唱泰勒·斯威夫特的《敌对》来着。即便如此，我还是能听到的，对不对？我已经看到了深棕色的形状，敲我们家的前门。

我听到了声音的颜色。

我更新了我的笔记：

戴深蓝色棒球帽的男人是什么人？

他要跟碧·拉卡姆谈什么？

星期二（瓶绿色）

还是那天的傍晚

更新完我的笔记，我把笔记本推到枕头底下，回来用手指摩挲百科全书图片上的雄性长尾小鹦鹉。我不想去想那个戴深蓝色棒球帽的男人了。我还会做噩梦的，我吃了爸爸给我的止疼药以后，再做噩梦对我的肚子会有伤害的。

我也不想去想那些血了，可是我还是忍不住会担心。它还没有走远。我们家的花园深处有个小棚子，小棚子里放着除草机，爸爸可能把我星期五夜里用的那把刀和穿的衣服塞到除草机的后面了。那里还藏着他偷偷摸摸夹带的私货，他还以为我不知道呢——几包应急的香烟，尽管他应该把烟戒掉。

"这里一切都还好吧？"浑浊的黄褐色声音。

百科全书企图从我的羽绒被里逃出去，我成功地及时把它抓住了，与此同时，胳膊肘在枕头上快速移动来保护我的笔记。我不想让爸爸知道我还在继续记笔记，我在保守秘密。他一定不喜欢听我记的这些内容。

现在是晚上七点五十九分。爸爸今天来跟我说晚安比平时要早。一定是新的一集《犯罪心理》就要在电视上开播了。

　　"今天是难熬的一天，不过现在已经过去了。"他说道，"我不想让你别再生警察的气了。我今晚已经跟华盛顿特区的张伯伦说了，他会包办一切的。现在，碧是别人的问题，不是我们的问题了。"

　　我的心思在长尾小鹦鹉的图片上。

　　"她的尸体怎么处理？"

　　爸爸吸了一缕淡褐色的烟和气："关于这个问题，我们已经说过了无数次。我把碧的事情都妥善处理了，你别再担心她了。"

　　"可是……"

　　"听着，我告诉你，她再不会打扰我们俩了，我向你保证。"

　　沉默。没有颜色。

　　"贾斯珀，你还在听吗？"

　　"是的，我还在这儿。"不幸的是，我希望我不在这里，我希望我能成为一只长尾小鹦鹉，依偎在橡树鸟巢的深处，道路的上方。我打赌那里很舒适。松鼠离开以后，它成了啄木鸟的巢，但是鹦鹉接管了老松鼠的窝。大卫·吉尔伯特说，他们总是把其他筑巢的鸟赶走。

　　"贾斯珀，看着我，把注意力集中到我的脸上。注意听我要说的话。"

　　我不想听。

　　我把目光从书上移开，以防爸爸企图把那袋鸟食也拿走。我把他的脸在头脑中勾勒出一张简明扼要的图画——监灰色的眼睛，宽大的鼻子，薄薄的嘴唇。我闭上眼睛，图像又消失了，就好像我从来没有画过一样。

　　"睁开眼睛，贾斯珀。"

　　我听话地睁开了眼睛，爸爸像变魔术似的又出现了。他的声音对我有帮助。浑浊的黄褐色。

"我已经告诉过你，警察不会找到碧·拉卡姆的尸体的，因为根本就没有尸体可找。"

现在，该轮到我用呼吸吸入颜色了。颜色比以前更深，更加钢青。

他努力让我们俩与星期五夜里在碧·拉卡姆厨房里所发生的一切撇清关系。可能他以为褪色的铬橙色已经给我的卧室装了窃听器。他完全可能在我家到处都安装了窃听器。在《法律与秩序》中，警察都是这么做的。

我想象一个深色的货车停在我家门外——里面有两个人，耳朵里塞着耳机，在听我和爸爸谈话，希望我们无意间透露一些与碧·拉卡姆有牵连的蛛丝马迹。

我一定要按照事先我们排演的故事讲。

没有尸体。

我低声重复着这句话。

警察不去找碧·拉卡姆的尸体，就不会找到她的尸体。警察不去找她的尸体，难以捉摸的褪色的铬橙色就无法证实这一点。他在我给他留下的《糖果屋历险记》风格的面包屑轨迹上踩来踩去，绝对不会注意到这些面包屑通往碧·拉卡姆家的后门。这些面包屑一直通向她的厨房，然后戛然而止。

我不知道面包屑在哪里还会再出现。我从现场逃之夭夭以后，爸爸没有告诉我。她的尸体在被发现以前，几个月都不会腐烂。

要是被发现了呢？

没有尸体可发现。

"好吧，爸爸，你确定吗？"

"我肯定。远离碧的家，不要再谈论她。我再也不想听你提到她，我要你忘掉她，忘掉你们两人之间在星期五夜里发生的一切。再谈无益。"

爸爸应该知道最佳对策，因为他说年龄比我大，智慧也比我多。问题是，不论爸爸说什么，我感觉还是不对劲儿。

我从床头桌上的书下面抽出一张照片。不是一张新照片。不是新的，因为我给妈妈照相，那是不可能的。她去世的时候，我才九岁，当时不允许我去参加葬礼，因为爸爸说我会觉得太难过。我以前没有见过这张照片——在相册和他床头柜的抽屉里都没见过。我是在他书房文件柜的后面发现的。

我凝视着站成一排的六个人："哪个是妈妈？"

"什么？"爸爸看了看他的手表。我耽误他看重要的探案剧了。情节曲折复杂，他绝对接不上的。

"哪个人是妈妈？"我又重复了一遍，"在这张照片里。"

"让我看看照片。"

我举着照片，却不想让他接着。他会留下脏手印的，会毁了照片。

"天哪，我好多年没见这张照片了，你在哪儿找着的？"

"嗯……嗯……"我不想承认我把他书房的文件柜和抽屉又翻了个遍。

除了长尾小鹦鹉和画画，我的第三个爱好就是在爸爸不在的时候，把他的东西搜个遍。

"夹在相册的另一张照片的下面。"在一系列大阴谋里，这只是一个小小的谎言。

爸爸的眉毛向中间蹙了蹙，拧到了一起："哇哦。这张照片勾起了许多回忆，那是在庆祝姥姥七十五岁的寿宴上。"

有趣，可是他没有回答我提出的问题。

"哪个女的是妈妈？"

他叹了口气，光滑的淡黄褐色纽扣的形状："你是真不知道吗？"

"我累了，我不能集中精力。"这也是个有用的谎言，一个值得信赖的朋友，就像六号的暗粉色。

"那个就是。"他一边指一边说道，"在照片的最右边。"

"就是穿蓝色罩衫，双手搂着那个男孩肩膀的人。"我对自己重复了一遍，来帮助自己记住她在照片里的位置。

"你的肩膀。她正抱着你。你们俩都在冲着照相机的镜头笑。"

我看着这些陌生人的面庞。

"那个人是谁？"我指着另一个女人问道，她在更远的地方。她也穿了件蓝色上衣，让人迷惑不解。

"那是你姥姥。她在……一个月后就过世了……"他那浑浊的黄褐色声音越来越弱。

我替他把没说全的话补全："妈妈去世一个月后，姥姥过世了。由于失去独生女带来的悲痛，她的心脏停止了跳动。"

爸爸使劲儿吸了一口气："是的。"他的话是锯齿状的箭，在空中呼啸而过。

我击退了他无缘无故的攻击行为："她知道她不能代替妈妈，那是不可能的。"

"她当然无法代替妈妈。人无法代替人，就像东西不能代替东西一样。生活不是那样的，贾斯珀。你懂的，是吧？"

他内心深处一定知道他在说谎，可我现在不想想这个问题了。

"妈妈的声音是什么颜色？"我想转移话题，于是说道。

爸爸又看了看他的手表。他在上来跟我道晚安之前应该按下遥控器的"暂停"键。他已经错过了六分二十九秒的《犯罪心理》，连环杀手应该可能已经动手了。

"你知道她是什么颜色，就是你常说的她的颜色。"

"钻蓝色。"我捏着眼皮，想把眼睛闭上，我在警察局就是这么做的。没有奏效。我睁开眼睛，盯着我的油画。我把画都一字排开放在窗台下面了，在我的双筒望远镜下面。我的画责怪地也盯着我。

"妈妈是钻蓝色，发着微光的钻蓝色缎带。所以我才要把她记在心间。"

"蓝色，"爸爸说道，"才是她的颜色。"

"她是蓝色？确切地说不是钻蓝色吗？"

他的双肩起了又落。"我不知道啦！妈妈说话的时候，我看见……"

"什么？"咬着嘴唇的我迫不及待地问，"你看见什么了？"

"只看见了妈妈，没看见颜色。在我看来她很正常，在所有人看来她很正常。唯独你不是这样，贾斯珀。"

他转过脸去，我却不让妈妈的颜色消失。

"我小时候一直说妈妈是钻蓝色吗？"我锲而不舍，"我就没提到过另一种蓝色吗？比如说天蓝色。"

"咱们现在不要说这个了，天不早了，你累了，我也心力交瘁了。"

他的意思是说再也不想跟我谈我的颜色了。他要我装作正常人，好像我看到的世界跟他看到的是一样的，黑白的，暗淡的，正常的。

"这很重要。我一定要知道我是正确的。"我把缠绕着我双脚的羽绒被踢开。

"我在想什么呢？她当然是钻蓝色。"爸爸的声音是那么轻，夏日轻柔的微风都能把它吹走，"睡觉以前不要为这个激动。你需要睡觉。你明天要上学，我也要上班。我不能再请假了。你不要再想碧了，要把注意力集中到上学上。你肚子看起来好多了，可是，你需要把你的头脑矫正过来，好吗？"

他回来，俯下身来亲我的额头："晚安，贾斯珀。"

爸爸四大步就走到了门口。他把门关上，像往常那样，留了正好三英寸的空隙。

他又说了一个谎。

这不是一个安宁的夜晚，远远不是。

我等着，直到听到客厅深褐色的皮制扶手椅发出吱吱声以后，我从床上跳起来，又抓住了妈妈的声音的画。

她那种钴蓝色，没有现成的颜料，只能自己来调。我试图通过添加白色或混合黑色来改变颜色，但我所有的尝试都是错误的。

如果说这些艺术作品在误导我的话，那么，我的其他作品就是一系列谎言了？我在衣柜里的箱子里筛选着，找出从碧·拉卡姆第一次搬来的那一天以及后来所有的画。总共有七十七幅，我把它们分了类：长尾小鹦鹉；碧的音乐课；每天的声音等。

我不担心这些画，它们的颜色不会伤害我。

我把它们分成几堆，更仔细地研究它们的颜色：碧·拉卡姆；爸爸；卢卡斯·德鲁里；邻居们。

都是主要参与者。

我画它们是为了帮助自己记住他们的脸。

有些画拒绝被归类。对话的颜色流进彼此，彻底转化为跟原来不一样的色调。

这时候，我才最终意识到了以前根本不清楚的东西。我的问题就在这里，这也是我无法百分之百地还原妈妈声音颜色的原因。

我需要从头再来。我不把它们还原，就永远不会知道到底发生了什么。只有当我把好颜色和坏颜色分开以后才能做到。

我感觉更沉静，更有力量了。我可以自控了。我要把这个故事从头画下来——从故事开始的那一天开始。我的画名叫：*血橙色在油画布上袭击亮蓝色和紫罗兰圈*。

我会强迫颜色道出真相。

一月十七日，早上七点零一分

血橙色在油画布上袭击亮蓝色和紫罗兰圈

　　带有病态粉红色的血橙色要求我全神贯注，与此同时，三只喜鹊与一只不明身份的鸟在二十号家的杂草丛生的前花园里的一棵橡树上闹哄哄地争论不休，自从我们十个月前搬到这里，各种各样的鸟都在争夺对树木和树叶的所有权。

　　我用爸爸在圣诞节给我买的双筒望远镜看着喜鹊不怀好意地在空中飞舞和搏斗。通常，我在我们星期天下午散步时，用双筒望远镜观察里士满公园里形成各种各样颜色的鸟：斑点小一些的啄木鸟、棕柳莺和松鸦。我看不出跟喜鹊争论的鸟是什么鸟，但是我已经对它肃然起敬了。虽然敌众我寡，但是它勇敢地坚守阵地。那只鸟现在还躲在一根树枝后面，声音的颜色被新的、姜黄色的尖利形状所淹没。

　　一辆蓝色的大货车停在屋外，但是喜鹊还没有摆脱对它们的恶毒攻击。一个穿着牛仔裤和一件海军蓝运动衫的男人从车里出来，走上了通往前门的小路。我开始以为只有一个人往返于货车和房子之间搬家具，直到我看到两个穿着牛仔裤和海军运动衫的男人抬着一个五斗柜，才知道原来有两个人。

我没太在意，因为还有两只喜鹊落在树上，是三个恶霸请来的援军。

然后，发生了一件异乎寻常的事：一只长尾小鹦鹉对着喜鹊尖叫，然后直冲云霄——它是明亮的蓝色和紫色圆圈，中间是翠玉色。

回来！

我张开嘴大喊，但喉咙由于兴奋已经干了，说不出话来。我只在里士满公园见过长尾小鹦鹉，在我住的这条街上从来没见过。

我放下望远镜，把长尾小鹦鹉记录下来。在我的淡绿松石笔记本里，我记录了在公园和我们所住的街道上所有的鸟。我不关心喜鹊，我一直不喜欢它们那爱出风头的颜色。

穿过马路，男人们继续工作。里里外外，来来往往。他们把床垫和箱子从房子里拖出来，把它们挤进货车的后面。

我用望远镜扫视树枝，但我看不到更远处树上的长尾小鹦鹉。那些喜鹊也飞走了，证明了它们的领土之战毫无意义。

我继续看着那棵树，怒火满腔，因为我可能错过了又一次看到长尾小鹦鹉的机会。当爸爸告诉我时间到了，该上学时，我不肯从窗前挪动。他试图把我拉走，但我尖叫着，直到鼻血流到胸口。我没有干净的白衬衫可换，因为爸爸又忘了洗，所以我们达成一致，我可以暂时不去上学，他在书房工作，设计一个新的应用程序。

在男人们令人不愉快的颜色叫喊声和黄色车顶的货车发动机快速旋转的刺耳声音消失以后很久，街道上一直静得出奇。我听不到一只棕柳莺和麻雀的颜色，一声小汽车的鸣笛声或开关门的声音。

也许我在窗前守望的时候屏蔽了其他声音。我的注意力集中在文森特花园街二十号前花园的那棵树上，不过，我认为没有人进进出出。平安无事。

这是暴风雨前的寂静，这条街道都屏息静气地等待那只长尾小鹦鹉归来。

那天晚上，九点三十四分
油画布上的《动物狂欢节》，有一抹浑浊的黄褐色

文森特花园街二十号的窗户大开着，震耳欲聋的音乐倾泻出来，像一条长长的、弯弯的蛇在路上拖曳而来，爬上我的卧室，敲打着窗户。敲打着这条街上的每一扇窗户。

我在这里。注意看我。

这些颜色砰的一声来到，互相渗透，把一切都搅乱了。

也许有人会觉得它们讨厌。它们当然讨厌，那天夜里，在接下来的那几个星期和那几个月里，都是讨厌的。

有光泽的深洋红色大提琴；钢琴上的耀眼、明亮的电光点和长笛上带绛红色斑点的浅粉色的圆圈，都正式宣布有新的来者已经莅临这条街道。

来者是一个人，还有一只长尾小鹦鹉。他们想引人注目。他们像我一样喜欢响亮的音乐。

后来，很久以后，我发现这首美妙的音乐叫作《动物狂欢节》[①]。法国浪漫主义作曲家卡米尔·圣桑的十四乐章交响乐。他为动物写音乐：袋鼠、大象和乌龟。我喜欢《鸟舍》的这些颜色，最喜欢的是丛林间的鸟，但那天晚上轮到《狮王的进行曲》了。

颜色一开始流动，我就从床上跳下来跑到窗前，把窗帘拉开。一个有着一头金发的女郎手里拿着一个玻璃杯在客厅里乱转。她像我一样跳舞，不在乎有没有人看，不在乎饮料是不是洒了。

她旋转着，旋转着，用颜色鲜艳的披肩把自己裹起来，披肩上闪烁着音乐的色彩，紧紧地拥抱着她的身体。

这些颜色与我眼前的一块透明的屏风相互重叠，淡入淡出。如果我伸出手来，感觉就像我几乎可以触摸它们一样。

"贾斯珀，把音量调低……"

最后一个词很长，并且拉长了，因为句子根本就没有结束，就像爸爸跟我说话时说的许多句子一样。

他朝我走来，但我却无法回头。这个跳动的音乐把一切都从我的脑海中推了出来。就算我们家的房子烧成灰烬，我也不情愿动一动。

我认为这是我见过的最完美的颜色组合。当然，我错了。一群鹦鹉来了以后，结果好多了。但那时我并不知道。

我把望远镜对准对面的房子。五彩缤纷的音乐把大部分家具从客厅里挤出去了。沙发、小桌子和椅子被推到了钢琴边上的墙上。一个绿色

---

① 《动物狂欢节》(*The Carnival Of Animals*)：法国作曲家卡米尔·圣桑（Charles Camille Saint-Saëns，1835.10.9—1921.12.16）创作的十四乐章组曲，用生动的手法，描写动物们在热闹的节日行列中各种滑稽有趣的情形。下文中提到的《鸟舍》《序奏和狮王的进行曲》等曲目均出自本组曲。——编者注

的豆袋坐垫还留在原处，支架上放了一个苹果牌播放器。

我认出平时挂在窗户上的深褐色窗帘和灰白色的帐幔现在叠得整整齐齐地放在桌子上。它们被打包了，不需要了。

"好家伙！"爸爸一把从我手里抢走望远镜，"人们会怎么想？你不应该这么做，谁都不喜欢被偷看。"

我才不操心什么人会有想法。很久以前，我就已经放弃去猜这个特殊的谜的谜底了。

正常情况下，爸爸贪婪的手都会让我很愤怒——抢东西是粗暴无礼的。这也是他教给我的规矩。我并没有提醒他，因为颜色的深度已经让我目瞪口呆了。

在这个女人雪白玉臂的映衬下，这些颜色让人目眩神迷，她一圈又一圈地跳着华尔兹，如花的裙袍展开，好像一阵微风突然吹过一样。

我无法移开眼去看爸爸。

他正要说明我做错了什么的时候，音乐戛然而止。

"不要！等等！"我大声喊道。

那些颜色消失得像橡树上的那只长尾小鹦鹉一样快。它们并非飘走了或者融化了，而是瞬间消失，就像关电视一样。可是，接下来……

几分钟以后，晚上九点三十九分
油画布上的火星音乐和热乎乎的奶油烤面包

那个女人一定听到了我的喊声。

她穿过房间向豆袋坐垫跑去，从播放器传出的霓虹声更大、更醒目、更闪亮。

火星音乐。

这些颜色都是异域来客，只有我才理解——像爸爸这样的人不知道有这些颜色存在，这些颜色跟真实世界里的颜色不一样，它们只存在于我的脑海里——无法描述，更不用说画出来。

银色、祖母绿、紫罗兰和黄色同时出现，然而却根本不是这些颜色。

"她喜欢她的电子舞曲，是不是？"爸爸问道，"邻居们会兴奋的。"

这听起来像个问题，可是我却没有答案。我不知道她是谁，也不知道她在文森特花园街二十号干什么。

这次，爸爸对其他词汇的选择很准确。我兴奋了，跟所有的邻居一起。她不仅喜欢舞蹈和古典音乐，她更喜欢火星音乐。

我感觉到我们可以成为朋友，好朋友。

"她这样不会受欢迎的。"他说道，"她把车直接停到了大卫家门前，就已经惹恼了他。"

"她是谁呀？"我问道，"她为什么没有得体的衣服穿呢？那些人为什么用货车把她的家具拉走呢？"

爸爸没有回答。他看着她把头发甩来甩去地狂热舞蹈。我觉得爸爸为她难过，因为她买不起家具和窗帘。她穿了一件颜色鲜艳、滑稽可笑的花睡袍，衣服不停地从她的肩上滑落，落到腰间。不论是否使用双筒望远镜，看她那颇具异国情调的皮肤，都让人觉得不对劲。

爸爸说，她不是原来住在这里的那个老太太。这个"她"——无名女人——不会让我想起一个老人，一点儿也不会。正常情况下，我是不太注意别人的头发的，可是她的头发是长发，是金发，是多姿多彩的头发。

她在房间里优雅地移动，像一个芭蕾舞演员，或者一位指挥一个管弦乐队颜色的作曲家。

"她是谁呀？"我重复道。

"我说不准，"他答道，"几个月以前，波林·拉卡姆在这个家里去世。这个女人可能是波林的朋友、侄女，或者其他什么的。要不，她也可能是她失散多年的女儿。我不知道她叫什么。大卫不久以前提到过她，说她根本不肯回来参加拉卡姆夫人的葬礼。"

这对我来说都是新闻。我以前并不知道路对面住的那个老太太叫波林·拉卡姆，也不知道她在自己的新家去世了。大约是因为她不喜欢她的新家吧？

"嗯，那这个女人是谁？她是波林的一个朋友？一个侄女？一个失散多年，没回来参加她葬礼的女儿？还没有名字？"

爸爸被激怒了。他没有掌握把证据搞清楚的重要性。我不可能同时认识两个人或者三个人。她要么是某人的一个朋友，要么是某人失去了她，需要再找到她，寻求帮助。

"我不知道，贾斯珀。你要我帮你去问问她吗？"他摆弄着望远镜上的带子，我恨不得一把从他手里抢回来，生怕他磨损皮带。"我们应该像邻居一样欢迎她到我们的街道来，你说是不是？帮助她站稳脚跟？"

我凝视着窗外，心中大惑不解。显而易见，她的脚跟就在那里，她不需要他的帮助也能站稳。她甚至能踮起足尖跳舞。

我不想指出他的问题有多愚蠢。与其把注意力集中在她的脚上，他应该从我们家跑出去，跑上通往她家的小路。我可以在窗口看着，因为我很快就能亲自与她会面了。没时间准备说什么。

太晚啦！

一个男人走上了通往文森特花园街二十号的小路，穿着深色裤子和深色上衣。我猜他是一个兴奋起来的邻居，来欢迎我们这条街上的新住户。

他砰砰砰地大力砸门。不规则的赤褐色圆圈。

音乐戛然而止。

我立刻就对来访者产生了反感，他妨碍了爸爸对不知名的女人做自我介绍。更糟糕的是，他毁了她的调色盘。

"哦唷！"爸爸说道。

"哦唷！"我表示同意，这个人看上去来者不善。

无名女人系上睡袍的腰带，就好像在圣诞节系一个包裹去邮局邮寄一样。十五秒过后，她在前门出现。她的嘴大张着，好像在牙医的椅子上坐下了一般。她退后了一步，离门更远了些。也许他根本不是一个兴奋的邻居。我不喜欢他把她的口型变成"O"的形状。

"她为什么往后退啊？"我问道，"他把她吓着了吗？我们应该报警吗？"

"不用，贾斯珀。那是住在十八号的奥利·沃特金斯，他上周回来探望他妈妈。沃特金斯太太健康状况很差，我怀疑以后不会在这条街上经常看到奥利。"

"你肯定那里的那个女人没事吧？"

"肯定，沃特金斯并不想伤害她。他只是让她大吃一惊罢了，仅此而已。她可能没想到刚搬到这里的第一个晚上就会有人上门。"

我的手再次渴望把望远镜一把扯回来。爸爸紧紧地抓着它，他不想松手，尽管它并不属于他。它是我的。我正要指出这个重要证据的时候，奥利的手伸了出来。我喘不上气来。我也后退了一步，证实了奥利正要抓住无名女人的腰带。

"不要担心，贾斯珀。他不是在威胁她或者做类似的事情，他是想握她的手来着。不要忘了，人们初次见面自我介绍的时候都会握手的，这是礼貌。"

那个女人不想握他的手。也许她不懂爸爸所说的社交场上的规矩。她双手抱紧了自己的身体，好像为了长途运输，特别选用了结实的棕色塑胶绑带把包裹系得更紧些似的。

"哈！那很好。"爸爸说道。

"我知道。这意味着因为他去欢迎她了，所以我们现在不能去欢迎她。"这种失望透顶的感觉像压在我肩上的重担，钻进了地毯，钻透了木地板，把我抛到了下面的客厅。那个男人偷走了我们自我介绍的机会。

"我怀疑他是接待委员会的，"爸爸说道，"我的意思是说，他出于礼貌，可能已经对她到我们这条街表示过欢迎了。但我不认为这是他今天晚上造访的真正原因。"

"为什么呢？那么是什么原因呢？"我盯着那个神秘的男人，奥利·沃特金斯，带着神秘的目的想插队，赶在我们前面会见无名女人。

"他可能想跟她说说音乐。这噪声正好穿过排屋的墙。他和他妈妈一定能听到那些鲜艳的色彩。"

这时，我有了另一种奇特的感觉。

妒忌。这个词有着淡而无味的腌洋葱的颜色。

奥利·沃特金斯和他的妈妈不会因为颜色稀释而受罪，这可以被通往他们前屋的墙所吸收。

"幸运，他们幸运。"我说道。

爸爸偶然间呼气吸气，形成一滴芥末色和褐色的调味汁："不是所有人都像你一样喜欢在家里大声播放音乐，贾斯珀。我敢肯定他要她把音量调低。这是个住宅区，不是伊比沙岛。"

为什么奥利·沃特金斯和他的妈妈要让那些色彩消失呢？伊比沙岛听起来是个挺好玩儿的地方啊！

那扇前门关上了，那个男人又沿着那条小路往回走。他抬起头，向我们扬起了一只手。爸爸也扬起一只手回应。

"你要考虑奥利的感受啊！"爸爸说道，"他跟他的妈妈这段时间不容易。现在不会持续太久了，她时日无多了。"

爸爸又错了，我根本不想考虑奥利的感受。我都不知道他是谁，他从哪里来，他的声音是什么颜色。我以前从来都没见过他——至少我认为我没见过。我辨认不出他穿的衣服。

我只想知道奥利·沃特金斯到底为什么不喜欢她大声放音乐，叫停了这些可爱的色彩。

我努力集中注意力，因为我能感觉到自己被那些颜色分了心。爸爸有一点是说对了——那个沿着人行道走下去，去了通向隔壁邻居家——文森特花园街十八号的小路。他肯定是奥利·沃特金斯，回到他那个时日无多的妈妈身边。为了这样或者那样的原因。

"就这样，贾斯珀。"爸爸把望远镜的皮带缠好，"该上床睡觉了，明天还要上学呢！今夜我们这条街不会再兴奋起来了。"听起来，由于这场表演结束了，他也跟我一样失望。

我咬着唇闭上了眼睛。我不想让火星的颜色消失，我会在睡梦中把它们遗忘。我的闹钟会像往常一样在早晨六点五十分铃声大作，所以我必须立刻把它们画下来。

我不需要担心。几秒钟以后，火星音乐戏剧性地回归了，片刻的安静过后，又调大了音量，比以前更大声。

我的眼睛刷一下睁开了。无名女人回到了客厅，旋转，她的睡袍飘飞,好像微风变得更大了似的。

我无法自持。我知道爸爸不喜欢我跳舞,可我还是摆动双臂,蹦来蹦去,沉浸在这些颜色里。我独自一人跟她共舞,一个完美的颜色混合。

无畏的色彩不在乎任何人怎么想,怎么说。

爸爸没有像往常那样训斥我,也没有要求我停止舞蹈。他站在窗前,凝视着鲜艳色彩的起义。

"大卫·吉尔伯特也来抱怨噪声问题了,"他低声说道,"他很快就会诉诸法律。她会后悔搬到他隔壁的。"

那天晚上的第二位来访者大卫·吉尔伯特大踏步走上了花园的小路。他是从这幢房子的另一侧来的——文森特花园街二十二号。如果我没有看见这一幕,爸爸也没有告诉我他的名字的话,我会以为奥利·沃特金斯又回来了。他头上还戴了一顶帽子。

"我认为她不会为奥利·沃特金斯或者大卫·吉尔伯特把音量调低,"我说道,"我觉得她不会这么做,这种音乐只能大声播放。邻居们会渐渐习惯的。"

爸爸窃笑的时候,出现了一个旋转的深黄褐色。

"我并不想跟大卫较量,我认为他会因此精疲力竭。不论她是谁,她都是一个制造麻烦的人。"

"真的吗?"

在我看来,她并不像是一个制造麻烦的人。制造麻烦的人会用围巾遮住脸,或者在周末往墙上喷漆涂鸦。他们在街角闲逛,看谁靠得太近就拳打脚踢。

听起来,爸爸并不为无名女人本人以及她演变为麻烦制造者的事实而担心。他用我的双筒望远镜仔仔细细地研究她,尽管谁都不喜欢被偷窥。

"唔……"他的声音是热乎乎的奶油烤面包。

星期二（瓶绿色）

那天傍晚的晚些时候

　　我在洗手间把我的画笔一字排开。我不想让爸爸知道我晚上十一点四十七分还没睡觉。我慢慢拧开水龙头，水涓涓细流。

　　翠鸟蓝色的云团，小圆形的。

　　我喜欢这种颜色。它是欢快的，在世界上了无牵挂。

　　兴奋的战栗在我背上玩着"不给糖就捣蛋"的花样，我每次打开一管新颜料的时候都是如此。我爱轻轻地挤压光滑的颜料管。用力过猛，颜料会喷溅出来，会浪费；用力不够，无法把一个像模像样的故事从头到尾道尽。

　　一小点颜料往往是最好的起笔之处。我可以增加颜色的喷溅量，让它在体积上变大，直到变成一个完美的总量为止。我清楚地记得那天夜里我第一次见到这个神秘的女人，内心是多么兴奋，并且多么渴望有一个适当的时机与她面对面地认识一下。

　　当那天夜里的音乐最后停下来的时候，在最后一个来访者大卫·吉尔伯特持续了三分十三秒的来访之后，我开始计划哪天我可以会见我们的新邻居。我必须把她的相貌记住（一头长长的金发，没穿多少衣服），并且想出一个完美的自我介绍。

这两点都非常重要。我不想让她以为我跟别人一样，是个愚蠢的疯子。

我希望——"希望"是一个番茄酱颜色的词——她能懂我。她怎么懂我呢？她喜欢火星音乐和狂野的舞蹈。我们俩唯一的区别就是我不喜欢寒冷，现在也还是不喜欢。我只喜欢穿着衣服跳舞。

我手拿着湿漉漉的画笔蹑手蹑脚地回到我的卧室，在一块旧手巾上擦干，一个被挤捏的瓶子里的猩红色再次拥抱了我。爸爸卧室里的电视嗡嗡地响着，出现了灰色的模糊线条，然而我的脑海里却是番茄酱的颜色。

我一爬到床上，就记起明天要上学，爆米花黄色的恐惧爬到了羽绒被下面跟我在一起。稍许的移动都是不礼貌地拒绝，然而，我还是努力把它踢了出去，用番茄酱的颜色取而代之。

通常情况下，在星期天的夜晚，恐惧是我床上不受欢迎的客人，会让我想起课间的严酷考验——一拨又一拨的陌生面孔从走廊向我涌来。

事实证明，有些面孔是友好的，有些却是不友好的。学生的脑门上没印着好人和坏人，无法帮助我透过千篇一律的校服去识别。

今天不一样。明天是星期三（牙膏是白色的），恐惧是一个更严苛的颜色，因为还要再次面对卢卡斯·德鲁里，自从那件事发生以后，这是第一次。

上星期，由于我犯下的愚蠢的大错误，他对我火冒三丈。现在警察也介入了，他会变本加厉地火冒三丈。

他会对我大喊大叫，出现了带刺的孔雀蓝。

我从床上跳下来，把窗帘紧紧地拉到一块儿，掩住乍现的晨光和过往汽车模模糊糊的紫黑色线条。

碧·拉卡姆家的窗户透过鸭蛋青色窗帘的布料责怪地瞪着我。

不论我道多少次歉，玻璃窗框根本不肯饶恕我。

卢卡斯·德鲁里倘若知道我对碧·拉卡姆做了什么，他也不会饶恕我。我希望明天在学校可以躲开他，可是我躲不开。

你不可能躲开你认不出的人。

星期三（牙膏白）

上午

我透过窗帘的缝隙，向年幼的长尾小鹦鹉打招呼——这是我们的日常例行活动。我估计这些小鸟刚刚六个星期大。它们通常都会调皮地尖叫着来回应，出现矢车菊蓝色和金凤花黄圈。今天，它们梳理羽毛，在一起叽叽喳喳。它们忽略了我，因为我没能保护它们。只有两只在树上，五只成年鸟——比平时少得多多了。有一只正在啄已经空了的鸟食罐，盼着能挖出鸟食。它不明白出了什么乱子。

我没有把窗帘全都拉开，以防理查德·张伯伦的窃听人员在监视我。我迅速地偷看了一眼。只见两个穿蓝色校服的女孩从文森特花园街二十四号跑了出来：这个地址住的是莫莉和萨拉。一个女人在后面追赶她们，可能是她们的妈妈，辛迪。她总是把这两个女孩穿成差不多一样——就算在周末也是如此——所以，从这方面看，我从来都分不清谁是莫莉谁是萨拉。

我在我们的街道上看不到一辆货车，也看不到警车。没有探员敲碧·拉卡姆家的前门。

那幢房子看起来跟昨天夜里一模一样。

空寂无人。

责备的。

图谋复仇的。

我就让窗帘这么拉着，我穿上了校服，小心翼翼，动作尽可能小。我的肚子像星星闪光一般刺痛着。我不肯定自己是否被感染了，因为我们到现在都没去看过医生。是爸爸在照顾我，这样更安全。

医生会问我们俩太多难以回答的问题。

我把妈妈的一粒纽扣揣进了裤兜。我把这粒纽扣从她开襟羊毛衫上剪下来，走到哪里带到哪里，这意味着我感觉紧张的时候，她绝对不会远离。

接下来，我把一张五英镑的纸币塞进运动夹克的口袋。纸币已经卷了边，破旧了，让我的头皮发麻，可是我不能换，我再也没有零花钱了。

我看都没看，就把手伸到了床下。我知道确切的地方和目标。我的手指抓到了一个冰冷和不可饶恕的东西：一个被损毁的女士陶瓷玩偶。两个月前，我羞愧难当，没脸把它还给碧·拉卡姆，而现在供认也为时太晚。

我把破损的玩偶藏到我的运动夹克里——她已经回不了家了，可也不能待在我的卧室里。不能再待下去了，这样不行。

我查看垂卜来的勿忘我蓝色毯子，封闭了我的小窝，把卧室的门关上。关了两次，确认确实关上了。只有这样，我才能下楼。

爸爸正在厨房煎培根，他没有回头。我利用这个机会，把玩偶塞进书包，挨着汤姆森夫人的数学练习册。它们责怪地刺我的手指。她是上星期四借出去的，而我现在还没物归原主。

爸爸从来没有在我上学的日子煎火腿鸡蛋。我们只会在星期日上午进行足球训练之前吃培根，是他逼着我进行足球训练的。这个周末，我不踢足球，也没有去里士满公园，在刻着妈妈名字的长椅上坐坐。爸爸没去跑步。如果有人在监视我们的话，他们就会意识到威沙特家的例行活动——还有碧·拉卡姆家的例行活动——都停止了。

我的双腿想冲出去，一直跑，跑到我卧室的角落，直到钻进毯子底下。

"拿一个盘子，贾斯珀。快熟了。我们今天都需要一顿好早餐。"

好。这又是一个愚蠢的词。

一个好的夜晚，一顿好的早餐，一个好的白天。这不是一个好的色彩，这是无礼的黄色，中心是利宾纳牌黑加仑糖果的黏糊糊的紫色。

我不想要爸爸星期天忘煎的培根。

我拿起我最喜欢的蓝白条纹的碗，伸手去够那包脆谷乐。

沙沙声，沙沙声。蜷缩的卷心莴苣在喷溅。

脆谷乐倒到我的碗里，一直倒到第二条条纹的边缘。我把牛奶倒进去，一直倒到瓷釉的裂纹处。这是一项精细的操作。超过了裂纹处，谷物就毁了，我就不得不扔掉它，重新开始。

爸爸没有转身。他喷了一声，出现了浅棕色的点。"你想怎么吃就怎么吃。给我多倒点。"

他用钳子把培根从锅里夹起来，在他的盘子里堆成一堆。他坐在他平常坐的座位上，在餐桌上跟我坐对面，他说这会鼓励我练习眼神交流，学习对话技巧。

我希望让他的椅子神奇地展开翅膀，飞到空中，然后从厨房窗户飞出去。

我拿起勺子，凝视着漂浮的七颗脆谷乐，它们就像牛奶里的小救生筏。我的喉咙发紧。我把五颗脆谷乐丢回到海里。

"你今天感觉还好，贾斯珀，因为我要去公司开一天的会。"

我在这句话里找不到问号，听起来像一个陈述句。

"是的。"这是另一个谎言，但这是他想听到的。我可以说一些我不想说的话，如果这对爸爸有帮助的话。他也是这么对待我的。

他已经承受了很多，像我一样。但他没有妈妈的开襟羊毛衫可以摩挲。

"好消息。"他长出了一口气，"我接到一个迟到的电话，通知要开会。你得把备用钥匙带上，好自己开门。"

我咳嗽起来，因为一颗脆谷乐卡在我的喉咙里。谷类食品的味道不对，不新鲜了。不知怎么回事，牛奶也不新鲜了。我检查标签看是不是爸爸不小心买错了牌子。它们跟平常买的是一个牌子。问题一定在我，今天早上是我不一样了。

我的同学会注意到吗？老师们会注意到吗？爸爸注意到了吗？

"你能做到，对吧？"他问道，"这不是一个大问题，是不是，贾斯珀？钥匙放在常放的地方，在花盆下面。"

我把碗推开，像拿武器一样挥舞着勺子。

太过分了，我不能这样做。

三颗脆谷乐淹死了，我无法决定是不是该拯救它们。它们应该学会游泳，但是见死不救是不对的，就像不给 999 打电话一样。

"是的，我能做到，好的。这不是问题。"

这是个问题，我的问题。我不想一个人待在这里，在碧·拉卡姆家的窗户旁守望。

"我昨天夜里说的话都算数，"他边说边咬着培根，"你我都需要改做其他事情。你应该远离碧·拉卡姆家，你连她家的边儿都不要沾。"他咀嚼着，下巴发出咔哒声，呈现浅粉红色，"我可不想从哪个邻居那里听说你放学以后喂过长尾小鹦鹉。你明白吗，她家前花园是不可以去的禁区，后面的小通道也不可以去。"

勺子从我的手里掉到了地上，发出带点红色的叮当声。"哪个邻居会告诉你我喂过长尾小鹦鹉？"我在椅子上不自在地挪动，我的五英镑纸币发出轻微的爆裂声。我很高兴，他没有看见我口袋里冒出的灰蒙蒙的薄荷绿色，他看不见任何颜色。他看不见我，至少看不全。

爸爸发自肺腑地哈哈大笑，是柔和的黄褐色。

"我不会说出我在这条街上的卧底的，那样会穿帮的。"

这对于我来说可是个新闻，不过不是好的那种，比如中了彩票，或者发现了抗癌药。我们这条街上有间谍，不同于我这样拿着双筒望远镜看他们的窗户，记下人们的所作所为。不同于那些坐在黑灯瞎火的货车里的探员，逼迫我和爸爸交代碧·拉卡姆尸体的情况。

大卫·吉尔伯特就是那个叛变的间谍吗？我敢打赌就是他。

我一直以为大卫·吉尔伯特只是在观察长尾小鹦鹉，伺机猎杀它们。

他一直在哄骗我，说我观察的怀疑对象是错的。

"是的，爸爸。你我都需要改做其他事情。"就像昨夜的那辆货车，就可能再返回来侦查我。

"好儿子。现在把它吃完。你需要增强体质。"他把碗向我推过来，牛奶洒了出来。

"我不饿。"

"我要烤点面包。要不我解冻一个硬面包圈？"

我把座椅推回去，走进了客厅。我慢悠悠地把胳膊伸进我的一件冬天穿的旧大衣里。我能找到的衣服也只有这件了。

"这是什么，儿子？"

爸爸跟我进了客厅。

开始，我还以为他有了X光透视能力，想搜我的身，把那五英镑纸币搜走，谁知他对运动上衣视而不见，窥视我的衬衫里面，尽管我告诉他我已经换了衣服。

"这样看起来好多了。"他说道，"记住，不要给别人看你的肚子，不要围着操场跑，那样会大大恶化的。"

"没人追我的话，我不会跑，一旦有人追我，我就必须脱身才行。"我指出，"只有这样才合乎常理。我不能纹丝不动地站着等着别人来抓，那是愚蠢的行为。"

"贾斯珀……"他的目光深深地印入我的额头。

"怎么？"

"我们会熬过去的，我保证。"

最近爸爸保证得太多了。我不会让他兑现这个承诺的，更重要的是，不会让他去兑现其他所有的承诺。我深深地吸了一口气，打开了前门。爸爸今天早晨不能送我上学了，因为他一整天都要忙工作。他走到花园小路的尽头。我知道他的目的——他要确保我不穿过马路，经过碧·拉卡姆家门口。他要确保我不会变本加厉，走进她家的大门，把鸟食罐装满。不过，我做不到，因为他把我那袋鸟食藏起来了。

我回头观望。他一进屋，我就开始飞跑，肚子一阵疼痛。我必须尽快离开这条街。我听了爸爸的警告以后，变得很小心，要确保大卫·吉尔伯特没有一路尾随着我，从文森特花园街直接进入彭布罗克大道。

　　我抵达哈伯恩街时，百分百地肯定只有我一个人。我抽出碧·拉卡姆残缺不全的玩偶。这是被我摔碎的第一个瓷质女士玩偶，我努力把她黏合复原。可是她不喜欢现在的样子：有疤痕的面孔，被毁了的长袍和破碎的太阳伞。

　　残破不全。

　　她在责备我。

　　我把她扔进垃圾箱，就急急忙忙赶往学校。

　　我感觉愧疚，可这也是我能做的最善意的事了。

　　我帮不上她。

　　我无法让她恢复完整。

星期三（牙膏白）

那天上午的晚些时候

上第一堂数学课的时候，我很安全。卢卡斯·德鲁里在 312b 教室，我们不在一起上课。他在十一年级。我喜欢这门课，虽然很难学。我落在后面了，因为我从上个星期开始就没做过作业。虽然只有几页，感觉却像涵盖了整个新教学大纲似的。

汤普森夫人答应我要帮我补课。她是迄今为止我最喜欢的老师。她的声音是可爱的深海军蓝色，方便她变换不同的帽子来搭配她的黑色裤子，这是有严格规定的。今天是星期三，意味着该换绿色的赛车衫了。

其他女老师穿着打扮都跟她不一样。她们有一种怪诞、讨厌的颜色爱好，搭配乏味而庸常，跟男老师一样，坚持穿灰色、蓝色和黑色套装。

除了外表容易辨认之外，汤普森夫人最大的好处就是坚持固定座位的计划：每个人都有固定座位，每节课都要坐在固定的座位上，没商量，不接受反驳。

我总是坐在最后一排，左边数第四个座位。这意味着我有机会记住大家后脑勺的样子，并且把大家放到坐标方格里。

座位情况是这样的：

第一排，第三个座位：苏茜·泰勒，圆顶状的脑袋，齐肩金发。

第二排，第四个座位：艾赛亚·哈达德，脖子后面有痤疮疤痕，黑色短发。

第三排，第一个座位：吉马·科本，运动夹克上有头皮屑，油腻腻的暗灰褐色金发。

第三排，第二个座位：阿勒·钱多克，灰色长头巾。

第三排，第三个座位：珍妮·鲍彻，黑色玉米辫发型。

这就像玩猜猜看游戏吗？从后面看，可是跟玩其他游戏不一样的是，我在这个游戏中是有胜出机会的。当然，除非我的同学转过身来，或者让我辨认同一排的同学，我右边更远处的同学。我在这个位置上，还没法记住他们的头型。

"代数方程可以用 $y=mx+c$。"汤普森夫人说，"我们可以画一个直线图。每个人在铃响之前先开始画，我们下次从这里接着画。"

我把尺子忘在家里了，不得不用文件夹的边沿来画线。今天早上我整个人都不对劲。

从第二排第五座喷出橙汁色：卷曲的红头发。

莉迪亚·泰勒正在和汤普森夫人争论。

"我发誓，这是上帝诚实的真相。"她大声说。

"别着急，莉迪亚。"汤普森夫人呵斥道，像个愤怒的海龟，"在你再一次放学后留校之前，我建议你先把你的故事讲顺。"

把线画直。

把故事讲顺。

那些都是最好的故事，却也是最难讲的故事。

卢卡斯·德鲁里会把碧·拉卡姆的真实故事讲给理查德·张伯伦听吗？他已经给警察讲了什么？我不明白他们怎么卷进来了。

"你感觉还好吧，贾斯珀？你要不要借我的直尺，好让你画一条标准的直线？"

汤普森夫人已经结束了跟莉迪亚关于把故事讲顺的争论。我盼望她赢，做一个数学老师必须聪明才行。她站在我的课桌旁，盯着我可怜的直线图。图在她严格的凝视下羞愧地卷了起来。

银黄色线环在空中舞动着。

"你们被铃声救了。"汤普森夫人说道。

她说错了，我根本没有得救。这是第一堂下课。我再也不能躲藏在她的课里了，我不得不鼓起勇气进入走廊。

"一切都好吧，贾斯珀？你在发抖。"

我和汤普森夫人总是在一个频道上。她理解图案，需要秩序。我想告诉她我肚子里有一道口子，像一张嘴。就在我站起来把椅子推回去的时候，这张嘴张开又合上了；这疼痛造成的尖尖的银色星星在我皮肤上舞蹈。

不要把你对碧·拉卡姆做的事情告诉任何人。

闭上你的嘴。

我没有回答就离开了教室，因为我不想说谎。我可以对别人说谎，但是不能对汤普森夫人说谎。事实就是，我不知道我怎么受的伤。我不记得我的肚子是怎么弄成这样的。我只能回忆起星期五夜里的一些片段，我的大脑屏蔽了其余部分。很模糊，辨认不出明显的色彩。

我最好的猜测是什么？

在我用刀谋杀碧·拉卡姆的时候，意外地砍伤了自己。

*

一双手从一群黑裤子里伸出来，黑色的运动夹克从走廊那头移动过来，把我猛地推到了墙上。说实话，我大吃一惊，因为迄今为止我还没被抓住过。

无法分辨这个男孩的脸和跟他在一起的穿运动夹克的那个人的脸，于是我转而把注意力集中在他的手上。他手上用蓝色圆珠笔写了一个电话号码。如果我打这个电话，接电话的会是卢卡斯·德鲁里的爸爸吗？还是他的弟弟李？李以前一直跟碧·拉卡姆上电吉他课。我喜欢李的颜色。

"不要担心，"我说道，"我昨天没跟警察讲你和碧·拉卡姆，我保证。他们只问了问我关于学校的朋友和安全套的事。"

"你在开玩笑吗？"男孩的脸赫然出现在我面前，他的声音是深色的肉豆蔻棕，"你为什么说到了笔和安全套？"

我在接下来的像尖桩一样尖刻的脏话面前畏缩了。

"我，我，什么都不知道。"我结结巴巴地说。

那双写着蓝字的手不属于卢卡斯·德鲁里，他声音的颜色不对。我不知道这是谁。他的声音跟这个学校的大部分男孩子都差不多：暗棕色，我都没兴趣去画。

我把走廊看了个遍，希望看到一个没穿制服的人。我一无所获。我希望汤普森夫人能出现，不过，她现在可能在她的桌子前面判作业呢！她就是那么勤奋，死脑筋，有条理。

"你他妈的说得对，你什么都不知道。"男孩的手深入我的运动上衣口袋里掏出我那张五英镑的钞票，好像他知道在哪里能找到它。这怎么可能？

"那是我的。"我低声说道。

"你再说一遍？"比罗·汉德的脸越来越近了，面色苍白，上面布满痤疮疤痕。

我以前没有注意到这些细节。我把目光移开，我的眼睛像被匕首刺穿。我需要钱从宠物店给长尾小鹦鹉买种子，但我发不出声音。

"你要把这看作一种弱智税，这是赔偿你挡我路的钱。"他又拍了拍我的口袋，"让我们看看。没有。我想也不会有。就像你有避孕套似的！你甚至可怜得连做爱的机会都没有。"

他把我的钱藏起来，吹着黄棕色的螺旋线，回到运动夹克身边。这伙人已经壮大起来了。他们咯咯的笑声和嘲弄声是绿色的卷心菜上一团带条纹的深灰色雷雨云。

我不想阻止他，没有意义。他比我个头大一倍，而我没有能力从他手里抢回我的钱。现在我怎么办？我在家里藏了只有不到半袋种子，而且现在没有现金了。我不能向爸爸借，他会问我要钱干什么。

我不敢违背他的意思，去喂长尾小鹦鹉。他工作回来会很晚，我就趁机再去一趟碧·拉卡姆家。嗯，严格来说不是去她家，而是她的前花园。我没有足够的勇气进她家，我担心我会发现什么。

我沿着走廊走，远离那只蓝字手。太慢了。几秒钟之内，他又赶上了我。这次他把他的手搭在我肩上，我跳了起来。我不看他。他的麻子让我想起了月球上的坑。如果我凝视它们，它们会把我吞下去，我爬都爬不出来。

"我再也没有五英镑的钞票了。"我说。

"我不要你的钱，贾斯珀。"他嘶叫着，声音发白，几乎是半透明的线条。我认不出真正的颜色是什么。我往下看他的右手，上面没有写电话号码。

这不是那只蓝字手。

他在我耳边低语："我想知道你对警察怎么说我和碧·拉卡姆的事儿。"

我不需要研究他的脸，也不需要让他提高声音，我能看到真正的颜色。卢卡斯·德鲁里。

这个男孩是一切的中心，当他不低声说话的时候，他的声音是蓝绿色。

这是碧·拉卡姆最喜欢的颜色；与我的冷蓝色相比，她更喜欢蓝绿色。

在我最意想不到的时候，另一个令人不安的真相展现了。

"我知道你昨天在警察局，贾斯珀，"他静静地说，"没必要否认这一点。我爸爸给一个警察打电话询问最新消息，他说你和你爸爸被讯问过。"

淡铜色让我发笑，但它可能是褪色的铬橙色。

"这不好笑，你这个白痴。我爸爸很生气。"

"你上周告诉我的，你说你拉过羽绒被并用它遮住了他的眼睛。"

"是羊毛的，你个白痴，他把问题解决了。他找到了我的脸书密码，猜测出 BL 是碧·拉卡姆①。他周六早上直奔警察局，指控碧是恋童癖者：一个勾引男孩的连环犯罪者。我的两个儿子，可能还有更多的受害者。这是他的原话。"

我呼气，是冷蓝色，带着白圈。"他说得对吗？碧·拉卡姆是恋童癖者，捕获包括李在内的男孩？"

---

① 碧·拉卡姆的英文名是 Bee Larkham，首字母缩写为 BL。——编者注

"当然不是！"他说话的声音更大了，"她与我相爱。没有别人，不过……现在不要在意那个了。我们没时间了。我们俩都有麻烦。我们不得不……"

蓝绿色被闪亮的七叶树果实棕色隔断了。

"卢卡斯，你在干什么？快点。"

卢卡斯回头望去，只见两个男孩走近了。他们看起来像双胞胎，不过一定是他的朋友。他们的脸上没有笑容。我不知道卢卡斯的脸上有没有笑容，自从我被他抓住，我就没看他。他的手从我的肩上掉了下来，好像被烧了似的。

"我得走了，贾斯珀。我们中午在老地方见，好吗？我们在见警察之前，需要把我们的故事理顺了，就这样说好了？"

我的头上下点着，因为我认同他关于把故事理顺的建议。

那些故事我们都需要讲，可是我还没傻透。卢卡斯·德鲁里得先走一步。我为他和碧·拉卡姆做了这么多，他欠我一个人情。

9

妈妈的故事

这是妈妈理顺了的故事，不是我理顺的故事。我当时只有三四岁。我跟她一起坐在我们在普利茅斯的家里后花园，当时是一个傍晚，夏日将尽。爸爸当时不在那里，他在阿富汗或者伊拉克，在皇家海军陆战队服役。我不知道到底是哪个国家，不过也没关系。我和妈妈拥有彼此的时候，我们的照片里不需要他。

我们赤着脚，感觉脚下的黄草很温暖。我记得脚指头在太阳晒热的黄草里蜿蜒前进。妈妈说我们玩捡来的小红卡车时，我们两个都是这么做的。假装来救压到了妈妈脚指头，翻了的小黄车。

她反反复复地给我讲了这个故事，因为我当时太小，不记得其实发生了什么。她替我记住了，因为这也是我们最喜欢的睡前故事。

"那是什么？"

"你是说八哥？看哪，它们是那边树上叽叽喳喳的鸟儿。"

"不是，我不是说那些鸟，它们是发红的粉色。我是说那个声音，短促的蓝色线条。"

一只知更鸟从篱笆里跳了出来，叽叽喳喳地叫着。"就是它，"我大声说道，"短促的蓝色线条，带动人的柠檬色点点。"

"你听见声音的同时也看见颜色了？"她问道。

我说是的，我当然是这样，莫非别人不是这样的？

妈妈一次又一次地吻我的头顶。

"并非所有人都是这样的。"我们最终止住了笑声，她说道，"我们俩能看见声音的颜色，不是所有人都能理解这种了不起的方式，贾斯珀。这是一种遗憾，他们的一种遗憾，不是我们的遗憾，因为我们享有一种惊人的天赋。"

我们练习了一长串东西，从我们在后院可以听到的声音开始，譬如剪草机，汽车加速，一架直升机从头顶经过，从一个邻居的窗户传出的收音机里震耳欲聋的音乐。我把看到的每一种声音的颜色都告诉妈妈。

除草机：亮银色

汽车加速：橙色

直升机：淡淡的几乎透明的绿色

收音机：粉色

我们改听其他东西的声音。妈妈为了保证我夜间凉爽，在我卧室里放了风扇（声音是灰色的，白色带深墨蓝的闪光）。

狗汪汪叫：黄色或者红色

猫喵喵叫：柔和的紫罗兰色

爸爸哈哈大笑：浑浊的黄褐色

水壶里的水烧开时：银色和黄色的泡泡

我们说我的颜色，说啊说，说啊说，妈妈说我从来都没有这么开心过，我笑容满面。

我们可以聊啊、玩啊到永远，可是妈妈说时间不早了，该洗澡、换上我的恐龙睡衣了。

"吼声！"我大声喊道，"恐龙的吼声是什么颜色呢？"

我们一致选定恐龙的吼声可能是紫色，因为每次捏我的霸王龙的肚子时，霸王龙的声音就是紫色。

妈妈像荡秋千一样把我背起来，放在她的臀部——我最喜欢的位置上。

"谢谢你让我知道你的秘密，贾斯珀，"她说道，"现在，我能告诉你点秘密吗？"

"好耶！"我大声喊道，"霸王龙也要听！"

"对于我来说，八哥是蓝绿色，知更鸟是鲜艳的黄色，水壶里的水开的时候是深灰色，带橙色泡泡。"她迅速地吻了吻我的脸蛋儿，"爸爸不喜欢我说这些颜色，所以，他回家以后，你也不需要告诉他。他不能像我们这样看世界，他会难过的，贾斯珀。每个人的构造都是不一样的，我们是幸运的那类人。"

她说得对，可是我的运气最后用完了。妈妈去世了，我从此痛失了生命中可以跟我一样看世界的那个人。

她喜欢听我说各种各样的色彩，并发现和比较与她的不同的地方。

我的色彩思念她，它们渴望被我与某个人分享，而这个人像我一样欣赏它们。可是，我还是要谈我看到的色彩，甚至对爸爸谈，因为妈妈的一部分借由它们活了下来。

这就是我理顺的故事。

我不喜欢这样的结局，但是我无法改变。

10

星期三（牙膏白）

下午

"这才是去科学实验室的路，傻瓜。"我冲出餐厅的时候，一双手抓住我的脖领，把我拉回来，说道，"卢卡斯说你午饭后可能会跑，他让你去见他。"

我把这个男孩称为 X。

他那个邪恶的双胞胎 Y，在后面徘徊着，以防我是一个蒙面忍者，在他没注意的情况下踢他。

我不是忍者，我也不会踢他。

他们没碰我——也就是没袭击我。我被默默地护送顺着走廊走着，X 在前，Y 在后。没有人注意到我是在非自愿的情况下被带走的，因为我没有尖叫。尖叫也毫无意义，我怀疑会不会有人肯出手相救。就连那些经过我身旁的女孩也不会。特别是她们。她们可能会笑成金凤花黄色。

我们到达科学实验室以后，Y 打开门，把我推了进去。一个男孩坐在长凳上。他的嘴唇破了，脸上有一块淡绿色的伤痕，手上一块长长的红色印记。

这个人可能是卢卡斯·德鲁里。卢卡斯·德鲁里跟一个有巨大破坏力的人打架以后，头发乱了，嘴唇破了，手也被抓了。此前我们在走廊说话的时候，我没有看他的脸，所以，我无法肯定是不是同一个男孩。我什么都不说，这样更安全。

"你来这里有人跟踪吗？"他的声音安静、低沉，一种深绿蓝色，是*卢卡斯·德鲁里的颜色*。

"不知道，"Y说道，"我觉得没人跟踪。"

"见鬼，那你还在看什么？滚出去！"

蓝绿色。肯定是他。

X和Y的肩膀耸了耸，他们砰的一声把门带上了。

我瑟瑟发抖，不仅仅因为那句"见鬼"的压扁了的甲虫颜色令人不愉快，还因为这令人担忧的发展进程。我不知道学校这里的间谍和我们那条街上的间谍——像大卫·吉尔伯特这样的人，会不会搜出关于我和碧·拉卡姆的毁灭性的证据。

现在，我有一点可以肯定了：间谍无处不在。

我盯着卢卡斯·德鲁里。他因为我所做的一切，因为我犯下的所有错误而气得发抖。他大踏步向我走来的时候，我更加用力地摩挲起口袋里妈妈的纽扣来。他会像上次一样，把我按在墙上。我本能地向后退缩，我的头又一次砰的一声撞到了一个化学元素周期表海报的中央。我的左面是铥，我的右面是铷。

他在我面前停了下来："把一切都告诉我。"

我不能。我不想去想那个。我转过头来看周期表海报。

钋，锗，镱，铕。

"快点，贾斯珀。在有人发现我们在这里之前，在警察再次审问我们俩之前，我们需要把要告诉警察的内容统一口径。"

"褪色的铬橙色。"我不由自主地脱口而出。

"什么？"

"他是个跟那个名演员同名的探员，理查德·张伯伦。"我脱口而出。

"等等，你把我弄糊涂了。你在跟谁说话？"

"理查德·张伯伦想要关于碧·拉卡姆的第一手材料，管他是什么意思，他没解释。"

"他都问你什么了？他有提到过我吗？"

我一口气说出那些被问到的关于十一年级男生、碧·拉卡姆和安全套的奇特问题。

"你怎么对他说的？"

"我给他讲了我的长尾小鹦鹉之死，还有我的邻居大卫·吉尔伯特，就是杀鸟的人，可是他却不感兴趣。"

"去他妈的长尾小鹦鹉，贾斯珀。"

听见这么尖刻、颜色丑陋的词，我的头皮感到刺痛。

"贾斯珀，睁开你的眼睛！你不能装作这没有发生。这是真实的，对于你我来说都是。"

我不想睁开眼睛，我想把不愉快的颜色屏蔽掉。

"我对长尾小鹦鹉和警察都不感兴趣。李上个星期吓坏了，向爸爸供出了他在我们家卧室发现的其他信件。李告诉爸爸说你在学校给我递东西，用望远镜监视碧。这样一来，你成了这一切的目击证人。"

他说错了，我不是在监视碧·拉卡姆，我是在观察她的那棵橡树，在笔记本上记录她家和她邻居家的访客。我想这样有助于我对大卫·吉尔伯特提起诉讼。

"求求你，贾斯珀，集中精神。关于我和碧，你对警察都说了什么？你说你看见过我去过她家吗？用你的双筒望远镜看到的？你说了你看见我们俩在一起，你知道那次……"

不安的颜色推向我大脑的各个角落，我不敢让它们进来。我睁开眼睛，回避着不去看卢卡斯。他听起来像爸爸，我不喜欢他那样。

集中精神，正常点，不要像长尾小鹦鹉拍打翅膀似的挥舞胳膊。

我不能告诉他，在他把一个成年女人的心伤成千万个小小的、尖尖的银色碎片的时候，我在星期五夜里对她做的事比他还要恶劣得多得多，多得多。

不可饶恕的事。

"我没有把你和拉卡姆之间任何事情告诉那个像演员一样的理查德·张伯伦。"那是真的。"我提醒他注意，有人多次威胁要捕杀我的长尾小鹦鹉，可是我的笔记却乱了套。他告诉我不要再给 999 打电话，浪费警察的时间。我尖叫着，在他的沙发上吐得到处都是。"

"真棒，干得好。管你说什么呢，怪胎。"

他用拳头打了我一下，没有太用力，没把我打哭，不像放学后那些大男孩那样。

"听着，贾斯珀，我对一切都矢口否认。警察什么材料都没有，除了李以为他知道的东西，还有我爸爸在碧的脸书上发现的一些信息和照片，就这些。我一口咬定我的故事，说你上个星期送过去的那个便条是一个恶作剧，那是学校的一个蠢女孩在开玩笑。"

"一个恶作剧。"我重复道。

"是的，一个恶作剧。碧并没有在那封信上署名，她像平常那样，用的是名字的首字母。只要你不告诉他们是她给你的，他们就没有办法证明。你没告诉他们，是吧，贾斯珀？"

"我什么也没告诉那个探员。"

"你看，没有证据。我爸爸说现在还不能抓捕碧，所以他们也就无法分析碧的字迹，因为我把信吃了。"

"你，吃了，那封信。"

"是的。我爸爸把信在我面前挥舞的时候，我想开个玩笑，我一把把信从他手里夺下，放进嘴里，他想把信从我嘴里拽出来，我动作比他快，几口嚼碎，用一杯水送了下去。我爸爸没笑。"他摸了一下破了的嘴唇，"我拒绝告诉警察任何关于碧在那个周末的事情，他没觉得好笑。"

"味道怎么样？我是说，那封信的味道。"

"你跑题了，贾斯珀，我把信吃掉是因为我需要销毁证据，我得保护碧。没有了那张纸条，我爸爸就什么具体的证物都没有了，没有什么可以证明我们在一起过。"

"我很高兴你把信吃了。"我还在好奇味道怎么样，可是，卢卡斯却对分享细节没有兴趣。

"如果他们再跟你谈话，你也得对一切矢口否认，"他继续说道，"说那张纸条是学校里随便某个女孩的，你也不知道她叫什么名字。你发现夹在你的书包里，或者掉在你家外面的人行道上。或者继续废话连篇地说长尾小鹦鹉，让他们失去线索。只是不要告诉警察，关于这封信的真相，还有那时候你……"他停了下来。

我不能看他。

我不想想那个。

我想被化学元素周期表海报吸收合并，造出一个化学大爆炸，威力足可以毁灭我、卢卡斯·德鲁里和碧·拉卡姆，以及我们一起造出的有毒的颜色。

　　砰！

　　明亮的闪光，迸出刺激性的黄色和橙色。

　　我使劲地摩挲着口袋里妈妈的纽扣。

　　"看着我，贾斯珀，"卢卡斯说道，"你一定要为我做这件事。你一定要收拾这个烂摊子，因为这是你的错。我爸爸用各种各样的东西来威胁碧。全都是因为你搞砸了，她可能会丢掉饭碗，锒铛入狱。我们之间的一切都结束了，可是她现在比以前更需要从音乐课上挣钱了。"

　　他握紧了拳头。我闭上了眼睛，等着他挥拳相向。我该打，因为我比他爸爸伤害碧·拉卡姆还要重。也许这只是个诡计，而卢卡斯已经猜出我都做了什么。

　　也许她的死已经写在了我的脸上。

　　什么也没发生。

　　我抬头望去，卢卡斯走到了窗前。

　　"生活真是烂透了。"他说着，抹去脸上的泪水，"我希望能回到从前，我会改变一切。"

　　我同意时光飞逝的说法。我的生活也是完全彻底烂透了。我想他停止哭泣，这样我就会装作什么都没看见过，他装作他什么也没做过。我们都装作我们什么也没看见，什么也没做，对彼此一无所知。

　　最重要的是，我们都装作对碧·拉卡姆，对上个星期的错误一无所知。

　　"我该怎么办？"他问道，双手从脸上滑过，"我不知道该怎么办。"

我完全不知道该怎么办。假设我们都在一个游泳池里的话，我不会把救生圈扔给卢卡斯的，因为我也快被淹死了。我连自己都救不了，所以更谈不上救他。

卢卡斯并没有等我根本不存在的建议。

"我只有十五岁，我做不到。我们多加小心吧——我们务必做好保护措施。"他看着我，"你甚至以为那个孩子是我的？"

星期三（牙膏白）

还是那天的下午

我们像苹果从中间切开，一分为二，吐出了黑亮的果核。我建议卢卡斯先离开科学实验室，以防哪个间谍向班主任和警察报告我们的秘密会面。我等了四分钟十四秒，这才向医务室走去，这也是我唯一的目的地。

我一走进去就吐了，桌子后面的护士都没来得及站起来递给我一个纸碗。这让我感觉更加糟糕了，因为最近我的呕吐给人们带来了清理的麻烦。

我走到哪里，就把麻烦带到哪里。

我跟护士在刚过去的五分钟一直在争论，深色的金盏花色与冷蓝之间的争论。

我不能让你一个人走，我要先找到你爸爸。

爸爸有一个重要会议，不能被打扰。

我会再试一次。

他会把手机关机的。我有家里的钥匙，我会自己进门的。我一直是这样的。我有邻居照看我。

这是一个谎言，不过她认识我住的那条街上的人的可能性很小。

我想藏进我的小窝，远离责怪我的碧·拉卡姆家的窗户，直到刺穿我大脑的鲜艳色彩不再闪烁。

我要把我脑袋里那张碧·拉卡姆肚子里的婴儿的图像驱散掉，就是我杀死碧时杀死的那个婴儿。那天我杀了两个人，不是像我以为的那样只杀了一个。

当然，我不能把这些告诉护士。她又在试着拨打爸爸的电话号码。我的声音的音调更高了，成了更白、更淡的蓝色。

我肚子疼。我要告诉爸爸今天晚上带我去看医生，我们会得到一个病假条的，还有药，我肯定。

坏的、可怕的想法在我的头上互相追逐，让我好想抓肚子上的洞。与此同时，她给爸爸的手机上又发了一条信息。我无法得到医生的病假条来缓解这些感觉。

事实就是，我不能对护士实话实说。话到了嗓子眼，噎住了。乱七八糟的想法在脑海里挥之不去，有些天机不能泄露，有些不能承认是曾经做过的事，不能显示自己的真实颜色。

她不会理解的，她怎么能理解呢？

她的手机铃声响了，出现了粉红色的口香糖泡泡，她又说起话来。

我必须回到我的小窝，钻到毯子底卜。我会闭上眼睛，用妈妈的开襟羊毛衫包裹自己，假装她就躺在我身旁。在爸爸不在的时候，她一个人在夜里听古典音乐，说着她所看见的颜色和形状，一如当年。

护士放下了手机："在这里等着，贾斯珀。一个哮喘的学生现在需要我，我会找个助教陪你待着，等你爸爸来这里。"

我按照她吩咐的做了。

门关上了，我等了二十秒。

我没有按照她吩咐的做。

我跑了。

*

我不知道我是怎么到达这里的。这里不是指我生命中的这个可怕的节点——十三岁零四个月，二十七天，五小时。我的意思是说实际上是怎么到家的——跑出学校大门，穿过马路和身边的人流。我感谢我的双腿像是从敌人的阵地救回的一个战友似的，不需要我下令，就向前狂奔。

我的双腿把我一口气带回这里，回到彭布罗克大道，我终于停下了脚步，停下来喘口气。我的呼吸是短促的、参差不齐的、刺眼的蓝色。我的手和膝盖在抽痛。我飞快地看了一眼，发现我的裤子破了，膝盖上有血，手掌上有擦伤。我的肚子火烧火燎，出现尖锐的银色星星。

我不记得被绊倒、摔倒过，不记得站起来过，也不记得继续跑过。

不过这都没有关系，因为我已经快到家了。我一直抓着我的纽扣，摔倒的时候也没丢。我转过街角进入文森特花园街，立刻看见了警车停在碧·拉卡姆家门口。

我的腿慢慢地停了下来，放弃了营救任务，一步也不肯挪了。对于任何士兵，甚至皇家海军陆战队提出这样的要求，都是过分的要求。

投降。

这就是我的双腿突然对我尖叫的原因。

缴枪不杀。

爸爸曾经对一个军队里的士兵这样喊过。

我靠在一个灯柱上喘口气，再次开始命中注定的远征。一切将在几米以外完结，挨着警车站着一个梳马尾辫的女警察。我摇摇晃晃地向她走去。

她还没有意识到，只是她将解开为何谁也找不到碧·拉卡姆的谜团。

金发马尾辫女警察没有看到我在靠近，她在对着对讲机说话，可能是在跟理查德·张伯伦联系吧，给他介绍情况。另一个警察大步走上通往碧·拉卡姆家前门的小路，到门口后敲门。

"拉卡姆小姐，我是警察，你在家吗？请把门打开，我们急需与你谈谈。"

前门的里面是一个走廊，刷成了矢车菊蓝，桩子上的涂料多得流下来；一只黑色手提箱，碧说箱子里面装满了闪闪发亮的衣服，特别是女人的衣服，还有一块"谁邀请了你"的垫子。

"嗯，嗨，贾斯珀。"一个男人出现在我面前，用他奶油黄色的话语挡住了我的小路。他扔掉一根香烟，用一只穿着黑色翻毛皮鞋的脚踩灭，"我见过你和你爸爸出来在这附近走动。你知道我是谁吗？"

我的喉咙发紧，我感到窒息。这个人如果不给我让路，非常可能成为我呕吐附带损害的对象。我企图从他身边绕过去，可是他却又跟了上来。

"你还好吧？你的脸色像纸一样苍白。"

这不是不可能的，非常可能，我不可能看起来像舒展的布料。

他伸出了一只手。我不知道他要用这只手干什么，我退缩了。他可能是打算打我。

我又扫了他一眼。他可能是个便衣探员，跟那两个穿警服的警察在一起工作。他们趁爸爸上班的时候来抓我，很卑鄙。我怀疑爸爸看的电视剧里的律师在这种情况下会大声喊道：这是不可接受的！

"是理查德·张伯伦派你来的？"我问道。

"谁？"

"是他派你来这里逮捕我吗？"

"什么？不是。你不认识我吗？"

我的头左右动着，意思是"不认识"，因为我不认识什么人的声音是奶油黄色，脚上穿着黑色翻毛皮的皮鞋和带有醒目的红点、黑点袜子的人。

"对不起，我们没有正式介绍过彼此。我叫奥利·沃特金斯。我住在马路对面，我在整理妈妈的东西，把她的房子卖掉。"

他边说边指着那幢房子，只见房子的大门上有一个猫头鹰形状的大门环，十分华丽。

"几个月以前，大卫向碧抱怨长尾小鹦鹉太吵的时候，我在街上见过你和你爸爸，"他说道，"你可能不记得了——我认识的邻居还不很多，我一直有点被排除在集体之外，心里很难过。"

我还真记得。这个奥利·沃特金斯不喜欢大声播放音乐，也不喜欢伊比沙岛，他不常出门，因为一直在家伺候他那病入膏肓的妈妈——莉莉·沃特金斯。她住在十八号，是碧·拉卡姆妈妈波林的朋友。

我好长时间都没见十八号有人出入了，可是我知道那里还有人，因为里面的灯时开时灭。沃特金斯太太现在已经死了，可能因此奥利·沃特金斯才能脱开身，有机会再出门吧！

十七天以前，我看见一辆灵车停在文森特花园街十八号门前，车上装满了白色和娇嫩的粉色鲜花。不是我最喜欢的颜色。我也没太关注，因为那天我第一次看见长尾小鹦鹉宝宝飞近。

"我妈妈是得癌症死的，"我告诉他，"她是钴蓝色，起码我认为她是钴蓝色。爸爸说我记得的就是这样，我不敢肯定，他说的这一点是不是绝对真实的。"

每一点。

"我很遗憾，"奥利·沃特金斯说，"你爸爸告诉过我。"

"告诉过你我妈妈的颜色？是钴蓝色吗？他是这么说的，你肯定？"

"不，关于这一点，我一无所知。我的意思是说我们当时谈到了你妈妈的死。我妈妈去世的时候，他很友善。我虽然不知道你当时多大，但你失去了妈妈，对于你来说都是一段难熬的时光。"

"友善？"

"你知道，他在丧事的组织工作上帮了很多忙，比如安排文书工作，在当地报纸上登讣告。他以前做过这些，当然，否则的话我都不知道从哪里开始。"

丧事的组织工作。

我以前从来没听说这种表述。

"不允许我去参加葬礼。我会让大家难过，这样不好，对于他们来说不好。"

他咳嗽起来。"不好意思。"

"抽烟导致的咳嗽。"

"实际上，几个月以前，我得了胸腔感染。希望不要再复发。不过，你说得对，贾斯珀，我应该把烟戒掉。我过来伺候妈妈以后就又抽了起来，压力还有类似的情绪导致的。"

"抽烟致癌，"我指出，"抽烟要了你妈妈的命。癌症也可能会要了你的命。”

这个人什么也没说。

我走开了。他沉默，意味着谈话已经结束，我不需要继续像正常人一样做事了。

金发马尾辫女警察此时已经不再站在人行道上等着逮捕我了。她回到了她的警车上，坐在驾驶员的座位上。那个男警察爬进了警车，坐在她旁边，关上了车门。

砰。一个蒙上了层层灰色的深棕色椭圆形状。

警车发动机快速启动，橙色和黄色的标枪形状。

我加快了脚步，我要拦住他们。爸爸对这件事的判断是错的，他对一切的判断都是错的。我不会忘记。我无法假装这件事没有发生过。我必须供认，我一定要告诉警察我都做了什么。

这是唯一的办法，我不能这样继续下去了。

“贾斯珀。”

我转过身来。这个人脚上穿着黑色翻毛皮的皮鞋和带有红点、黑点的袜子，声音是奶油黄色的。这是十八号的奥利·沃特金斯。我要在笔记里把这些细节记下来，来帮助我记住这个人。

“出了什么问题吗？”他问道，“要不要我给你爸爸打电话？你这个时间不是应该在学校吗？”

“不要！”

警车开走了。我失去了自己的机会，但是还会有一个供认的机会，褪色的铬橙色会派这辆车回来的。今天，也可能是明天。他会弄明白我做了什么，不是吗？最终他肯定会的。

“你跟碧是好朋友，是不是？”奥利·沃特金斯问道。

这是个无法回答的问题。我没有张开嘴巴，相反，我用手指摩挲着那粒纽扣。

一下，二下，三下，四下，五下。

"你知道警察找她干什么吗？自从这个周末以来，他们已经是第四次到她家来了。"

我又一次退后了一步，因为他的衣服该洗了，陈腐烟草的臭味让我肚子疼。

"我纳闷她这次又做了什么。"他说道。

我使劲地摇头。我可以像救护飞机一样起飞，在房子上空翱翔。我要从这里飞走，率领乱哄哄的长尾小鹦鹉们。我敢肯定它们愿意追随我。它们不想留在这里，在这里，很难了解哪个人是可信赖的。

"今天上午我清理妈妈的阁楼时，警察敲开了我家的门，问我知不知道碧在哪里。"

他真喜欢聊天，简直是个话痨。他阻拦了我奔向我小窝的脚步。我不能无礼，我不能把注意力集中在自己身上。我的言行举止必须像个正常人那样，再坚持几分钟。

"他们还敲过这条街上几家的门呢，也敲过大卫家。"他为什么不停地说话呢？可能是因为他妈妈死后感到孤单了，像我一样。

"那个女警察也没告诉他，她要找碧干什么，不过，我们俩都认为是因为音乐太吵。我告诉她我认为碧一定是离开了，她家房子整个周末都静悄悄的。我猜等她回来的时候，一定会被扇耳光，命令她消减噪声，大卫一直威胁说要这么做。"

扇耳光。我不喜欢在他舌头上转的这个冒泡的柠檬果子露色的词。我转换了话题。

"母鸡是雌性的鸡。你知道母鸡的记性跟大象一样好吗？在一百多只母鸡里，它们能分辨彼此的脸。除了有一点我无法肯定，那就是严格意义上讲，母鸡是否有脸。你知道吗？"

"我不知道，"奶油黄承认，"我听说你对事实的记忆力，以及对人的声音的辨别力很好，对人脸的辨别力没有那么好。是这样吗？"

"谁告诉你的？"

"大卫。在碧举办的熟悉新邻居的聚会上，他跟你爸爸聊天来着。你记得吗，我离开得早，回去照看妈妈，不过那确实是一个热闹的夜晚。"

我浑身颤抖，那时候，爸爸正在……

我把这幅可怕的画面从脑海里硬逼出去。自那个星期五的晚上以后，那个聚会高居我最不想画的事物清单榜首。不过我还没排序。在此之前，我还有其他要重现的画面。一想到绘画颜料在我的卧室里迫不及待地等着我，我就手痒。

"火星音乐消失了，碧·拉卡姆再也没有喂过长尾小鹦鹉。"

"在聚会上？"他问道。

"在周末。再也没有火星音乐。所有的鸟食罐都是空的，没有花生，也没有苹果片和板油。"

"火星音乐？你说得对。实际上，当她把音量放到最大，到震耳欲聋的程度时，听起来是像外星人在妈妈的梳妆台上摇拨浪鼓。妈妈这时就会央求我采取些措施干预一下，因为她下不了床，不能亲自去求碧。"

他诅咒火星音乐的时候，一种酷似诺如病毒感染者的呕吐物颜色出现了，我倒吸了一口气。

"对不起，我跟小孩子在一起还不太习惯。我自己还没有孩子，也没有侄女和外甥。"

我肚子吐出一颗颗银色的星星："我得走啦！"

"稍等，贾斯珀。你对长尾小鹦鹉的认识是正确的。我以往都没注意到。碧没有再给鸟食罐里加鸟食，她肯定是走了。如果警察再回来的话，我会告诉警察的。"

"我很难过。"

长尾小鹦鹉没食吃，死了十几只，都是我的错。我不知道从哪里开始补救我所做的一切。

"你为那些鸟儿感觉难过？"奶油黄问道，"当然，我忘了，你是个鸟类爱好者，跟我一样。我曾经见过你帮助碧给鸟食罐加满鸟食。好一个年轻的鸟类学者，是不是？我像你这么大的时候也是这样的。"

我不要去想碧·拉卡姆、长尾小鹦鹉、自己，我不喜欢这样的三角关系。我把她屏蔽在画面之外，转而集中精力想我和长尾小鹦鹉。

"我还剩下半袋，可是，爸爸说我必须远离碧·拉卡姆家，"我说道，"说她是一个麻烦制造者，一个愚蠢、轻佻的小妞，一个精神失常的人。他不允许我碰鸟食罐。他在这条街上有卧底，要是我把鸟食罐加满的话，他们会向他告密的。"

"哈，让我猜猜，是大卫，对吗？"

"他的最大爱好就是射杀野鸡和山鹑，砰，砰，砰。"

"嗯，他出来遛狗了。警察过来以后，我跟他聊过天。他今天也敲过碧家的大门。她今天上午真够受欢迎。"

我咬着嘴唇，盯着人行道。

"你现在跟我想的一样吗？"奶油黄问道。

"为什么那个杀鸟的大卫·吉尔伯特一定要打扰碧·拉卡姆？"

她不喜欢他来访。我听到过她告诉他走开，绝对不要在二月十三日回来。他在情人节的前一天抱着一束花出现过，当时我正在研究她卧室窗前的长尾小鹦鹉。她不想要那束花。

那天，我应该及早给警察打电话。

我观察八哥在远处街尾的一棵树上争来吵去，企图用它们珊瑚粉色的唧唧啾啾来吸引我的注意。它们的颜色永远都无法与长尾小鹦鹉相媲美，它们应该放弃。我不会画它们的。

"我的意思是说，你爸爸并没有禁止我去喂长尾小鹦鹉，对吧？像我们这样的鸟类爱好者应该紧紧团结在一起。"他说道。

我不知道他是什么意思。紧紧团结在一起听起来是天长地久，就像使用具有超级力量的黏合剂，而我对这个人一无所知，除了我们都是鸟类爱好者，我们的妈妈都是死于癌症的事实。

我不想跟他论证。我的肚子、膝盖、手都疼，我想回家。

"你干吗不把那袋给我，让我来替你喂呢？这样的话，你就不会做任何错事，你爸爸也不会找你麻烦了。"

我想了十七秒："那货车里的人呢，他们会告诉爸爸吗？"

"什么货车？"奶油黄往街道上东张西望。

"我会找到的。"我说道，对他的问题避而不答。货车里的人只对我有兴趣，不过，他最好不要把注意力引向他自己，"你能保证不会告诉我爸爸，也不会告诉大卫·吉尔伯特吗？"

"我心画十字，以死起誓。"

他只是嘴上说说，人人如此。

我想告诉他我们这条街上死的人已经够多的了。

我没告诉他。

我什么都没说，这样安全得多。

我们默默地穿过马路，向我家走去。奶油黄停在人行道上，大门旁，我掀起大理石大花盆，找到钥匙，在花盆砸到我的手指之前松开了它。

我进了门以后，在分心忘了该做的事之前，集中精力寻找鸟食。

我在厨房的橱柜里，谷物包的后面找到那个袋子。爸爸从来都不会藏东西，也许在皇家海军陆战队根本就不教这种技能。我跑到门口，上了小路。我把袋子塞进那个人的手里，冲回家，"砰"的一声关上了门。

我从客厅的窗户可以看到奶油黄穿过马路，右手拎着那个袋子，一甩一甩的。他推开碧·拉卡姆家的大门，然后停下脚步，回头看了看。一个男人向他走来。他的狗叫了起来。这条街上只有一个男人，他身穿樱桃红色灯芯绒裤，戴棕色鸭舌帽，狗的叫声是薯条黄色。

我的手伸进口袋，摸到了妈妈的纽扣。

摩挲，摩挲，摩挲。

这一定是鸟类捕杀者大卫·吉尔伯特出来遛狗，回来的时间比预料的早一些。他又到了文森特花园街二十号外面了。他当场捕获了一个同样爱鸟的人。他有一支猎枪，以前就曾经威胁过要把它派上用场。他威胁过碧·拉卡姆。

快从杀鸟者大卫·吉尔伯特身边逃走！

奶油黄没动弹。他是动弹不得，他被绑架了。他一定知道关于这支枪的种种，所以不想冒险逃跑。他在被挟持走以前——就像我在学校被 X 和 Y 挟持一样——想方设法把那袋鸟食藏到背后。他们走上了通往隔壁家的小路。

那是文森特花园街二十二号，大卫·吉尔伯特的家。我把遛狗的那个人猜对了。他们进屋的时候，他的双手放在奶油黄的肩上。他在强迫他进去，不管他愿意不愿意，跟我被推进科学实验室是一样的。

当时没人来帮我。

想着这里也没人帮奶油黄，整条街上空空如也。

没有目击证人，除了我。

大卫·吉尔伯特会因为奶油黄想给我的长尾小鹦鹉喂食而惩罚他。我害怕，我害怕极了。我需要行动。有人有危险，那种你无法视而不见的可怕的危险。

我不听从脑海里爸爸的声音，他命令我不要把注意力集中在我自己身上，不要把注意力集中在我们俩做的事情上。

我不理会脑海里的铬橙色的声音，他告诉我不要再拨打不必要的报警电话。

我不理会我的小窝，我的颜料，我肚子疼痛的呼唤，这声音越来越大，越来越明亮，就像一个火热的、锥形的银色星星。

我抓起我的手机拨打999。我告诉接线员我需要警察，不是消防热线，因为我没有看见火焰。不管怎样，还没看见。

"上个星期，我们这条街上发生了一起可怕的谋杀事件，而现在有一个人被绑架了，"我告诉电话中的那个女人，"他被迫进了一幢房子，他现在处境十分危险。"

我把大卫·吉尔伯特的地址给了她。她问了关于我的大量无关的细节：我为什么从家里打电话？我为什么没在学校？我以前拨打过999吗？我的父母在哪里？他们知道我一个人在家吗？

她应该问我关于绑架的问题。她应该问关于大卫·吉尔伯特的信息。他是这幅画里真正的恶棍。

"那个演员同名的理查德·张伯伦，认识我。"我说道，"他告诉我不要再给999拨电话了，可是他不能要求我对另一个人在这条街上身处可怕的危险视而不见。这绝对是一个紧急情况。"我又重复了一遍，以免她第一次没有听见，"发生了一起绑架事件，不应该与谋杀事件混为一谈。"

我挂断了电话，在窗前等待警察的到来。他们需要快点。长尾小鹦鹉在碧·拉卡姆的橡树上尖叫着绿色和雕花玻璃的孔雀蓝。

它们害怕极了，像我一样。

星期三（牙膏白）

还是那天的下午

　　警车尖锐刺耳的叫声就没停过，在大卫·吉尔伯特家门外，警笛的颜色是鲜艳的黄色和粉红色的之字形。司机慢慢地把车倒进一个停车场。一个身穿黑色警服的金发碧眼的女人从警车里爬了出来，后面跟着一个男人。他嘴张得老大，双臂举过头。说实话，他们以吓人的悠闲节奏来对待这一紧急情况。

　　这个女警察可能就是早些时候我在碧·拉卡姆家门外见到的那个，我不能肯定。她走上小路（她为什么不用跑的？）拍打前门上深棕色的模糊的门环。三十一秒之后，门开了。一个男人出现了，他们谈了四十四秒的话，然后她进去了。她的同事在警车旁等着。

　　我不是绑架事件专家，但是，她的动作是不是应该更快些呢？她甚至都没有拿出武器（她带没带武器都是个问题），而她孤身一人进入陌生人的家，这可不是什么好主意。人们习惯于在对方最没有防备的情况下突袭别人。她的同事帮不上她，他的食指在他的左鼻孔里。

三分两秒以后，女警察跟两个陌生人一起出了屋，他们都走上了小路，在人行道上的第二个警察旁边停了下来。他们的脸转了过来，朝我所在的方向看。

穿樱桃红色灯芯绒裤的男人为什么没戴手铐？

大卫·吉尔伯特应该被关进监狱，他属于那里。

他们向我家走来。我不喜欢这样，他们为什么到我这里来？他们本应去警察局啊！我离开了窗前。我无处可藏，这没有意义，他们知道我在这里。我用手机拨打的999，不是我想拨，而是因为我非拨不可。

没有人进来帮忙。

我是一个不情愿的证人，一个不情愿的助人者——我以前经常扮演助人的角色。

这几人中的一个敲打淡棕色带黑苦巧克力条纹的门环。我无法确定敲的人是谁，因为我已经离窗户很远了。我藏在前门的门后，用舌头数着牙齿。

"嗨，贾斯珀。"我数完牙齿打开门以后，女警察说道，声音是鲜绿蓝色，"我是詹妮特·卡特警官，这是我的同事马克·蒂德勒警官。我想你是认识你的邻居的。"

她指了指站在她后面的两个人。显而易见，假如她努力的话，就不会比这更偏离真相，不过，我有有用的线索，可以助自己一臂之力。一个穿粉色灯芯绒裤的男人从大卫·吉尔伯特家出来。他的狗因为被独自留在文森特花园街二十三号而恼火，叫声是炸薯条的黄色。另一个家伙穿着黑色翻毛皮鞋，带红点和黑点的袜子，手里抓着半袋鸟食。

他们分别是绑架者和人质。

女警察扫了一眼后面的男人。"我们想让你知道一切都正常，"她说道，

"没有发生绑架，没有发生谋杀。你的邻居，沃特金斯先生不是被挟持进吉尔伯特家的，他在进行一次友好访问。"

"是真的，"奶油黄说道，"我正要给鸟食罐装鸟食的时候，大卫问我能否帮他搬一件厨房里的家具，他一个人搬不动。"

我根本弄不明白这种形势变化。这完全出乎意料，而我不喜欢出乎意料。它是绘儿乐蜡笔的橙色。

"他把手放到了你的肩上，"我指出，往后退了一步，"此前，就连 X 和 Y 都没有对我这样。他们一个在我前面，一个在我后面，却没有碰我，因为那样的话就是人身侵犯，他们就会被开除。"

"我是愿意跟他去的，贾斯珀，这不是问题，我不在意帮助有麻烦的人。在这条街上，邻居彼此之间都是这样，妈妈经常这么说。"

我感觉肚子一阵疼痛，我的脖颈像仙人掌似的刺痛。

"即便你知道这个邻居是连环杀手，或者帮助过连环杀手，你还说愿意帮助他？"

女警察的嘴张大成了"O"形，跟碧抵达这里的第一夜一样。我猜测她跟我一样好奇地想知道答案。

大卫·吉尔伯特看着警察们："你们知道我是什么意思吗？必须制止这些不合情理的指控。这个男孩这次太过分了，他根本就是个发育不全的人。"

跟碧·拉卡姆一样。

他就是这么描述她的，在她生前。

"你是个鸟类杀手，"我澄清这个问题，因为他没有带辩护律师，所以只有这样才公平，"我并没有指控你谋杀碧·拉卡姆。"

"我却不那么以为！"他大声说道，"他在干什么？这跟碧翠丝有什么关系？等她最终再次他妈的露面，一切都会水落石出的。"他再次把颗粒状的暗红色话语引向两个穿警服的警察，"我要求对他采取措施。这是迫害，他一直在诽谤我，指控我。我这里有奥利这样的证人，他会支持我的。我说得对不对？"

他旁边的那个男人的头和胳膊都在动。我不能肯定这姿势是什么意思，他是在暗示他会支持还是拒绝支持大卫·吉尔伯特呢？很难说。

然而，我的注意力却集中在迫害这个词上。这是一个有趣的颜色，带有淡淡的紫罗兰色，几乎是透明的。

这个词建立在另外一个词受害人的基础上。你可以在脑海里让它转圈，让它生成不同的含义。也许了解谁是受害人，并不是件简单的事。

"我们从现在开始着手处理这件事，先生，"卡特警官说道，"也许你们俩可以回家，让我们跟贾斯珀单独聊聊？"

樱桃红色灯芯绒裤回了家，回到薯条黄那里，可是另外那个人，奶油黄却没动弹。

"如果你们需要我在场的话，我可以留下来，因为他爸爸似乎也不在。"他的身体向我所在的方向挪动着，"你愿意吗，贾斯珀？"

"碧·拉卡姆自从星期五以后，就没有给鸟食罐加过鸟食，鸟食罐整个周末都是空的。"

女警官转向他说道："你最好还是离开，先生。我们如果需要帮助的话，会给你打电话的。"

"你确定没问题吗？"

他没动弹，真烦人。

"你可以用我给你的鸟食把鸟食罐再加满，可是你还需要再买些。从现在开始，你需要不间断地给长尾小鹦鹉喂食了，一天喂两次，还有苹果片和板油。"

"当然，你说怎样就怎样。"他大踏步地走了，鸟食袋在大腿上摇来荡去。

"我们可以谈了吗，贾斯珀？"卡特警官问道。

"一分钟或者九十秒以后。"我盯着奶油黄回去做他没做完的喂鸟工作。他把塑料袋倒过来，把鸟食都倒进鸟食罐的时候，塑料袋在微风中被吹得鼓了起来。鸟食不够六个罐分的，不过，至少三个罐可以装个半满。

工作完成。

奶油黄在空中竖起大拇指，然后走回他妈妈的家。

"我现在已经准备好了，可以去警察局了。"我转头对女警官说道，"我会把发生的一切和盘托出，我要招供。"

"没必要去警察局的。"她的句子断断续续的，是鲜绿蓝色，"我们可以在这里谈。我们能进屋吗？没什么好担心的。你应该有人陪伴。你一个人，是吗？你想让谁到这里来？"

"我想要妈妈，我此时此刻只想要妈妈。"

"这没问题。她现在在上班吗？我们可以帮你给她打电话。你手头有她的电话号码吗？"

"你们没法给她打电话。她是钻蓝色的，可是这颜色越来越淡了。"我痛哭失声。我不能自己，真的，我不能。"都是碧·拉卡姆的错。她为了爸爸冲淡了妈妈的颜色，主要是为了爸爸，不过也是为了我，因为我根本没有意识到发生的是什么。等我注意到了，已经来不及了，无法补救，就这样我失去了她。"

"没事的，贾斯珀，不要难过。对不起，我让你难过了。我们怎么才能找到她呢？"

"我不知道怎么才能把她带回来，我不知道怎么把人从那个世界带回来。"

"贾斯珀……"

"我想把她带回来，也想把那个婴儿带回来。可我做不到啊！我不知道他们的尸体在哪里。求求你，帮帮我，帮帮我！这件事我做不到，我还太年轻。我要离开这里。"

她的脸隐约地向我靠近，接着是另一张脸。我都不认识。一个男人对我高门大嗓地说话，出现了令人不愉快的颜色，可我不知道他们是什么人，也不知道他是谁。我不想研究这些颜色的细节，因为我知道我不会喜欢。我把他们屏蔽了。

他的嘴又薄又红，像一个又深又长的伤口，正在张开，合拢。

我又看见了冰蓝色晶体，边缘闪闪发光，还有锯齿状的银色冰柱。

它们要伤害我，伤害我的肚子。

我连声尖叫，最后冰柱被击碎，碎成了小小的碎片，尖叫才止住了。

我什么也看不见了，只剩下黑暗。

周围一片漆黑，我坠落其中。

13

星期三（牙膏白）

那天下午的晚些时候

我回到了我的小窝，入口用勿忘我蓝毯子封住了，手里紧紧地抓着妈妈的开襟羊毛衫。离开我的安全窝是一个可怕的错误，她的纽扣和玫瑰花的香味几乎盖过了我头发和衣服上挥之不去的医院的味道。

只是那又是一个谎言。那不是*她*的香味。十八个月以前，我在妈妈的开襟羊毛衫上吐了以后，爸爸把它洗了，他不是故意的。他从百货商店又买了一瓶玫瑰花香水，喷到开襟羊毛衫上，好帮我纪念妈妈。

他说闻起来是一样的。

他错了，闻起来不一样。闻起来很像妈妈的味道，但不完全是，就像我给她的声音画的画似的，两者都没有准确地捕捉到她。

我的手指摩挲着开襟羊毛衫上的纽扣。

花园里面徜徉，玩具狗熊一样。

我小时候，妈妈就这么说。我躺在床上的时候，她在我的手上画了一条又一条线，同时抬头看着她给我钉在天花板上那闪闪发亮的点点繁星。

开襟羊毛衫上的纽扣跟她闪亮的粉色指甲一样光滑。

一步两步走来，给你挠挠痒痒。

只是那时妈妈从来不习惯于给我身体的任何一部分挠痒痒，因为她知道我不喜欢。相反，她让我给她的下巴下面挠痒痒。当时这样总会逗得我们俩哈哈大笑。

我在医院待的时间并不长——那个男医生给我做完检查，警察找到了爸爸，就回家了。两个小时，也可能是三个小时吧。很难说，因为我在前门外昏倒以后，我的表摔停了，而病房的钟又慢了，我失去了时间概念。

我知道这是一个重要证据：这段时间足够给我和爸爸带来一大堆麻烦。我昏过去以后，那个女警官慌了神，用无线电对讲机叫了一辆救护车。假如我当时还有意识的话，我会阻止她，可是我当时已经没有意识了。这些事情都不在我控制范围之内，就像最近发生在我身上的很多事情一样。爸爸不懂。

你不应该逃学。

你不应该拨打 999。

那个医生给我做了检查，看见了我肚子上的洞。他用一条又一条的小胶带把它固定住，因为做外科缝合为时已晚。他给了我药片，防止感染，涂上了清淡的消炎药膏。我没有告诉他我的肚子是怎么受的伤，我什么都没有告诉他。我说不说也没有什么区别，因为那个女警官都替我说了。她告诉那个男医生我叫什么名字，今年多大，住在哪里。她在那里的一份记录上了解到的，可能是从褪色的铬橙色那里吧。

那时，她已经知道我的直系亲属是我爸爸，他是我唯一活着的亲属，她不可能给我妈妈打电话，因为她已经死了，下葬了，像早夭的长尾小鹦鹉一样。

像我姥姥、碧·拉卡姆的妈妈和奥利·沃特金斯的妈妈一样。

等他最后露面的时候，气喘吁吁，汗流浃背，他是被从一个重要会议上拽出来的。又有一个女人出现在医院里，她跟我爸爸单独聊了几句。她是一名社工。"我们很快就会和她再见面，现在医生已经给我的肚子进行了认真的检查，"爸爸说道，"我们可能还要见一位儿童心理医生，还有所有的警官。"

跟他们中的任何一个人谈都没有意义：褪色的铬橙色，用对讲机叫救护车的鲜绿蓝女警官，这位社工，还有儿童心理医生。

他们中间没有谁能帮得了我。他们只听他们想听的，看他们想看的，而且他们到现在还没有找到碧，当我一而再再而三地告诉他们她已经死了的时候，他们甚至听都不听。

我也不想对爸爸说，我不想告诉他关于那个婴儿的事，碧·拉卡姆的孩子。现在还不到时候。我不想让简单的橙色"婴儿"这个词在我的舌头上打滚。

爸爸在楼下的厨房打开收音机的时候，我看到了灰绿色。它隐隐约约的垂直线形成的条纹反反复复地上去下来。这些颜色以矛盾的方式泼溅在我身上。我对它们既不喜欢，也不讨厌，我持中立态度。是我高兴时画画就会用，而当颜料管里挤出来的不够用的时候，也不至于伤心的颜色。不像我最喜欢的蓝色颜料用完的时候——灾难的规模要是以从一到十来衡量，这就是九。

是九点五。

爸爸调到一个新台以后，歌曲变成了中性色彩。这些颜色让我哭泣。这次不是痛哭失声，而是喜极而泣，为这些颜色而喜悦。

这是蕾哈娜的《钻漾年华》，只是我没有像她一样看到"天空上的钻石"①。我看到了金色和银色的星星在爆炸，歌声起伏，增强成粉色的火烈鸟和西瓜的海洋。粉色不断地变化，美轮美奂，变成紫色又变回粉色，下面还有黄色的下画线。

这让我忘记了医院、爸爸、所有的警官、医生和社工。我从窝里爬出来，感觉到颜色在拥抱我，安慰我。我想跳舞。我非要跳舞不可，就像碧·拉卡姆曾经那样。

我伸开双臂。我喜欢这样跳舞，手舞足蹈，同时舞动。不分享颜色是自私的行为。我把手放在窗帘下面，打开窗户。我想要长尾小鹦鹉也来欣赏音乐，自从碧·拉卡姆死了以后，它们就再也没听到过音乐。它们一定是思念颜色、声调和形状了。

它们需要意识到生活不会再跟从前一样了，但是还可以继续。我要保护幸存的长尾小鹦鹉。碧·拉卡姆隔壁暂住的那个人会一次又一次地把鸟食罐加满。一定要让它们感觉自己是受关注的，否则它们会离开我的。

我还没有完全意识到我到底多么需要再次听到音乐。我在窗帘的缝隙间窥视着。长尾小鹦鹉听到了吗？三只长尾小鹦鹉为小夜曲争论得热火朝天。

深矢车菊蓝，带金凤花黄。

更多长尾小鹦鹉落到了这棵树上，参与到大辩论里来。它们在争论发生了什么，阵营分明，各执己见。

大卫·吉尔伯特与我和碧·拉卡姆对阵。

---

① 此处指女歌手蕾哈娜演唱的歌曲《钻漾年华》(Diamonds in the Sky)的歌词。——编者注

我与碧·拉卡姆对阵。

我的胳膊垂了下来，回到它应该在的位置。我的腿不再动了。我静静地站着，因为我的身体被另一种冲动攥住了，这一冲动比跳舞的愿望更强烈。我拿起画笔，因为需要描绘的真相是明亮的，像金色圣诞节的金箔纸一样闪闪发光。

我已经准备好了。

长尾小鹦鹉无法对任何人讲述对它们的屠杀造成的混乱，它们无法解释自己是如何落入陷阱的。

它们需要有人来讲述它们的故事。我必须从撂下的地方接着画，因为快画到它们到来的那一天了。

我拿出一张新纸，欣赏这令人赏心悦目的洁白。在继续使用我最喜欢的蓝色颜料管之前，我选择我的颜料：烧焦的赭石色、镉红色和黄色。

现在是时候画出下一个场景了。

一月十八日，早上六点五十分

纸上的橘子酱色、钻蓝色和绯红色的星星

无名女人搬进来，大声播放火星音乐以后的第一个早晨，我看见了参差不齐的深橙皮果酱色。

我跳下床，拿起望远镜站在窗口前。我先检查了橡树，在受到喜鹊没来由的攻击以后，鹦鹉仍然在躲避。有两只鸽子落到了树上，对于先前的伏击一无所知。

当我的闹钟发出柔和的哔哔声时，像往常一样，我的卧室里出现了粉红色的泡泡。我在笔记本上草草记下了时间。我是肯定要去上学的。

没得商量。

鸽子飞走了，被尖尖的、不自然的形状扰乱了。

另一辆卡车来了，颜色是比前一天的车更为野蛮的橙红色。它没有拉走家具，相反，它在文森特花园街二十号外面卸下了一个废料桶。

一辆汽车鸣着喇叭，闪烁着绯红的星星，一个男人打开了卡车的车

门，毫无预警地跳了出来。他的朋友向司机打了个响指，司机用一个鲜红的嘟嘟声来回应。

八哥也来到了我们邻居的树上，还带了一只知更鸟。它羞涩的颤音是骄傲自大的红珊瑚色下面浅蓝色的波浪线。时间都记录在我的笔记本上。

那个无名女人飞跑出了房子，赤着脚，身穿一件闪亮的蓝色睡袍，这件衣服的领子开得很低。男人们张开嘴想说话。我不认为他们说出了什么话，因为他们嘴唇的形状都没有改变。她晨衣的颜色也让我大吃一惊。

钴蓝色。

啊，啊，啊，啊，啊！！！！！！

我在笔记本里的那些字下面画了一条线，然后加上六个感叹号。

正是钴蓝色，正是这个颜色在很久以后误导了我。我必须承认我的错误，与碧·拉卡姆有关的众多错误中的第一个错误。第一印象可能是错误的，我现在知道了。我希望我没有犯这个错误。

当我看到钴蓝色时，我也在我的脑后听到了妈妈的声音。

喜欢你到月球来，欢迎回来。

永远爱你。

妈妈的声音是那么栩栩如生，使我惊喜不已。她的声音既鲜明又洪亮，好像她就站在房间里，在找寻我，虽然她从来没有在这所房子里住过。我以为我永远失去了她，我们把她留在普利茅斯的墓地里。

在那一瞬间，我感受到了一个真相：妈妈曾经发誓永远不离开我。

她信守诺言。

她又回来找我了。

在这里，在文森特花园街。

我的膝盖在瘫软，我紧紧抓住窗台。我知道，只要我一松手，我就一定会倒下，什么都扶不住。不是倒在地板上，而是倒进比地板还要深的地方。我感到一个无底洞在对面的地毯上打开，想把我吞下去。

我听不见那个无名女人对卡车上的男人说了什么，但一定很搞笑。他们笑得前仰后合，颜色像果酱泡泡，与此同时她把金色长发在手指上打着结。

当他们爬回卡车时，她把睡袍的腰部系得更紧。睡袍前面开口很低，可她不怕冷。

卡车沿着街道开走了，嘟嘟地射出深红色带金边的星星。无名女人盯着废料桶看了十五秒钟，然后从她的花园里摘了一朵花，是一朵雏菊，我想。她往回走，朝前门走去。她没有进去，而是转来转去。

她直视着我，优雅地挥了挥手，像公主一样。她的睡袍袖子从胳膊上滑了下来。

我蹲到窗台下。

太晚了，那个无名女人看见我在用望远镜看她。

那是她第一次注意到我在卧室的窗户前。

我担心她会生气，不想认识我。她会向爸爸告状，或者跟邻居嘲笑我。她会叫我偷窥狂 [①]。或者偷窥狂贾斯珀，如果她想开个玩笑的话。

有趣的是，她很久以后，当我们成为好朋友时，她告诉我的却是她喜欢被偷窥。

我的意思是，喜欢被人看。

[①] 原文为 peeping Tom，英文俚语。下文"偷窥狂贾斯珀"（peeping Jasper）为该词的化用。

她是真的不在意，她很享受有观众的感觉，她说这让她感觉自己还活着。

一月十八日，早上七点四十五分，那天早上的晚些时候

纸上的肉桂色块

我对长尾小鹦鹉的观察还在继续。

我一手拿着望远镜，一手拿着笔记本，计算出我最喜欢的鸟类在我去学校之前回来的可能性不到百分之十三。丑陋的颜色把它挡开了。他们已经把其他的鸟吓跑了。我在我们这条街上看不到它们的任何颜色。我没有涂画一个音符。

无名女人可能没有意识到这个问题，而她无意中把她的东西扔到了当地的野生动物身上，扔进了废料桶：书架、书籍、椅子、装饰品、罐子，还有平底锅、报纸、灯罩和窗帘。

砰。砰的一声，肉桂色块转变成橘黄棕色。

前后，女人走来走去，从房子里进进出出，把她不想要的东西运出来。越来越多的纸箱子里堆满了垃圾。我想让她快点收拾——她越早把所有的东西都扔出去，长尾小鹦鹉在我上学前露面的概率就更大。

可能有百分之二十二的机会。

通过我的望远镜，我可以看到一些箱子已经用带子捆了起来。我不知道它们做了什么让她心烦，但她都不喜欢它们。她不想看到箱子里面装了什么。网眼窗帘的归宿也是废料桶。它们由于莫名其妙的原因得罪

了她，只能被扔掉。

我花了十四分二十五秒观察着文森特花园街二十号那棵橡树，寻找长尾小鹦鹉的生命迹象。接着，爸爸敲我卧室的门，门上出现了淡黄褐色的圆圈形状。他要再次检查我是否已经准备好了去上学。

我当然已经准备好了。我们前一天晚上讨论过了。我们都要去做我们不想做的事情。

"那里的那个女人，她是什么人？"我又问他，"她为什么不喜欢家具呢？"

"她一定是这家的一个亲戚，"他答道，"因为她在清理房子。大卫昨天晚上碰见她了，如果你愿意的话，等我下班回来问问他，好吧？他一直都是个包打听，八卦得很。"

我把头调整到正确的位置，示意他我喜欢他出的这个主意。我不希望爸爸再搞砸了，第一次见面至关重要，因为他说第一印象就是这么来的。如果她不喜欢他的话，她也许就不会喜欢我。

"她什么东西都不想存，"我指出，"一件东西都不想存。她把拉卡姆夫人的家翻了个底朝天，很快就会什么也不剩了。"

爸爸承认他在客厅观察过这个女人——同一个屋檐下的两个人在不同的房间同时看。只是我有双筒望远镜。

"扔东西是令人惊叹的事情，"他说着，往窗口靠得更近了些，"她完全可以找一个打扫房子的公司过来整理所有的东西。她应该还是有点钱的，废物箱里有好东西。"

"也许她不想让房子里有别人用过的任何东西。也许她一想到东西有人用过，看过，就不喜欢。"

"说得好，"他赞同道，"不过，这也不妨碍人们上天入地地寻找贵重物品，将它们据为己有或者售出。贩子们会想要这些椅子的，它们看起来状态不错。"

毒品贩子？

"允许这样吗？那不是盗窃吗？"

"好吧，如果你把它扔掉，你就不能阻止任何人这样做。"他指出，"如果你把东西随意丢弃，任由别人自取，它就不再是你的财产了。"

我要阻止废料桶小偷和毒贩，我必须这样做。如果无名女人改变主意想保留哪个箱子或椅子呢？

这不是我第一次，也不是最后一次打电话给 999 请求帮助，但这是我第一次打的与碧·拉卡姆有关的紧急电话。

我打开手机，输入了三个数字，当爸爸在浴室看报纸的时候，我报告说有一个小偷从一个无名女人那里偷东西。

文森特花园街二十号外面，一个潜在的盗窃案即将发生。

不应该允许毒贩把她赶出去，就像喜鹊把鹦鹉吓跑那样。

接线员让我爸爸接电话。我道了歉，告诉她我不能，他在上厕所，不喜欢被打扰。她坚持要我试试。我敲了三下，让他开门，出现了浅棕色的圆圈。我从门缝把电话递过去了。他们聊了几分钟，爸爸一直坐在厕所里。

我保证，我会再和他谈谈的。对不起。他对于事物的感受兴奋过度，他高估了事物的重要性。我知道，我理解。

更多的道歉声。我听到卫生纸发出浅粉灰色的沙沙声和马桶冲水的银蓝色闪光。

我在不得不再听一顿说教之前，抓起书包跑了出去。我不想跟他说话，他为什么不替我向接线员辩解呢？

他晚上大多数时间都看犯罪电视剧，应该知道偷窃是性格有缺陷者的一个特征。

因为如果一个人有偷窃行为的话，他们有可能会去做更恶劣，恶劣得多的事情。

我发现，在那天的其余时间里，我在学校很难集中注意力——比平时还要难。这次要负责的不是背景的颜色，以及模糊的不知名的面孔，要负责的是无名女人。

我在数学书封皮的背面记下了关于她的重要证据：

1. 她欣赏火星音乐。

2. 她喜欢钴蓝色。

3. 她喜欢跳舞。

4. 她不喜欢以前属于这幢房子的每一件东西。

5. 她是死在这里的波林·拉卡姆的一个亲戚或者朋友。

6. 她将成为一个麻烦制造者（爸爸的意见）。

7. 她播放音乐的音量太大（大卫·吉尔伯特和奥利·沃特金斯的意见）。

特别糟糕的是，我在清单里漏掉的两点：

她叫什么名字？

她的声音是什么颜色？

是蓝色的吗？一定是蓝色的一种，她听起来拥有一种蓝色的声音。我希望是这样。她的声音不可能是起皱的土黄色，也不可能是耀眼的橙色。

这就像发现了一束腐烂的花——它有气味芬芳、艳丽动人的潜能，却凋谢了，成了棕色，除了垃圾桶，哪里都不适合了。

把一切都毁了。

我整天都在为她的颜色而焦虑，没怎么说话。午餐时间，我坐在了在餐厅平时常坐的座位上——最右手边的桌子，第三个座位上，我的朋友珍妮和阿尔在那里找到我以后，我甚至跟他们也没多说话。

"又有人让你心烦了吗，贾斯珀？"阿尔（金鱼橙色）问道。

"是的，"我说，"他们让我心烦。"

这是实话。

"你应该和老师谈谈，贾斯珀，"珍妮（日落黄色）说道，"你不必每天都被欺负，还忍着。"

我记得我很快就跳到为那个无名女人的辩护上来。假如她有一个腐烂颜色的声音，那她就是情不自禁了，我还不确定。在还没有把所有重要证据摆在我面前之前，我就直接跳到结论上来了。

"这不是她的错，"我指出，"有些事情你就是情不自禁，不管你是谁。它们不受你的控制。"

"不，他们不是这样，贾斯珀，"珍妮坚持说道，"那些给你制造麻烦的孩子一定知道他们在做什么。这不是他们无法自控。他们想让你这么想，本来不是你的错，却让你以为是你的错。他们是失败者。"

我用叉子把花椰菜叉在盘子里。珍妮的判决令人费解。今天没人想给我制造麻烦。

"想想看，"阿尔说，"采取行动总比无所事事，感觉很痛苦好。"

阿尔说得对。

我一定要采取行动。我不能把发现新邻居名字这样重大的任务留给爸爸去完成。他可能又搞得一团糟了。他也不能把她声音的颜色告诉我，因为他就没有这个能力。

我必须做好准备。吃完午饭以后，我列了一个可能出现的开场白清单，是爸爸以前教过我的，在历史课上牢记于心的。刚讲到废除谷物法，不用着急。

嘿。我是贾斯珀·威沙特。

嘿。我是贾斯珀。你叫什么名字？

嘿。你是谁？我是贾斯珀。

你多大了？我十三岁零两个月一天四小时。

我一遍又一遍地充实自我介绍的内容，直到我肯定万无一失为止。

嘿。欢迎到我们这条街上来。我是贾斯珀·威沙特。我十三岁，住在文森特花园街十九号。我在圣奥尔顿高中上学，我喜欢画画。你叫什么名字？

这很连贯，也有意义。它包括了所有重要的信息，还把接力棒传给了无名女人，让她提供相应的自我描述。

我无法再想其他问题，我一整天都在脑海里一遍又一遍地过这些话。每当老师问我问题的时候，我都把问题屏蔽出去，不出声地回答：嘿。欢迎到我们这条街上来。

到了回家的时候，我已经把这些话烂熟于心，我已经准备好了去认识这位无名女人。

一月十八日，下午三点三十一分

天空蓝与冷蓝色在油画布上相遇

一个女人在文森特花园街二十号的门口出现了，被一堆纸箱和鼓鼓囊囊的黑色垃圾袋包围着。我用力敲过一次门，只是在钢琴音符的色彩褪色以后。我不想打断钢青色和海军蓝优雅、闪亮波纹的雨滴。等待还能让我有时间按摩我体内的刺痛，因为宽松运动外衣们在我回家的路上追了我五分之二的路程。

她在一分二十五秒后到了，就像我欣赏她音乐的颜色一样，我也欣赏她的这一点。我喜欢做重要的事情不拖拉的人。

我研究这个人的身材。这个人的身材看起来像无名女人，只是她比我想象的要娇小，让我想起一只鸟宝宝。她像我一样，很瘦，只比我高几英寸。

她把金发别到耳朵后面，露出了小小的银燕耳环。她穿的针织套衫带深 V 领，开到长裙的腰带处。我看着裙子下摆的流苏在地上晃，像给地板挠痒痒一样。

唰，唰，唰。

我想进一步研究她的耳环，可是那样的话意味着又要看见 V 领上露出的脖子，她的脖子看起来很有异国情调，就像第一天的夜晚一样。

"你好。有什么需要帮忙的吗？"

天空蓝。

明亮的，没有一丝云彩的天空蓝，你在一个完美的炎热的夏日下午在沙滩上能够看到的那种天空蓝——群青色和天蓝色的混合物。

她的声音几乎就是钴蓝色，像妈妈的颜色，却又不完全一样。不过已经很接近了，比我预料的更接近。自从妈妈死后，我从来没有遇见过这么接近妈妈的色彩。

我的大脑一片空白，把自我介绍忘了个一干二净。

"水苍玉①是一种次宝石。"

她哈哈大笑，出现了艳丽动人的，带群青边的天空蓝。"你说得非常正确。水苍玉是我一直以来都喜欢的宝石，人们相信它具有强大的治愈力量，你知道吗？"

她接着说话的时候，我的目光从裙子的流苏往上移。

"它提供慰藉、平安、力量，还有巨大的快乐。"她把金发甩到肩膀的后面。我想让她把前额擦一下，上面有一抹灰色的灰土。"你为什么喜欢水苍玉（贾斯珀）？"

"我叫贾斯珀。你多大？"

"哈！我明白了。你直奔主题，是不是？你肯定明白，绝对不能问女人这样的私人问题吧？"

---

① 贾斯珀（Jasper）这一人名在英文中的原意为"水苍玉"，一种带有杂质的玉石。——编者注

"为什么不能？我跟你住得只隔一条马路，"我用手指着我的窗户，"我的卧室就在那里，那里是我睡觉的地方。"

"啊，拿双筒望远镜的男孩，跟窗户里的一个帅气的爸爸住在一起的男孩。"

我对后者一点也不确定，因为我以前从来没听哪个人这样说过爸爸，可我能确认的是前者——拿双筒望远镜的男孩。我怀疑这条街上有没有第二个这样的男孩，我确实一个也没发现。

"我用双筒望远镜观察鸟。"我解释说。

"这算是一种解释。"她咯咯地笑了，出现了带白边的淡蓝色。我没有跟着她一起笑，因为观察鸟没有什么好笑的。这是一项严肃的追求，观察和记录我看到的每一只鸟。要了解整个英国所有种类的鸟都需要花很长一段时间，更不用说去了解全世界所有种类的鸟了。

"你很快就会死吗？所以你才不想告诉我多大吧？"

"什么？我应该不希望这样。你问的问题确实好笑！"

"谢谢你！"

"你是个不同寻常的男孩，"这个女人说道，"我以前绝没有认识过像你这样的人。"

我嘴角上扬呈弧状，因为她让不同寻常听起来像是在夸人。我重新开始自我介绍，因为我第一次尝试就搞砸了——就像我心不在焉的时候，就会往画笔上蘸太多水一样。

"这个自我介绍真有意思。"她说。我说："谢谢！"

"我可以听听你的自我介绍吗？"我提示道。

"好啊，我想想。我有个朋友结婚，我从澳大利亚回来，顺便处理房子的事情。我得在这个狗屁地方一直住到我拿定主意怎么装修这座房子。

在把它放到市场上出售之前，我还有好多活儿要干。"

我努力把注意力集中在她声音的总色调，而非那个糊状的橘黄色粗话上。

"你是波林·拉卡姆的侄女、朋友，还是失散多年的女儿呢？"我问道，想把拼图块安进拼板里。这块名叫"澳大利亚"的拼块让我大吃一惊。她并没有什么口音。

"失散多年的女儿？"这个女人哈哈大笑，出现了明亮的天空蓝，她长裙上的流苏又发出了唰唰的声音，"这个，我说不准。我从来没有和别人失散过，我也不想被找到，你明白吗？我想消失得无影无踪。没人想找我，尤其是我妈妈。"

"就像那些东西？"我回头扫了一眼，"你想再找到它们吗？如果有人把它们拿走，你会在意吗？"

他们拿不走，现在我已经提醒警察了，我完全有把握了。

箱子在废物箱里堆得很高。无名女人一定干了一整天的活儿，清理房屋。

"旧的不去新的不来，这是我的座右铭。"她说道，"我不想沉湎于过去。我不想保留太多妈妈的旧东西，再说也几乎没有值得保留的，几件家具和几本烹调书除外。"

我不想沉湎于过去。

我点头假装同意她的观点，可是我知道她说得不对。就算你想沉湎于过去，你都做不到，过去的时光总是会从你手中溜走。

"我今天早晨看见你观察我来着，"她继续说着，"我倒是希望你和你的猛男爸爸会过来帮我把这些东西清理出去。这些箱子太重啦！"

"我在观察你的橡树，"我纠正她的说法，假装没听见她所提及的爸爸，"我们的前花园没有树。好多鸟儿都去造访你的树，我特别想看长尾小鹦鹉。"

"你见过野生长尾小鹦鹉吗？"

"我确认它的拉丁名是 Psittacula krameri。"

"酷。我住在澳大利亚的时候一直能看到相思鹦鹉。它们都一样，对吗？"

"它们的特点与长尾小鹦鹉一样，譬如弧形的喙，脚掌前后有双趾——两趾向前，两趾向后。"

"哇哦，我对面住着一个专家耶，这是多么令人兴奋的事情！"

我感觉自己的双颊热烘烘的。

"我一定会留意的。"这个女人盯着脚下的这些纸箱子说，"我今天还有好多活儿要干，最起码要保证客厅看起来能见客。我回头再来处理这些。不过还是很开心，孩子。"

"你还没介绍完你自己呢！"我急于让她继续说下去，因为我现在已经知道了她声音的颜色，我需要一个与之相配的名字。

模模糊糊的天蓝色闪着微微的光。"嗯……我以为我们就要道别了呢！让我想想。我是一个职业音乐人，起码我在澳大利亚的时候是，不过，我现在打算把房子整理出来以后，做一个教钢琴和吉他的老师。因为我爱音乐，我爱音乐胜过一切。"

"大声播放音乐，"我边说边点着头，"音乐就该这么放。"

"哈！我们在同一个频道上，是吧？我不能肯定妈妈的邻居们都有同样的感受。我不敢相信这里还都是苍老的面孔。我习惯待在年轻人中间，而不是被老年人和快死的人围绕着。"

"我对人们的年龄了解得不多，"我坦承，"你可以问问那边隔壁住着的大卫·吉尔伯特。"我指着他的家说道，"爸爸说他是所有知识的源泉还是泉水来着——我不记得那个确切的词了。"

"谢谢指点！不过，我小时候就认识他，我曾经希望这个老蠢货现在已经搬走了。我打算像躲避瘟疫一样躲避他，包括他那个败家儿子。"

我保持沉默，因为"蠢货"是一个鼻涕颜色的词，而"老"这个词对这个颜色也没有改善的作用。不仅如此，我不想承认我不知道他那个败家儿子的身份。我不能肯定她是否担心大卫·吉尔伯特会传播瘟疫，我怀疑她其实并不担心。

看起来她的笑容好像是在讲一个关于瘟疫和流行病的好笑的笑话，但是，我对传染病暴发的了解仅限于我在学校所学过的黑死病和伦敦大火。

"你叫什么名字？"我脱口而出。

"对不起！我的名字是碧·拉卡姆，我这个'碧'是'Bee'，不是别人的那种'Bea'，这个词的意思是'蜜蜂'。"

"我很高兴，"我说道，"因为我喜欢蜜蜂的颜色。"

"是的，英雄所见略同。那是这么可爱、美好的颜色。我有一种感觉，我们会成为好朋友。"

她有两个论点是错误的："蜜蜂"这个词的烟熏蓝伴随着淡柠檬的飞溅声，而它们的嗡嗡声却是时好时坏的蓝色，带有波浪形、橙色和黄色相间的条纹。

不过，这个带"e"不带"a"的碧·拉卡姆说我们正在成为好朋友，却是正确的。

"我可以进去吗？"

"如果你不介意的话，今天就不要了。我现在正要出去，也许明天或者其他时间？"

她有一副可爱的，带颜色的嗓音，几乎跟妈妈的声音一样美丽，这确实是可怕的回忆。我猜想她会整理东西，让她的客厅看起来更适合待客。

我低下头想着她，注意到了她家的门垫。

谁邀请了你？

"明天，明天。"我说道，确认了我们的约会。

我把这个词重复了两次，一次声音很大，一次声音很小，祈求好运。

这就是妈妈在死前不久教给我的。她想要我在没有她亲自提醒的情况下，记住与学校的助教见面的次数。

"再见，碧·拉卡姆。"

"谢谢你过来打招呼！约翰，再见。"

约翰？

16

姥姥的故事

妈妈的葬礼以后，我两个星期都一动不动，也不说话。我没有意识到有那么长时间，但是，爸爸后来给我补充了种种细节。我待在床上，一个个医生来给我治疗，都千方百计地劝我开口说话。

我不知道他们为什么要我开口说一个句子。我跟谁都一声不吭。在那些黑暗的日子里，我一个颜色都不记得了。妈妈停止呼吸的那一刻，她的颜色也遗弃了我。也可能我停止了看，停止了听。

这太可怕了，不过与此同时也感觉到是真实的。是它已经发生了脱节，出现了错误和不协调。它们不能就像以前一样继续，整个世界都崩溃了，再也不会是钻蓝色了。

我不说话了，爸爸离开了皇家海军陆战队，我们两个都放弃了一切。我记得那空虚、沉默的调色板。

当妈妈的棺材被放进地下的时候有颜色吗？低沉的褐色哭泣声？绿色，哀鸣的云团？爸爸的战友纷纷发出的低低的、瓦灰色的致哀声？我想象着他们向空中鸣枪致意，这是他们在美国举行军人葬礼的方式。

我永远也不知道用什么颜色向妈妈表达最后的敬意，我永远也画不出这最后的画面。

几个星期模糊成灰白色的低语。我再次记起的第一批颜色是那么的明亮，那么的生机勃勃，以至于我以为我的视网膜着火了。姥姥设法把我从床上拉起来，拉出了家门。我不知道她是怎么做到的。她把我从原来的家带到公园的拐角处，因为爸爸需要一些"空间"。如果你费心去看的话，当你走下街道时，在场地的右侧有一个公园，你会发现公园里有大量的空间——一个很大的儿童游乐园。

我知道这是一个绿松石的日子——星期六——因为孩子们和他们的父母在游乐园那边。

白灰色的噪声，突如其来的亮红色和黄色点点。

我屏住了呼吸。我很震惊自己能再次看到色彩，意识到它并没有从世界上完全消失，跟随妈妈离去。孩子们哈哈大笑，又喊又叫，好像什么都没有发生过。

"去玩吧，贾斯珀，"姥姥一边说着，一边咳嗽出一阵阵古怪的牛奶冻粉红色和紫罗兰色，"玩一玩，这对你有好处。你为什么不向那些带着球的小男孩跑过去呢？"

她指着远处，但我没有看她手指的方向。我看着淡粉色，飞驰而过的高速列车像几乎半透明的缎带。铁路线在靠近游乐场的篱笆后面，是我和妈妈在一起逛公园时最喜欢的地方。她任由我在篱笆前站了好几个小时，从未试过说服我去玩那总是让我觉得恶心的秋千或跷跷板。

我看到火车里的人们闪过，隐约可见模糊的五官。他们怎么可以在这样的日子出门旅行？妈妈死后，他们的旅行还在继续，这简直是对妈妈的不敬。他们甚至没有注意到篱笆前看火车的人只剩下了一个，而不是平时的两个人。

我环顾四周，告诉姥姥我想要回家，可是却没有找到她。五个女人挤在我的右边，三个挤在我的左边。三个人分开站着，玩着手里的手机。我一个都不认识。

"姥姥！"我大声喊道，"你在哪儿？"

从我的声音中发出的碧绿色尖叫像一条龙一样蜷缩着，从游乐园站起来，随时准备攻击每一个人。每一个人。当我转来转去的时候，眼泪从我脸上滑落。

"救命啊！救救我！姥姥你在哪儿？'

地面向我猛冲过来，朝我的脸上狠狠地打了一拳。我觉得脸上有什么东西又热又黏。

我听到了刺耳的丁香粉色咳嗽声和蓝色的脚步声，带有波浪形的黑色轮廓。一个女人跪在我身边，气喘吁吁地发出树莓慕斯的之字形声音。

"我在这儿，贾斯珀，是姥姥。你摔倒了吗？"

我一把抓住她的胳膊，紧紧地抓着，害怕自己如果不紧紧地抓着，她会化作一股淡紫色的烟雾消失不见。

"不要走，不要走，不要离开我，永远都不要离开我。"

"我不会离开你的，"她说，"我保证。"

她确实离开了我。那不是她的错，她不是故意要违背她的诺言的。两个星期后，她去世了。我也没有去参加葬礼，爸爸不让我去，因为我一直摇摇晃晃的，还不停地甩自己的手臂，这很尴尬。

从那时起，我再也没有见过清淡的、娇嫩的丁香色和牛奶冻淡粉色，也没有见过树莓慕斯的之字形声音。这让我更难过了。它们是直白的颜色，总是竭尽全力。我爱它们，它们也爱我，从来不计回报。

星期三（牙膏白）

傍晚

谢谢你过来打招呼，约翰。再见。

"约翰"是一个铁锈色尖钉形状的词。我试过把它隐藏在我羽绒被的深处，来掩盖碧·拉卡姆的伤害性错误，可是现在是诚实地面对自己的时候了。我们第一次见面，碧并没有邀请我进她家，她甚至连我的名字都没记住。

现在我已经重新创造了所有正确的颜色，我不忍心再看这幅画。很尴尬。正视我的错误太痛苦，即使是在私下里，当没有人能嘲笑我的时候，也同样非常痛苦。

我爬下床，把画转过来对着墙。我检查了我的笔记本，找到了我之前日记上记录的那一天。

正如我担心的那样。

一月十八日，我并没有在笔记本上记录碧·拉卡姆所犯下的错误。内容只包含我上门的日期和时间，全程持续了五分十八秒，没有其他细节。

我不记得是什么时候发生的，但在某种程度上我允许自己只保留我们初次见面时的天蓝色。它渗入了其他颜色，无情地制服了它们。我没有试图阻止它，因为这颜色与妈妈的颜色是如此相似。我绝不会让另一个颜色那样做的。

碧·拉卡姆声音的颜色涂满了门前台阶，掩盖了令人不快的真相——这次遭遇对我来说比对她来说更重要。

我没有时间沉溺于我受挫的骄傲，或者我的嘴里留下了一种可怕的金属味到底是怎么回事。

我必须重新画更多的场景，因为它们在我的脑海里像泡沫一样消逝。爸爸不会来查看我的，现在是晚上十点零三分，他已经早早上床睡觉了。我看不见电视的颜色，他可能在看书。可能是在读那本一个月前他就假装在读的书：李查德[1] 的杰克·李奇系列的一部恐怖故事。有一次我走进了他的卧室，他没有读他最喜欢的作家的小说，他把真正在读的书藏在李查德那本书的里面了。

《了解孩子的自闭症和其他学习障碍》。

我想他现在正在研究这本书，试图理解为什么我有困难，为什么我和其他十几岁的男孩不同。

为什么我很难去爱。

我打赌这本书根本没有提到我的颜色。他们不像我那样很难去爱，他们只是需要不断地关注。

我把我的画笔在水盆里轻轻地蘸了两下，然后用鼻子轻轻地呼吸，

---

[1]　李查德（Lee Child）：英国小说家，编剧，代表作有"浪子神探"杰克·李奇系列作品。

——编者注

与此同时，我肚子上的嘴巴醒来。我要逼着自己从第一次与碧·拉卡姆谈话的那天起，每天多画两幅画。

我得严格筛选，必须这样才行。

我不想再重复一遍。一月十八日晚上碧·拉卡姆又一次大声播放了火星音乐。我已经记录了前一晚的颜色，我怀疑画能否有改进的地方。

还有需要回忆的其他更重要的细节，其他需要讲的故事。要揭示他们的真实色彩需要时间。

三十到四十幅画——如果我想从今天开始捕捉代表碧·拉卡姆火星音乐的戏剧化色彩，我就必须画这么多幅画。如果我强迫自己把这些都画到油画布上，我得在每幅画的底部加上深棕色，左下角带有蓝灰色环的不规则矩形。

那是她前门的敲门声，通常是来自一个男人，在深夜里音乐达到了最响亮的高潮的时候。他经常去碧·拉卡姆家，回来时到大卫·吉尔伯特家里。有时那人回来时到奥利·沃特金斯家，其他时候他从碧·拉卡姆家走出来，先到大卫·吉尔伯特家，然后又到奥利·沃特金斯家。他们这样东家出西家进的，使人很难辨别他们的身份。

其他时候，当她深夜里大声播放着音乐时，这条街上有更多的人造访碧·拉卡姆的家。他们回来的时候没有去大卫·吉尔伯特或奥利·沃特金斯家。我在我笔记本上写下了他们的地址，准备在需要的时候给警察看：主要是十三号、十七号和二十五号。泰德，这个已经被裁员的IT男，孤身一人住在十三号。他秃顶，戴黑色矩形眼镜，很容易辨认。凯伦是一名记者，总有一部闪闪发光的银色电话贴在她的耳朵上。她就在隔壁，十七号。玛格达、伊扎克和他们刚出生的儿子——雅库布，住在二十五号。

伊扎克右手大拇指下面有一个十字架文身，但从我的窗户来确定这一点是不可能的。警察不应该依赖我的记录：可能有不同的人从二十五号出来，到二十号抱怨碧播放的音乐。玛格达和伊扎克当时有很多来客，都是想看他们的孩子的。

我需要精致的浅蓝色和暗褐色来重现下一个场景。那天晚上他们冲破黑暗，给我的空白油画布上色。

我得让这幅画与众不同，因为，从未来几个月形成的模式来看，它确实与众不同。碧·拉卡姆与一个陌生人争论，这与她的火星音乐没有关系。这场争吵发生在她把音乐调到震耳欲聋的最大音量之前，不像后来那些次，都是在播放音乐之后。

这幅画必须有天青石色的花纹。

这幅画一定要独一无二。

18

一月十八日，上午九点零二分

纸上的"旧的不去新的不来"

我正在我的卧室里画声音的颜色——钻蓝色、酷酷的天蓝色——想看看它们在想象中的对话里是什么样子。

答案呢？它们完美契合，说话声音和谐。

它们是朋友，好朋友。

砰，砰，砰。

一团浓浓的黑巧克力色。

我放下画笔，快步走到窗前，我把窗帘拉回来时，差点儿把窗帘从横杆上扯下来。是的，根据我笔记本上的记载，当时是下一场火星音乐演奏会开始前的十五分钟。

一个男人站在碧·拉卡姆的前门口。他身高中等，这对我来说意味着他并不比我以前在街上见过的其他男人高或者矮。他的衣着也不引人注目。他没有带狗。

我写下了：可能不是大卫·吉尔伯特，但是，他可能把薯条黄留在了家里。

那个金发女人穿着一件长长的淡蓝色连衣裙。这个人一定是碧·拉卡姆，因为她是我在这个门牌号看到的唯一的女人。她喜欢大声播放音乐，不喜欢打开箱子。她说我非同寻常。

我打开窗户侧耳听。我捕捉到一些生机勃勃的蓝色，但我没明白它们的意思，它们就慢慢淡化了。这个男人转过身来，指着那个废料桶，让女人肩膀上下起伏抖动着。

"我不在乎！我才不在乎！"

那些是我唯一能听到的，被抛到黑夜里的天蓝色的词。我想知道碧·拉卡姆不在乎什么，不在乎谁，为什么不在乎。我最好的猜测是什么？废料桶的颜色。她不在乎那些讨厌的黄色，因为它正在尽职尽责，把家里所有让她不安的东西都处理掉。

旧的不去新的不来。

我为碧·拉卡姆感到难过，因为我确信她无法选择废料桶的颜色。如果她能选择的话，我肯定她会和我一样选择一种蓝色。有一点我确信·碧·拉卡姆正在因为某事受到攻击，但是这件事不是她的错。

我想报警，尽管在我拨打了 999 报告有人要盗窃废料桶以后，爸爸已经把我的《鸟类百科全书》没收了两天。在我找到我的手机之前，这场争论已经结束了。不可能是认真的，因为他们已经编好了。当那个男人沿着小路匆匆回到街上时，一个叫碧·拉卡姆的女人跟在他后面喊道："我很高兴！我太高兴了！"

也许那个人讲了个笑话。我不知道他是怎么想的，因为我不知道他是快乐还是悲伤。他停下脚步，盯着废料桶，然后大踏步地走了。他走了，我如释重负，却也很失望。我无法通过他进了我们这条街上哪家的门来确定他是谁。

我在笔记本上匆匆记下：他可能是一个陌生人，不是我们这条街上的住户。他是想对她说欢迎她来做邻居的第二个人。

几分钟以后，碧·拉卡姆又出现了，当时我正在窗台上做笔记。她沿着她家的小路走过来，怀里抱着一个箱子，里面装的东西更多了，迫不及待地要把它扔掉，都等不到第二天早晨。她走到废料桶前，把箱子扣了过来，里面的东西都碎了——根据颜色来判断，我想应该是瓷器。

电视机反复播放的一阵阵亮白的、醒目的亮银色。

当天夜里，凌晨三点零三分
纸上的魔鬼

几小时以后，碧·拉卡姆的火星音乐那闪闪发光的迷人色彩已经淡化很久了，我被截然不同的，更刺耳的颜色惊醒。

粗野、粗糙的棕色，夹杂着刺耳的橙色。

起初，我还以为是狐狸。它们晚上在这里到处乱跑，白天也是。它们不再害怕人类。依据大多数人没有将它们猎杀或致残的冲动这一事实，它们已经估算出自己的生存指数很高。

潜伏，是一个红色郁金香色的光滑的煎鸡蛋形状的单词。这是狐狸的集合名词。

我从床上爬出来之前听了几分钟那个声音。我没有开灯就直接去了窗前，一把抓起我的双筒望远镜。我不需要手电筒和爸爸的夜视眼镜（因为他离开海军陆战队以后，就不能领取补给了，所以这是他在易趣网站买的打折货）来照亮。手电筒和夜视眼镜都原封不动地放在窗台上，我一开始就放在那里。

令人不愉快的棕色和黄色来自废料桶。我看得不够清楚，因为碧·拉卡姆家外面的路灯半死不活的，一点都不亮。另一盏路灯在十五米以外，光也不够强。

透过望远镜，我一开始看不出那是个什么动物。它不是一只臭鼬。它太大了，不可能是一只雌狐狸，也不是一只雄狐狸——好像是一只癞蛤蟆——或者是它们的幼崽。像癞蛤蟆似的，蹲在纸箱上，撕开纸箱，在里面搜索。

一个怪物。当这个动物移动时，我不敢移动。慢慢的，它转过身来，仍然弯腰驼背。它直勾勾地看着我，穿过我的身体，进入我的身体，用它的目光撕裂我。

我向后摔倒，望远镜掉在地毯上。

我感到身体又冷又黏，我的胳膊无力地摊在身体两侧。即使我的胳膊能动，我也不会尝试去够我的手机。我知道拨打999是毫无意义的。

我确信我在碧·拉卡姆的废物箱里见过魔鬼，而且魔鬼也见过我。魔鬼想伤害我，因为我是这条街上唯一发现它的人。

但是，我记得一个重要的细节，在我的原始画面里绝对没有出现过，淡紫丁香蓝色的颜色和纹理被我略掉了。

即使我很害怕。因为我害怕，所以我必须确保魔鬼没有爬出废料桶并找到它去碧·拉卡姆的前门和我家前门的路。

我必须勇敢起来，我必须保护我的新邻居不受我们街上邪恶势力的迫害。我跌跌撞撞地回到卧室的窗户前。

砰，砰，砰。

风信子和圆叶风铃草管的形状。

我在还没来得及改变主意之前，猛击了三下窗户来吓走怪物。它滑到了废料桶的另一侧向小巷撤退，这条小巷将碧·拉卡姆和大卫·吉尔伯特两家划出了一道分界线。

一辆汽车驶过，黄色的光束让我看清了两条腿——人的腿，而不是山羊的腿——穿着牛仔裤。在他被黑暗吞没之前，我看到了那个人的手。那双手上什么都没拿。

他走了，戴着手套的左手握成一只拳头，握得很紧、很紧。

星期三（牙膏白）

那天傍晚的晚些时候

我跳回床上，用羽绒被紧紧地裹住了自己。我那天上午给警察打电话是正确的。

爸爸警告过我有毒品贩子。接线员应该听我的，爸爸也应该听我的。

一个男人，而不是魔鬼，已经在碧·拉卡姆的废物箱里翻找什么东西了。他在她那些陈旧的、不想要的东西和破碎的瓷器中，是找不到他要找的东西的。

他可能会回来。

我不想让他来找我。

绝不能让他找到我。

我把脸藏到枕头底下，可是，却还是能看到废物箱的颜色，来自碧·拉卡姆厨房的颜色。

我躲不开这些颜色。

我需要睡觉。

我想闭上眼睛，再也不要看到冰柱。

我正从爱丽丝仙境里的兔子洞落下来，到处乱抓，想要站稳脚跟。

把我吃掉。

把我喝掉。

我现在正在泪池里游泳，其他动物和鸟都跟我一起被席卷进眼泪里，起码我不是孤身一人。

乌龟。大象。袋鼠。

长尾小鹦鹉。

十二只长尾小鹦鹉也在水里，只是它们不像其他动物那样努力往陆地上爬，它们已经死了。

一个巨大的瓷质舞女玩偶一动不动地站在岸上，鲜血从她完美无瑕、洁白光滑的长袍上流了下来。她看着二十四只黑鸟飞过。它们不属于这里，她也不属于这里。

我肚子上的那张嘴好痒。我想把它扯开让鸟儿飞出去。我做不到。

我回到文森特花园街二十号的厨房。

耀眼的水晶白色。

我恨你！

你这是在置我于死地！

停下来，我求你了！

我躺在碧·拉卡姆身上。她的眼睛闭着。我摇摇晃晃地站起来。她仰面朝天地躺在厨房的地板上。她没站起来。她没睁开眼睛。

鲜血溅在瓷砖上，落在她那件不是钴蓝色的连衣裙上。

鲜血从我的手上滴下来。我的运动衫上全是鲜血。

闪闪发光的银色冰柱刺伤了我的肚子。

对不起。

这次碧没有阻止我。她已经放弃了搏斗，她已经放弃了，她知道一切都结束了。

我再次从地板上拿起刀的时候，她的眼睛还是闭着的。她不想看。长尾小鹦鹉也不想看，它们转过头去。瓷制舞女玩偶不畏惧，她缩回正常大小，目光没有离开过这件凶器。

闪闪发光，闪闪发光，闪闪发光。

我大汗淋漓地醒来，动弹不得，无法摆脱梦里的颜色。

我张开嘴，大叫妈妈，却发不出声音。

那些尖叫从来都没有形成过任何颜色。

星期四（苹果绿）

上午

　　新鲜的苹果绿色日子通常都是值得为之起床，因为我上午有两节美术课。但今天不一样，爸爸没让我去上学。现在是上午八点四十六分，我还在床上躺着，凝视着嵌钉在天花板上的五十二颗星星。爸爸想把我的卧室重新打造回在普利茅斯时的样子，就是我小时候妈妈给我装修的样子，此后，我们频繁地在全国各地丑陋的出租房里搬进搬出。

　　你不能沉湎于过去。

　　我曾经想把我们第一次说话时那个重要的事实告诉碧·拉卡姆，可是，我不能让她因为这个事实难过，我不想冒这样的险。我把这个事实保留得太久，等告诉她时已经晚了。在爸爸犯另一个错误，给我们带来更大的麻烦之前，我应该给他上这一课。

　　星星的位置放错了，这不是他的错。我的脑海里清楚地记得这些星星在地图上应该在什么位置，在普利茅斯。可是，星星是回不去了，真正的家里现在住的是别人，星星永远也回不去了。假如我企图把它们硬剥下来的话，它们就会顽固地连带着油漆一起剥落，让天花板千疮百孔，丑陋无比。我最终觉得没人疼爱，因为我再也没有抬头凝视过它们。

别管它，这是最好的做法。

这就是我对重新给星星定位的看法，也是对于其他事物的看法。昨晚，在画了第一次和碧见面的真实图画之后，我决定做正确的事。现在，我的决心像绿色万圣节果冻一样摇摆不定。

可能是因为纸上的魔鬼和我最近的噩梦。

我真的想回顾一下碧·拉卡姆的故事吗？按照爸爸的建议去做，用新鲜的，没有腐蚀的颜色把坏东西重新画一遍岂不是更好？

忘记一切。

我伸手从床边拿妈妈的照片。我数着人头，在人群中找到了她，她抱着一个小男孩，好像不忍心让他走。这个小男孩是我。

勇敢的男孩。

她以前就是这么叫我的，甚至在我并不勇敢的时候，甚至在我哭的时候，仅仅是因为我们走在街上，卡车隆隆地驶过，而我不喜欢这些颜色和尖尖的形状。

我现在不再觉得自己勇敢了。不论我从小窝里往床上抱多少条毯子，我都暖和不起来，就像在触摸冰柱。

我害怕那个从碧·拉卡姆的废物箱里爬出来的人。他那天晚上没有找到他想要的东西，这意味着他会卷土重来。他看到了我的脸，他知道我住在哪里。

我害怕撞上戴深蓝色棒球帽，使劲儿敲碧·拉卡姆家前门的男人。他也看见了我。

我害怕狗：卢卡斯·德鲁里的血橙色三角形，还有大卫·吉尔伯特的黄色炸薯条。

最重要的是，我害怕让妈妈失望。她想要我继续下去，我敢肯定。

我九岁的时候，她告诉我一定要有勇气，比以往任何时候都要更有勇气。

讲真话很重要，即便是在害怕的时候。

她说医生没法让她的癌症好起来。我完全有理由愤怒，但这不是医生的错，不是她的错，也不是爸爸或者我的错，这不是任何人的错。

她也很愤怒，而且很害怕。那是她的真相。还有这个：

你不会一个人受这样的苦，我保证。

爸爸还会陪着你的，我也永远爱你。

你将永远是我勇敢、漂亮的男孩。

没有什么能改变这一切。

相信我，贾斯珀。

这就是我要做的。我要听妈妈诚实的钴蓝色，不管爸爸浑浊的黄褐色。我要通宵达旦地画一个星期，直到我的回忆准确无误，直到每一笔都在绝对正确的位置。它会留下难看的痕迹，就像没有星星的天花板，但是这是正确的做法。

开始画之前，我在窗帘后面检查。停在碧·拉卡姆房子外面的警车又多了一辆。

一，二，三，四。

我数了数有多少警察在敲这条街上的门。我知道他们发现不了任何有用的东西，因为邻居们不知道发生了什么事。隔壁的凯伦总在讲别人家的八卦，十三号的泰德可能出去找工作了，二十五号的玛格达和伊扎克日夜不停地在奇怪的时段推着一辆消防车形状的红色婴儿车。爸爸说了他们唯一说过的话是关于雅库布，还有他睡得有多不好。

当然，大卫·吉尔伯特什么都知道。

接着，我的心跳了起来，感觉像有外星人从我的胸口冲出来似的。我扯开窗帘。大批的长尾小鹦鹉紧紧地挤在碧·拉卡姆前花园的鸟食罐上。来自文森特十八号的那个男人——奶油黄——听我说。

他离开我和那个女警官以后买了鸟食，把六个鸟食罐都装满了。他是个好人，他不在乎大卫·吉尔伯特的反应。他想做正确的事，像我一样。

"警察回来了。"

门边那浑浊的黄褐色声音使我喘不过气来。我转来转去，差点摔倒。

"对不起。"那个男人——爸爸——穿着蓝色牛仔裤和蓝色衬衫的爸爸朝我走来，"我不是故意吓你的。你是在看他们吗？"

我不想和他说话。我勉强挤出一句话："是的。我在观察长尾小鹦鹉，小鸟还没走，也许有几只会过几天长大些再走。"

"我是说警察，但没关系。今天有很多长尾小鹦鹉，对吧？我看没什么死掉的，至少没有你说的那么多。"

"十二只，"我咕哝着说，"正好十二只，不多不少。"

"你怎么知道？"

我不回答，没有意义。爸爸不能让时间倒流，让所有的长尾小鹦鹉都死而复生，他不能在这些证据上画画，篡改掉一丝一毫的事实。我不会让他画的。

"警察还没有听到碧的消息。"他继续说道，"那意味着今天早上有人给鸟食罐加鸟食。不可能是大卫，我怀疑是奥利。他讨厌他们吵闹，不想站在错误的大卫那边。"

这又是一个谎言，因为奥利·沃特金斯是鸟类爱好者，就像我一样。

他也失去了妈妈。这可能是个骗局，爸爸可能是想让我承认我有一个同谋。如果我说出是奥利·沃特金斯在给长尾小鹦鹉喂食的话，他会阻止他的。

"不是我干的。"我强调说。

"这我知道，贾斯珀。"他从窗户前向后退了一步，"小心，警察以为我们在观察他们。"

一个穿制服的女人举起了一只手。

我没动弹。"我们的确是在看他们，"我指出，"我们这次没用望远镜，因为这样的话，在街上的其他住户会觉得我们很无礼，谁也不喜欢间谍。"

"离开这里。他们会纳闷我们在干什么。"

"为时已晚，"我说道，"我想他们已经知道我们在干什么了。"

穿制服的女人穿过马路，朝我们家走来。我的双腿颤抖，我的心狂跳出伤口的深紫色形状，双手紧紧地抓着窗台。

"她来了，爸爸。她会因为我对碧·拉卡姆所做的事情逮捕我。警察已经查出来了，他们已经破了这个命案。"

"没有人要逮捕你，这是最后一次，以后不要再为碧的事担心了。"爸爸的声音尖锐而刺耳，"警察对星期五晚上还毫不知情。你只需要百分之百地照我说的去做，待在这里不要下来，我会妥善安排好一切的。"

他从楼梯上跳下来，一定是在警察敲门之前到了门口，因为我看不到任何深褐色的形状。我踮着脚尖走到楼梯平台上。

"嗨！我能帮你什么忙吗？"

"我可以进来吗，威沙特先生？"罐头金枪鱼的颜色。

"实话实说，我在等一个重要的电话。我今天在家工作。"

我敢肯定，那又是一个谎言。我指的不是在家工作，我是指电话。

他的声音变暗了，因为谎言卡在他的喉咙里，但女警察不会注意到。她不会像我一样，意识到他说谎时的颜色。

"只要几分钟。"

"当然，请进。不好意思，我这儿乱七八糟的，家政工人这个星期没来。"

那是因为做家政的清洁工根本不存在，除非你把爸爸每隔两个星期戴着鲜艳的黄色橡胶手套漫不经心地刷便池，也算作打扫卫生。

我听到走廊里有橙色的脚步声。他们进入客厅的时候，我爬下楼梯，小心翼翼地避开第五阶，那阶棕粉色楼梯总是吱吱作响。门半开着，砰的一声，出现褐红色，就像坐在皮制扶手椅上一样。可能是爸爸吧，这是他最喜欢的座位，他可能是抢在女警察前面坐下的。

"如果你不介意的话，请告诉我你是做什么工作的，威沙特先生？"女警察问，"工作地点在哪里？"

"你可以叫我埃德，"他回答，"我现在在一个商业软件公司工作，设计应用程序。"

"听起来很棒。"

"不不不，诸如设计数据系统和调查应用程序这类工作是很无聊的，但我工作时间都是正常的，大部分时间都是正常的，除了我们竞标新项目的时候。我大多数时间和贾斯珀在一起。这很重要，你知道，因为他的问题。不过我猜你对这些没什么兴趣。我能帮什么忙吗？"

"你的邻居碧·拉卡姆，"这个女人说道，"你对她了解多少？"

爸爸想了几秒钟，他是从皇家海军陆战队和《犯罪心理》这样的电视剧里学来的技术。

在不经意间脱口而出之前，停下来思考是很重要的。不要上了他们审问技巧的套。

"实话实说，我不太了解她，"他最后答道，"我的意思是说，跟这条街上的住户差不多，就是点头之交。"

"你儿子定期去她家吧？这没错儿吧？"纸的沙沙声。女警察一定像我一样在翻阅笔记本，来确认她没有出错，"他跟她上音乐课吗？"

"没有，他们不是师生关系，他只是喜欢听音乐。他们俩都喜欢听音乐。他以前常常放学后去一下，从她的卧室看看长尾小鹦鹉。"他停顿了一下，"哇哦，其实我不该把这事说出来。贾斯珀说那是最好的风景，我没去质疑，因为这没什么不妥的地方。贾斯珀只是个孩子。"

更长时间的沉默。

"我现在已经阻止了他的这些活动，"他说道，"我告诉他不要到碧家去，连喂长尾小鹦鹉也不行。"

一直是爸爸在说话，这是违反规则的。

不要试图打破沉默。

"你一定要理解，假如我当时怀疑有什么不妥的事，我绝对不会让他去那里，更不用说去她的卧室了。"

女警察最后终于开了口："你现在怀疑文森特二十号有人出事了吗？"

"实话实说，我不知道该持什么态度。我的意思是说，那个男孩父亲的指控令人震惊。我感觉很难相信，可是这么严重的事情，他有什么说谎的必要呢？"

又是一阵短暂的沉默。

"我能问，这件据称发生在碧·拉卡姆与一个未成年人之间的事情，你为什么觉得难以置信呢？"

这可把爸爸难住了，他轻声咕哝了些什么。他的话说出来颠三倒四的，所以他又开始重说了。

"在我的印象里，她绝对不是一个欺负小孩的人，或者说一个恋童癖。她看起来，嗯，很正常。她似乎对贾斯珀并没有兴趣，反正不是那样的关系，他们是朋友。"

"一个二十出头的女人，想和你儿子这个年龄的人做朋友，你不觉得奇怪吗？"

椅子吱吱地响着，出现了一个个深褐红色的圆圈。

"听着，我告诉过你，我什么都没怀疑过。我并不知道贾斯珀的笔记写了什么，以及送她的礼物是什么。碧和贾斯珀都喜欢音乐。他们喜欢在她树上筑巢的长尾小鹦鹉，这也是他们的共同点，因此他们才会相互吸引，走得那么近。"

还有卢卡斯·德鲁里。

"还有别的事情吗？失陪了，我随时都有可能有工作电话来。"爸爸变得坐立不安，颜色再次从椅子上突然出现。

"如果可以的话，我再问几个问题，威沙特先生，可以吗？拉卡姆有什么家人来看她吗？"

"我想她已经没有什么家人了。她已故的母亲在这条街住了很多年，但她们很疏远。二十二号的大卫，还有十八号的奥利可能更了解其他可能的关系，奥利的妈妈最近过世了，她应该是波林·拉卡姆最好的朋友。"

"她的朋友或男朋友呢？还有其他什么人能帮我们找到她目前的下落吗？"

只有爸爸知道碧·拉卡姆的下落，但他应该不会说出她的尸体在哪里。

"对不起，我不知道，"爸爸说，"再说一次，你最好去找大卫·吉尔伯特，他在这里住了很多年，总是第一个知道这条街上发生了什么事。他就爱多管闲事，你明白我的意思了吧？"

"你不知道拉卡姆小姐可能会在哪里吗？"

"不知道，完全不知道。"他吸了一口气，紧接着说道，"我好几天没见到她了。"

就连我也能看出他犯了一个错误。他本该在说完"完全不知道"就打住。他不应该惊慌失措地继续说下去，因为这样一来，他就招来女警察的另一个问题。

"你上次见到她是什么时候？"

"让我想想。"爸爸很慌张，他的椅子发出吱吱的声音，出现了暗褐色和紫红色，"她周末通常会待在家里，因为她播放的音乐太吵人了，搞得邻居们心烦意乱。在我的记忆中，上个周末好像没听到什么音乐。你问过马路对面的大卫和奥利吗？"

他又在为争取时间而故意拖延，但女警察注意到他是在顾左右而言他。

"我会问他们的，谢谢！你上次见到拉卡姆小姐是什么时候呢？"

我倒吸了一口气，情况急转直下。爸爸最后会不会说实话？

"我？那可能是上周五吧。是的，肯定是星期五，星期五最后一次见到她。"

"在哪里？"

"是在这里，在这条街上。嗯，在她家，她家前门，我没进去。"

"那是什么时候？"

"我想大概是晚上九点半吧，我说不准。"

我的手紧紧抓住栏杆。

"你去她家的目的是什么？"

爸爸又在座位上挪动起来，使得颜色闹哄哄地跳跃起来："我想跟她说说贾斯珀的事情。"

"这么说，你的确关注过拉卡姆小姐对你儿子的所作所为？"

"不是，不是那类问题。她让贾斯珀伤心过，他们为了一件什么事情闹翻了，我想跟她沟通一下此事，如果发生过什么误会，我想及时修补一下。"

我咬着嘴唇，咬得很用力。

"有人跟她在一起吗？"

"没有，我猜她是一个人，可我也不能肯定，我刚刚已经说了，我并没有进去。"

"那么，在你看来她情绪怎么样？"

"也许是痛苦吧？因为跟贾斯珀争吵过，所以情绪很激动。但没几分钟我们就把事情说开了，我认为一切都恢复正常了。此后，她又播放起了音乐，开到最大音量，震耳欲聋的音乐大概一直持续到凌晨一点钟。"

"是——"女警察的对讲机发出口香糖粉红色的噼啪声，"收到。"对讲机又噼啪一声，"我得告辞了，威沙特先生。也许我们可以下次接着谈？还有，如果你在此期间见到拉卡姆小姐，请告诉她我们急需见她。等她回来，让带着她的律师到警察局来一趟。"

"当然。我不知道还能帮上什么忙，不过，因为我儿子身体不太好，我这个星期都会在家里工作。"

他们简短地商议了一下时间。我竖起耳朵，也只捕捉到了只言片语：学校、医院、社工。

"占用你时间了，谢谢你！"

咔嗒咔嗒的脚步声往外走，我冲回楼上。前门开了又关了，出现了栗色的圆圈。

"你可以下来了，"爸爸说道，"她走了。"

我以为楼梯平台上的颜色已经出卖了我，可是，他自然是看不见的。

"我知道你在那里，贾斯珀，别藏了。"

我花了四十五秒走下楼梯。"你没有一五一十地把一切都告诉警察。"我指出。

"我告诉她的足够多了。我把她需要了解的星期五夜里的情况都告诉她了，却没给我们俩带来麻烦。"

我站在楼梯的底部，紧紧地抓着栏杆："你不觉得她需要了解碧·拉卡姆肚子里婴儿的事情吗？"

"什……什么意思？"

我无法正视他，在他处心积虑地讲完这些漏洞百出的故事之后。

爸爸会被抓起来吗？这位女警察会回顾记录，就像我把自己的画和笔记进行比较，寻找误导性的笔触和异乎寻常的颜色吗？

别藏了，藏也没有用。

"我们需要谈一谈，贾斯珀，赶在事态恶化之前，赶在你……"

"你不是在等一个重要的工作电话吗？"我打断了他的话。

我知道答案，我是在诈他的话。

"我那么说只是为了摆脱那个警察，"他说道，他已经落入了我的圈套，"没有人要找我，起码今天没有。"

露馅了吧！

我在他给那个女警察讲的故事中又发现了八处谎言，可能还有更多，但我已经不再数下去了。

很难捋清父亲的所有谎言，我没有那么聪明。

在我的脑海里，我把爸爸给那个女警察所说的谎都用大大的、柔软的笔触画了下来。我不想再去想这些谎言，也不想再去想她离开以后，爸爸在厨房里告诉我的那些谎言。

他不相信卢卡斯·德鲁里在科学实验室告诉我的话：上星期，碧·拉卡姆逼着我给他传的便条透露了她怀孕的消息，她想要见面商量一下怎么处理。

我什么都不知道，贾斯珀，我向你保证。

现在我们处在如同西部片的对峙场景中。

砰，砰。

你死了。

像那些野鸡，狐狸，还有长尾小鹦鹉一样。

我凝视着窗外。三个鸟食罐已经空了，其余几个罐里剩下的鸟食也不到三分之一了，看来长尾小鹦鹉享用了一场盛宴。今天晚些时候，奶油黄还会记得再给鸟食罐加满吗？

喂这些长尾小鹦鹉是一大笔花费。不论我一天给鸟食罐加多少次鸟食，到了晚上都会是空的，它们一直处于饥饿状态。

碧·拉卡姆以前一直也是这么说的。嗯，起码在我的记忆里，她是这样说的，可是我的记忆同样会跟我要花招，就像我们的第一次会面，就像废料桶里的魔鬼。

我以前是个可靠的画家。

虽然我总是用丙烯颜料，这给了我水彩颜料无法呈现出的色调和纹理，但已经不是真的了。

我的画笔屡次欺骗我。

我必须坚守真相，描绘出它们痛苦、伤人、恼人、蠕动的颜色。

我必须准确地记录我与碧·拉卡姆的第二次会面——那天她决定大刀阔斧改变我们整条街道的颜色。

那是一个星期二，在那个瓶绿色的日子，我同意做她的同伙。

21

一月十九日，下午三点十八分

纸上的备受赞誉的天蓝色

　　我们的第一次自我介绍发生在刚刚放学的时段，所以我推测她转天也会在这个时段等我。我不想迟到，因为第二印象同样重要。

　　我一出学校大门，就立马跑了起来，但我撞上了一个人，那人挡住了我的去路。

　　"对不起，"我咕哝着说，"是我的错。"

　　一只手抓住了我的手腕。

　　我躲闪着，没有抬头看。在我的周边视野中，我发现一抹海军蓝，而不是我所期望的黑色外套。

　　那是一个留着一头红色的长发，画着蓝色阴影的女人。

　　"我道歉。"我大声喊道，以免那个人第一次没听见，"请放手。"

　　那只手垂了下来。这一定是一位接七年级孩子的母亲。

　　妈妈在前几个学期也接过我。

　　"你就是那个拿望远镜的男孩。"一个天蓝色的声音说道。

我知道那个颜色，是碧·拉卡姆的声音。这次我确实抬头看了，可我猜错了。这个女人的声音是纯正的天蓝色，可是她的头发却是鲜艳的樱桃红，而不是金发。她不是我的邻居。

她穿了一件深海军蓝大衣，淡淡的矢车菊蓝上衣的几个纽扣没扣，领口敞开着。我把目光移开了。我不认识这个皮肤像外星人的陌生人，是不是谁跟她说过我的望远镜，消息从我们住的这条街传到学校，再从学校传回我们这条街，简直是不胫而走。

"对不起，"我再次道歉，"我得走了，我要见一个重要的人，已经迟到了。"

"你是约翰，是不是？不对，是'贾'什么的来着，让我想想。"这个女人停顿了一下，"是贾斯珀！你就是我们住的那条街的那个男孩，跟我一样热爱长尾小鹦鹉。"

什么？

这个词在我身体外面形成了一个卡通似的冷蓝色泡泡，泡泡从学校大门上方飘走了。

"我是碧，碧·拉卡姆。你不记得了吗？你昨天过来跟我打过招呼。我住在你家对面，我是你的新邻居。"

"当然记得，对不起。"我低头看着粘在人行道上的嚼过的口香糖块。这个人就是碧·拉卡姆，可是，她看起来不像碧·拉卡姆。这个女人的头发是鲜艳的樱桃红，她耳朵上戴的耳环是银橡子形状，不是燕子形状。我之前的标记都不起作用了。

"你没认出我，是吧？"她问道。

我不想说谎，不想对碧·拉卡姆说谎。这是她吗？说实话，我无法分辨，我只能信任她的声音。

天蓝色。

"你看起来跟昨天不一样,"我指出,"但是听起来跟昨天一样。"

"是头发不一样了,我今天上午染的,我想改变,告别过去。你喜欢这个颜色吗?"

"不,我不喜欢樱桃红,你的金发看起来更好看。"

"哎呀,你也太诚实了吧?和我说实话,你为什么不喜欢这个颜色呢?"

我无法分辨她是不是不开心了,所以我只是重复着真相。"你看起来不像你了,你本来就不是红头发,应该是金色的,金色才是你头发真实的颜色。"

"嗯,不是天生的金色,我天生是暗灰褐色的。不过也许你说得对,我妈妈一直都不喜欢红色的头发。我想试一试,但我也说不准这是不是我最终要选的颜色。"她摆弄着发梢,"这不是永久性的,我可以把它洗掉。"

"那就好,你会看起来像碧·拉卡姆,会重新变漂亮的。"

碧·拉卡姆的模仿者发出了一个藏蓝色的空心管的声音,听起来像是呼噜声和笑声的混合。"我要请你帮个忙,贾斯珀,因为你对我不好,所以你不能拒绝。因为你现在已经伤害了我的感情。"

我咬着嘴唇,咬得很用力,试图猜测到底我说的什么话伤害了她。

"我在发我教的音乐课的传单。"她说道,"你能帮我发吗?"

我点了点头。我们本来应该在她家见面的,但我不介意她临时改变了地点,这样,我就不会热得大汗淋漓的了。

幸运的是,我无意间撞到了她,否则我不就闯了空门吗?

她递给我一堆鸭蛋青色的纸,上面用大大的字母印着:

备受赞誉的世界级音乐家亲自授课

钢琴课、木吉他、电吉他课免费试听

教授各类乐器演奏。欢迎音乐爱好者！

"你还是世界级的音乐家啊？"我问道。

我不看她，也不看别人，我只是紧紧地抓着传单，伸手递出去。我集中精力把这件事做对，好给碧·拉卡姆留下好点的印象，让她意识到我是个有用的人，这样的话，等她再需要帮助的时候，就可能会想起我来。

我不记得有谁接过了我的传单。我不知道那天卢卡斯走出校门的时候是不是从她或者我手里抓了一张传单。也许他已经被碧·拉卡姆吸引了，又或者是他的兄弟李。祸根就是这会儿埋下的，我们俩都难辞其咎。李·德鲁里此后不久就开始上电吉他课了。

"在澳大利亚，我教课以前得过各种各样的大奖，"她答道，"我在几个乐队里，弹电子琴和吉他，有时也做主唱。那时候，人们喜欢我，你知道吗？"

"什么乐队呢？"我问道，"乐队叫什么名字？"

"你在这里不会听说的。"她发出另一张传单，打住了话头，"我在整理房子，搞清楚我下一步要做什么的同时，得教教音乐课挣点钱。我的第一选择是回到音乐界，你知道吗？我得花钱重新布线，修理屋顶，妈妈的房子状况非常糟糕，我不能就这样把它挂在市场上卖。但做音乐又是件烧钱的事。我目前必须将就着在这里生活。"

我对音乐产业一无所知，但我猜她要回到音乐界是不会有困难的。我相信她已经开始了，尽管我还没有真正听到她唱任何音符。

"谢谢你，谢谢你！"碧·拉卡姆分发每一张传单时都连声道谢。她做得比我好多了，所以我试着加快速度，可是传单总是粘在一起。我不想一次发两三张。

在我的周边视野中，我看到一群高大的运动夹克从学校走了出来。幸运的是，他们从碧·拉卡姆手里，而不是我的手里拿过传单。

"哇，"他们走了以后她说道，"这儿的男生跟我上高中那会儿完全不一样。这里的自来水是不是加了什么东西？"

"我不知道水里有什么东西呀。"对于她提出的问题，我为什么不知道答案呢？我一直在喝自来水，但是，碧·拉卡姆刚刚回到这个国家，就已经意识到自来水是有毒的。我想以后还是喝瓶装饮料比较安全。

"小心！你掉了几张。"她喊道。

几张纸从我手指上滑落，被风刮走了。

"对不起，我很抱歉。"我想把传单捡回来，可是她却抓住了我的手臂。

"不，没关系。看，看！"她把她手里的传单抛到空中与我的传单会合，"它们自由了！"

当它们在风中共舞的时候，就像一个整体，好像没有什么能把它们分开，我们都哈哈大笑。就像我们的颜色。传单就这么飞啊飘啊，好像永远也不会落到地面。

"昨天的谈话引发了我的思考，"她抬头凝视着天空，说道，"我买了一些鸟食罐和鸟食来吸引长尾小鹦鹉到我的橡树上来。宠物店的人说附近有一个大型栖息地。我想给这条街带来一些颜色，可是，我需要在你的帮助下进行。你愿意跟我一起做这件事吗，贾斯珀？"

"愿意，愿意，愿意！"我大声喊道，"在这个世界上，鲜艳的颜色和长尾小鹦鹉是我的最爱，你要我做什么都行，碧·拉卡姆，什么都行。"

一月二十二日，早上七点零二分

油画布上的大混乱

三天以后，我和碧·拉卡姆急不可待地要带给文森特花园街的颜色终于到了。

快乐的浅莲红和带金色的蔚蓝色雨点。

矢车菊色和宝石蓝色变成了钻蓝色，变成紫罗兰色，又变回来，闪烁着一道道金黄色的光芒。

我一把抓起双筒望远镜，猛地把窗户打开，这景色让我尖叫出一团团鲜艳的蓝色。

长尾小鹦鹉已经回来了，却不是独自回来的。它带来了增援部队，造成一场大混乱。

这些鸟儿聚集在碧·拉卡姆前花园的鸟食罐上。我们从学校走回家以后，我帮她把鸟食罐挂到了那棵橡树上。

越来越多的长尾小鹦鹉到了。

我数了数，有二十只。

如同一座欢乐的喷泉，成百上千的金色小水滴从闪烁的蓝色、粉红色和紫色中迸发出来。

就像是世界上最炫目的烟花表演，只是我不是唯一的观众。

碧·拉卡姆隔壁那家楼上的窗户砰的一声打开了，一个男人出现了。我没有认出他穿的甘蓝绿色的睡衣，但是我知道，他是一个人住在二十二号的大卫·吉尔伯特。

"嘿！给我滚开！"他对着长尾小鹦鹉喊出带有刺痛感的番茄红的咒骂——与他平时颗粒状暗红色音调相比，此时的音调更明亮，更尖厉。

没用的。这些鸟儿不在意，它们并没有飞走。

相反，更多的鹦鹉合唱着明亮的群青色，上面撒着星星点点的丁香色和令人激动的紫罗兰色。

二十二号的窗户砰的一声关上了，窗帘唰的一声遮住了玻璃窗。当我在笔记本上匆匆记下细节的时候，街上的另一扇窗户打开了，这次这扇窗户属于我最喜欢的那家——二十号。

一个穿着一件白色 T 恤的长发女人向我挥手。她一定是获得过世界级奖项的音乐教师碧·拉卡姆，尽管她的头发不是红色，她一定又染回金色了。

我挥手作答，"它们来了，碧·拉卡姆！"我大声喊着，声音低沉而沙哑，"鸟食罐起作用啦！"

因为你，我想给鸟儿加食，可是我的声音却破裂成脆弱的鸭蛋青色。由于碧·拉卡姆华丽的欢迎仪式，由于她的鸟食罐，长尾小鹦鹉们来了。

"我们做到啦！"她大声喊道。明亮的天空蓝。

"你在跟谁说话？"我认出了爸爸声音的颜色，这个时间，家里也没有别人。

"是碧，碧·拉卡姆。"

我还没有告诉他我去她家拜访过，她管爸爸叫帅哥，也没有告诉他我帮助她在学校外面发传单，在她的前花园挂鸟食罐。他不是我们友谊的一个组成部分，我也不想让他成为我们友谊的一部分。

"谁？"他穿过房间，来到窗前，穿着淡灰色卡尔文·克莱恩牌圆角短裤，胸毛尴尬地卷曲着。我的胸毛也会是卷曲的，如果我有胸毛的话。"哦，新邻居。我想告诉你，大卫说她是拉卡姆夫人任性的女儿。显而易见，从她小时候就能看出是一个彻底没希望的废物。多年来，他们都很疏远，她从来没有回老家看过她妈妈，甚至都没参加她妈妈的葬礼。她回来就是为了继承这套房产。"

"疏远"是一个灰色碎石片形状的词，看久了都不舒服。

"她躲得远远的，可能是因为她知道自己得不到疼爱，"我说道，"她意识到她妈妈不想要她，认为她是个累赘。"

"你这么说的话，我怀疑她还会不会久留。她可能会做好卖房的准备，尽快搬走。她在这条街上就像离开了水的鱼。"

在许多层面上，爸爸都是错误的。碧·拉卡姆从来都没有提过鱼，她买鸟食罐是为了吸引长尾小鹦鹉。这意味着她在安家落户，她要住下来。

碧·拉卡姆又挥了挥手。她大半个身子都探出了窗外，我都害怕她栽下来。

爸爸挥手回应，同时吸了吸肚子："也许我们应该过去做个自我介绍。我想她会喜欢，在这条街上受到欢迎的感觉。"

我无视他说的话，观察着长尾小鹦鹉。爸爸又错了，碧·拉卡姆已经感觉到受欢迎了，既然我们已经成了这么好的朋友，所以她也不需要见他了。

那天早晨的晚些时候，上午八点二十九分
油画布上极度危险的大混乱

"在局势失控之前，一定要采取措施。"粗糙的红色话语冲着油画布上从碧·拉卡姆的橡树爆发出的愉快颜色愤怒地冒着泡。

从早上七点三十一分开始，鸟食罐就空了，但是，长尾小鹦鹉继续在高高的树枝上吟唱小夜曲。我挨着爸爸，站在人行道上，正在欣赏这上学前的小型音乐会，一个男人牵着一条狗走了过来，狗吠声是薯条黄，他的灯芯绒裤子是熟悉的樱桃红色。

"嘘嘘，"我说着，指着高高的树上，"不要打扰它们，大卫·吉尔伯特。"

"他在开玩笑吗？"这个男人沉闷的红色谷粒状声音问道，"我才是不想被打扰的人吧？"

"他喜欢鸟儿，特别是长尾小鹦鹉，"爸爸回答道，"连拽都拽不动他。"

我听到了灰黑色的几何形状的脚步声。一个穿着黑色带风帽粗呢大衣的男人向我们走来，嘴里叼着烟。我转身又去看那棵树，害怕错过什么。

"你觉得这一切怎么样，奥利？"爸爸浑浊的黄褐色声音问道，"你是不是很中意我们这条街的新来客？"

我没有注意到低沉的咕噜声和香烟的烟雾，因为五只鹦鹉从一根树枝飞到另一根树枝上，尖叫声闪烁着紫罗兰色。

"我来告诉你我是怎么想的吧。"那个颗粒状暗红色的声音说道，"那些蠢货把我吵醒了，我想用我的猎枪把它们从那棵树上轰下来。"

是大卫·吉尔伯特。

我闭上眼睛，想屏蔽"猎枪"这个词的石油泄漏般有毒的颜色。它轻而易举地击败了长尾小鹦鹉的紫蓝色，和腐臭的海藻色脏话融合在一起，制造出更危险的东西。

会消灭我们这条街上所有野生动物的东西。

"算了吧，大卫，没那么严重。"爸爸说道。

我说不出话，我不能为鸟儿辩护，我不能动弹。

这是我第一次让它们如此失望，可这不是最后一次。

我的关注点在死亡威胁的重要细节上，我可以把它记在我的笔记本里，为警察提供证据。我看了看手表，再次闭上了眼睛。现在是上午八点二十九分。潜在的杀手是住在二十二号的大卫·吉尔伯特。

有三个可靠的证人：我、爸爸和穿黑色带风帽粗呢大衣的吸烟男。我没有看到这个人声音的颜色，不过，爸爸称他为奥利。那么，他可能就是住在二十二号的奥利·沃特金斯。我还要跟爸爸核对一下，以保证我写在笔记本上的内容准确无误。

碧·拉卡姆没有听到这个威胁，她被挡在这个丑陋的颜色外面了，可是，它们很快就变成一个更恶心的颜色，我没有能力保护她了。

暗褐色，凌乱的形状。

砰，砰，砰。

等我睁开眼睛，樱桃色的灯芯绒裤子已经不在人行道上了。他站在碧·拉卡姆家的外面，大声敲着前门。他身旁的狗叫出薯条黄的颜色。

这一次，我行动起来了，因为我的朋友，还有长尾小鹦鹉，处于大卫·吉尔伯特带来的危险之中。我追了上去。

"回来，儿子！我们不需要插手这件事，这没你的事。你上学要迟到啦！"

爸爸追了上来，企图抓住我的胳膊，可我把他甩掉了。他又错了，我必须保护我的朋友。这就是我的事。她是我的朋友。它们是我们的长尾小鹦鹉。是我们把它们带到这条街上的。在这件事上我们要站在同一战线。

碧·拉卡姆在四十五秒之后开了门。这次她又穿着钴蓝色睡袍。

"哇哦，一大清早就有人给我开欢迎会。"她盯着站在她门阶上的男人，我，还有跟过来的爸爸。她的目光掠过我们，把衣服系紧了些。穿黑色带风帽粗呢大衣的吸烟男人留在了后面的人行道上——他一定不想陷入争吵。碧的嘴角没有上扬，甚至没有一点表情。

"我想跟你谈谈长尾小鹦鹉的事，碧翠丝。"大卫·吉尔伯特说道。

"她的名字叫碧。"我的声音沙哑，"而且你应该离开，大卫·吉尔伯特。"

我说话的声音一定太轻了，因为他没有离开。

我想再说一遍，可是我淡淡的冷蓝色话语被粗糙的红色玻璃碎片消灭了。

"你在那棵树上挂了六个鸟食罐。"他扭过头去，用手指着说道，"这分明是鼓励鸟儿来骚扰我们街道，这是我们绝对不想要的。"

碧·拉卡姆的嘴唇发出一声柔和的、暗蓝色的叹息："大卫，这就是重点所在，鼓励鸟儿到这条街上来。它们很漂亮，你不觉得吗？这么鲜艳的色彩，这么有异国情调。它让我想起了家乡，澳大利亚，它们让我想念家乡。"

"那都很好，可是它们也太吵啦！在这里，它们被当作害虫对待，像狐狸一样。如果你用鸟食罐来鼓励它们，它们最后就会留下来。这种鸟儿的繁殖速度是很快的。相信我，我是知道的，它们会破坏动物的栖息地，会把其他鸟赶跑的。"

"嗯，我当然希望它们留在这条街上，"她说道，"我想它们可以让人们快活起来，它们会把丰富的颜色注入每个人的生活，让这里的一切清醒起来。"

我鼓起掌来，爸爸低头看着我。她说的正是我的观点，我们用同一种蓝色声音说话。我们勇敢地反抗了大卫·吉尔伯特，这条街上没有人敢这么做。

"在我已经向你预警了潜在的危险以后，在长尾小鹦鹉今天早晨把半条街上的人吵醒以后，你还是不肯把鸟食罐拿下来吗？"大卫·吉尔伯特问道。

"不，我不会拿的。这是大自然，大卫。我是谁啊，竟然去干涉生命的循环？长尾小鹦鹉在我的前花园来去自由，完全出于它们自己的意愿，我跟你一样无法控制它们。"

"你鼓励鸟儿，就是在干涉大自然。六个鸟食罐完全是过分热情。"他的声音变成了一种颜色更深的血红色，"不仅在噪声层面，鸟儿是一个问题，它们还会毁了人们的花园，它们会啄掉春天树上的所有花蕾。"

碧·拉卡姆紧紧地抱着肩，没有回答。

"碧翠丝，我从你沉默的态度可以看出，在这件事情上你是不准备讲理的，是吧？在下列问题上也是不准备讲理的，是吧？自从你搬过来，就把音乐放到最大音量。你的汽车漏油你不管，直接停到沃特金斯家外面，这给奥利带来了不便，他现在只能把车停到这条街的远处。"他指着还站在人行道上的穿带风帽粗呢大衣的吸烟男人说道。

"惹你不高兴了，我很抱歉，可是我必须继续丢弃我妈妈多年来搜集的废物，"她大声说道，"必须全都丢弃，包括那些你们老年人似乎特别喜欢的珍贵饰品，我一件都不想留。"

她挥了挥手，我想是对我挥的，于是，我使劲儿挥手回应，示意我百分百地在背后支持她，我依然是她四面受敌时的同盟军。

就在她关门的时候，大卫·吉尔伯特伸出了一只脚，门碰到他的鞋子就弹了回来，出现了尖锐的栗子色。

"你知道你在做什么吗？"她问道。

"你似乎不了解这条街的规矩，碧翠丝，"他说，"我们互相照应，友善对待邻居，嗯，就像你妈妈以前的样子。我们不会打破平衡。"

"好啊，你和你的朋友可以以身作则，不再来烦我了。我才回来不到一个星期，我已经受够你们俩了。"

"不好意思——"爸爸开始说。

"大卫，在我做出令我自己后悔的事之前，请把你的脚移开。"碧·拉卡姆平静地说道。

"当然，但让我告诉你一些明知故犯的事情，"大卫·吉尔伯特说着，从门口向后退去，"长尾小鹦鹉已经被英国自然署正式宣布为有害生物，因此，一旦它们出现问题，土地所有者或授权人员有权开枪射杀。"

"是真的吗？你在威胁我吗？你是在对我施加威胁吗？"

"我是在威胁长尾小鹦鹉，"大卫·吉尔伯特说，"记住这一点，碧翠丝。"

"不要来打扰我了，你们所有人！"她砰一声关上了门，闪亮的黄褐色矩形。

我一次又一次地用脚使劲儿地跺着地，无声地尖叫。那一刻，我感到有一种前所未有的强烈冲动，我要踢人，我要站在碧·拉卡姆这边。

"有那个必要吗，大卫？"我爸爸问道，"它们不过是些鸟儿罢了，不值得动刀动枪。"

大卫·吉尔伯特迈了一步，离我们更近了。

"是的，绝对有这个必要。碧翠丝·拉卡姆需要懂规矩。她需要明白，只要在我的街道有什么出格的行为，就会承担严重的后果。"

星期四（苹果绿）

下午

　　我从我的窗口观察——碧·拉卡姆早就不在了，但是那条战线还在，既没有因为人们每天踩踏而淡化，也没有被雨水冲刷掉。即使她死的那天，战线也没有消失。战线的颜色依然鲜艳夺目，因为大卫·吉尔伯特哪里也没有去。他还在照常生活，好像什么变化都没有发生一样。

　　可以辨认出那条战线已经不一样了。他第一次威胁的时候，我们家外面人行道上的战线永远地被侵蚀了，它挑衅般地用一种鲜艳的天空蓝伸展到马路上，完全不在意邻居们怎么想，怎么说。它环绕着碧·拉卡姆家的前花园，消失在她家房子后面的小巷里。

　　我有条不紊地翻阅我的鸟类笔记本，把它们堆在我扣在墙边的已经完成的那些画旁边——"大混乱"和"极度危险的大混乱"。

　　长尾小鹦鹉的画必须受到保护，以防遭到大卫·吉尔伯特邪恶色彩的伤害。

　　我在笔记本里也画了一条线，把观察鸟儿从大卫·吉尔伯特威胁的那一天前后分开。从那一天往后，我不仅记录我们这条街上的长尾小鹦鹉、煤山雀、鸽子、金雀和苍头燕雀。

我开始详细记录大卫·吉尔伯特这个住在二十二号男人的行动。我还对走上碧·拉卡姆家前面小路上的人做了简要的描述，以防他们对长尾小鹦鹉，包括学音乐的学生构成威胁。这很有必要，万一大卫·吉尔伯特用什么脏手段呢？他会用手段让别人都站在他这边，爸爸说他曾经请求在这条街上安装减速带，他让所有的邻居都签了字。

我格外小心地记下了其他邻居的行动——尤其是二十四号的辛迪，她在当地一所小学做午餐管理员，有两个女儿。我见过樱桃红色的灯芯绒裤子敲过几次她的门，这意味着他们可能是合谋。

我必须建立一个档案库，在我积累足够的证据以后，就可以向警方陈述，因为他们没有严肃对待我第一次给999打电话所提到的死亡威胁。

这非常耗时，却是绝对必要的。

我必须搜集犯罪行为的证据。

对长尾小鹦鹉威胁的证据，这个威胁很严重，迫在眉睫。

警察会忽略的证据。

我再次查阅一月二十二日以后的笔记，前前后后地快速浏览，证实我所知道的内容。我的记录系统有一个致命的缺陷：漏洞太多。

我对大卫·吉尔伯特的第一次威胁做过记录，却没有把他在她家台阶上所说的话准确地记录下来。我力图再现真实的现场，却因为那些可怕的语句太伤眼睛，所以那天晚上我把笔记本的那一页扯了下来撕成了碎片。

这是一个错误，加上我在记述中的其他空白，对于此事的记录就成了彻底的空白，这是我做得不好的地方。

我知道不能找借口，可是，我不能二十四小时给那棵橡树站岗，我必须上学，睡觉，还有吃饭。不论我再怎么想，我都不可能没日没夜地站在我的窗前，手拿双筒望远镜进行观察记录。

鸟儿的生命就在那些空白里逝去了，而我当时却没有发现危险。在袭击发生的时候，我不在场。

我的失误导致了大量长尾小鹦鹉的死亡。

我无法填补那些空白，就像我重新画我们这条街上令人不安的景色那样。

这倒不是因为我把它屏蔽了，也不是因为忘记了，而是因为我不知道大屠杀发生在什么时候。

我要解另一个谜，而且我知道我不会喜欢最后发现的真相。

柔和的奶油黄。爸爸爬上楼梯来看我。跟他说话，看他说出的关于碧·拉卡姆和妈妈的谎言的颜色，都让我无法忍受。

我跳上前去，把一把椅子顶在门把手的下面。

轻轻的敲门声，轻轻的敲门声，轻轻的敲门声。焦糖色的小点点。

我忽略了颜色和形状，因为门把手不耐烦地发出刺耳的声音。

"贾斯珀？儿子，你能让我进去吗？"

我把画笔一字排开，重新排好我的颜料，准备画下一个场景。我不想被打断，我不想我的记忆染上爸爸的颜色。记忆是我的，不是他的。就跟我的望远镜一样，他不可以借，他只会弄坏它，让它成为废品。

"我想为我在楼下所说的话道歉。"他大声说着，用头轻轻地碰了碰门，出现了一团土黄色，"如果这就是你想做的事的话，我们应该聊聊碧的事情，也应该聊聊你说的她怀了个小孩。我打断你谈她的话题是不对的。我现在明白了。"门上又出现了淡淡的棕色的一团，"我一直努力把事情搞清楚。"

是吗？

我不相信他，我恨他。他说谎，一直都在说谎。

我看着门。门把手不动了，可是我知道他还在那里。地板嘎吱嘎吱作响，出现柔和的粉色。我想让他的颜色淡化成背景，彻底消失。

"我为早些时候的事道歉，贾斯珀。老实说，我希望可以收回我说过的话。"

我为早些时候的事道歉。

这是爸爸第一次跟碧·拉卡姆见面时说的话。

我闭上眼睛，已经看到了我一定要画的下一幅画。爸爸的声音：柔和、呆板的形状，以及淡淡的浑浊的黄褐色。

我要让它跟碧的天蓝色在纸上旋转舞蹈。这两种颜色开始会互相环绕，然后融为一体，好像它们本来就是一体的。

然而它们不是一体的。

我努力把它们分开。我不想让它们的颜色渗入彼此，我不忍看到这个结果，我不想看到二者混合创造的颜色。

"走开！"我对着门大叫，"我累了，走开，不要烦我，我恨你们俩。"

"贾斯珀！"

我们都会说谎。"我就是想睡觉。我需要睡觉，已经到床上了。"

"好的，好的，这对你有好处。"爸爸说道，"可是，我不能让你把自己反锁住。我不能让你再伤害自己了。我现在就走开，十五分钟以后再来，我会用手表定时的。如果我回来时发现你的门不是开着的话，我就会把门踢开，不管你是睡还是醒，你听明白了吗？"

我看了看我的手表，现在是下午一点三十分。我会在我的表上给他定的时间定时。他又在骗我。他会在十分钟以后回来，不是十五分钟，不过，这足够再画一幅令人不安的画了。

　　我必须再现浑浊的黄褐色与天蓝色混合时创造出来的难看的颜色。

24

一月二十二日

纸上肮脏的汁液圈

在学校，对长尾小鹦鹉的威胁在我脑海里萦绕不去，我在卫生间拨打 999 以后的很长时间都是如此。

我的地理老师帕克汉姆先生很生气，因为我踢椅子，不肯坐下。他不明白，我不能把手机收起来。我一定要用手拿着，等探员给我回电话。我需要知道警察准备怎么处理大卫·吉尔伯特。

帕克汉姆先生企图把手机从我手中拿走，我对他尖叫出电光碧绿色的云团。他把我带到班主任办公室，我非但没有得到辅导，反而在门旁边没有光泽的海军蓝椅子上坐了三分十二秒。当莫尔夫人叫我进去的时候，她已经知道了事情的来龙去脉。她已经给我爸爸打了电话，他也已经对警察说了。虽然我给 999 打的电话没什么用，但他们已经从电话记录里了解了他的种种细节。

你爸爸说不用为长尾小鹦鹉担心。警察已经把它载入正式记录。你不必为这件事难过，这不是问题。

载入正式记录是什么意思？实际上警察在采取措施吗？他们在调查大卫·吉尔伯特吗？他们会把他缉拿归案，然后在我们街上安排巡逻员，在我上学的时候保护长尾小鹦鹉吗？他们到底做了什么？

莫尔夫人不知道，对于我焦虑的问题，她根本就无计可施。然后，我不得不整天待在辅导室，中午都不用去食堂了。

一个助教端了个盘子坐在我身边。她嚼三明治的时候，下巴发出深粉色的咔嗒声，导致我把指甲扎进了手掌心。

一天过去了，没有一个探员来跟我谈话。

坏消息。

我害怕警察还没开始办案就结案了，因为这涉及长尾小鹦鹉，而不是他们优先选择的人类。我知道这是一个巨大的错误。

我对另一个来监视我的助教讲了这个问题，但是他却不感兴趣。他让我住嘴，继续做功课。此后，我放弃了，我假装自己在做功课。

我假装自己是正常人。

在内心深处，我不相信我的班主任，我不相信爸爸。我一整天都为碧·拉卡姆和长尾小鹦鹉揪心。

*

我从学校回到家里的时候，二十四只长尾小鹦鹉在碧·拉卡姆的橡树周围飞来飞去。我跑步上楼进了我的卧室，站在窗前用望远镜警戒着，可是却没有窥见大卫·吉尔伯特和他的猎枪。也许我错了，警察并没有忽略我的电话内容，在我不在的时候，他们已经在这条街上安排了巡逻人员来预防长尾小鹦鹉的混乱局面。

我把大卫·吉尔伯特吓跑了。

尽管如此，爸爸下班回来以后还为我们的新邻居担心，他说我们应该再核实一下，在与大卫出现争执以后，她是否安好。我说没必要，因为警察对住在二十二号的鸟类杀手全都清楚。

我的肚子低吼出相思鹦鹉的绿色，说明该到吃晚饭的时间了。爸爸在回家的路上从街角的商店买了一束正在枯萎的紫色郁金香，而不是晚饭。

"我们现在出去走走，免得错过她。"他坚持说，"她可能晚上会出去。"

他的右手紧紧地握着那束花，就像那天夜里我们看她跳舞时他紧紧地握着我的双筒望远镜一样。他握得那么紧，好像永远也不愿意放手似的。

"她晚上不出去，"我反驳说，"她晚上待在家里要么听她的火星音乐，要么弹钢琴。其他时候她用手捂着眼睛，抱着一本蓝色的书在地板上摇晃。我在我的窗口看见过她。"

"听着，我们现在就去，回来之后再来谈尊重他人隐私的问题。你去还是不去？"他把棒球帽从大厅的衣架上摘了下来。

我跟着他穿过马路到了她家门前。我不想让他毁了我和碧·拉卡姆之间的事。时间也不对：快傍晚六点了，我该吃晚饭了。

爸爸停下了脚步，凝视着她的屋顶。

"那儿有什么？"我希望他三思之后回心转意要回家给我做鸡肉馅饼了，我们周五的晚饭通常就是鸡肉馅饼。

"我看见了一只长尾小鹦鹉，它爬进了屋檐，那里还有一只。"

"哇哦。"

我仰起头来看着，希望看到绿色尾巴上的羽毛，或者是鸟嘴，这时碧·拉卡姆开了门。

"你又来啦，贾斯珀。"天蓝色。

我低下头，数着走廊里的纸箱，一共有七个。"你有望远镜吗？我想观察那边的长尾小鹦鹉。"我用手指了指。

"呃，手头没有。咦，你的忘带了吗？"

"忘了，我下次记着带上。"

我查看了一下她的头发：金色的，不是红色的。她的耳环是银质的小燕子形状："一只燕子倒过来了。"

"是吗？"她凝视着屋顶，"跟长尾小鹦鹉在一起了？"

我哼了一声，出现了冷蓝色的泡泡："你可真逗，燕子和长尾小鹦鹉永远也不会在一起栖息，它们的种类完全不同。"

在我还没来得及解释她的耳环时，爸爸插嘴道："我今天早晨还没有机会正式介绍一下我自己。我是贾斯珀的爸爸，埃德。我们住在那里。"他扭过头用手指了指。

"我知道你住在哪里，"她回答说，"我已经跟贾斯珀谈过长尾小鹦鹉和望远镜。你知道，他从他的卧室窗前观察一切。"

爸爸摘下帽子，低下头来看我。他用一只手梳理了一下头发，说："我不知道啊！对不起。我们提到过望远镜，不过贾斯珀确实喜欢观察鸟儿。"

"你呢，你喜欢鸟儿吗？"

爸爸咳嗽了一声，出现了带有铁锈色的黄褐色云团："有几种喜欢的，有几种我特别喜欢。"

"你听听，谁都会以为你在跟我调情，埃迪！"

"我就不会那么想，"我在爸爸说出什么傻话之前抢着回答，"他想把他的名字告诉你，他叫埃德，不叫埃迪。仅此而已。现在我们要走了，因为快傍晚六点钟了，这是我家的晚餐时间。"

爸爸轻声笑道："这个送给你。"他把郁金香递给了她，"抱歉——我没买到更好的花，这是花店里唯一一没死的花。听着，我为早些时候的事道歉。我不知道大卫在长尾小鹦鹉问题上会那么不理智。他的本意是好的，但是有时会略微有点强迫症。"

"这都是小菜一碟。"她说道，"我回来之后连屁股都没坐热，他几乎每天都在附近抱怨这抱怨那的，现在又抱怨起长尾小鹦鹉来。他真的有枪吗？我应该担心他吗？"

"应该，"我插了话，"你应该极度担心才对。大卫·吉尔伯特喜欢射杀野鸡和鹧鸪，他也因此成了一个杀手。我们不能让他射杀长尾小鹦鹉。"

"当然不能，"她答道，"我不会让那种事情发生的。我向你保证，我会用生命保卫它们，贾斯珀。"

我把自己最美的笑容作为礼物送给了她，因为我相信她。我想她绝对会竭尽全力保护长尾小鹦鹉，就像我会做的那样。

"幸好它们在你的屋檐下。"爸爸一边问一边抬头看着，"如果它们不明智地决定在大卫的屋檐下筑巢搭窝的话，就会带来更多的麻烦。"

"没门儿！"她朝外迈出了一步。

"是啊！"爸爸浑浊的黄褐色融入了她的天蓝色。看到他们肮脏的汁液圈，我不由得颤抖起来。

他们肩并肩站着，抬头看着，她和爸爸。我站在相反的一边。她的胳膊几乎扫到了他的胳膊。她今天没有穿蓝色衣服，这让人很失望。她上衣开了很深的领口，领口下面抱着胳膊，顶起了异国情调的胸脯。

"你穿的衣服太小了，"我说道，"那么紧绷，看起来很傻。你需要买大一号的。"

"贾斯珀！"爸爸退后一步，"这很不礼貌，给拉卡姆小姐道歉。"

我眼角的余光注意到碧把上衣往上拉了拉："哎哟，露得太多啦！对不起，这是家长指导观看的版本。顺便说一句，叫我碧就好啦！这样好些了吗？"

我不知道我为什么不高兴，明明我应该高兴啊！长尾小鹦鹉那么喜欢碧·拉卡姆，所以它们在寻找进她家的路。如果它们找到进她家屋檐的路，它们可能也会飞上我们家屋檐。

"我饿了，"我说道，"我想回家，晚饭时间已经过了三分钟了。"

"对不起。"爸爸转向碧说道，"我觉得这孩子说话不过脑子，他通常会冲口说出脑中出现的第一个念头。"

"不要担心，"她答道，"我没有那么容易生气。他对我的头发颜色就提出过建议，"我感觉她凝视的目光转到了我的身上，"你说得对，贾斯珀，那样不像我，金发远比红发更适合我。"

我两脚轮换着单脚跳，爸爸却笑得很温柔，出现了胡萝卜蛋糕色的圆圈："在他发更大的火之前，我得赶快去给他做饭。你需要什么的话，来敲我家的门就可以。我几乎晚上都在。"

"谢谢！我可能会麻烦你帮我搬点重东西，你看，我需要搬家具和箱子。"

"当然，随时待命。"他正要转身离去却犹犹豫豫地说道，"顺便说一句，如果贾斯珀太烦人了，就告诉我，我会说他的。他特别容易对某些人或事物产生沉迷。他很快就会对人产生依恋，特别是对女人。你看，他妈妈……"他住了口，"无论如何，如果他太过分了，我先替他道歉。"

那一刻，我最恨爸爸。我想对碧解释，他说的不全是实话。我有的只是兴趣和爱好，仅此而已。这不会让我就此成为一个讨厌的人。

"对于我来说，贾斯珀永远不会是一个讨厌的人，"她毫不犹豫地说道，"他已经帮了我很大的忙了，如果没有他，我都不知道自己这些天能做成什么。"

碧·拉卡姆给爸爸讲起了发传单的事——她本能地意识到他在毁我的形象。她相信我，而不是他。她调整了自己的位置，现在站到我一边了。

"贾斯珀，事实上，如果你不在意的话，我想请你再帮一个忙好吗？"她跑回家，手里拿了一把传单出来了。

"贾斯珀，下个星期把这些传单在学校门口发出去，可以吗？"

爸爸看着这些传单，肩膀抖动着："你是一位音乐家？"他温柔地说道，他的声音又成了热乎乎的奶油烤面包的颜色，"说实在的，我印象非常深刻。"

"我在开免费试听课。贾斯珀可以把这些传单发给他的朋友。"

她以为我有好多朋友，这让我非常高兴。传单至少有三十份，她严重高估了我的人气。不过，我的心还是沉了下去。

"你愿意和我一起去吗？"我满怀希望地抬头看了一眼，而她的目光却锁定在爸爸身上。

"我怕是去不了，我得在开课之前把房子收拾干净，要做的事情比我预想的要多。这幢房子已经疏于打理太长时间了，我想，老人住过的房子，出现这种情况很正常。"

"哦。"

我无法对她说不，可上次发传单的时候我就不喜欢。我不想把人们的注意力吸引到自己身上，而你想让人们注意到你手里东西的同时，你很难不暴露自己。帮助碧·拉卡姆发传单最有趣的那过程，是把传单抛到空中，看着纸片飘走。

"如果你自己找个人陪你去的话，我会给你一个福利。"她说道。

"什么福利？"

"嗯，你喜欢鸟儿，对不对？从前面卧室的窗口观察鸟儿的机会，怎么样？那样的话，你可以更近距离地看鸟儿。如果你想带双筒望远镜的话也可以。"

"我可以随时想来就来吗？"

"这个……"

"你已经随时想来就来了，"爸爸哈哈大笑地说着，"我已经看见自己不得不把他从你的卧室拽出来的那一幕啦！"

"哈！你这就想进我卧室了，是吗？不要脸呀！"

我跳了起来，我不想让碧·拉卡姆说那些稀狗屎颜色的词语。

不文明。这是一个带空心的，带绿色尾巴的红色单词，妈妈曾经这样描述过那些说脏话的人。对于脏话她也跟我有同样的感受，她也讨厌它们的颜色。

我向上看去，先看碧·拉卡姆，然后看向爸爸。她笑着把头发绕成圈缠在她的中指上。他的双颊变成了辣椒酱红色，我猜这意味着他为自己的错误感到尴尬。

她邀请我去她卧室窗前看长尾小鹦鹉，没邀请他。

他太糊涂，把一切都搞砸了，这就是为什么我一开始就不想让他过来。

"不，好吧，我想说的是——"

"你知道，意外到访的客人总是受欢迎的。"她说道，打断了他深黄褐色的腔调。

"我会记得的。"爸爸的左眼闭上又睁开了。

碧·拉卡姆哈哈大笑，出现了更大的柔和的天蓝色泡泡："我是完美的女主人，我从不会让任何人吃闭门羹。"

*

我看了一眼手表，那些肮脏的汁液圈让我不由自主地颤抖起来。在爸爸用亮晶晶的橙色尖片踢开我的卧室门之前，我有整整六分钟三十秒来完成我的下一幅画。

我需要把接下来的那个星期所发生的事情完完整整地画出来，不省略任何令人尴尬的颜色。

我从窗口向外望去，手里紧紧地攥着画笔，我无法放开它，虽然我也担心那些带有指控性质的笔触接下来会将我带向何方。

我们的街道空无一人。

警车消失了，警察已经放弃了寻找线索。他们为什么不去检查马路对面通向那些房子的小巷呢？还是他们已经检查过了？

他们没发现通往碧·拉卡姆家后门的一串面包屑的痕迹？

爸爸不可能把她的尸体留在家里。

腐烂的尸体闻起来会招来苍蝇，他早就从他的探案节目里知道了。星期五夜里，他一定拖着已经没有生命迹象的碧·拉卡姆从后门出来穿过小巷——和我逃离她家的路线一样。

爸爸会意识到前门太危险了

他知道碧·拉卡姆放后门钥匙的地方，因为他发现我在小窝里拿着那把刀之后，我告诉了他这个秘密地方藏着后门的钥匙。

25

一月二十七日，下午四点三十分
油画布上的湖蓝色和冷杉树绿色

"已经到那个时间了吗？"五天以后，碧·拉卡姆打开前门，呼出明亮的天蓝色泡泡。她光着脚，金发松松地披散在她双肩周围，是我喜欢的样子。我再次数了数走廊里的纸箱，一共有七个。

"现在是下午四点三十分整，"我说着，看了看我的手表，"你现在还没把这些箱子搬走，数量还跟原来一样。"

"什么？是的，我速度挺慢的。我已经往废料桶里倒了一些。有这么多老掉牙的东西要扔，我总是拖延。我面对它的时候没法儿不生气。太多悲伤的回忆，你知道吗？"

我走进来的时候，努力把嘴角向上扬起，做出微笑的样子。她不得不停止使用颜色卑鄙的语言。

"我可以进你的卧室吗？"

她咯咯地笑着，亮晶晶的淡天空蓝色圆形水滴。她把门开得更大了些："你不是那种绕圈子的人，对吧？像你这样可爱的先生提出这种要求，我怎么能拒绝呢？"

我脱了鞋，整整齐齐地放到了封好了的箱子旁边。我在等她先上去，爸爸说我应该这么做。

在她没说你可以进她的卧室之前，不要兴奋地跑上楼梯。她怎么说，你就不折不扣地去照做，否则，她可能不会邀请你再去了。

"我领你看看我准备在哪儿上课。"她说道，"我需要再快点儿，因为我的音乐课就要开始了，第一个学生很快就到。你要保持安静，好吗？"

我点点头，表示我明白。

碧·拉卡姆爬上破旧的红色楼梯，进入二楼的左边第二间。我在后面跟着，屏住呼吸，地毯又脏又臭，很可能到处都是细菌，也可能是螨虫。

"这是我妈妈以前住的房间，不过现在是我住着。"她说道。

这个房间像起居室一样空荡荡，冷冰冰的。大部分家具都被搬到了货车上，还有外面的废料桶里，就像是在给她的音乐腾地方似的。窗户开着，墙像融化了的雪人那样白，有灰色的沙粒，除了两个小区域，在那里我可以清楚地看到印着两个锐利、质朴的白色十字架形状。

"我妈妈的瓷质耶稣受难像应该第一个丢进废料桶。"她说着，顺着我直勾勾的目光看过去，"不管我费多大劲儿，墙上的印记都去不掉。"

"那个魔鬼在寻找耶稣受难像。"我说道，想起了我在她的废料桶里见到的东西。

"谁？"

我摇了摇头。提到这个魔鬼是一个错误，会把她吓跑的。我不想让她把这栋房子卖掉，然后离开。她一定要跟我和长尾小鹦鹉待在一起。"没有什么，没事。"

"这么乱，不好意思啊！"她拿起一个黑色的垃圾袋，露出里面灰色和棕色的衣服，"我需要明天把妈妈的旧衣服送到慈善商店去。我可能会买一个新衣柜。她这个旧的都要散架了，门也关不上。那些贵的衣柜，只是为了装点房间秀给别人看的东西，我通通不要。"

房间里现在为数不多的物品有：一个挨着窗户的五斗橱，四个垃圾袋，一个簸箕和刷子，一罐家具上光剂和三个纸箱。瓷质女士玩偶的头从最大的箱子里探出来。

"你没有床啊！"我说着，指了指地板上的充气床垫。我喜欢她的睡袋。是午夜蓝色。

"床垫用不了了，我把它也丢掉了。一想到我还要睡在以前睡过的卧室里，我就无法面对。我已经把房间清理过一遍，扔了一大堆东西，费了好大的事儿。所有的东西都在废物箱里，除了一些我都忘了自己还留着的旧杂志。"

"睡在你以前睡过的卧室里会让你难过，"我说着，不禁浑身颤抖起来，"像我一样，这会让你想起你小的时候。我保留着鸟类杂志，因为它们让我开心。想到你死去的母亲和她的耶稣受难像会让你难过。"

拉卡姆抽了抽鼻子，出现了带白色的蓝色条纹。

"不是，这你就理解错了，贾斯珀。那个老巫婆让我发疯，快烦死了，直到现在还是这样。要不是怕把邻居都招过来，我早就在后花园点火把她的东西都烧了。我可能还会这么做的，这会让我感觉好些，表示我不再害怕，我很坚强。"

我玩弄着我的望远镜。疏远，爸爸在描绘碧·拉卡姆与她母亲的关系时用的就是这个词。我当时没有理解是什么意思，我现在理解了。

它的意思是对一个已经死去、被埋葬了的人恨得那么深，你想烧了他们的所有东西，毁了他们的东西。你想让他们消失，除了一堆灰烬，什么也不留。

对于碧来说，波林·拉卡姆夫人一定是一个可怕的人，所以碧才会如此恶毒地咒骂她。我猜测她妈妈的颜色是可怕的铬橙棕色，不可能是像碧那样的天蓝色，也不可能像我妈妈那样的钻蓝色。那个老巫婆可能也会仇恨长尾小鹦鹉，就像大卫·吉尔伯特那样。

我走到窗前，因为我不想让她看到我紧锁的眉头。她恨她的母亲，一定有她的理由。我眨了眨眼睛，把进入我脑海的钻蓝色赶走，我想保护它不受"疏远"这个词的伤害。

"你愿意关窗户就关上，屋里特别冷，我是想给屋子通通风来着。"

我倒是不冷，因为我穿的是带兜帽的防寒服。楼下的衣架没有通用的挂钩，个个都生锈了，我不能把它扔在布满细菌的地毯上。

"长尾小鹦鹉！这儿的视野太完美了！"我靠在窗台上，眉头的皱纹从我脸上消失了，就像黄油在煎锅里消失了一样。拉卡姆夫人，这个死在家里的老巫婆，在我的脑海里被推得远远的。三只长尾小鹦鹉落在一根树枝上，靠近窗户，十分诱人。如果我伸出手而它们不飞走的话，我几乎可以触摸到它们，它们就那么近。

"我知道，我爱它们。"她和我一起站在窗前，长尾小鹦鹉飞到了树的更高处，"它们是我每天早上见到的第一种东西，贾斯珀，它们让我感到快乐。它们帮助我忘了过去所有的坏事，你知道吗，它们融化了一切。"

就像煎锅上的黄油。

"我也这样觉得，"我说道，"当我画长尾小鹦鹉的时候，当我画你的时候。"

"哇哦，你现在在画我，是吗？你一定要给我看看。"

"我会的。我下次来看长尾小鹦鹉的时候，会把我所有的画带给你看。"

"还有下次呢？"碧问道，"我还没邀请你呢，贾斯珀。"

我咬着我的嘴唇，咬得很用力，直到我品尝到了红棕色的味道。我是不是误会了她，就像爸爸想要进她的卧室那样？她没有邀请我看她的画吗？或者是因为我太兴奋了，听错了她的话？

"不要在意我说什么，我就是说着玩儿的，对不起啊！当然，你可以回来。你发的传单起了巨大的作用，你很多朋友的父母都来找我咨询了。"

我不知道有谁拿了传单。我把传单撒在学校附近，这样我就不用亲手递给他们了。我正要把实情告诉她——我更愿意找另一种方法来帮她——这时门铃响了。

银色的蓝色线条。

"糟了，是他。"

我畏缩了："是大卫·吉尔伯特？带着他的猎枪？"

碧用鼻子哼了一声，出现了鹅卵石形状的深蓝色："最好别再是他。我需要一根棍子把这个人打跑，还有他的同伴。"

"我没有棍子。"我扫视房间，寻找武器，从一个纸箱里捡起一个饰品。

"好吧，对不起，是我的第一位上音乐课的学生。待在这里，好吗？后面还有更多的孩子来，我想我一小时左右才会回来。"

我站在二楼，左手握着瓷质玩偶做出御敌的架势，以防她判断错了，大卫·吉尔伯特再次出现。

"嗨！欢迎！"碧的声音从楼下传来，"进来，进来，非常欢迎你，我们会玩得很开心的！"

我没有看到那个学音乐的小学生，对方含糊不清地小声说着话，出现了灰白色。我不感兴趣。我走进卧室，准备把饰品放回原来的地方，这次我近距离地看了看。

瓷质女士玩偶撑起了冰蓝色的裙子等我欣赏，它不想回到那个箱子里去，它渴望被注视。它的朋友们从皱巴巴的报纸里探出头和肩膀来，企图挣脱束缚，跟它在一起。

我把瓷质舞蹈玩偶放到五斗橱上，把那个箱子推到离窗户更近的地方，这样她的玩偶朋友就也可以看长尾小鹦鹉了。

我在碧·拉卡姆的房间里忘记了时间，就像被兔子洞吸进一个五彩斑斓的新世界，不想回到原来的生活里，原来的生活色彩没有那么鲜艳，没有那么真实。

我狂热地迅速记下关于长尾小鹦鹉的笔记，它们的编号，它们做的动作，以及所唱的歌曲。我不愿意遗漏任何一点信息，一定要把我记得的每一种颜色画出来。

它们的合唱伴随着混乱的宝蓝色钢琴声；木吉他的银白形状和中心的蓝绿色，以及电吉他闪闪发光的紫色和尖尖的金色。更多的长尾小鹦鹉也来参加这场小型音乐会。

直到爸爸给我的手机发来短信，出现了红色和黄色的泡泡时，我才意识到楼下的乐器已经停止了演奏。外面的天已经黑了，然而长尾小鹦鹉还继续在树枝上大放异彩。

你还在碧家吗？晚饭时间到了。

不可能吧。我看了看手表：晚上七点，晚饭时间过了，而且早就过了我本该停留的时间。音乐课程已经在一小时三十分钟前结束了，据碧·拉卡姆的推断，她不知道我遭遇了什么。

亮银色和绿色的灯管突然亮了起来，并且变幻成了猫眼石色——火星音乐开始播放了，而不是乐器演奏出来的音乐。

我看了最后一眼——我离橡树的距离足够近，看到两只长尾小鹦鹉钻进一个巢穴里。我等了几秒钟看它们会不会再出来。

我的手机又响了，出现了更多的红色和黄色的泡泡。

现在回家，贾斯珀。

我用口型隔着窗户向长尾小鹦鹉告别，然后兴奋地跑下楼去，因为碧·拉卡姆想要跟我分享她的火星音乐，我要描述在刚刚过去的两个半小时中的所见所闻。

大厅很滑，所以我穿着袜子滑着步进了客厅。一个女人四仰八叉地躺在一个豆袋坐垫上，她长长的金发倾泻在光秃秃的地板上。一个男孩坐在她旁边的垫子上，抱着一把吉他。

"你当然知道怎么进来，贾斯珀！"那个女人的声音是天蓝色，是碧·拉卡姆。

地板上的男孩咯咯地笑了，出现了冷杉绿点。"恶心！"

另一个男孩扶着墙壁，好像怕墙倒了似的。我开始都没有注意到他的存在。我以为碧的客厅里只有一个男孩，而不是两个。这个男孩的头顶有一个记号，这个记号我在碧的卧室里见过，十字架印。

她把手伸向墙边的男孩，尽管我站得离她更近。"拉我起来，好吗？"

这个男孩无精打采地走过去，把手伸了过去。他想要把她拉起来，可是，她却失去了平衡，结果两个人都摔到了坐垫上。

"哦，你把我压扁了！"

"对不起！"迷人的蓝绿色，"你没配合！"

碧·拉卡姆听起来不痛苦，她在哈哈大笑，和男孩一起哈哈大笑——天蓝色和蓝绿色的混合物。我没有加入，这两个颜色的组合让我喘不过气来。

"你以前认识卢卡斯吗，贾斯珀？"她问道，与此同时，她想再站起来，"他来接他的弟弟，对了，他弟弟是一位天资非凡的天生音乐家。"

地板上那个更小的男孩咕哝了一声，出现了深冷杉绿，可能他对这话并不是特别受用。

"我们听音乐听得误事了，"她继续说道，"音乐把你吸了进去，你明白吗？它让你忘掉一切，活在当下。"

我确实能够理解。我听火星音乐的时候，我看长尾小鹦鹉的时候，我跟碧·拉卡姆在一起的时候，也都是这样的感觉。

"我在你的树上看到了二十一只长尾小鹦鹉，"我说道，"因为摆了二十一个装苹果的盘子，还有五串花生，六个鸟食罐，谢谢你！"

"不是二十只或者二十二只？"她问道。

"肯定是二十一只，我一个一个数的。为保准确，我还重数了一遍。"

我无法大声重复我的大新闻，因为她没有回应。坐在垫子上的男孩咯咯地笑着，出现了绿灰色的圆圈。

"我觉得它们会留在这里，"我补充道，"它们喜欢这里，喜欢那棵树，喜欢我们这条街，喜欢跟你在一起。"

如果长尾小鹦鹉想留下的话，她是不是也会留下呢？

碧·拉卡姆对屋里的两个男孩点了点头："你知道吗，他们都跟你上一个学校，贾斯珀。这是李和卢卡斯·德鲁里。"

"二十一只长尾小鹦鹉，"我重复道，"在这里留下了。"

我不能肯定这一点，但我对这个番茄酱颜色的词有期待。所以我没有回答她的问题——与我的大新闻相比，这太微不足道了。

这些男孩在我看来都一样。他们穿着校服，所以一定是我们学校的学生，可是我却分辨不出他们。我怀疑他们和我一样喜欢长尾小鹦鹉，甚至还有火星音乐。他们不大可能像我这样欣赏颜色，拥有壮丽的鲜艳色彩。

"爸爸想让我回家吃晚饭，"我说道，"我不一定非得回去。我可以把长尾小鹦鹉的一切都告诉你，我做了大量的笔记。"我举起我的笔记本和望远镜。

坐在地板上的男孩又偷偷地笑了起来，出现了冷杉的绿色。

我想让她坚持留下跟他们一起听火星音乐，同时我来解释每个带颜色的词，还有长尾小鹦鹉的一举一动。相反，她咯咯地笑着，出现了最淡的天蓝色，玩弄着她的头发，用食指缠上再解开。

"当然，贾斯珀，你应该回家。"

"可是我——"

"你在楼上那么安静，我都忘了你还在我家了，"她继续说道，掩盖住了我声音的颜色，"你能自己回到家吗？教了这么长时间的课，我想喝杯酒，这是个让人口渴的工作。谁想喝啤酒？"

碧·拉卡姆没有再看我，她在看其中的一个男孩，高个子的那个，也许她怕他带着吉他跑了吧。

我的头又动了动，向外走去，手里紧紧地握着我的双筒望远镜。我在门廊里摸索着系鞋带的时候，传来了蓝绿色叮当作响的笑声，让我的后脖颈感到刺痛、难受。

我做了什么得罪碧·拉卡姆的事情，可是我无法确定是什么事。我感觉到了一个变化，我声音的颜色已经起了微妙的变化，而她不太喜欢这种色调，不管怎么说，不如那个男孩的蓝绿色那么招人喜欢。对于她来说，我的声音不够美。

我怎么跟蓝绿色竞争呢？我只能更加努力地工作，让她喜欢冷蓝色。

就在我随手关上前门的那一刻，我意识到我忘了感谢她让我看长尾小鹦鹉了。

我粗鲁无礼了，不可原谅地粗鲁无礼。

爸爸让我保证一定要说谢谢你，我也在脑海里排练过，可是那些不速之客——那些被允许留下来听火星音乐、喝啤酒的男孩——让我反感。

我发誓要补偿碧·拉卡姆。我要润色出一个比我排练过的那个更好的新版本致歉。我要一遍又一遍地画她的声音，向她全方位展现她声音的美，只有我才能看到的颜色。我还要把刚刚过去的几个小时的声音尽可能地画成最好的画：钢琴、木吉他、电吉他和长尾小鹦鹉。

我要把我所有的画都给碧·拉卡姆看，让她大吃一惊。她会向我致歉，再次邀请我去看长尾小鹦鹉。我们会一起观察鸟儿，肩并着肩，因为其他男孩——特别是那个有着迷人声音颜色的男孩——就会消失。

我们俩，只有我们俩在她的卧室里，跟瓷质舞女玩偶在一起，而这次，爸爸不会打扰我们。

星期四（苹果绿）

还是那天的下午

在爸爸转动门把手之前的几秒，我赶紧把椅子踢走，跳到了床上。我的油画——最初的那些，卢卡斯·德鲁里第一次拜访碧·拉卡姆的家，还有我重画的那天晚上（那棵橡树上长尾小鹦鹉的声音，乐器的背景音乐）——都铺在了地毯上。在归档之前，我还没有机会比较其中的差异，按照先后顺序排列。

现在时间是下午一点四十三分。

爸爸提早来了两分钟。

他没有像我期待的那样随手把门关上。相反，他直接走到我的床边。我听到了窗户附近石灰绿的一声微妙的沙沙声。他拾起了一张油画。

他在干什么？

我想掀开羽绒被，大喊一声：把你的手从我的画上拿开！你并没有拥有碧·拉卡姆！你从来没有拥有过，她不是你的！

相反，我纹丝不动。他的眼神在一幅画上特别流连的时候，我眼睫毛都紧闭着，一动不动。我不能肯定，但是我怀疑那张画是他第一次与碧相见：纸上肮脏的汁液圈。

他现在能从上面看到些什么？这幅画会给他带来的回忆是快乐的还是痛苦的？我实在辨别不出这张画上的信息。他们俩使用的暗语，他一定理解得清楚明白，而我当时就挨着他们站在门阶上，却也无法解码。

我听到了带白色斑点的、不清晰的褐色。

我想坐起来看看他在干什么，实际上却是用指甲抠自己的皮肤来阻止自己。我又听到了一声颜色更深的哽咽。我眯缝着眼睛，只见他泪流满面。

他在为碧·拉卡姆哭泣，她死了，他为此难过。

他为星期五夜里的所作所为而悔恨。

我也是！

这些词在我脑海里发出尖锐的海蓝色尖叫，而我嘴里却没有发出任何声音。

那幅画回到地毯上的时候，又响起了一片绿叶色的沙沙声。门咔嗒一声关上了，爸爸离开了。

我依然保持高度警惕，以防他在楼梯上滞留，等我一出来就把我当场擒获。

我在床上躺了四分钟十五秒，直到我看到淡棕色的木质圆圈。前门开了又关上了。

是真的吗？他丢下我一个人走了？

我从床上跳下来，躲在窗帘后面偷看。爸爸穿着他平时常穿的跑步装备：白色 T 恤、海军蓝色的运动裤、棒球帽。他到了门口然后拐弯到了街上。他抬起头来，我弯下身子。

我数到六十，然后再次查看。这次他跑到了这条街的尽头，他真的走了。

他被我骗了，以为我睡得很熟。他不知道他距离真相有多么遥远。我没时间睡觉，因为我需要纠正我们犯下的可怕错误。

我本来计划继续画画，但是这打乱了一切。我绝对没想到他会离开家。

在他改变主意返回之前，我搜查了他的房间。他的房间还像平时一样一团糟。他都懒得把羽绒被叠好，那个羽绒被已经三个半星期没洗了。他的床头柜上有半杯没喝完的伯爵茶，一个有裂缝的盘子里有陈旧的烤面包屑。我很想打扫一下，却又怕暴露自己过来偷偷探查过。

我在找他星期五晚上穿过的衣服，他身上一定会有血迹。

他把那套衣服洗了吗？还是销毁了？还是跟碧·拉卡姆的尸体丢在了一起？

我屏住呼吸，限制自己用二十秒时间去戳脏衣篮里的衣服——这篮衣服已经臭出了放射性。

接下来，我搜查他的衣柜后面，他以前在军队背的帆布背包后面，那个背包是他去里士满公园那次背的。这是他假装还在皇家海军陆战队服役，最终加入英国空军特别部队的道具，其实他是因为妈妈身体欠佳，被迫退出了陆战队候选人培训。

他的步行靴子上沾满了泥。我不记得我们在里士满公园观察鸟类的时候他穿过步行靴，他通常都穿运动鞋。他最后一次穿这双靴子是什么时候？我们在遭遇了上次的灾难以后，没有再出去露营。他在那个星期五夜里可能穿了这双靴子，那天下着雨，道路泥泞，他可能在碧·拉卡姆家后面的小巷里留下自己的足迹。

我想多停留一会儿，可是我还有其他东西要搜查。我跑下楼，发现一张他在厨房餐桌上给我留的便条，上面用红笔草草地写了几行字：

我出去跑一会儿步，让脑袋清醒一下。很快就回来。冰箱里有奶酪三明治。治肚子疼的止疼药在盘子里。

有人叫门，不要开门。不要接电话。不要给警察打电话。

我把药丸放进嘴里，举起我"最好的儿子"杯子，把里面的水一饮而尽。

把我吃掉。

把我喝掉。

爸爸之前做过这种事情吗？他以为我睡了或者藏在小窝里的时候，也常常溜出家门吗？

我一直以为我用毯子把自己盖住，抓着妈妈的开襟羊毛衫摩挲纽扣的时候，他在书房用笔记本电脑测试程序，或者在楼下看电视。

假如他一直都跟我待在一起会怎样？

假如他抓住机会离开家，以为我绝对不会发现，又会怎样？

这么思考了一番，我推算好的时间线就被推翻了。他完全可以在周末转移碧·拉卡姆的尸体，而不是星期五夜里，因为他知道我在小窝里。他完全可以花更长时间清理好，在更远的地方找到完美的藏尸地点。这个地点道路泥泞，比我想象的还要糟，需要用到他的靴子和迷彩服的地方。

他完全可以把碧·拉卡姆的尸体放在后备厢里，开往几个小时车程以外的某个地方处理掉，在我从小窝里爬出来之前赶回家。

此外，爸爸认为我不知道详情的时候，还会干什么？

他把杀人用的凶器藏到哪里了？

我会把这把刀和你的衣服处理掉，你不会再见到它们了。这是爸爸说的。

我在穿过厨房的时候，撞倒了一把椅子。

笨家伙。

我把被撞翻的椅子正过来，把它放回原处。我不能留下任何线索，在回去的路上不能有错位的家具或者任何模糊的脚印。我不能留下我企图追踪爸爸行动，搜查他一号藏匿地点的痕迹。

我从后门出去，停下了脚步，后背贴在墙上。我的心咚咚地跳出了混有红色的深紫色的节奏。我看到一只蓝绿色的画眉鸟在召唤我，鼓励我奋力前进。

我以冲刺的速度穿过草地，许久无人修剪的草长得很长，带有肮脏的黄色斑块。从眼角的余光，我看到了那个带小小的十字架标记的长尾小鹦鹉宝宝坟墓。我不忍直视。

小屋的门吱呀作响，深瓶绿色，我随手关上了门。我径直走向那台坏掉的割草机，把它拖到一边，把布满灰尘的老树叶和一只已经干得脱水的大蜘蛛碰到了地上。

他的烟盒完好无损，但我却看不见那把刀，以及我的牛仔裤、运动衫和滑雪衫。

我踢倒了一个旧桶和一把铁锹，重新放置了花园的水管。搜查三分二十三秒以后，我放弃了。

什么也没有。

爸爸不仅转移了尸体，他还转移了所有让我与犯罪现场可能产生联系的东西。

他一定已经意识到我应该会到藏东西的地方来，应该发现这里更安全了。也许是他在一次跑步的过程中揣摩出来的，他以为当时我在睡觉，或者在我的小窝里蜷缩着身体为妈妈而哭泣。

爸爸还掩盖了什么？他企图替我讲什么故事？

我盯着后门。我现在不能停下来，我能吗？

他记得把碧·拉卡姆的后门关上、锁好了吗？把她的钥匙放回原来藏匿的地方了吗？

在我就此说服自己之前，我跑回到草坪上。大门开着，摇摆着，颜色是深绿。我把门朝小巷方向固定下来之前，检查街上有没有人。我在三十秒内就完成了金蝉脱壳。褪色的铬橙色的探员不会看见我，如果他们在这关键时刻正好看着别处的话。我没有听到大卫·吉尔伯特的狗发出的薯条黄色叫声。我已经脱身了。

我选择从垃圾堆上走，杂草从旧脸盆和一个破水壶里长出来，我星期五夜里逃跑的时候跌跌撞撞，被它们绊倒过。在黑暗中转移碧·拉卡姆的尸体，对于爸爸来说也一定不容易。

我在地面上搜索，没有发现血迹和被撕破的衣服碎片，没有我和爸爸留下的线索。也许他白天再次选择这条路从这里穿行，检查我们是否仍有嫌疑。

我在转角拐弯的时候犹豫了。我已经到了碧·拉卡姆家的后面，我还要走更远吗？我还要重走我星期五夜里的路线吗？

我必须这么做。我已经走了这么远，在我找到更多线索之前，我不能打退堂鼓。我要回想起来，我要填充我笔记和油画里的空白。

我记忆中的空白。

我伸出手推开大门的时候，心里涌出令人激动的、非常鲜艳的红色。大门坏了，既开不好也关不好。

碧有过修理后门的打算，却一直没腾出时间来。她家的后面跟我们家一样杂草丛生。我垂着眼睛，这样就不用看窗户了，余光看到后门关上了。我不记得星期五晚上开门还是关门了。

我只记得逃跑了。

我发现了那个石制火烈鸟小雕像，我把它往后翘起来，我把它转过来，直到我绝对肯定。

那里也是什么都没有。

碧·拉卡姆的备用钥匙也不见了。爸爸做完清理工作之后忘了把它放回原处了。如果警察搜查我们家，在坛坛罐罐里发现了她的钥匙，这就是一个能导致我们俩锒铛入狱的证据。

我正要撤退的时候，听见了墨绿色的标枪。有人把后门门闩弄得叮当乱响。

可能是警察。

他们也在找碧·拉卡姆的证据。他们终于追踪了面包屑的踪迹。

我不能在这里被抓。但我怎么才能出去呢？我逃不出去。我的臂力不够，撑不到篱笆上。再说篱笆也太高，翻不过去。我不想从篱笆镶板上的缝隙挤进隔壁邻居的花园，我可能会沾上木屑。

没有选择。

我一头扎进披屋 ① 的垃圾箱里。苍蝇在垃圾袋周围嗡嗡地叫着，垃圾袋本应放到街上，等收垃圾的人星期天早晨收走的。

碧并没有遵守她的惯例。

这是褪色的铬橙色和其他警官应该会发现的另一个线索，还有，鸟食罐空了也是线索。

---

① 即同正房两侧或后面相连的小屋。——编者注

白色运动鞋在我身旁轻轻走过，停在后门口，出现了蓝黑色。腿上穿的是牛仔裤。我向上扫了一眼，这个人不是警察。一个戴深蓝色棒球帽的男人站在门口，手扒在玻璃上，往屋里望去。只要他往下看就会看见我，我绝不能动。

他弯下腰来，左手拾起一块砖头，我屏住了呼吸。

他已经看见了我。他会因为我犯下的可怕罪行把我打死的。我张开嘴，正要尖叫的时候，看到边缘尖锐的绿色冰块。那个男人手里的砖头砸到了什么东西，发出砰的一声，声音沉闷。

我看到他的那只胳膊伸进了碎玻璃。他的手撞到玻璃里的把手，发出刺耳的声音。

"妈的！"

他的那只手又出现了，伸到了他的嘴边。他舔着那只手的皮肤，鲜血顺着手臂滴落到地上。一滴血落在他的白色运动鞋上。

我要吐了。

我们抢夺那把刀的时候，碧·拉卡姆的血在厨房飞溅。

溅，溅，溅。

戴深蓝色棒球帽男人又一次把胳膊伸进碎玻璃里，这一次他后退了一步，拽开了摇曳的门。

他闯进了碧·拉卡姆的家。

我应该阻止他。我无法呼吸。我闭上眼睛。如果爸爸没有移动尸体，如果他不能穿过小巷，这个入室的强盗就会发现尸体。他会发现碧·拉卡姆仰面朝天躺在厨房里，衣服上沾满她的血。

我就把她留在了厨房里，当时她向后倒去，试图躲开我尖锐的刀。实际上，这个情况也不对，那不是我的刀。我用的是碧·拉卡姆的刀，那是那次她给我切馅饼的刀。

"嘿！你，你来这里干什么？"一个带有颗粒状划痕的暗红色声音，是大卫·吉尔伯特，他家狗的叫声是薯条黄。

我一直想掩盖我的行为，因为这是爸爸的命令。我现在已经不想听命于他了，我要把这一切彻底了断。

"你是碧翠丝的朋友？"

我正要爬出来，向这个鸟类杀手招供，这时另一个男人的声音响起了，是灰暗的茶褐色。

"滚开，伙计，不要多管闲事。"这个颜色从我旁边出现，就是戴深蓝色棒球帽的男人所站的地方。

两个男人站在花园里。一个穿着樱桃红色灯芯绒裤，头戴棕色鸭舌帽站在大门口，手里紧拉着狗链。

"我想你会发现这是我的事，因为我是本地'邻里互助会'的头儿，"大卫·吉尔伯特说道，"你刚才把玻璃打碎了？"

我辨认不出这个戴深蓝色棒球帽的男人是谁。他只提供了几条线索：棒球帽和声音的颜色，都隐隐约约地感到有些熟悉。

他以前来过这里。我在笔记里记录过一个戴着深蓝棒球帽的男人。我们星期二从警察局回来以后，他对着碧·拉卡姆家的前门大喊大叫，声音是一团团肮脏的棕色云团，边缘是深灰色。他看见我在窗前观察他，转身向我们家走来，却从来没有敲过我家的门。

戴深蓝色棒球帽的男人从门口走开了，他从我身边走开了："伙计，你愿意密切关注附近的情况，对吗？"

戴深蓝色棒球帽的男人走近了，那个伙计——大卫·吉尔伯特——也向后退了一步。

"那你给我解释解释这件事，当我的儿子们被这个恋童癖侮辱的时候，你这个爱管闲事的人死到哪里去啦？"

"我……我不知道你在说什么。"大卫·吉尔伯特的背靠到了大门上，他的狗叫了，出现了一些更明亮、更扎人的黄色，"我对碧翠丝的事务一无所知。"

"事务？你把那个称为事务？滚蛋，让我做警察几天前就该做的事。"

他又一次大踏步向这幢房子走去。

"我建议你别这么做，我已经报了警，不论你认为碧翠丝做了什么，你都在非法闯入私人住宅。"大卫·吉尔伯特在口袋里摸索了一阵，结果手机掉了。手机在地上咔嗒咔嗒地发出褐色的短线，上面有紫色的阴影。当他伸手去捡的时候，看见了我。

"贾斯珀？"他用一根手指戳了一下手机，然后把它放在了自己的耳朵上。

戴深蓝色棒球帽的男人低头看了看："贾斯珀·威沙特？是你吗？滚开，离开这里！"

我努力往垃圾箱里钻得更深的时候，他抓住了我的一个肩膀。我扭动着挣脱了，但是他抓住了我的腿往外拉。我去抓垃圾箱，可是脱手了，没抓住。

"你又在给那个婊子干脏活儿吗？"

"松手！"我大声喊道，"别碰我！"我想踢他，可是他力气太大了，我挣不动。他把我拽出来的时候，我尖叫着，声音越来越大，出现了锯齿状的碧绿色云团。我远远地听到了大卫·吉尔伯特沉闷的红色声音，要他住手。

"除非你告诉我她在哪里！"戴深蓝色棒球帽的男人把我猛拉向他唾

沫星乱溅的脸。这张脸涨得通红，满脸是汗。他的眼睛鼓了起来，呼吸里有碧·拉卡姆家聚会的味道。

啤酒，还有谎言。

他的棒球帽近看不是深蓝色，而是褪色的海军蓝，前面还绣着大写的字母 NYY。

我以前见过这顶帽子。

"告诉我她对李都做了什么，你知道发生了什么事。她也骚扰过他吗？还是只骚扰过卢卡斯？告诉我，我必须知道她有没有碰过我的小儿子，他刚十二岁，他妈的。她除了免费的音乐课，还给过他什么？"

我闭上眼睛屏蔽他的脸。这个人是卢卡斯·德鲁里的爸爸。他的棒球帽与众不同，我确实记得这顶帽子，绝对忘不了。

碧·拉卡姆曾经警告过我当心这个人。

他脾气很坏。卢卡斯跟我在一起比他在家更安全。只要李继续上音乐课，我就能继续保护他和他弟弟。我会免费教他，这样的话，两个男孩就可以一直到这里来，离他们的爸爸远一点。你会帮我做到这一点，是不是，贾斯珀？帮我让那些可怜的男孩免受他们爸爸的虐待，好吗？

我感觉要倒了，却没有摔到地上。戴褪色海军蓝棒球帽的男人用双手托住了我。

"我不能这样做，我太年轻了！我不能这样做，我不能这样做。"

"住口！"他摇晃着我的肩膀，"我知道你和卢卡斯愚蠢地、梦寐以求地妄图保护那个恋童癖。你能骗得了警察，却骗不了我。我知道你们俩都想保护她。为什么？你为什么要帮助这个变态？她给你什么好处了？"

"放手，你吓坏他了！"颗粒状暗红色。

我睁开眼睛。我眼前出现了一双手，这双手在跟褪色海军蓝棒球帽男扭打。他一定是大卫·吉尔伯特，因为碧·拉卡姆的后花园里只有两个人。那条狗叫个不停。

"要么让他自己招，"褪色海军蓝棒球帽说道，"要么就打一顿再招。两条路选一个，我会把真相用其中的一种方式从他嘴里掏出来，因为警察对他一筹莫展。"

"我已经报了警，他们正往这里赶，"大卫·吉尔伯特说道，"现在，在你对你自己更加不利之前，放开贾斯珀。那样碰他是侵犯人身安全，此外，你还打破了一扇窗户。"

褪色海军蓝棒球帽在空中挥舞着拳头，他是要打我，逼我招供。而这正是我自从向警方做出第一次说明以后就一直要做的，我确实是想招供。

"不，伙计，这是侵犯人身安全。"他说道。

他的拳头重重打在一张脸上，出现了一处紫色的瘀伤。这张脸不是我的，是另一个人——大卫·吉尔伯特——发出了一声脆弱的叫喊，红色碎片掉在地上。他的狗呜咽着，脸色苍白，畏缩在他身后，叫声是没炸的冷冻薯条。

"我告诉过你别他妈插手这件事，这是我的事务，他们是我的儿子。"褪色海军蓝棒球帽男转过来再次面对着我。

"她那里有笔记本电脑或者台式电脑吗？"他的头猛地往房子那边一转，"或者平板电脑？她到底把东西藏在哪里了？"

他再次使劲儿地摇晃着我，可我的嘴已经吓得一动也不会动了，一个字也说不出来。我没法告诉他真相：我不知道她在哪里，因为爸爸从来没有承认过他在星期五夜里——或者可能在周末——对尸体都做了什么。

他一松手，我就摔到了地上，倒在大卫·吉尔伯特旁边。血从他脸上涌出，他气喘如牛。他抓住我的胳膊，与此同时那个男人冲进了房子。

"警察随时都会到，"他说道，"他们会控制住他。在他们没到这里之前，你就跟我待在一起。我不会让他伤害你，我保证。"

我听到远处警车警报器那柔和的淡黄色和柔和的粉红色之字形状。

"现在，警察来了。"他摇摇晃晃地站了起来，"我们得回到街上去，那里更安全。"

他摇晃着，一只手捂着脸，另一只手伸出来拽我起来。为时已晚。褪色海军蓝棒球帽男从房子里冲了出来，腋下夹着一个平板电脑。他移动的时候，一小块锋利的银色碎片从他运动鞋下飞出，撞到了地上。它跳了几跳，落到我旁边。

我认识你。

"她逃跑了，是不是？她走之前进行了清理，我能闻到厨房里消毒剂的味道。她去哪里了？她绝对告诉过你，是不是？你个小王八蛋。"他举起平板电脑，"还是她给你写过邮件？她的密码是什么？"

我听到了大理石纹彩的蓝色啜泣声，这啜泣声来自我的嘴，卢卡斯·德鲁里的爸爸正在冲出房子，那个碎片刚好掉在我脚边，我把它捡了起来。

"离他远点，你不能这么做。"大卫·吉尔伯特拦住了他的去路，可是，褪色海军蓝棒球帽男把他推到了一旁。

"哦，可以，我可以这么做。警察正在他妈的全力寻找碧·拉卡姆。我现在在替他们做，等我找到她，我会把她揍出屎来。"

警车的警报器是带电的鲜艳黄色和粉色的之字形状。

"那个婊子在哪里？"

他的脸又一次迫近了我的脸。他要打我，就像他把大卫·吉尔伯特的脸打成一团红紫色的糨糊。他会把我打倒在地，打得我永远也站不起来。我一直把那个东西放在手里，这才感觉到它已经刺穿了我的皮肤。

"你找不到她！"我喊道，"你永远也找不到她。"

"你个小杂种！"他冲向我，"她在哪里？告诉我，告诉我她对李做了什么？"

我听到了黑色鱼雷形状的脚步声，深绿色的大门猛地打开了，两个警察向我们跑了过来。

"告诉我！"褪色海军蓝棒球帽男尖叫着，与此同时他摔在了地上，"告诉我，我有权知道！"

我想把他喊叫的声音颜色屏蔽，却做不到，它们刺穿了我的双手，钳在我的耳朵上，刺穿了我的耳膜。

"你们还听不懂吗？"我大声喊道，"为什么你们谁都不肯听我说？"

我把拳头展开，把她最爱的燕子耳环高高地抛到天上。

"碧·拉卡姆死了，她的婴儿也死了，"我大声喊道，"不要再继续假装说他们还会回来了！他们回不来啦！"

星期日（苹果绿）

还是那天的下午

爸爸什么时候才能跑完步回来?

我坐在停在我们家外面的警车后排，把肩膀上的毯子裹得更紧了。我事先解释说我担心被困在里面，所以允许我开着车门。

六分钟两秒以前，准确地说，也就是下午两点十四分，两个男警察给卢卡斯·德鲁里的爸爸上了手铐，把他押上了另一辆警车。救护车也带着大卫·吉尔伯特离开了，他躺在担架上，脸上缠了一圈绷带。

那个女警察说他不能带着狗去医院。她敲了敲文森特花园街十八号猫头鹰形状的门环，请那里的住户奥利·沃特金斯临时照顾一下蒙蒂——到今天为止，我都不知道这条狗叫蒙蒂。到现在我也还是不喜欢它的颜色。

文森特十八号的门又开了，一个穿着黑色带风帽粗呢大衣的人牵着一条大狗走了出来。他和一位警官聊了几句，然后就过了马路。他没穿黑色绒面皮鞋，也没穿红黑相间的斑点袜子，可是，他从沃特金斯夫人家走出来，向我走来。

"贾斯珀，我是奥利，"他快走到警车门口的时候说道。奶油黄。"我是十八号的奥利·沃特金斯。你还好吧？我为刚才的事情痛心疾首，真可怕，太可怕了。"

他不用证实自己的身份，我看到了门牌号，认出了他声音的颜色。我希望他没有过马路来跟我说话："我不喜欢狗，它们的颜色太可怕。"

"真的吗？对不起。我更喜欢黑色的拉布拉多猎犬。我让它跟你保持距离就是了。"

他拉了拉狗链，那个固执的狗不肯挪步。奶油黄转过头去看着街对面的警察。

"我们这条街上还会有更多戏剧性事件，"他说道，"碧·拉卡姆恰好再次成为这些事件的焦点，每个人大吃一惊，真的大吃一惊。她从小时候开始，就一直很享受成为大家关注的焦点的感觉。妈妈和大卫都一直这么说她。我对当时的事记得却不是很多，我当时住在离家很远的寄宿学校，后来又去了剑桥，我们之间没有多少交集。"

我不在意。

他又拉了一下狗链，薯条黄坐了下来。我用毯子盖住了头，我想屏蔽一切，就像我在小窝里那样。

"我奇怪警察在碧·拉卡姆家找什么？"奶油黄声音说道，"他们在里面待了那么长时间，而她很显然不在那里。就像你说的那样，她没有回来重新把鸟食罐装满。"

他把话题转向我长大以后想干什么。这次是说他在一所教会大学学习经济学，然后到一个城市开始他的职业生涯，又调动到他未婚妻居住地的一家瑞士银行工作。我不想再听下去了。

我感觉到一只手随着毯子落到了我的肩上，我一下子跳了起来。这只手又热又重，我不喜欢。

"你想在我妈妈家等你爸爸吗？你在那里会更舒服些。"这还是奥利·沃特金斯声音的颜色，他还没走。

我用舌头数着我的牙齿，一颗一颗地挨个数。

"好吧，"他继续说着，"你还是想一个人待着。如果你改变主意的话，敲我的门就好。希望你爸爸很快回来。"

"你要记得给长尾小鹦鹉再买点鸟食。"我在毯子里面说道，"你一定不要给鸟儿断食，否则它们就会离开了。"

"好的，贾斯珀。我答应帮你做这件事，承诺对我来说非常重要，我总是信守承诺。"

"我也试图信守承诺，可不是总能做到，"我承认，"别人也是如此。他们一直在违背诺言，还从来不说对不起。"

"真遗憾，贾斯珀，我现在就给鸟食罐加鸟食去。你如果愿意的话，可以看着，检查我做得对不对。"

透过毯子的纹理，我看到他过马路回去了。他打开前门，领着狗进去的时候，我听到了薯条黄。狗不想跟他进去。

卢卡斯·德鲁里的爸爸袭击大卫·吉尔伯特，蒙蒂没有保护自己的主人，蒙蒂为此可感到羞愧？还是这条狗根本没有意识到有人正在自己的鼻子底下犯罪？

碧·拉卡姆家的门猛地打开，我一把扯开头上的毯子。

不会，这不可能。

我让自己的呼吸化作一团小小的、模糊的蓝色。

那个女人穿着制服，是一位警官，不是碧·拉卡姆。她跟街上第一个男警察握了一下手。他也走了进去，他们随手关上了门。

真好笑。尽管我知道碧·拉卡姆身上都发生了什么事情，我依然期待看到她在喂长尾小鹦鹉之前从前门走出来，对我打招呼。

我仍然不太愿意相信她已经死了，大多数清晨，我醒来以后，对她的感觉跟对妈妈的思念是一样的。

今天，我记得碧·拉卡姆站在门阶上，跟我说话，谈她最喜欢的蓝绿色。

这幅画是我三个月以前画的。

它在十二号箱子（高傲的暗金黄色）里，藏在我的衣橱后面，爸爸看不到的。

28

一月二十八日，下午五点零三分
在纸上的天蓝色救蓝绿色

"不需要为昨天道歉的。"碧·拉卡姆终于停止在钢琴上演奏碧绿色圆点花纹，在打开了她的前门后说道。

我来给她看十四幅新画的油画，是对她卧室窗外的长尾小鹦鹉颜色的临摹。我熬夜到凌晨两点十四分，才把它们画完，选择了它们斗嘴时最高级、色彩最丰富的音符。我想让它们看起来刚刚好，因为这会让她在我粗鲁无礼之后，再度喜欢上我的冷蓝色。

"我知道你为我邀请你来观察长尾小鹦鹉而心存感激，"她继续说着，"鉴于你已经帮了我那么多，这也是我能为你做的最起码的事了。迄今为止，你是这条街上最好的人，这根本算不上什么竞争。"

我不禁目瞪口呆。我认为她是我所遇到的最好的人，当然，妈妈除外，她肯定比不上妈妈。

"你进来待一会儿吧。"她说着，"我倒希望你今天来看我呢，我想让你再帮我一个小忙。"

哦。

"我不需要再去发传单了,是吧?"

"不需要,不是那档子事,我想发得也够多的了。我们为什么不到厨房喝一杯呢?"

"我不能喝啤酒,"我想起了前一天夜里的事情,说道,"爸爸不让我喝。"说实话,就算爸爸允许我喝烈性酒,我也未必会喜欢。

碧把肩上的头发撩到后面,把她的银质小燕子耳环露了出来:"实际上,我觉得可乐或者类似的饮料更好,可以吗?"

我不想承认爸爸也禁止我喝气泡饮料。我没说话。她领着我,经过厨房里的一个纸箱,厨房里有一个大的木制桌子,一些椅子,还有一个碗柜,上面堆满了烹调书。我查看了一下四壁,没有发现十字的记号。她应该是不信仰上帝。

"我妈妈特别喜欢买食谱,却从来没照着食谱做过任何食物。她只是喜欢看那些图片。我猜她用那个破烤炉也做不出什么东西来。"她在碗柜边停住,手指掠过上面的食谱,"我也喜欢做饭,这些食谱我还不忍心扔掉。嗯,现在还不舍得。我得把它们都翻一遍,看看那些值得留下。"

"我妈妈也爱做饭,"我说,"她总给我做蛋糕。我最爱的是提子松饼。"

"幸运的男孩。"她的一只手从架子上掉了下来。她走到冰箱前,拿出一罐可乐。

我知道我不幸运,因为我后来再没吃过家里做的蛋糕或者烤饼,都是从商店里买的。妈妈做烘焙是很早以前的事情了。爸爸也没把她的金属蛋糕盒和平底锅留下来,他说没有意义。他不会烤蛋糕——爸爸声称那是女人的玩意儿。我告诉他这很傻,他还是把蛋糕盒扔掉了。

我不想去回忆妈妈做的饭和她把烤炉门砰的一声关上时,那闪闪发亮的黄色。

我们在桌前坐下。"这是你，碧·拉卡姆。"我说着，把我宝贵的油画递给她。

她盯着这张纸，从她的罐子里啜饮着，然后回头看我，脸上的表情我看不懂。

"你喜欢吗？"我问道。

"我喜欢这些颜色，可是……不要为此生气，贾斯珀，可它看起来一点也不像我，我连自己的五官都看不到，你知道，一张嘴，两片嘴唇。你是忘加了吗？"

"我不画脸和物体，"我告诉她，"只画人声和其他声音。这张画画的是你美丽的声音，是完美的天蓝色。"

"我的声音是天蓝色？你看见了？"

我不断点头，示意"是的，是的"。"我看得见声音和音乐的颜色。我能看见人的声音的颜色，比如你的声音，天蓝色。我还专注于句子里的单词的颜色，例如，'人声'这个词是水蜜桃味冰激凌的颜色。"

"哇哦！"

我想给她展示我还有什么本领："我能看到字母和星期里每天的颜色，因此，今天，星期四，就是苹果绿。我能看出数字也有颜色和个性，我喜欢淡粉色和友好的数字六。"

"哇哦！这么酷。其他图片呢？"

她花了十四分钟凝视着我的其他油画，问我看到的长尾小鹦鹉的颜色，钢琴的高音和声音渐强的颜色。我告诉她，我最喜欢的颜色是妈妈的钴蓝色，而她的颜色很接近钴蓝色，是我第二喜欢的颜色。

"这对我来说是一件很惊喜的事，"她说着，站起身来，"我以前不知道你这么才华横溢，贾斯珀。你有一个真正的天赋。我可以把这两张留下吗？"她举起我最喜欢的两张长尾小鹦鹉油画。它们的颜色是最深奥、最意味深长的。她也看出了这一点。

我说不出来话了，点点头，表示同意。

"谢谢你，贾斯珀！这对我来说很有意义。"她走到碗柜前，拿出了一个白色的信封，"现在说说我刚才提到的要你帮的忙吧，我需要你明天在学校把这个捎给卢卡斯·德鲁里。事情紧急。"

"什……什么？"

卢卡斯就是那个声音迷人的高个男孩，昨夜在客厅扶着墙的那个。

"与他的蓝绿色相比，你更喜欢长尾小鹦鹉的颜色？"我手里举着油画问道。

"这种事不需要担心。"碧的天蓝色声音短短的、尖尖的，她忽略了我提的问题，"你要做的事就是明天在学校找到卢卡斯，把这个信封交给他。不是什么重要的事，谁都可以做，而我却选择了你，贾斯珀。"

我不想承认这事对于我这样的人来说，并没有那么简单。这是世界上最难做的事，因为我根本没有能力找到卢卡斯，根本不可能。

"我能帮你别的忙吗？"我问道，"譬如在学校外面发传单什么的？"

我也不喜欢发传单，可是那不会像碧·拉卡姆的最新任务这么困难：在几百个男孩中找到一个卢卡斯。

她的眼里涌出了泪水，因为我的愚蠢让她心烦意乱。也许她猜到我有脸盲症。或者我们这条街上有人告诉过她我没有这个能力。

"对不起，"我说道，"我知道这是我的错，可我爱莫能助。求求你不要哭，只要你不哭，我做什么都可以。"

"帮我把这封信交给他。"她把信封塞在我手里。我低头看了看信封，前面用蓝色墨水写着卢卡斯·德鲁里，还有年级：克莱索恩。

我感到一阵嫉妒，一个淡而无味的腌洋葱色的词。她已经知道了他在哪个班，而我在哪个班，她问都没问过。

"多塞特。"我说明了一下。

"什么？"

我的班名。

"你没要过卢卡斯的电话号码吗？"我竭力劝说道，"那么做才对。你可以打他的电话，让他的弟弟跟你预定下一节音乐课。我们学校太大了，我明天可能会错过卢卡斯，也可能找不到他。"

"不是音乐课的事。要紧的是不能让他爸爸知道我传了这封信。要不是我实在没办法了，也不会求你帮忙，贾斯珀，卢卡斯说他爸爸没收了他的手机，查他的邮件，我没办法越过他爸爸联系到他。"

她的身体在颤抖，双臂抱紧了自己。

"你为什么要这样呢？"我继续问，"你为什么需要跟卢卡斯·德鲁里联系呢？"

我希望他不要回来，他妨碍了我和碧一起看长尾小鹦鹉。

她深吸了一口气："我可以信任你吗，贾斯珀？"

"我是个值得信任的人，"我确认道，"可是我常常陷入困惑。爸爸总是这么说。我需要集中注意力，比正常的孩子更努力，因为对于我这样的人来说，做事更困难。"

"嗯，是这样，贾斯珀。在昨夜这两个男孩无意中说出那些事情以后，我担心卢卡斯——也担心李。我认为他们的爸爸脾气太坏，就像我妈妈一样。"她擦掉了右眼上的眼泪，"我知道在一个这样的家里，生活会是多么糟糕。我想让卢卡斯有安全感，让卢卡斯明白，如果他想倾诉的话，我在这里。"

她双肩颤抖着，她哭得更厉害了："我想帮助这些可怜的男孩，因为我在成长时期就没人帮助过我。我没有可求助的人，没有不求回报就支持我的人。答应我找到卢卡斯，亲手把信交给他，好吗？"

我的手紧握着信封："我不会让你失望，碧·拉卡姆。我永远也不会让你失望，只要你有麻烦，我永远都会助你一臂之力。你可以信任我，我保证。"

准确地说，我没有违背对碧·拉卡姆的承诺。可是，准确地说，我没有兑现我的承诺。我无法面对在课间搜索卢卡斯·德鲁里这一困难。除非说服学校问询处，请求他们在学校广播里读出他们的名字，通知他们去取信。否则要我找到他或者他弟弟是绝没有可能的，而我当然不会使用那个办法。

我也不能告诉碧我患有脸盲症的问题。我怎么能告诉她呢？她会改变对我的看法，我会变得不那么有用。她会以为我跟爸爸一样是个怪人。

相反，我第二天上学比往常早。我找到了卢卡斯的班级所在的教室——克莱索恩。教室的门锁着，我把信封放到了卢瑟先生的办公桌上，他会在点名的时候把信交给卢卡斯。他找他比我找他要容易，这跟亲手把信交给卢卡斯也差不多。

卢卡斯一定收到了这封信，因为我那天下午晚些时候回家以后，一个看起来像碧·拉卡姆的女人站在文森特花园街二十号前窗前。她挥手，还送给我一个飞吻——这是成功完成了她的第一个任务的感谢。

她一定早已猜到我会帮她。

我并没有因为我在其他男孩中无法辨认出卢卡斯而让她失望。

嗯，目前为止还没有。

星期四（苹果绿）

还是那天下午

"出了什么事儿，儿子？"这个人气喘吁吁的深黄褐色声音，是爸爸，可是他的声音在跑步的时候有点儿不一样，"你在警车里干什么？"他抓住了车门，他的 T 恤衫粘在他的前胸上，汗从脸上滴落下来，"你都干了些什么？"

他想把我拽出来，我却甩开了他，走到我们家前门的墙根下坐了下来。他跟了过来，我闭上了眼睛，因为我不想看见他的脸。我把毯子蒙在头上，还能遮挡阳光。

"燕子企图逃跑，却没有成功。这只鸟儿想摆脱卢卡斯·德鲁里的爸爸。他是一个狂暴的人。他可能以前去过碧·拉卡姆家，我记得他的颜色。他把她家后门的玻璃打碎了。"

"什么？他今天到这里来了？在碧家？"

我在毯子底下看到手掌上有一个小红点。我曾经用手掌使劲儿地捏那个耳环，这个让我痛苦的东西，提醒我碧·拉卡姆还跟我在一起。她不肯离去。她的鬼魂看着警官们打开、关上她的前门。她试图搞清楚发生了什么事。

她想知道我是不是诚实交代我的所作所为。

我是否会弥补过失，让她安息。

一辆车开了过来，车门开开关关，出现一个个棕黑色椭圆形状。

"哦，天哪，"爸爸说道，"我们需要的就是这个。"

我用手指捏住眼皮。第二个到达的人是一个大大的黑色矩形。脚步声。

"嗨，又见面啦，"爸爸那浑浊的黄褐色声音说道，"你能不能告诉我到底怎么回事？卢卡斯·德鲁里的爸爸这是怎么啦？"

"贾斯珀吓了一大跳，"一个褪色的铬橙色声音回答，"也许我们可以进去，威沙特先生，好吗？我们应该单独谈谈。"

褪色的铬橙色。

理查德·张伯伦，那个跟演员同名的探员，他回来了。

我们需要的就是这个。

"什么？好的，这边来。抱歉，"爸爸停顿了一下，然后又开了口，"我需要冲个澡，刚才跑步来着。我只偷偷溜出去大约二十分钟。"

"是的，我被告知你半个小时以后才能回来。贾斯珀卷入了一桩严重的事件。"

"发生了什么事？我离开他没有多长时间啊，近乎于无。"爸爸说了一串短句子，"他在床上睡着。我需要新鲜空气。这一个星期见鬼啦！我肯定你可以想象。"

"我们进屋谈，好吗？"

爸爸的手放在毯子上按着我，把我从面对碧·拉卡姆家的方向转向面对我们家的方向，把我拉向了离真相越来越远的地方。他的手指钳进我的肩膀，控制着我。

什么都不要说。

不要把你对碧·拉卡姆所做的事情告诉警察。

不要跟警察提起那把刀。

我没法儿告诉褪色的铬橙色那把刀藏在哪里，因为爸爸压根儿就没有透露给我。他对我不够信任，认为我会出卖他。

他的手推着我进了前门，来到楼梯下："回到床上去，贾斯珀。我这里一结束，立马就会上去看你。"

"我理解，他被吓坏了，想去休息，"褪色的铬橙色说道，"可我一会儿还是要跟贾斯珀聊几句。我们需要搞清几件事情。我们就在这里谈，可以吗，威沙特先生？"

"上楼去。"爸爸命令道。

我爬上楼梯，数到五十五，坐在最高的台阶上，人还在毯子下面。我听到客厅的门关上了，可是这对屏蔽声音和颜色所起的效果微乎其微。

褪色的铬橙色告诉爸爸，卢卡斯·德鲁里的爸爸因为下列原因被捕：对大卫·吉尔伯特有人身侵犯行为，劫持我，非法闯入碧·拉卡姆家，威胁杀死一个警官。我没有听到的那件事情一定发生在他被关进警车之后。

"根据你的邻居，吉尔伯特先生的说法，贾斯珀是最初的人身侵犯的目击证人，因为他当时藏在碧·拉卡姆家的后花园。你知道他在那里干什么吗？"

爸爸咕哝着，出现了暗橙色的丝带形状。

"他在警察面前声称的内容很惊人，"褪色的铬橙色继续说着，"他断言拉卡姆小姐事实上已经死亡，并非在我们最初以为的某个遥远的地方。他还声称她已经有孕在身。你以前听他提起过这一点吗？"

爸爸坐立不安地挪动双脚，椅子吱吱作响，出现了深紫红色。

"今天上午，贾斯珀说碧·拉卡姆怀孕了，是卢卡斯·德鲁里昨天在学校告诉他的。这个对话让他乱了套，这就是他未经允许就离校的原因，这就是为什么他打电话给 999 报告奥利被劫持时是那样的状态。"

我蹑着脚走下楼梯，为了更清楚地听褪色的铬橙色说的话。

"你不认为这跟我们对拉卡姆小姐与卢卡斯·德鲁里关系的调查有关联吗？你没有想过报告与未成年人有关的疑似怀孕情况吗？"

"我也是今天从贾斯珀那里第一次听说，"爸爸说道，"我不相信，无论如何都不想相信。我想贾斯珀可能是误会了卢卡斯对他说的话。他确实经常误会别人对他说的话。"

"我明白了。但是他声称拉卡姆小姐已经死亡，他反反复复地对警察进行这样的陈述，他说正是因此才找不到她，因为她已经于星期五夜里死亡。"

"贾斯珀大为困惑。他因为你的调查，还有碧不给长尾小鹦鹉喂食而心烦意乱。我也试图给他宽心，可是正如你所说的那样，他似乎认定她已经死了，这很荒谬。显而易见，由于你们对卢卡斯进行大量调查，她意识到自己陷入了困境，所以选择走为上策了。"

"我们也相信是这样的，"褪色的铬橙色说道，"这似乎也最合乎逻辑，但是，我们也开始思考，我们应该从一个截然不同的视角来审视这个问题。"

"你是什么意思？"

"拉卡姆小姐的失踪已经有了正式报告。她没有在星期六的一个女性聚会上露面，她本该从澳大利亚回来后参加。她的朋友多次试图联系她，可是留言都直接转到语音信箱了。我们却意外地在她家里发现了她的手机、手袋和钱包。"

"我不知道，"爸爸说道，"一点儿也不知情。"

"自从星期五开始，就没有见过拉卡姆小姐的踪迹，尽管她的特征已经通报全国的警察系统。她没有试图乘火车或飞机离境，她的银行账户从上星期起就没动过。"

"你认为碧已经出事了？"爸爸问道，"不好的事？"

"在这个阶段，我们正在进行一项失踪人口的调查，除了我们对她疑似与未成年人之间关系的初步调查。"

"天哪，这不会是私奔吧，对吧？"

不，不是的，爸爸。

"情况越来越糟，"爸爸继续说着，"她会自杀吗？你知道，在她因为与孩子之间的关系问题被抓起来之前，想彻底摆脱困境？当然，自杀也没那么轻松。你明白我的意思吧。"

"我们不知道她身上发生了什么事情，"褪色的铬橙色承认，"我对你儿子所做的陈述很好奇。我们有他昨天拨打 999 的电话记录，声称这条街上发生过一起谋杀和劫持事件。"

"那也不是劫持，你也已经知道了。正如我刚才所说的，贾斯珀迷惑了。听到怀孕的传言以后，他心烦意乱。我肯定他把其他事情也都混为一谈了。这条街上没有发生过谋杀，起码我不知道。"

"我又听了一遍我们第一次会面的录音，贾斯珀曾经明确地提到谋杀，我记得他很坚持这一说法。"

"他的意思是说长尾小鹦鹉，"爸爸也在坚持自己的说法，"他被长尾小鹦鹉迷住了，害怕大卫·吉尔伯特伤害它们。一个初生的长尾小鹦鹉死了以后，他心神错乱，相信还会有更多鸟被射杀。"

"所以你可以说，我们又回到长尾小鹦鹉的死亡事件上了。"

"你不相信我？不就是这么回事吗？"

"一点也不，"褪色的铬橙色回答说，"我纳闷是不是贾斯珀知道他在说什么，是我们误解了他，而不是他没领会我们的提问。你不认为也有这种可能吗？"

"恕我直言，不是，我不是这么想的。我已经学会了有保留地看待贾斯珀所说的话。只能这么跟这样的孩子打交道，太不容易了。"

"我可以肯定。不过你的儿子善于观察。他喜欢观察人，不是吗？有没有可能他在周末看到了什么，让他相信拉卡姆小姐已经死亡？"

"整个周末，贾斯珀都在床上，"爸爸强调，"我一直都跟他在一起。他不可能去看碧。他不可能看到任何重要的事情，因为他就没离开家。我可以为此做证。"

"我猜是他透过望远镜，在卧室窗前观察到的。他有很长时间都在做这个，不是吗？你的邻居们都是这么说的。我检查过外面——从他的卧室看拉卡姆小姐的卧室是一览无余的。他有没有提到他看到了什么让他痛苦的事情？"

"贾斯珀这个周末身体欠佳，没怎么用望远镜。"浑浊的黄褐色的边缘已经被夹得翘起了。

又出现了一阵沉寂。接着，褪色的铬橙色突然转换了话题："是的，当然。我又想起来一件事，贾斯珀肚子上的那道刀伤是怎么来的？"

"我在医院的时候已经跟其他警官解释过了，"爸爸说道，"他不在我视线里就那么一会儿，他就在厨房里误伤了自己。这是个愚蠢的错误。"

"你没想过带他去看医生？他需要缝合，而你延误了治疗，医院的病历上这么写的。"

爸爸叹了口气，出现了淡黄褐色的纽扣形状。

"听着，我要跟你说实话，我犯了一个错误。我是该带他去看医生，可是我知道这个伤口看起来有多糟糕。这意味着社会服务又要介入，还要质问我怎么可以让这种事情发生。"

"就像今天一样？威沙特先生，这让我惊讶。当你明知社会服务已经介入刀伤事件，明知他们以前曾经介入你的问题，你为什么冒着他再次误伤自己的风险，把贾斯珀一个人留下？"

"那是多年以前的事情了，"爸爸说道，"我太太死了，我也从皇家海军陆战队出来了，这两件事都是生活中的巨大变故。我只能靠自己，我没有那么多亲戚可以求助。我情绪低落，经常搬家，但我挺过来了，我不再依赖吃药。我找到了一份好工作。贾斯珀现在可以过上稳定的生活，我们在这里扎下了根。我们很幸福。"

褪色的铬橙色又说道："你自己说过贾斯珀很痛苦，而你把他一个人留下，无人看护。"

"就像我刚才跟你讲的那样，我以为他睡着了。我需要一点空间，我需要跑步，跑步有助于我思考。我做梦也没料到他会醒来，跑到碧家去。我早就警告过他……"

"你警告过他什么？"

"再不要去她家，不要喂长尾小鹦鹉。我以为我已经跟他说通了，可是显然没有，他不听或者没有完全听懂。"

"我明白了。"

出现了一种开心果颜色的噼里啪啦声。

"你知道这个塑料袋里装的是什么吗？"褪色的铬橙色问道。

"呃，看起来像是一个耳环，一个鸟儿形状的耳环。"

"我的同事认为这应该是拉卡姆小姐的。警官到现场的时候，发现贾斯珀把它握在手里。他想把它扔掉，我们将其捡回来以后他变得焦躁不安。"

"我不知道他是怎么得到它的，"爸爸说道，"他喜欢鸟儿。可能是他在哪里发现的，也可能是碧送给他的。"

"你以前没见贾斯珀拿过它？"

爸爸沉默了。我不知道他做了什么头部动作。

"如果你对着阳光仔细看看这个耳环的话，"褪色的铬橙色说道，"对，就是这样，你能看到有一个深棕色的污点吗？"

"喔，我猜是的。"

"我们在进行血迹验证。我们还有一个法医小组，要对她的房子进行彻底检查，尤其是厨房里有一股消毒剂的味道。那里还有其他我们关心的东西。"

"你为什么要告诉我这个？"爸爸问道。

"在此事进一步发展之前，在事态更严重之前，如果有什么你认为我们需要知道的，与贾斯珀有关的事，现在就到了向我们和盘托出的时间。"褪色的铬橙色说道。

"什么也没有。即便碧身上确实发生了什么，我也什么都不知道，贾斯珀也不知道，这与我和贾斯珀都没有关系。"

"如果可以的话，我想跟贾斯珀谈谈，听他亲口跟我这么说。"

"这不成，"爸爸答道，"我不会允许你再让他心烦意乱。他现在很脆弱，你自己也说过他吓着了。再次跟你谈话会把他逼向绝境。他需要有自己的时间，待在楼上他的小窝里。那是他的应对机制，此外，还有画画。"

"非常好，不过，根据我们法医小组对拉卡姆小姐家内部的检查结果，很快还是一定要跟他谈话。"

"你要先通过我的律师，"爸爸说道，"因为，从现在开始，这是你能接近我和贾斯珀的唯一途径。"

"当然，如果那是你所希望的话，你可以走正式渠道。"

"是的。"

"我确实需要警告你，这件事已经不止我们一方插手了，关于今天的事情，社工今天一定得到了通知，贾斯珀在被一个人留在家里的情况下，目击了一场严重的犯罪和人身安全侵犯行为。"

"以他这样的年龄，这不合法，"爸爸大声说道，"我们谈了大约二十分钟，也许不到二十分钟。我不知道卢卡斯·德鲁里的爸爸会露面，会发疯。我怎么可能知道？我又没有特异功能。"

"冷静点，威沙特先生。"

"我希望你们都他妈的不要打扰我们。我在竭尽全力地生活，我是一个单亲爸爸，带着一个有严重学习障碍的儿子。难道你们看不到我很努力吗？"

"我看到了。这纯粹是例行公事，没有私人成分。"

爸爸从皮椅子上站起来，出现了一个深紫色的声音。

"我不明白，你为什么一直在找我而非卢卡斯·德鲁里爸爸的麻烦，"他说道，"他袭击了大卫，威胁了我的儿子，那么，他是不是也有可能伤害碧？鉴于你认为她与卢卡斯有染，所以他是有动机的。是否可能他发现她怀上了他儿子的孩子，因此袭击了她？"

"我们对德鲁里先生持怀疑态度，"褪色的铬橙色答道，"我的同事今天会提审他，因为他涉嫌入室盗窃和袭击指控以及威胁杀人行为。我们会通过审问，从他那里寻找失踪者的线索。"

"很好，"爸爸说道，"希望这下能真相大白，我们都可以按部就班地继续生活了。"

门嘎吱一声开了，出现了淡淡的咖啡棕色，可是我不想躲藏。那些颜色在楼梯的底部停了下来。我透过毯子看到两个模糊的身影。

"再见，贾斯珀，"褪色的铬橙色说道，"我们很快还会再见的。"

"我知道，"我说道，"你们找到她了，我很高兴。"

"你是说拉卡姆小姐吗？我们还没找到她呢，目前还没有。她失踪了。"

"她的燕子是一只雌鸟，"我解释说，"找不到另一只，它会孤单的，一定要成双成对才行，它们是一体的。那是碧·拉卡姆最喜欢的耳环。"

"你知道另一只在哪里吗？"褪色的铬橙色问道。

我在毯子下面畏缩了，因为我能清楚地看到它，甚至在我闭上眼睛以后。当她死了，躺在厨房的地板上，它在碧·拉卡姆的耳朵上。我想瓷质舞女玩偶也看到了它。

*

门砰的一声关上以后，爸爸在走廊里徘徊，出现深褐色的矩形。他一定在数褪色的铬橙色泛黑的脚步声，计算着什么时候开始说话才安全。褪色的铬橙色走出了可能监听的距离了吗？

"这对于你我来说都很严重了，"他最终说道，"你一定已经意识到了，是不是，贾斯珀？如果他们在厨房里找到血迹……你的血迹。"

"我的衣服和刀不在小棚屋里。"

"它们当然不在那里，"他说道，"我告诉过你我会把一切处理好，我也做到了。与此相关的一切都没有什么可担心的，已经处理好了。"

"我还是很担心，"我指出，"你忘了把钥匙放回去，这是一个大错误。

换作我做了这么笨的事的话，你会对我破口大骂的。"

"我不知道你在说什么，什么钥匙？"

"碧·拉卡姆家后门的钥匙。它不在火烈鸟雕像的下面，平时就放在那里。我在卢卡斯·德鲁里的爸爸到达并袭击大卫·吉尔伯特以前检查过。"

"我没碰过碧的钥匙。"

"不对，你碰过。你星期五用它进的她家，却没有把它放回原处，这是一个错误。"

我在沉默中用舌头数我的十五颗牙齿。

"听我说，贾斯珀，我向你保证，我没碰过碧的钥匙。我星期五去了那里，可是我没从后面绕，我去前门找的她。"

他一定是在说谎。要么就是我当时太慌张，忘了把它放回去。

"我从后门进出，"我大声喊道，不在意褪色的铬橙色是不是在门外窃听，"这意味着我一定用过这把钥匙，因为门总是锁着的。我总是记得把钥匙放回去。我没忘，甚至在长尾小鹦鹉死了的时候。现在钥匙在哪里？"

"我不知道，也许是碧拿走了。"

"这不可能，她不会拿走。"

"要么——我不知道……"

"要么什么？"

"如果你确实放回去了，那么就只剩下一个选项了。"

我不耐烦地踩踏着一只脚，踩踏出灰褐色的泡泡。

"可能还有人也知道碧的钥匙放在哪里，"他最后说道，"星期五夜里你从她家后花园跑出来以后，他们把钥匙拿走了。"

*

我浏览我的旧画，因为我决心信守承诺，做一个值得信赖的艺术家。

我重温那些场景时，不可以试图用不同的颜色来掩盖真相。

我从油画里找到了那一天，那天我第一次发现了碧·拉卡姆的钥匙，把它放在了我床边的地毯上。我闭着一只眼凝视着它，就像在学校上绘画课的时候老师教的那样。

运用批判性的眼光。

这是我的左眼。它有助于我透视事物，重新评估我的画。

这不是我迄今为止画得最好的画。我把长尾小鹦鹉的声音与人的声音混在一起，用厚涂的技法构建正确的质感。我还在右下角做了刺激性的水痕和涂抹技法。显而易见，当我画它的时候心情是焦虑的。

非常焦虑。

比那更糟糕的是，这幅画有严重的误导性。

它缺了点什么。

我不是说钥匙藏在碧·拉卡姆家后花园的某地，因为我从不画我看到的东西——我只画我听到的东西。这才是最重要的。

但是，这幅画肯定是在试图掩盖什么——有一种颜色还没有准备好在其他颜色中杀出一条路，出现在最上面一层。

不论怎样，都还不到时候。

我把颜色混在一起，重新开始。

30

二月六日，上午十点零四分
油画布上的天蓝色与浑浊的黄褐色、冷蓝色和宝蓝色

"我可以借用贾斯珀几分钟吗，埃迪？"

星期六清晨（蓝绿色），一个金发的女人，穿着没见过的鸽子灰上衣，站在我们的前门口。我审视了一遍她的耳朵（挂着燕子耳环）。她的声音是天蓝色的，这个人是碧·拉卡姆。

她在跟爸爸说话，眼睛却在看着我。她一定是想我了，尽管我们曾经在各自的卧室向对方挥手，可是我们已经八天没有好好地面对面说话了。我敲过三次她的门，告诉她这个惊人的消息：长尾小鹦鹉在她的树上筑巢了。

我的时机掌握得总是不对。我会等待带银色的蓝绿色吉他课或者宝蓝色钢琴课结束，上课的男孩或者女孩离开她家，而碧·拉卡姆不是在跟澳大利亚的朋友打电话，就是通视频电话，总也不挂断，让我等啊等的。

"你如果愿意的话，带上你的望远镜，贾斯珀。事实上，你必须带上你的望远镜，我强烈要求你把它带上，我有海量的惊喜要给你。"

"当然，碧，"爸爸说道，"你绝对肯定他不会给你带来麻烦吗？"

"一点也不麻烦。"

我两个脚轮番跳着，准备去她家。我的双筒望远镜就挂在脖子上，因为我一直在卧室的窗前看长尾小鹦鹉。

"喂，在我忘记之前赶紧说，这个星期五晚上你有空吗？"她问道，眼睛看着爸爸，"我想邀请邻居们过来喝一杯，互相熟悉熟悉，你想来吗？如果你已经有其他安排也没事，我知道我通知得太晚了。"

"我很愿意来，"他说道，"我星期五晚上从来没有安排。"

"哦，天哪，你听听！我以为像你这样长得这么好看的人会去市中心玩乐，每天晚上跟不同的人约会呢！"

"我倒是想这么着来着！当我告诉她们我是一个单亲爸爸，带着个孩子，而且……她们就失去了与我约会的兴趣。"

他猛地打住了话头，因为他后面会说出那些令人不悦的内容。

"那是她们的损失，不是你的损失，"碧说道，"你不应该在对孩子不感兴趣的女人身上浪费时间。"

"谢谢！你说的肯定是对的。"

"我们是不是要去你家——为了你说的出乎意料的惊喜？"我问道，"因为我想这才是原计划。"

"是的，贾斯珀，不好意思，"碧说着，哈哈大笑起来，"我们大人总是会把该做的事情忘掉，是不是，埃迪？"

"如果星期五晚上以前没见，那就星期五晚上见，"他答道，"我翘首以盼。"

"我也是，埃迪，周五晚上一定会很棒的，我迫不及待地想跟这条街上的人熟起来。"

爸爸随手关上了门。我们穿过马路，我们两个方向都看了，因为每年大约有四千个行人被汽车撞死。

"我也可以去吗？"我问道。

"去哪里？"

碧已经忘了，她的记性坏得可怕。

"去参加邻里聚会，可以吗？"我提示道。

"只要你爸让你来，你当然可以来，不过，其实不是为邻居们举办的，我邀请了不少多年未见的老朋友，我请邻居们的目的只是为了让他们别来找我的麻烦。"

"他们为什么找你麻烦？"

"是你告诉我的，贾斯珀。"

"我并不了解其中的细节。"我指出。

碧叹了口气，出现了一缕缕几乎透明的天蓝色："我妈妈死了，我被踢来踢去的日子也过去很久了。我不需要再忍受，我不需要沉默，我可以发声，我想办聚会就办聚会。"

我们走到她家前门的时候，我的担忧更多了，她没有解释说谁把她踢来踢去。我第一个怀疑的对象就是大卫·吉尔伯特。

"该死，我被锁在外面了，我们只能绕到后面去了。对不起，贾斯珀。"

我跟着她沿着小巷走，我在垃圾上择路而行。草湿漉漉的，长得很长，打湿了我的牛仔裤裤边和脚踝。

"我们从这儿走好啦！"她用右肩顶开一扇通向后花园的大门，后花园里杂草丛生，"到家啦，可爱的家。"

她向后门旁边的石制火烈鸟饰品走去。她用脚把火烈鸟挪开，弯腰掏出一把钥匙。"我妈妈藏钥匙的老地方。"她把钥匙插进锁头，"妈妈的律师锁这幢房子的时候拿过。他说窃贼可能找到钥匙，把这里洗劫一空。我告诉他无所谓，这里没什么值钱的东西可偷。"

我对钥匙和拉卡姆夫人的律师都不感兴趣。

"爸爸叫埃德，不叫埃迪。他说在学校如果有人踢我的话，我就应该以牙还牙，去老师那里告状是告密行为。"

"什么？呃，好吧。过来看看这个。"她拉起我的手，领着我穿过厨房。我脱了鞋跟她上楼。脚下有柠檬汁，把我的袜子沾湿了，不过这也比闻旧地毯的糟糕味道强。

"你在想什么，贾斯珀？"

她妈妈的卧室有了变化，与我上次上楼时看到的不一样了。我上学的时候，来了一个新衣柜，还有一张大大的床和深蓝色的羽绒被取代了地板上的垫子。上方的墙纸上原本有着十字架印记的地方，挂着我的长尾小鹦鹉画。

"我想用你的杰作来掩盖那些痕迹，"碧解释说，"我现在卧室内外都有长尾小鹦鹉，夫复何求啊！太美好了！"

我太高兴了，不想停止双臂扑扇的动作。

"它们就是这么飞的。"碧开怀大笑，出现了球状的天蓝色。她也扑扇着胳膊，"到处都是鸟儿——屋里，屋外，我的花园里，大卫的花园里。它们不像我们被边界限制，你无法阻止它们的天性，它们想要欢乐。"

我还付出了巨大努力才按捺住内心的激动，把双臂放到了身体的两侧，老实了下来。我跟随她来到窗前。五斗橱上的瓷质舞女玩偶不再是孤身一人，十三个朋友跟她在一起，它们旋转，玩套环和阳伞，抚摸动物，行屈膝礼。

点缀在这些女士玩偶中间的是闪闪发亮的紫色和黑色宝石。我想摸摸，却又怕碰翻了那些珍贵的饰物。我推测它们对于碧·拉卡姆来说一定很珍贵，因为它们的下场不是被丢进废料桶，跟我一路上在垃圾堆里看见的封口的纸板箱不一样，碧在把它们扔掉之前连看都懒得再看一眼里面装的是什么东西。

"贾斯珀，你相信一见钟情吗？就算人们认为那是错误。"

"长尾小鹦鹉不会错，"我答道，"它们一点儿错误都没有，它们让人感觉绝对正确。"

我从第一天就爱上了长尾小鹦鹉。我无法用语言描绘自己看到、听到它们时的感觉。我只能把它们画下来。我的用色没法完整地再现这些鸟儿，它们无法完整再现，即便是世界上最好的画家也无法捕捉它们的声音。

"确实感觉刚刚好。每个人都应该快乐，就连我们也不例外。"她用一只胳膊搂着我的肩，"你知道，你就像我从未有过的小弟弟，我在这个家里长大时一直希望能够拥有一个小弟弟。"

"这个像你的小妹妹，"我说着，拿起那个舞女玩偶，我曾经想用这个玩偶当作对抗大卫·吉尔伯特的武器。她是橱窗展示的中心，被放在其他玩偶的前面，拥有观看长尾小鹦鹉的最佳视角。她没有被放回到箱子里，我很高兴，"她很漂亮，像你。"

"哈！"她的手又回到了她身体的侧翼，"这个小骚货给我带来的麻烦比那些讨厌的长尾小鹦鹉多！"我畏缩了。我讨厌"小骚货"发绿的青铜色，它与呕吐物似的橘黄色脏话混在一起，让人感觉很不舒服。它们与句末的长尾小鹦鹉那么近，我也不喜欢。我小心翼翼地把饰品放下，怕把它弄碎。

"要保证从窗外看得见她。"碧哈哈大笑着说。她甚至把饰品往五斗橱边上推了推，"你瞧，这样更好，这是一个完美的视角，是吧？"

"我回家以后会验证的。"我允诺。我认为从我的卧室窗户用双筒望远镜看这些玩偶不会有问题。

我们观看着窗外，肩并着肩，只见一只长尾小鹦鹉嘴里叼着小树枝飞进了巢穴。

"看哪，贾斯珀！我觉得它们在筑巢，这就是我要给你看的惊喜。它们要在这条街上留下来，我以为不会有任何人或者任何动物有过这样的打算。"

我几天前就意识到了这个真相，此后一直睡得很少，因为我要花时间画更多的画，把它们的声音画下来。我猜测它们在屋檐下也筑了巢。

对于碧·拉卡姆的消息，我不知道怎么装出惊讶的表情，于是我在她接着说话的时候，张大嘴巴尽可能地开怀大笑。

"我想长尾小鹦鹉要长久地待在这里。大卫说它们开始繁殖了，听他的口气，好像这是世界上最坏的事似的，而这当然不是。他怎么能反对新生命的诞生？这正是这条街所缺乏的——希望。"

我的头晃动着，拍着手。这也是我所拥有的：希望，一个番茄酱颜色的词，因为也许碧·拉卡姆想跟她的长尾小鹦鹉家族一起，也长长久久地待在这条街上。

"我就知道你会兴奋的，"她说道，"你是知道的，你以前来我家的时候，我不能抽身跟你聊天，实在不好意思啊。音乐课占用了我大量的时间。音乐课，还有打扫房子，这些让我筋疲力尽。"

我无法把自己的视线和心思从长尾小鹦鹉身上移开。"虽然大卫·吉尔伯特是一个鸟类杀手和一个令人难以置信的危险人物，但是鸟儿不怕他和他的猎枪。我拨打 999 的时候，已经向警察报告了这些重要证据。"

碧把头发绕在手指上："你向警察报告了大卫·吉尔伯特？"

我说"是的",她开怀大笑,出现了明亮的蓝色。

"真有你的,贾斯珀。也许我也应该报警才是。"她走到她的床前,拿起一个小小的白色信封,信封里鼓鼓囊囊的。我进卧室的时候没有注意到,"出了点事,我急需你明天在学校把这个交给卢卡斯。"

我闭上了眼睛,我还以为就只有上次那封信。那封信给我造成的压力已经够大的了——在早晨点名之前找到卢卡斯的教室,但愿级任老师没有先打开检查就把信转交给他。

希望我没有让碧·拉卡姆失望。

"求求你,贾斯珀,把这封信交给他很重要。我以前给你讲过,因为他爸爸的原因,我无法给他打电话或者发邮件。我想送他一部手机以备不时之需,这样他在家如果有了问题,就可以给我打电话。"

"他可以跟警察讲,"我说道,"只要他拨打999就可以。"

"是的,他也可以那么做。你也想帮助他,对不对,贾斯珀?他非常感谢你传的那个便条。我想这让他明白我们在支持他。"

这么说卢卡斯·德鲁里收到了那封信,可这并不意味着我愿意再去传一次信。

"听着,我知道让你在课间去找卢卡斯是一件痛苦的事情。我们做笔交易如何?"

"交易?"

"你给我捎这封信,这星期就可以每天放学以后来看一个小时的长尾小鹦鹉。"

这星期的每一天。

"如果我不在家或者我在忙着教音乐课的话,你可以用火烈鸟雕像下面的钥匙自己开门进来,"她接着说道,"你看见过我是怎么放钥匙的,对吧？你觉得怎么样？你既帮了卢卡斯的忙，还能一直看长尾小鹦鹉。因为，正如你所知道的那样，我认为你对大卫的看法是正确的，他昨天又过来了，用他的猎枪威胁长尾小鹦鹉来着。我担心它们，贾斯珀，特别担心。"

我立刻同意帮忙，接过了信封。在这条街上，除了我以外，只有碧·拉卡姆意识到长尾小鹦鹉处境危险，在她进行另一项救援工作的同时，我必须帮助她把它们从大卫·吉尔伯特手里救出来。

"你要把卢卡斯和李·德鲁里从他们的爸爸的手里救出来吗？"

"肯定，"碧·拉卡姆答道，"我想卢卡斯现在比以往任何时候都更需要我。"

二月八日，上午九点十三分

发现纸上的蓝绿色被铝色的傻笑毁了

我星期一早晨在救助卢卡斯的行动中不小心晚到了，因为我找不到干净衬衫了。我只好从脏衣篮底下掏出一件，用手抻平整就穿上去上学了。超级英雄从来不会出现这种问题。

我是在点名之后抵达卢卡斯的教室的——没有按照我的计划在点名之前抵达——学生们已经坐在各自的座位上了。我闯进来的时候，一个男人盯着我看。他坐在电脑前，面对着一个书桌，这意味着他一定是老师，卢瑟先生。

"嗯，这是什么？猫把你的舌头叼去了吗，为什么不吭声？"

铝色的傻笑声。

"我有一封信，"我终于开了口，"给卢卡斯·德鲁里的。"

"嗯，交给他去，交完了还有事儿要忙。"

我没动窝。

"你还在等什么？快点，我可没有一整天的时间。"

我动弹不得，我把信封抓得更紧了。"这是给卢卡斯·德鲁里的，"

我大声说道，"是音乐老师碧·拉卡姆写的，她想见你。"

"是新来的代课老师吗？"书桌前的那个男人问道，"过来，卢卡斯，有人找。"

出现了更多钢色的傻笑声，带有粉红色边缘的细长球状物。

"来了！"一个坐在第三个座位上的男孩从后面懒洋洋地朝我走来。他有一头乱蓬蓬的金发，这对我来说没有帮助，他看上去和坐在他前面的同学一模一样。这个男孩在桌子中间转来转去时没有看我，"我马上回来，先生。"

我跟着他走出教室。他会失望的，碧·拉卡姆没到这里来，她可能在家里清空纸箱，打扫卫生。

我还没来得及给他解释，他就一把抓住了我的运动上衣的翻领，把我推到了墙上。

"不要再到我的教室来，望远镜男孩，"他怒气冲冲地低声说道，"在学校不要跟我说话，永远都不要，除非我说可以，你明白吗？"

我不明白他为什么不愿意让我和碧·拉卡姆救他，可我还是点头表示同意。也许他是害怕吧？他可能根本不懂得感激，我可能错了。

"把给我的信都放到科学实验室的元素周期表下面的抽屉里，不会有人往那里看。从现在开始，我们就这么交流，明白了吗？"

我把头正了过来。

"好。"他松开了我，撕开看信。

他的嘴角咧开了。他一定是改变主意，又想被解救了。他掏出了手机，看着一张暗蓝色小纸条上的话。

"告诉碧我们星期六会去，"他说道，"现在，在被人看见我跟你说话之前，赶紧滚开，你个怪物。"

星期四（苹果绿）
那天下午的晚些时候

爸爸在干扰我工作，模糊了至关重要的色彩。

他在楼下，对着电话大喊大叫，出现了腐烂有毒的李子紫红色的词。电话里的人不会是警察，因为褪色的铬橙色已经离开了。这也不会是一个工作电话，如果他对他的老板这样破口大骂的话，他会被开除的。我往楼下爬去，往下爬了几个台阶，小心翼翼地避开那个发出吱吱声的棕粉色台阶。

"我不想再要一个社工。以前我真的需要你的时候，你什么忙也没帮上，对吧？嗯，我们现在情况还好，谢谢你来询问。我处理得不错。那只是一个反常的意外，可能发生在他妈任何人的儿子身上。"

他应该用夹子夹住耳朵，用肥皂把嘴洗干净。

每当他当着她的面破口大骂的时候，姥姥都会这么说。

我退回安全地带——卧室。我得准备我的下一张油画布，挑选出合适的丙烯颜料。几分钟后，爸爸跑上楼梯，我听到了暗樱草黄。他停在我门口，却没有敲门。

颜色更淡的毛茸茸的黄色小鸡似的脚步走向卧室。

淋浴器的开关打开了。

模糊的深灰色和闪亮的清晰线条。

我在碧·拉卡姆的派对之夜看到了同样的模糊色调，但是我现在不打算画它们。

相反，我必须混合多种相互交织的威胁的颜色。

33

二月十二日，晚上七点三十九分

闪闪发光的多彩霓虹色被油画布上粗糙的红色骚扰

爸爸在参加派对之前花了整整十四分钟洗澡，他哼唱着，身上还有柑橘类水果的味道。他说为女士们费工夫很重要，因为她们喜欢小动作。所以穿上他最好的蓝色衬衫。

他说："我想你不会喜欢今晚的派对的。"他说着在卧室的镜子前扣上了纽扣，"一个小孩站在说话和喝酒的大人中间会感到乏味的。你应该待在家里，我会每隔一段时间回来看你的。"

"我可以用你的夜视眼镜吗？"

"什么，在家里用？"

"在派对上用。碧说了，今夜的派对不是为了你而举办的，也不是为了任何一个邻居而举办的，她举办这个派对是因为人们找她的麻烦。"

"这是她告诉你的？"

"她说我可以在她的卧室里待到很晚，为那棵橡树站岗，我需要保护长尾小鹦鹉。"

"要是你非用不可的话，"他说着叹了口气，"我可以借给你。"

我肯定地回答我非用不可，这是必需的。碧·拉卡姆告诉过我，大卫·吉尔伯特一次又一次地发出对长尾小鹦鹉的死亡威胁，我必须整个晚上都处在戒备状态，因为他可能利用参加派对的机会发起偷袭。他可能会伪装起来，深入敌后。

"碧真的是这么说这次派对吗？"我们走出家门的时候，爸爸问我。

"她不想被任何人踢来踢去，"我答道，"她不会沉默，她想发出震耳欲聋的声音。"

"她还说过别的吗？"

实际上，说得相当多——可我什么都不会告诉他。

我星期一晚上转达了卢卡斯的信息以后，她给了我一个拥抱，我在她卧室的窗看窗外小鹦鹉的时间也比我们约定的时间长了十五分二十三秒。她还解释了放在瓷质玩偶女士中间的宝石的特性：紫水晶用来净化房间的负能量，黑碧玺起庇佑作用。

"碧·拉卡姆还说，她对明天晚上的期待比这个枯燥乏味的派对要多许多。"我最后说道。

"咦，她有男朋友了？她在情人节前有约会？"

"哦，没有，不是那样的。"爸爸像平时一样又误会了，可是我不可能对他讲卢卡斯·德鲁里的事，什么都不可能讲。

我知道碧·拉卡姆不会希望我讲出来。他是我们的秘密。

*

大卫·吉尔伯特在碧·拉卡姆家的客厅安营扎寨了。我怀疑她邀请他的唯一目的就是打听他对长尾小鹦鹉的计划。他正在喝第三杯红酒，可是却对射杀长尾小鹦鹉的事情只字未提。爸爸晚上九点四十三分打开卧室的灯时就是这么说的。我让他把灯关掉，因为这样影响夜视护目镜的使用，可是他不知道正在往哪里去。

尽管灯亮着，他走直线都困难，撞到了窗户旁边的五斗橱上。

"当心！"我用手指着那些饰品说道，碧·拉卡姆已经把我的椅子放到了窗边，提供了看那棵橡树的最好视角，"碧想让我能看到这些瓷质女士玩偶，她特别喜欢它们。"

"我也能看见，"他说道，"如果你喜欢这种东西的话，那可是不寻常的收藏品。"

"你过一会儿会像那些瓷质女士玩偶一样跳舞吗？"

"什么？"

"伴随着楼下的音乐，"我答道，闪亮的电绿色和紫罗兰色，"声音大，碧喜欢这样。"

"还真是，"爸爸低声说道，"你能感觉到地板在震动吗？"

"我已经把鞋脱了。"多彩霓虹的颜色令人愉快，顺着我的脚底颤抖。

"说实话，大多数人我都不认识。你没事的话，我要下去了，好吗？"

我不需要爸爸，我在观察，他让我分心。

"我想跟奥利聊聊，"他继续说着，"他来聚会肯定是为了跟邻居们说说话。他最近不好。这音乐对他可能也没有帮助。最终转行当保育员不容易，特别是在他这个年龄。"

我检查着夜视护目镜，希望他走开。

"贾斯珀，你听到我说的话了吗？"

"最终转行不容易。你可以像这些瓷质女士玩偶一样，下楼去跳舞，碧跟她的饰品一样喜欢跳舞。"

他叹了口气，出现了淡棕色的黄褐色薄雾："我一会儿就上来接你。"

房门在我身后咔嗒一声关上了，出现了一团燕麦色斑点。四分钟以后房门再次打开时，我没有放下我的夜视护目镜。灯再也没打开，可是脚步声在地板上印上了深黄色的条纹。这些颜色在瓷质女士玩偶附近停了下来。

"对不起，我以为这是卫生间呢！"低沉刺耳的红色声音，带着沙尘般的薄雾。

"你错了，请离开。"

我懒得回头，因为条纹向后退去。声音也没往洗手间走。我根本没看这个颜色从走廊对面的厕所冲出来，这个人一定是下楼回去参加派对了。

我能闻到烟味。烟味爬上了楼梯，伴随着霓虹绿的颜色。它不想让我一个人待在碧·拉卡姆的卧室里；烟雾以为我需要陪伴，紧抓着剥落的、被嫌弃的墙纸。

妈妈从不吸烟，可她仍然死于肺癌。

生活是不公平的，姥姥说，可怕的事情会发生在最好的人身上。

*

像往常一样，她是对的。每天我都希望妈妈没有死。

爸爸根本没来接我，所以我只好站在许多陌生人中间找他。现在已经是夜里十一点四十三分了。我眼皮疼，可我不想在碧·拉卡姆的床上打盹，那样会失礼。

显而易见，我整夜都没有看见长尾小鹦鹉，但是站岗很重要。鸟儿在它们的窝里很安全，免遭大卫·吉尔伯特的威胁。没有人朝那棵橡树走过去，虽然有五个人直接从树旁经过，走下小路。他们进入这条街上各处的门：二十五号、二十四号、十七号和十三号。我推测派对是快接近尾声了，因为音乐不再涌出电子霓虹色。

一个我不认识的人在走廊里朝我冲过来。

"对不起！"我不假思索地说道。

他闻起来有香烟和啤酒的味道。他说"你好啊"和"再见"，他从前门摇摇晃晃地出门的时候，我把他的话重复了一遍，以防他认识我，而我没认出他来。我对此持怀疑态度。他的白色运动鞋磨损了，声音沙哑而略带红色。

我在厨房里喊爸爸。有六个人凑在一起，其中的两个男人回头，却没有人向我走过来。我猜测他不在那里，他更有可能在五颜六色的客厅。

一个一头金色长发的女人在客厅中央舞蹈着，手里拿着一杯黄色的酒。她身穿黑色短连衣裙，这对我帮助不大——客厅里穿黑色衣服的女性到处都是。我仔细看那人的银质燕子形状的耳环，这个人一定是碧·拉卡姆，除非她把首饰借给了别人。一个身穿绿色连衣裙，留着红色短发的女人拉着她的手，在她周围摇晃。

房间里烟雾弥漫，摆着大量的皇室蓝沙发和扶手椅，这一定是在我上学的时候送的一次货，因为我在家的时候没有看到卡车抵达时出现的颜色。男男女女舒展四肢坐在沙发和扶手椅上，背靠着墙，可是他们没有看我，他们在盯着跳舞的女人，吸着致癌的香烟。

"碧·拉卡姆，"我对着看起来最像我邻居和朋友的女人大声喊着，声音压过了音乐声，"你见到我爸爸了吗？"

"埃迪在那里。"金发舞女用手指着，开怀大笑，"你直接从他身边走过去了，瞌睡虫！"

我顺着她手指的方向望去，只见一个穿着蓝色衬衫的男人瘫倒在沙发上，一罐啤酒在他牛仔裤的裤裆里保持着平衡。

"贾斯珀！"他想站起来，却又倒在了沙发垫上。他穿的衬衫像是我们离开家之前，爸爸在镜子前足足臭美了三分钟的那一件，只是这件衬衫有一块地方洒上了液体，已经湿了。

"有人已经累得不行了。"一个深沉、阴暗的红葡萄酒似的声音咯咯地笑着。声音来自坐在对面的那个人，他手里拿着一杯酒，他的深海军蓝套头衫上有菱格图案。

"我应该把贾斯珀带回家去。"沙发上的那个男人说道，他的声音是低沉的、浑浊的黄褐色，"时间不早了。你准备好回家了吗，儿子？"

我用爸爸喜欢的方式把夜视护目镜的带子缠好，作为一种"感谢"，以这种方式来证实他的身份，来避免让自己尴尬。

"他看起来已经疲劳不堪了。我也要回家了，埃德，我待的时间比预计的长。如果我能走的话，我跟你们俩一起出去。"穿菱格图案套头衫的男人摇摇晃晃地站了起来，"哎哟，我想我喝得是有点多了，今晚的酒真是源源不断，喝都喝不完。"

"你愿意的话，可以靠着我，"爸爸说道，"我想我还是清醒的，相对而言。"

"什么？你还不能走，派对才刚刚开始！"碧一圈又一圈地转着，手中的酒洒出来，"不要扫大家的兴，埃迪。"

"对不起，我非走不可，贾斯珀需要上床休息。"

"哦，真遗憾，我还希望你能留下来喝杯睡前酒呢！"

"我很愿意，我特别愿意，可是，你也知道……"

"别担心，碧·拉卡姆，"我说道，"我认为谁都没有必要守夜了，长尾小鹦鹉今夜很安全，我一直在站岗，大卫·吉尔伯特整晚都不在它们的窝巢附近。"

"哈！那是因为我在夜里看……看不见那些讨厌的小家伙，"我旁边的那个男人含糊不清说道，出现了葡萄酒深红色的沙砾碎片，"等到早晨，我看得更清楚的时候，我弹无虚发，我是神……神枪手。"

我退后了一步。没门儿。原来爸爸要从扶手椅上扶起来的菱形图案套头衫男不是别人，正是鸟类杀手大卫·吉尔伯特。他成功地避开了我的识别系统，他没穿樱桃红色灯芯绒裤，没有带薯条黄。他的声音也骗过了我，从原来颗粒状暗红色变成了昏暗的深红色，可能是因为他一直在喝酒吧。更令人迷惑的是，我在走廊里跟一个声音类似的人说过话。

碧错了——把他邀请到这里来对我们不会有帮助，这是一个大错误，他反倒利用这次机会踩点，搜集了长尾小鹦鹉的信息。

"大卫在开玩笑呢，"爸爸说道，"别理他，贾斯珀，他不是那个意思。"

我用指甲抠手掌，可这样也无法阻止我踮起脚跟前后摇晃。

"我说的每个字都是真的，"他反驳道，"如果他愿意，他可以再报警。"

"求求你不要这样说话，大卫，"爸爸说道，"你在骗他玩儿。"

"就是，平静下来吧！"碧·拉卡姆喊道，"这是派对，别忘了，大卫？我们在努力玩得开心。"

"是吗？我不能肯定今晚的目的是什么。"大卫·吉尔伯特把玻璃酒杯重重地放下，洒洒了出来，他摇摇晃晃地向碧走去，"不好意思，我以前曾经说过，我现在还要再说一遍，那些鸟儿真他妈讨厌——我说的就是这档子事。你现在就必须对它们采取措施。天光一见亮，它们来这里觅食的时间更早了。"

"我喜欢它们的声音，"碧回答说，"这意味着我根本不会采取任何措施。"

"这对于邻居来说是不公平的，特别是对于处在弥留之际的奥利的母亲来说，"他继续说着，"还有你的音乐以及无时无刻不在进行的房子整理。奥利说他不得不砸你的墙，因为你持续的噪声骚扰对于她最后几个星期来说是一种折磨。你还看不出你对那个小伙子和他可怜的母亲做了什么吗？"

"我能看出你在介入与你无关的事情，"她说道，"这是我的房子，我想干吗就干吗。"

"这是你母亲的房子，碧翠丝。从你才这么高的时候开始，"大卫比画了一下自己的膝盖，"我已经来过许多、许多次了。波林是我的好朋友，莉莉·沃特金斯也是。我知道她会为你的所作所为，为你对莉莉的所作所为而蒙羞。"

"你以前根本不是我的朋友，"碧大声说道，"根本不是，我小的时候也不是，现在也不是。埃德说得对，到时间了，你该走了，你待得太久，又一次成为不受欢迎的人了。"

她用一个腐芽颜色的词骂他。

我紧紧地握住了拳头。大卫·吉尔伯特没有动弹。他再次威胁要射杀长尾小鹦鹉，不肯听碧·拉卡姆和我爸爸的劝告。

"你听见碧·拉卡姆说的话了吗？"我大声喊道，"回家去，大卫·吉尔伯特，不要再回来。在大不列颠王国，香烟每年会导致十万人死亡。我希望你死于癌症，我希望你很快就死，这就是我最大的愿望，我恨你！"

"贾斯珀，够了！我们走。"

爸爸抓住我的胳膊拉着我。

我冲着他尖叫，出现了表面参差不齐的碧绿色的巨大云团，可是他却不放手。我把他的夜视护目镜扔了出去，砸在地板上，出现红棕色的声音。

"不要！"爸爸喊道。

音乐停止时，鲜艳的绿色和紫色消失了。碧不跳舞了，她把酒杯放在播放器旁，然后向我们走来。她弯腰捡起夜视护目镜，递给了爸爸。

"谢谢你为我挺身而出，贾斯珀。从来没有人为我这样挺身而出过，从来没有人为我据理力争过。"她转过身来，面对着大卫·吉尔伯特，"离开我的家，你这个烂醉的伪君子。"

碧·拉卡姆向我和爸爸伸出手来，她想要触摸我？拥抱我？同情我？

我等不及证实，我逃离了大卫·吉尔伯特的魔掌，逃离了·拉卡姆的家。

*

爸爸跟着我穿过马路进了我们家。我刷完牙，换上睡衣从卫生间出来，他才开了口，此前，他什么都没说。

"你不能那么对人说话，说他们死于癌症什么的。就算你不喜欢他们，也不能那么说，好吗？你明天需要向大卫道歉，我必须带你去。你不能对人说你希望他们死掉。"

他把自己的话又重复了一遍。我不愧疚，我是真心希望大卫·吉尔伯特死于癌症。我现在对自己又说了一遍，我没喝酒，跟他不一样。

"奥利·沃特金斯会为砸碧·拉卡姆家的墙道歉吗？"我问道，"因为那是失礼。我打赌碧也以牙还牙了。要是有人砸我的墙，我也会以牙还牙的。"

"你转换话题，那是完全不同的事情。奥利的母亲得了癌症，当时正处在弥留之际，只有最后几个月或者最后几个星期，他们俩都希望平安、安宁地在一起。"

"我也需要平安和安宁，请你走开。"

我把卧室门关上，靠在门后，因为我不想让爸爸尾随进来，再老调重弹。我只好像平时那样上了闹钟，尽管明天是星期六。

大卫·吉尔伯特计划在早晨射杀长尾小鹦鹉，可能就在它们会聚集在鸟食罐附近的时候。在他拿着他的猎枪离开他家之前，我会再次拨打999。警察必须抓他个现行，这次他们会信我，埋伏起来把他当场拿下。

我用羽绒被把自己裹住。我的脑袋嗡嗡地响，让我无法入睡，可我的眼皮却很沉重。我看见楼下电视的颜色，还有爸爸打开冰箱时啤酒瓶碰撞的银白色声音。这些颜色都只是陪衬，因为从碧·拉卡姆家继续传出黄色、蓝色、绿色霓虹闪亮的砰砰声。

我睡着以后，我觉得我看见了音乐下面的别的东西：淡褐色的圆圈。

我一定是看错了。这不会是前门的开关声，因为电视机继续发出嘈杂的声音，伴随着粗糙的灰色线条，出现了黑色线条。

爸爸不会让我一个人在夜里独处。我以前做过噩梦，梦到在普利茅斯的老房子里醒来，发现我是孤身一人。妈妈说这永远不会发生。

让我一个人待着是完全错误的。

34

星期五（靛蓝）
上午

太空人昨天晚上八点零二分抵达这条路。他们进入文森特花园街二十号的时候身穿白色制服，浑身上下从头到脚都裹了个严严实实。他们一直待到半夜，然后跟着两个警察坐了一辆小汽车离开了。

八小时四十二分钟以后，穿太空服的人又回到了碧·拉卡姆的家，而社工肖娜出现在我们家。这两拨人同时出现绝对不是巧合，他们的颜色完全是同一个色调。

肖娜的声音是沙哑的灰色，因为她喉咙痛。我解释说如果她没有生病的话，她的颜色会完全不同，声音会因为生病发生剧烈变化。我们讨论它可能是什么颜色，我选择了绿色。我不能确定是什么颜色，也许是蕨菜的颜色吧！

"我能告诉你一个小秘密吗？"她低声说，"我想成为鲜红色，这是我最喜欢的颜色。"

"那你就太傻了，"我回答，"耳语不可能是鲜红色，耳语只能是白色或者灰色的移动线条，掩盖真实的颜色。"

接下来，我告诉她，如果她想看我的肚子，她需要戴上手套。可能还应该戴个口罩，以免我被她的细菌感染。肖娜道歉说她没带。她不停地咳嗽，连珠炮似的向我提出了许多问题，什么全科医生的检查啊，爸爸让我一个人独处的频率有多高啊！

我据实以告，说"一次"，昨天的确如此。

我们还讨论我肚子上的洞。起初，肖娜想让我用一个洋娃娃来表演，再现我是怎么伤了自己的，可是她放弃了，因为我笑个不停。

我十三岁，又不是三岁。

我严格按照爸爸在她来之前给我的台词说，我觉得我演得不错，没有背离剧本。

我当时在厨房里玩刀，我们家的厨房，刀一滑就伤了我自己。我一开始没告诉爸爸，因为这会给他找麻烦。我把这件事瞒了下来，因为爸爸以前跟我说过一万次，不允许我玩刀。

这不全都是谎言，因为爸爸的确告诉过我不要玩刀，而肖娜对所得到的证据似乎还挺满意，哪怕那只是真相的百分之七十五。我认为她只有这么点时间，接下来，她还要去看另一个男孩，他的家庭"问题很复杂"。十分钟之前，她离开了，许诺很快再来看我。

爸爸从那时候开始就一直站在客厅的窗前，他一定想确认她是不是真的走了。

"法医一直在碧·拉卡姆家取证，"他说道，"他们是不是很快就要走了？"

我没回答，走出房间，上楼进了我的卧室。在我还有机会的时候，我需要检查一下我的长尾小鹦鹉画。这些太空人在没找到他们要找的东西——我犯罪的证据——之前，是不会离开的。

　　他们像褪色的铬橙色一样愚蠢。

　　他们很快就会找到证据的，对此，我们很清楚。

　　只是时间问题。

二月十三日，早上八点二十二分

纸上的长尾小鹦鹉受到惊扰

　　四只长尾小鹦鹉尖叫着从那棵橡树前的鸟食罐上飞走了，声音是鲜艳的绿色。

　　那是派对后的次日清晨，一头金色长发的女人把空酒瓶扔进二十号外面的垃圾桶。我已经停下了画笔，走过马路，在接近长尾小鹦鹉的时候低声说"早上好"。

　　"你爸爸今天早上怎么样，贾斯珀？"她问道，手伸进了袋子里，"他似乎在我的派对上玩得很开心。"

　　"他在床上，碧·拉卡姆，他头疼。"

　　"那是预料之中的事。"她哈哈大笑，出现了天蓝色的飘带。

　　"我早上六点五十二分向警察局报告了大卫·吉尔伯特的问题。我不确定他们是否会采取措施，到现在他们还没出现。"

　　"你需要的时候，警察永远都不会出现，"她平静地回答，"他们从来没有过多大用处，却对人好得过分，这真惹人烦。"

"我们下一步怎么办？"我问道。

"如果你不在意的话，你可以开始帮我做清理工作。我需要在今夜之前把一切整理得井井有条。"

我想讨论的是大卫·吉尔伯特，不过也没问题，也许她想进屋以后跟我商议，我们在家里会有更多的隐私。

"你想在卢卡斯·德鲁里过来之前把一切整理得井井有条。"我陈述道。

"是的。"碧往垃圾桶里又扔了一个瓶子。她沉默了一分钟十一秒。

"贾斯珀，你肯定知道不能对任何人提起卢卡斯吧？不仅是在学校，还包括这条街，甚至包括你爸爸，特别是你爸爸。"

"好的。不过，爸爸可能会理解你要救卢卡斯的原因，在不得不离开皇家海军陆战队之前，他救过很多人的命。"

"也可能杀了很多人。"

我以前没想到过这一点，我不敢这么想，死亡让我害怕，爸爸有时也让我害怕。

"对不起，我不应该这么说。我今天早晨婆婆妈妈的，跟大卫吵了一架之后，我都觉得不像自己了。你吃早饭了吗？"

"还没呢，爸爸还没起来。"

"进来，"她说道，"我来照顾你。我们玩幸福过家家，我们来演妈妈和儿子。你喜欢这个游戏，对吧，贾斯珀？"

我点点头，进入认同模式。

"好。我们谈谈大卫和长尾小鹦鹉，对了，给你看我新买的水晶。"她从上衣里抽出一根长长的银链子，链子上坠着一颗黑色的圆柱体石头，"黑曜石是世界上保护能力最强的宝石，贾斯珀。"她向我走近了一步，

"再也不会有什么东西让我们俩害怕的了。"

*

碧·拉卡姆的谷类食品和我平时吃的不一样，所以我假装自己不饿，因为我不想伤害她的感情。她给了我一个垃圾袋和一副手套，我在楼下四处走，帮她捡罐头和烟头。做完了这些，我径直走向卧室，那是她家里我最喜欢的地方。

碧还没来得及整理她的床铺，枕头压着被子，乱糟糟的。一只白兔的耳朵从一个钢蓝色笔记本的一角伸了出来。我没碰它，因为那是私人用品。我也把笔记本放在床边，也不喜欢爸爸看我笔记本里的内容。

床边有一块干净的小石头和塑料糖纸。我把这些垃圾也扔进了垃圾袋，发现角落里有空啤酒罐，但鹦鹉的声音把我吸引到了窗前。

为什么，哦，为什么我没带望远镜？我发过誓要随时带着它的。

深红木棕色，形状是细长的。

有人在敲前门，我直接向下看，把身体都贴到了玻璃窗上，也没看到什么人出现了。碧关了吸尘器灰白色的旋钮，打开了门。

两只长尾小鹦鹉从巢穴里爬出来，扑扇着翅膀向树的更高处飞去，跟它们的朋友们会合。

开始，我没听到楼下在说什么。愤怒的鸟儿对着对方尖叫，出现了冰冷的绿色和黄色，分散了我的注意力。

碧的声音响起来，明亮的天蓝色里带着白点："不！"

是大卫·吉尔伯特回来了？我把手伸进口袋里找手机。不在。我把它落家里了。我握着拳头，跑到楼梯上。我这次没有拿瓷质女士玩偶，因为我知道它们对于碧来说意义重大。

"我不会改变我的主意，"她说道，"答案是'不'。"

一个声音——发白，带有几乎透明的、颤抖的线条和一抹淡红色——喃喃地细语："求求你。"

大卫·吉尔伯特一定是想要碧接受他的致歉，关于他昨天夜里失礼惹女主人生气的事。我再也没听到他说的其他话，可是这让她更痛苦了。

"我不想要你的花！你以为这样就没事了？"

我为碧勇敢地反抗这个危险的鸟类杀手而骄傲。她似乎不需要我的帮助。

那个男人又咕哝了一组带淡红色边缘的白色波浪线。

"不要再到这里来了，"她说道，"否则我就报警，我会把一切都捅出去。我会把我的日记给他们，里面记录了所发生的一切。我说话算话。"

我不知道她也一直在记录大卫·吉尔伯特的行动。

她砰的一声关上了前门，我大声为她鼓掌。

深褐色，中间有黑色穿过。

碧一句话也没说，跑上楼梯，从我身旁经过，直奔卧室。我跟着她，她猛地打开窗户，把身子探到窗外，她不想让我看到她哭了。

"不要担心，碧·拉卡姆，"我说道，"如果你报告他的情况的话，警察会听你的。如果你把日记给他们，对我们起诉他的案件会有帮助。他们会更关注你的记录，而不是我的，因为我是小孩，他们不相信我。"

碧转过身来，从五斗橱上拿起那个抓着阳伞的瓷质女士玩偶："你在说哪个案件，贾斯珀？"

"大卫·吉尔伯特威胁射杀长尾小鹦鹉的案件。"我提示说。

"哦，那个。"

她再次把身体探出窗外的时候，手一定无意间没拿住，玩偶掉到地下摔了个粉碎，我听到了大量银白色的小管。

"我很抱歉。"我说道。

"不用抱歉，"她答道，"你才不是非常、非常抱歉的那个人。"

那天傍晚晚些时候，我想把那个玩偶修补起来。我在前花园里铲起尽可能多的碎片，想把玩偶修补好还给碧·拉卡姆，这样她就可以把它重新放到窗前，可是我却找不到阳伞和长袍的所有碎片，它们都混在尘土里了。

乱糟糟的胶水，女士破碎的脸，被毁了的阳伞和长袍，让我不好意思还给她。我把玩偶放到了床底下，因为我不想让碧·拉卡姆难过。我想保护她，不让她知道这个真相：

对于这个世界，有些东西太脆弱，永远都无法修补。

星期五（靛蓝）

还是那天的上午

我把我的一幅幅长尾小鹦鹉画在地毯上铺开，与旁边的笔记本进行比对。有个图案冒出来，却是我以前从来没有注意到的。每次我给碧·拉卡姆往科学实验室的抽屉送一封信，都会在放学后在她的卧室待一个小时，然后创作出三幅，有时多达五六幅画。

我很幸运，碧给卢卡斯的手机（是碧给他买的，由我转交给他）发短信的同时，还继续写信。她告诉我，她喜欢用旧方式传递信息，这样更私密。还有，卢卡斯非常急需信封里的东西让自己振奋起来：钱，主机游戏光盘，甚至香烟。

用致癌的香烟来挽救卢卡斯·德鲁里，这只会要他的命。在我看来，这似乎是一个愚蠢的计划。可我还是支持这一计划，因为根据我的预测，第一只长尾小鹦鹉宝宝即将在二月二十七日左右出生。我可能会在几个星期以后——大概在三月末的某个时间——就能看到它们。

我必须把它们的第一声啼叫画出来。

我不再为我们日常传信和小包裹而忧心忡忡了。我在星期一午饭时间给卢卡斯·德鲁里传递碧·拉卡姆的一个信封，星期三上午再去查看卢卡斯·德鲁里给碧·拉卡姆带回什么东西。十次有九次没有东西，不过我愿意坚持去查看，善始善终嘛！

这个很规律的日程安排有助于我画出更好的画来，因为我从碧·拉卡姆的卧室近距离地听到了成年长尾小鹦鹉的啼叫，这些啼叫让我在街上那些灰暗色调相形见绌。

由于某种原因，我没有在笔记本里记录我观鸟之旅的全部细节——每次我从碧·拉卡姆家回来以后，爸爸问的那些问题，譬如：

碧怎么样？没生病。

她最近在鼓捣什么？听不懂你的问题。

她提到过我吗？没有。

这些是我现在记得的与去她的卧室有关的，与长尾小鹦鹉无关的事情：

1. 糖果纸

（在床边放着的兰花紫色、银色和蓝宝石色的糖果纸）

2. 蓝色的笔记本，封皮上有一只大白兔。

（笔记本总是在手边——在桌子上，在地板上，或者藏起来，用枕头半遮半掩）

3. 卢卡斯·德鲁里的图书卡

（我在床头柜上发现的。一定是碧·拉卡姆借的，因为她没时间去给自己办一张）

4. 瓷质女士玩偶

（随着我的长尾小鹦鹉画收藏的增多，瓷质女士玩偶的数量在减少。长尾小鹦鹉和玩偶不能共存，它们处不来）

后来，我意识到碧·拉卡姆变得越来越毛手毛脚，她把瓷质女士玩偶一个又一个地摔碎了。每当我在她的前花园发现破碎的饰品，我不再试图去修补它。相反，我把所有碎片都收集起来扔掉，不让她看到玩偶破碎的脸。

我想，我帮她把证据处理掉，她是高兴的。

碧从来没有问过我怎么处理那些玩偶的碎片。她不想念它们，一点儿也不想念。

三月十二日，下午两点二十三分
油画布上的长尾小鹦鹉喂宝宝

几个星期以来，长尾小鹦鹉在鸟食罐和树上的巢穴、屋檐下往来穿梭，我却没有看到我深信不疑的真相：窝里有宝宝。

每个家庭可能有一个或者两个宝宝，这意味着碧·拉卡姆家的树上和屋檐下可能隐藏的鸟窝多达六个。

成年长尾小鹦鹉没有被大卫·吉尔伯特的恐吓吓倒，仍旧留下来生产繁殖，像碧·拉卡姆勇敢地反抗他那样。她说，他向委员会起诉她违反减噪令，她并不为此烦忧。他上门的时候，她用一个模糊的橘黄色词骂了他。

碧跟我在窗前观察着，两只成年长尾小鹦鹉从巢穴里向外窥视，一只单身长尾小鹦鹉用嘴梳理羽毛和爪子，碧用手机拍了下来。

"卢卡斯把我给他的手机给丢了。傻小子，"她说道，"因为他这周末忙着备战足球锦标赛，所以我不得不冒险给这些照片加上他的标签，发在脸书上。多可爱，他会喜欢的！"

"你对他的抢救快结束了吗？"我问道。

我对答案心存恐惧——害怕碧不再需要我传递信息，怕她会在关键时刻不再让我继续从她的窗前观察鸟儿。我估计最大的鸟宝宝只有两个星期大，太小了，还不能从巢穴里探出头来。

我需要更长时间。

"说实话，我也不知道，"碧说道，"真是太疯狂啦，可我似乎无法自控，已经停不下来了，你懂吗？"

是的，我懂。

我百分之五的理智希望她停下来，因为我不喜欢听她提起卢卡斯·德鲁里。我也不信任他。他为什么会被足球锦标赛分心，而不是专注于被碧·拉卡姆解救他这件事呢？我剩余的那百分之九十五希望这个计划继续进行下去，至少到我可以看见长尾小鹦鹉宝宝第一声啼叫的颜色，看到它们学会飞翔为止。

"你该继续下去，"我告诉她，"我们两个都不应该停止正在做的事情。不论发生什么事，我们都应该按照原来的计划进行。"

那天晚上，八点四十五分
纸上让人心烦意乱的飞蛾和橘红色的圆圈

有些人认为按照原来的计划进行并不重要，他们撕毁计划，把纸片撒得到处都是，让别人像捡垃圾一样捡起来，因为它们自私，不考虑后果。

他们还借着黑暗的掩护鬼鬼祟祟地在别人的家门外活动，把帽檐压得低低的，遮住自己的面孔。

我中断了用双筒望远镜观察长尾小鹦鹉的行动，接下来瞄准了站在碧·拉卡姆家外面墙根下的人。他穿得不像大卫·吉尔伯特，也没带狗，可是他却抬起头来盯着那棵橡树，这让我觉得他很可疑，有可能威胁到长尾小鹦鹉。

我在笔记本里把所看到的记录下来，还标注了日期。

碧·拉卡姆家房子笼罩在黑暗里，楼上卧室的窗户除外。那间屋子有一盏灯亮着，窗帘拉上了。那个人——一个"男人"——玩弄着口袋里的什么东西。他在伸手掏武器吗？我抓起手机，向楼下跑去，与此同时，爸爸在卫生间用手机在跟什么人絮絮叨叨。等我到达前门的时候，那个人已经进了小巷。

我从家里跑了出来。

是化了装的大卫·吉尔伯特吗？他是不是已经完成了窥视长尾小鹦鹉的侦查任务，现在穿过小巷和后花园回到家里，好摆脱我这个追踪者？

转过街角的时候，我气喘吁吁，出现了冷蓝色的螺旋线。碧·拉卡姆家的大门是敞开的。我迅速穿过小巷，爬到了散落的废旧物品上。一个身影已经在后门旁边的火烈鸟塑像上俯下身来，与此同时，我摸索着进了大门。那个人又直起身来，手里拿着那把藏着的钥匙。

"把钥匙放回去，"我大声说道，"那不属于你。"

我的手指已经按了手机上的 999，我已经准备好按"拨号"了。

戴着深蓝色棒球帽的身影转了过来："哎呀，你把我吓坏啦，贾斯珀。"

他认识我，声音是蓝绿色的。我最近只遇到过一个有这种颜色声音的人：卢卡斯·德鲁里。

可是，他不应该在这里。他在参加足球锦标赛，早些时候我和碧谈到他的周末计划时，她是这么说的。

"你在偷偷监视我，贾斯珀，用你的望远镜？"

"没有，卢卡斯·德鲁里。"我答道，把带子抓得更紧了。

"你没有看到我在这里，是吧？"他打开了后门，把钥匙放进口袋。

我对他身份的猜测是正确的，因为那人并没有否认我叫出的名字，可是我还是觉得不对劲儿。也许他的足球锦标赛突然临时取消了，也可能他放了比赛方的鸽子，根本就没露面。卢卡斯·德鲁里给我的印象正是能做出这种事情的人，他会在未经允许的情况下，肆无忌惮地改变别人的计划。

我走近了些。他的棒球帽其实是褪了色的海军蓝，上面的大写字母NYY是更深的靛蓝色，几乎完全与布面混在一起了。

"纽约洋基队。"我说道。

"什么？"

"你的棒球帽。你应该把它放回原处。"

卢卡斯·德鲁里把帽子拉得更低，遮住了脸："这是我爸爸的，我借来戴的。"

"我指的是钥匙，"我解释道，"它应该在火烈鸟雕像的下面，你应该把它放回原处。"

"呃，好的。谢谢！"他弯下腰把雕像挪开，"行了，你走吧，贾斯珀。"

"你和碧有约在先？"我问道。

"什么？不完全是这样。这是一次突然造访，但她不会让我离开。她说我可以随时使用她的备用钥匙。"他开门时，吸入浑浊的深蓝绿色的雾，

"把我刚才说的话忘掉，贾斯珀。你不可以在学校谈这个，好吗？其他任何地方也同样不可以，这是我和碧之间的秘密。"

我点点头。我多么希望碧·拉卡姆到门口来，这样我们就能谈谈了。我要问她为什么她把钥匙藏的地方告诉了卢卡斯·德鲁里。

我以为那是我们的秘密，让我们的友谊有了特别之处的一个秘密。我不想与卢卡斯·德鲁里分享这样的关系，却不能阻挠碧·拉卡姆的拯救行动。

"我不会对任何人讲你这次突然造访的，卢卡斯·德鲁里。"我笃定地说。

他走进去的时候，左眼睁开又闭上了。他关门的时候并没有叫碧，就溜进黑洞洞的房子。

我回了家，一直用望远镜观察长尾小鹦鹉，直到半夜。没有人从文森特花园街二十号出来，也没有人从小巷出来。德鲁里一直待到深夜，伴随着卧室里播放的音乐里出现的让人心烦意乱的飞蛾和橘色的圆圈。

我以为那些颜色够难看的，但接下来的十二天以后出现的颜色更糟糕。

我会看到一个可怕的颜色和形状，把此前和此后的一笔一画差不多都抹掉了，差点儿毁了我。

带血橙色阴影的黑色短线。

38

三月二十四日，晚上七点零二分
纸上的死亡

放学后，爸爸带我进城去买运动鞋，我们在一家新开的比萨店吃了晚饭。他花了四天时间为我筹备这次远征，给我在谷歌地图上看了饭店和鞋店的图片，避免任何意外和失望。

我们的车在我们家门外启动的时候，爸爸的手机响了，他不得不接这个工作电话。他跑进了屋里，而我则在外面游荡。

我马上就感觉到颜色不对，不对得厉害。长尾小鹦鹉发出尖叫、粗粝的叫声，像是在求助。我跑着穿过马路，忘记了要先看两侧的来车。一辆小汽车在鸣笛，出现了扭曲的深红色星星。我视而不见，听而不闻。鸟儿从树上俯冲到地面上，又回到了树上，尖叫着，嚎叫着，出现了更明亮、更痛苦的颜色。

我跑近以后，看见了一束绿色的羽毛。

"不！"我尖叫着，出现了尖锐的、针状的蓝色。

一种颜色可怕而粗俗的不和谐音色在整条街上回荡。

刺眼的蓝绿色，蒙上了一层冰黄色的薄雾。

我捡起长尾小鹦鹉宝宝，用双手捧着。

鸟儿已经冰冷，柔软的胸部溅上了一个又一个小血滴。我没能帮助它，它从窝里掉下来摔死了。

我呜咽着猛敲前门，碧·拉卡姆只能从我而不是别人那里听到这个坏消息。她绝对在家，从卧室窗帘后面传出的有趣的三文鱼橘红色和粉色的音乐更鲜艳了。

美丽的色彩缠绕在一起的绳子使她分了心，她本该来开门的。我从后面绕过去，穿过小巷，走进她的花园，抱着长尾小鹦鹉。备用钥匙就在它本该放的地方，在火烈鸟雕像的下面。

我打开门，跑进了屋，上了楼梯。我听到一种有节奏的噪音，在与粉红色的音乐抗争，用带血的黑色短线和血橙色阴影压住它。

吱吱的声音传来，听起来碧在她的床上蹦跳，我每个星期天早上踢足球之前也这样蹦跳。

"碧！"我尖叫道，"碧·拉卡姆，快来，情况紧急！"

我猛地把卧室门打开，时间在那一刻静止，从此一切都永远地改变了。

床上有一个金发的裸体女人，她正在另一个赤裸的身体上上下晃动。我没有看那张脸，看到的是她异国情调的身体。一张张闪亮的紫色糖果纸散落在羽绒被上。

"倒霉！"一个蓝绿色的声音喊道。

那女人侧身跌倒，差点从床上摔下来："你穿上衣服，卢卡斯！快！"天蓝色。

我跑下楼，出了后门，把钥匙扔到藏它的地方。幸运的是，没有车经过，因为我是飞跑着过的马路，手里捧着死了的鸟宝宝，耳边是长尾小鹦鹉的嚎叫。

对于那天晚上的事情，我不记得太多了，譬如，有多少瓷质女士玩偶见过裸体的碧·拉卡姆和裸体的卢卡斯·德鲁里。我不记得爸爸是怎么让我平静下来的——可能是让我在我的小窝里摩挲妈妈开襟羊毛衫上的纽扣，或者是坐厨房的椅子上旋转。

有三件事我的确记得：

1.我把长尾小鹦鹉宝宝葬在我们家的后花园。一点也不豪华。我的状态不够好，没有装饰坟墓，也没有做个十字架。爸爸让我在坟头放一块石头，因为猫或者狐狸可能会把它挖出来。

2.碧·拉卡姆那天晚上晚些时候过来了。她没进我们家。这次她穿了衣服。我透过栏杆看到一个穿着长长的冰蓝色裙子的女人，听到爸爸叫她碧。

我从来没有告诉过爸爸我见过她裸体的样子，因为我认为他会生气。我如果真的告诉了他，她再也不会让我从她的卧室窗前看长尾小鹦鹉了。

他们吵了一架，但我只听到了只言片语。碧说：你只不过是一夜情而已。爸爸叫她出去，说她在撒谎，他认为不止于此。他们又争论起来了。

我很高兴他反对她，她活该。

我清楚地记得第三件事，因为那天夜里我在床上一遍又一遍地重复着：

3. 我恨上下晃动的碧·拉卡姆，恨她异国情调的皮肤。

爸爸也恨她。他砰的一声把门使劲儿地关上以后，出现了褐色的，带木炭色调的长方形，他称她为愚蠢的小果馅饼①。

只有这一次，我们就某件事达成了共识。

---

① 原文为"silly little tart"，其中 tart 一词有"果馅饼"和"妓女"之义。爸爸的本意应为"愚蠢的小婊子"，而贾斯珀作为一个孩子，并不知道这个词的另一种含义，遂认为爸爸说碧·拉卡姆是愚蠢的小果馅饼。——编者注

星期五（靛蓝色）
下午

　　那些冰柱又来找我了。他们在努力把我拉下兔子洞，拽向那个疯帽匠。

　　他在碧·拉卡姆家的厨房里，和穿白衣服的太空人在一起。他们不应该来这条街，他们会被杀的。

　　其中十二个。

　　我需要阻止这场屠杀，我却做不到。我必须从家里逃出去，但是前门已经锁上了。

　　我跑到后门，因为我找到了藏着的那把钥匙。我还是无法逃走，那个疯帽匠不让我逃走，他挡住了我的路。他戴着一顶深蓝色的棒球帽。

＊

　　"醒醒，贾斯珀，有急事。"

　　一只手伸进了我的小窝，在向我的肩膀伸过来。我张开嘴，准备尖叫出碧绿色的云团。

"是我，是爸爸。你出来一下，出了点儿事，我们需要谈谈。"

他往后退了退，因为他知道我不喜欢拥挤。我从小窝爬出来的时候，他走到窗前，倚在窗台上。

"你需要坐下来，贾斯珀，我有件悲伤的事要告诉你。"

"我已经躺下了，因为我检查完我的长尾小鹦鹉画以后，就已经筋疲力尽了，"我指出，"这意味着我不需要再坐起来，谢谢你。"

"好吧。"爸爸叹了口气，出现了柔和、模糊的褐色圆圈。

我等着他再开口。

"你睡觉的时候，张伯伦警官打来电话，他带来了一条你可能会觉得恐慌的消息。"

"是不是那些太空人在厨房里发现了我的血迹，还发现血迹一路通向后门？"我问道，"我猜他们还发现了小巷里的血迹。"

爸爸揉着脸，就像抹剃须泡沫一样："张伯伦警官没有提到法医方面的事情，不过，他说碧·拉卡姆失踪案的调查进展很快，他们的团队在加班加点地工作。"

"很快，是多快？"我质疑道，"他有明确说明速度吗？"

"我们正需要聚焦我要告诉你的这件事时，我们改变了话题。问题是今天早晨一个遛狗的人在距离这里不远的树林里发现了一个令人不安的事。张伯伦警官要我们先做好准备，因为今晚当地新闻会播。"

"什么消息？伦敦独立电视公司还是首都调频？"

"可能都播吧。有个遛狗的人，今天一大早发现了一具尸体，贾斯珀，他发现了一具女人的尸体。"

"他发现了碧·拉卡姆的尸体。"我确认。

这对我来说不是特别震惊，因为爸爸一定把尸体转移到了别处，否则马路对面的那些太空人早已发现了。

"张伯伦警官说他们还不能肯定，他们还没有验明身份。不是百分之百地肯定，但也有很小概率就是她……可能……我想说的是，贾斯珀，我们应该做最坏的准备方案——警察可能已经发现了碧·拉卡姆的尸体。"

"你难道都不能肯定那就是她吗？"我问道，"你把她的尸体搬出文森特花园街二十号，开车到那个树林，把它留在那里，等着遛狗的人发现，那时候你不知道是她吗？"

"贾斯珀，住口！"

"我在你的衣柜的底部发现了你的步行靴，这意味着树林里一定泥泞不堪。你把她的尸体留在了泥里，因为你不想让警察传讯我。现在你也受到了牵连，我们都会被关进监狱的。"

"闭嘴！"他抓住我的一个胳膊，紧紧地抓着，抓得太紧了，"我需要时间好好想想，下次见到张伯伦警官我们说什么，我们必须定下来。"

"别碰我！"我大喊大叫。

我使劲儿地踢他的小腿，他松开了我，我像长尾小鹦鹉一样迅速地从房间里猛冲出来，跑下楼梯。他就是大卫·吉尔伯特，他在追我，想把我猎取。我就是飞向安全地带的长尾小鹦鹉宝宝。我已经发现了猎捕陷阱：前门上的链锁阻止我从鸟巢里飞走。

"回来！"

我不回，我换了方向。我从客厅的桌子上抓起爸爸的手机，一溜烟儿跑进卫生间，使劲儿关上了门。他在外面砸门，出现了深褐色的圆圈。他进不来，我已经把门锁上了。

"对不起，贾斯珀！对不起，请你相信我。我不应该那样抓你，也不应该对你大喊大叫。"

我拨打 999。爸爸为了阻止我用他的手机，改了密码，可是打紧急电话不需要密码。

我与接线员联系上了。

"请帮助我，我爸爸要杀我，快点！"

"贾斯珀！"爸爸更加用地打门，"不要！赶紧开门！我没想伤害你。开门，要不然我就把门撞开了。"

这次，接线员没有浪费时间问我一些愚蠢的私人问题，他们的档案里一定已经有这个信息了。

"我们在路上，亲爱的，"那个女人说，"别开门，直到警察告诉你安全了。提高警惕，他们很快就到。"

我的腿再也撑不住了，我瘫倒在地上。关于爸爸，碧·拉卡姆曾警告过我。

她说他杀过人。

我认为她说得对。

他一次又一次地证实，他是不可信任的。

他一直在说谎。

他骗我，让我以为他和我一样对长尾小鹦鹉宝宝感兴趣，他会保护我和它们免受伤害。

他说的话，我一个字也不相信。

我要把他做的每件事都告诉警察。

40

三月三十一日，上午八点零一分

纸上的长尾小鹦鹉宝宝

我第一眼看到长尾小鹦鹉宝宝时应该是很兴奋，但是它的颜色太淡了，布满了最轻淡柔和的色彩，以及不确定的微小圆形。

我和爸爸看着两个小小的绿脑袋从碧·拉卡姆家橡树的巢穴冒出来。

"大自然真奇妙，"他说道，"它打动了我的心。太可惜了，大卫不知道我们住在这条街上有多幸运。但是你不必担心他，贾斯珀，我决不会让大卫伤害长尾小鹦鹉宝宝，我保证。"

"嘘，"我回答，"我听不清它们了。"

"对不起。"

说实话，他不说话我也听不清。甚至当我打开窗户，半个身子探出窗外，我也听不清楚。

要是回到碧·拉卡姆的卧室，一切都会截然不同。

这不可能发生了，我不想去想带血橙色阴影的黑色短线条了。

看到这些颜色我就恶心，好几天都上不成学。我很难把它们屏蔽。

爸爸看不见这些颜色，他不会理解的。

我不看长尾小鹦鹉宝宝的时候，就待在小窝里，用勿忘我蓝色毯子紧紧地罩住自己。

我想忘记，可是，不论我在入口堆多少条毯子，从碧·拉卡姆的卧室看到的令人厌恶的阴影和色彩总能成功地漂移进来。

四月二日，中午十一点零一分
油画布上的钢青色点点和柔和的黄色斑点

沃特金斯夫人的葬礼举行的那天，那些可怕的色调和纹理终于跟棺材一起消失了。

"尸体在里面吗？"我问爸爸。

星期六（绿松石色），我们在客厅窗前看着黑色的灵车停在对面的文森特花园街十八号。我看到棉花糖淡粉色和白色的花时不禁颤抖起来。我根本就不喜欢糖果恶毒地把我的牙齿粘住。我转而去看碧·拉卡姆家的橡树，希望再看长尾小鹦鹉宝宝一眼。

"是的，儿子，上星期五，一个星期以前，医生宣布沃特金斯夫人已经死亡后，沃特金斯夫人就被送到殡仪馆。"

就是长尾小鹦鹉宝宝死后的转天。

"她从此就在那里了？"我颤抖着，"一个人？"

"嗯，她的身体在那里。她对此一无所知，因为她的……"他忘了他要说什么，所以重说，"她的灵魂不在她的身体里，她的灵魂已经离开，上了天堂。"

"就是妈妈的灵魂所在的地方？"

"是的，正是这样。"

"要是你想相信的话，这听起来不错。我不相信妈妈在天堂，因为我不相信上帝。"

"呃，你怎么想都可以，孩子。"

我没把自己的意思表达清楚，我的意思是，我拒绝相信上帝。

一个穿黑色套装的男人从文森特花园街二十二号走了出来，他跟另一个从十八号出来的穿黑色套装的男人走到了一起，他们在马路中间停了下来说起了话。

"既然我不能去参加葬礼，"爸爸说道，"我应该过去问候一下奥利。"

"因为我才去不成的。"

"葬礼不是小孩儿去的地方，而且也找不到可以暂时照看你的人。除非你改变主意，跟碧在一起消磨时间？"

自从带血橙色阴影的黑色短线出现以后，我再也没有跟她说过话。

我也没有见过她，除非我们中间有一段安全距离。她曾经在她的卧室窗前向我挥过手，我没有挥手回应。她错误地认为我在看她，可其实我只想看长尾小鹦鹉宝宝的颜色。

因为提到了碧·拉卡姆，她卧室的颜色出现在我脑海里，我满眼都是天蓝色。

"你跟她说过话吗？"我问道。

"跟碧？说过，就在昨天。"

"她在做什么？"我一边跟着他往前门走去，一边跟爸爸搞起了问答比赛，"她在鼓捣什么？她问起过我吗？"我咬着舌头。我现在问他的问题，与爸爸在那次派对之后问我的与碧·拉卡姆有关的问题完完全全一模一样，我是在重复。

"让我想想，她在跟一个学音乐的学生说再见。我们吵过架以后，我开始有点儿尴尬，可是她却道了歉，因为长尾小鹦鹉宝宝死的时候，她没有与你同在，还为那天晚上跟我说话时情绪失控而道歉。她说那是一个大误会，她说她最近状态不太正常，非常抱歉让我们俩心烦意乱了。我认为她说的是实话，一致同意把一切翻篇了。"

我盯着延伸到马路对面的战线，这条线现在依然存在，因为躺在棺材里的还不是大卫·吉尔伯特。

"可是碧·拉卡姆很可能在给李·德鲁里上钢青色和爆炸紫色的吉他课。"

"我不知道，"爸爸说道，先我一步上了马路，"我到那里的时候，课程已经结束了。"

我们走到对面人行道上的那两个人面前，文森特花园街二十号的卧室窗户敞开着，圣桑的《动物狂欢节》从窗户流淌出来。我辨认出了钢琴和弦乐的颜色：《序奏和狮王的进行曲》。

爸爸神奇地召唤出碧·拉卡姆，她以最响亮、最鲜艳的颜色来回应。两个瓷质女士玩偶在卧室窗前观看了她的表演。

"失礼。"其中一个男人咕哝着，柔和的灰色线条。

我无法分辨这两个穿着黑色西装的人，以及他们的低声细语中柔和的颜色。

不论他是谁，他都错了。

我立刻就明白这音乐是为我而演奏的——碧·拉卡姆道歉的方式，因为她知道我多么爱这些颜色，多么爱长尾小鹦鹉。长尾小鹦鹉欢乐地鸣叫着加入了大合唱，一只长尾小鹦鹉宝宝从树上的巢穴里探出头来。

带柔和黄色斑点的淡淡矢车菊蓝。

另一只长尾小鹦鹉宝宝出现在屋檐的空隙里。

颤抖的一团勿忘我蓝色泡泡和淡淡的沙色斑点。

我不想听到碧说话。

我第一次看到了长尾小鹦鹉宝宝真正的颜色。

我在音乐的钢青色点点和红棕色里辨认出了碧的悔恨之情。她在请求原谅，因为她想我。我已经快九天都没有去她家了。我没有给卢卡斯·德鲁里传递过任何便条，没见过一个接近天蓝色的颜色。

"我改变主意了，"我告诉爸爸，"你可以去参加葬礼。我想去碧·拉卡姆家，我想在她的卧室里近距离地看长尾小鹦鹉宝宝的颜色。"

"你能肯定吗？因为如果你乐意去她家，我可以快去快回，换件更合适的衣服。"

"黑色的，"我说道，"是对死者尊重的表现。"

前门开了，一个女人穿着令人眼花缭乱的天蓝色长裙走了出来，她的黑曜石项链从她的脖子上垂下来。

"天哪，"爸爸咕哝道，"碧不可能知道。"

"哦，是的，她知道的。"那个穿黑衣服的男人有一副颗粒状的暗红色声音，这一定是大卫·吉尔伯特，"我在她的门上贴了张便条，告诉她灵车到达的时间。"

"碧喜欢便条，所以我肯定她会看便条的，"我说道，"她说便条比邮件和短信更私密。"

她向我挥手，可是，鲜艳的蓝色和闪闪发光的音乐色彩把我的双臂粘到了我的身体上。它抹去了我在她卧室里看到的各种颜色，把卢卡斯·德鲁里的颜色赶走了。它们愉快地与宝蓝色和鹦鹉的紫红色混合在一起。

我聚精会神地看着面前音乐的扭动和舞蹈，灰白色的低语声留在了背景中。

不要理她。

她在弹什么？

她在故意刺激你。

我们走吧。

车门砰的一声关上了。深褐色椭圆形，闪烁着黑色和灰色线条。

"贾斯珀？贾斯珀！你听见我说话了吗？"

我努力摆脱音乐的色彩，专注于那浑浊的赭色声音。

"我说我不确定这是不是个好主意，也许我应该跟你待在家里？"

"不，爸爸，你应该跟穿黑衣服的那些人去参加沃特金斯夫人的葬礼。我不喜欢他们的颜色，我更喜欢天蓝色，我想要天蓝色和长尾小鹦鹉宝宝的颜色。我必须把它们的真实颜色画出来，这是我该做的。"

*

"首先，我想说，对长尾小鹦鹉宝宝的死，我十分伤心。"碧·拉卡姆说着把我领进了她的客厅，"我一直在想这件事，这让我难过，难过极了。我们不能一起悲伤，这是我的错。我忙的时候让你离开，我错了。我道歉，贾斯珀。"

她让我离开了吗？我不记得她跟我说过话，她只对卢卡斯·德鲁里说过话，快把他的衣服穿上，快点。

因为我见过他那异国情调的皮肤，也见过她的。

"音乐课和自己动手收拾房子耗去了我那么多的精力，"她继续说着，

268 | 谋杀的颜色

"我忙得脚不沾地，可是我应该在你需要我的时候为你腾出时间来。"

我很高兴，她提到了音乐。她在脑海里画了一幅新场景，用的是我无法辨认的颜色，然而，我还是更喜欢她卧室里的那幅画面。我毫无疑问地接受了它，心中感激旧颜色消失了。那些颜色曾经是一个可怕的错误，她为之抱歉的错误。

"我把长尾小鹦鹉宝宝埋在了我们家后花园里，还朗诵了一首诗，因为我不接受让好人死的上帝，"我说道，"也不接受让长尾小鹦鹉死的上帝。你愿意去坟前看看吗？"

"你真贴心，贾斯珀。是的，我想表达我的敬意。也许我也能朗诵点什么。你爸爸走了吧？现在去那边安全吗？"

我走到窗前。通常停在我们家外面的罂粟红色的车已经走了，爸爸跟着黑衣人在去火葬场的路上。

"安全。"我重复道，在仰头看那棵树之前瞥了一眼她在玻璃里反射出的形象。我看到了长尾小鹦鹉宝宝的一点点浅灰蓝色，"你的连衣裙是钻蓝色的。"

"我知道你喜欢这种颜色。在这里等着，我去拿我的东西。"

我希望她邀请我上楼去看长尾小鹦鹉宝宝，可是我们的关系还没有恢复正常。她上楼又下来，手里拿着那个白兔笔记本。她把笔记本扔进手袋里，然后把手袋背到了肩上。

"我们走吧，贾斯珀。"她伸出了手，我握住了。她没再提及那不可提及的事。

我也没有。

*

碧看着小小的十字架，哭了很久。我告诉她长尾小鹦鹉宝宝快四个星期天。她说让这么小的鸟儿受苦，这种悲哀是难以形容的，让小鸟受伤害是错误的。

它的父母在哪里？它们为什么没有保护它？

她把一颗水巷玉愈合石放在坟墓上以后，我用双手搂着她的腰安慰她。

"谢谢你！"她说着，搓着她的项链，"对于我来说，这是难以控制的一天，我想我可以把这件事做完，在这里，可是我不能肯定我还能否那么坚强。太难啦！我想我犯了一个可怕的错误。"

这是她唯一一次承认她与卢卡斯·德鲁里之间所发生的事情是错误的。这对我来说就够了，我很高兴她有悔意。

她从手袋里抽出笔记本翻阅着，与此同时，我看着封皮上的白兔。

"我希望你不介意，贾斯珀，只是我不想朗诵诗了，我想读我小时候热爱，却被迫仇恨的一本书，摘选自刘易斯·卡罗尔的《爱丽丝梦游仙境》。"

"我小的时候，爸爸给我读过。"我说道，"我也不喜欢它。白兔总是迟到，让人焦虑，我也害怕疯帽匠。"

"我也是。他永远都在胡言乱语，很难懂，很多人都因为它们而苦恼。"她擦去了脸上的眼泪，"不论如何，我把《爱丽丝梦游仙境》的摘录写了下来。我以前会一遍又一遍地读。你准备好了吗？"

我说，准备好了。

她拉起了我的手："不要忘记，这个故事是爱丽丝的感受，这是关于她的故事，这些是她说的话。"

她读了起来：

不过，首先，她等了几分钟看看是否还要再退缩：对此，她感到有点儿紧张。"因为这可能会完结，你知道。"爱丽丝自言自语。"我完完全全地出去了，像一根蜡烛一样。我纳闷那时候我会是什么样子？"于是，她努力想象蜡烛吹灭以后蜡烛火焰的样子，因为她不记得自己是否见过这样的东西。

我不记得《爱丽丝梦游仙境》里说过这个，这对于我来说不重要，我不会把它抄下来："我不喜欢它，我想爱丽丝很难过。"

"她确实很难过，"碧答道，"可是她努力恢复正常，这才是最重要的。不要忘记，她只能靠自己来完成，这对任何一个孩子来说都很难。"

"我也努力正常起来，"我承认，"可并不总会奏效。"

*

我们进屋以后，碧·拉卡姆心情有所缓和，于是我给她看我卧室里的长尾小鹦鹉宝宝画。她对我给我们这条街上的人所做的行动记录特别感兴趣。我从衣橱底部把我所有的箱子都拉了出来，还给她看最近的几本。

她一本本地翻阅，最后她抬起头来。

"干得好，贾斯珀。这些是我上音乐课的时间极为详尽的记录。你记下我学生的名字了吗？还有来我家的人的名字，譬如卢卡斯或者他的弟弟李？"

"没有，"我答道，"我对他们不感兴趣。我记了大卫·吉尔伯特的名，我可以确定是他，因为他回的是二十二号，那是百分之百确凿的证明。"

"了不起的材料，这会对我们起诉大卫的案子有帮助。你知道的，他威胁过好几次了，还有他的猎枪。如果我们还需要再去警察局的话。"

我点头表示认同："你的日记也会对我们的案子有帮助。"

"这个？"碧的手伸进她的手袋，拉出了那本刚蓝色的笔记本，里面有她最喜欢的《爱丽丝梦游仙境》的摘录。我又盯着封面上的白兔，不能肯定能否信任它。如果不是因为兔子，爱丽丝不会从洞里爬下来，碰到那么多麻烦的。

"是的，我想你说的可能是对的。所发生的一切，这里都是白纸黑字，一目了然。"碧拍了拍她的额头，"贾斯珀，我可以请你帮我一个大忙吗？"

"好——的，我想可以的，因为我们又重归于好，又是好朋友了。"

"你能给我倒杯水吗？我感觉恶心，头晕，整个上午都在呕吐，快坚持不住了。我不知道我今天出了什么问题，怎么了。"

"恶心可能由许多因素引起，如胃肠炎或者食物中毒。也许你吃了没熟的肉，或者吃了过期的鱼肉。"我观察碧·拉卡姆的脸出现了淡淡的酸橙派的颜色，"有时候这是其他的因素，譬如绦虫、溃疡、进食障碍或妊娠。"

碧·拉卡姆的脸变成了凝块鲜乳油的颜色。

"贾斯珀，"她声音虚弱地说道，"我确实需要喝杯水。"

我很高兴又成为对她有用的人。我去厨房给她倒了杯水，用的是冰箱里的瓶装水，这是她警告过我水龙头里的水有毒以后，我求爸爸买的。

"谢谢你！"我从厨房回到卧室以后，她说道。她已经把她的笔记本收了起来，人也坐到了床边。"好凉，我喜欢。"她把玻璃杯放下，抱着她的手提袋走到窗前。她看起来好点了，虽然她的脸颊还浮现着覆盆子色的涟漪，"这么说，这就是从这里望去我那棵树的样子，我一直都想知道是什么样子来着。"

"是的。"

"你完全可以在这里看清楚长尾小鹦鹉，可从我的卧室窗户看，视角的确要好得多。我很幸运，我可以那么近距离地看长尾小鹦鹉宝宝，不需要用双筒望远镜。"

"我一直怀念在你房间里看长尾小鹦鹉的日子，"我承认，"我也一直在怀念你，想见你，碧·拉卡姆。"

"我也是。整件事把我们俩都弄得很难受，为什么不尽力避免再出现不开心呢？"

她转过身来，穿过整个房间："回到我身边，贾斯珀，回到长尾小鹦鹉身边，它们也怀念你。"

她的手又伸进了手袋里，她掏出了一个紫罗兰色的信封。

我后退了一步，我们俩都一个字也说不出来。

她对卢卡斯·德鲁里只字未提，她不需要提，他的名字用黑色墨水明明白白地写在信封上。

我没有告诉碧·拉卡姆，我推测那些闪闪发光的糖纸里包的是安全套，我在爸爸床头的抽屉里发现过一个，趁着他上班去了，我用它做了个水炸弹。

就在我思忖接下来怎么办的时候，看到了一种颜色一闪，是马路对面的一个长尾小鹦鹉柔声的喊叫。

只要向她走近一步——就这么个代价。

我颤抖着，伸出手去，接过信封——一个微不足道的小动作，却从此改变我们俩的生活。

我们随即切换回原来的日常生活，就好像什么也没发生过一样，就像我掉进了《爱丽丝梦游仙境》里的兔子洞，等我最后终于回了家，却从未对任何人说起。

我们的小秘密。

那就是我多么渴望画长尾小鹦鹉宝宝声音的颜色。

星期五（靛蓝色）
晚上

旋转，旋转，旋转。

这是我一直渴望做的事情，可是我不是在自家的厨房里。我在一个临时寄养人的奇怪房子里。卧室里只有一把椅子，不能一圈一圈地转，它是静止的。

定义：静止，不变。

窗帘是乳白色的，带七色彩虹的。但这些都印错了，真正的彩虹没有那种颜色。我应该告诉他们，但我不想下楼，他们是玛丽和斯图尔特。刚到的时候我把手放在耳朵上，因为我不想看他们的颜色。

爸爸因为对警察们大喊大叫，推搡一个警察而被捕。这是人身侵犯。没有给我多长时间收拾行李：用十分钟把一些衣服和个人用品，譬如梳子、牙刷和内衣放进一个旧的黑色帆布背包里，背包是那个女警察从我衣橱里发现的。

我不在乎这些东西。

我的绘画颜料和油画以及成箱的笔记本怎么办？

你不能都带，最重要的是有取有舍。

我不喜欢做选择。

可是我需要保护长尾小鹦鹉宝宝，每一只都需要保护。

我告诉那个女警察，遗弃一只羽翼未丰的鸟儿，是一桩可怕的罪行。

*

玛丽的声音是皮肤的色调，而斯图尔特的颜色是石板瓦灰色。最终，我不得不听他们的话，不得不看他们的颜色，他们不是坏颜色。

他们说我可以随心所欲地来来去去。如果我饿了，可以从冰箱或者厨房的橱柜拿吃的，可以去厕所，可以在客厅看电视。他们会挪到另一个房间，如果那样我会觉得更舒服的话。

我在这房子里的哪个房间都不舒服。

我带着妈妈的开襟羊毛衫。我摩挲着羊毛衫上的纽扣，越来越用力。

我的新社工马吉，用她那闪亮的淡杏色声音阻止我回家拆掉我的小窝。此前我没有时间拆。我想在这里重建，重新画一个窝，可是她说这个寄养看护可能只有一夜的时间，最多两夜，等家里的事情平息下来，警察跟爸爸一起把重要材料整理出来就结束了。

这个房间不像我家里的卧室那么大，有污迹的淡绿色地毯上没有足够的空间放置我的长尾小鹦鹉宝宝画。

在床的一侧，有一个叫塞布的孩子在油漆上刻上了他的名字。我不认识他，我也不想认识他。

我有一把颜料管，这是在给我限定的十分钟快要结束之前，我一把抓起来的。我带来了所有长尾小鹦鹉宝宝的画，其余的被迫都留下了。我为它们担心，它们在我的卧室里很孤单。

它们会纳闷我去哪里了，它们会被吓到。

成箱的笔记本也不喜欢我擅离职守，它们不喜欢无序，我知道它们已经乱了。我现在想起来了——一只讨厌的白兔跳进其中一个箱子里。褪色的铬橙色在我给警察局的第一次说明里，发现了碧的钢蓝色笔记本。我不知道它是怎么到那里的，也不知道为什么它会到那里。

我却确切地知道我的油画和笔记本会思念我，就像我思念妈妈那样。

钴蓝色。

在我见不到碧·拉卡姆的时候，我也是这样思念她的，虽然我当时没这么想，也没有意识到我在思念她。不论她创造了什么图画，我都想让她回来。

因为我爱她的颜色，她让我感觉与妈妈更近了。

我不想在这里画画，因为我不认识之前睡在这张床上的那个男孩。

塞布。

也许他爸爸也企图杀他来着。只是爸爸告诉警察他没有那么做。

那是个误会，我的误会。

爸爸是要帮我，不是要杀我。

我一遍又一遍地摩挲着妈妈开襟羊毛衫上的纽扣。

摩挲，摩挲，摩挲。

我想爬进我的小窝，永远也不要出来。

皮肤颜色的声音在敲门："请问我可以进来吗，贾斯珀？"

"不，我不能这样做，我太年轻了！"

"求求你，贾斯珀，我们可以谈谈吗？我想一点点地了解你，了解你更多的情况。"

我把书从书架上扯出来摔到地上，把书架拖到门口，挤在门把手的下面，它成了一个路障。

我忽略她那恳求的皮肤色彩的声音，把羽绒被拉到头上。地上的书是完全的无序，伤我的眼睛。

我刚刚画完三幅画，感觉还是那么糟糕。这些颜色刺痛我的眼睛，在完成最后一笔的时候，我忍不住流泪了。我把它们放到了我衣橱的后面，却努力把接下来所发生的事情记在心里。

四月五日下午，一切都不对头。

这是瓶绿色的日子，日程安排变得杂乱无章，因为卢卡斯·德鲁里和碧·拉卡姆没有按日程安排行事。为什么他们没有意识到：只有当每个人在规定的时间都做了计划内的事，日程表才会生效？如果他们不这样做，就会导致混乱。

长尾小鹦鹉在我面前感觉到了这种转变，它们哭声的颜色变得越来越深。

一切都开始内爆。

内爆：一个鲜黄绿色未成熟的香蕉形状的词。

含义：突然猛烈地向内坍塌。

我把妈妈的开襟羊毛衫抱得更紧了。

摩挲，摩挲，摩挲。

四月五日，下午一点三十二分

在纸上蓝绿色掩盖了天蓝色

碧·拉卡姆的信还在科学实验室的抽屉里，我星期一下午放到那里的，现在已经是一天以后了，而卢卡斯·德鲁里还没有取回，尽管信封里有一张二十英镑的纸币和三支香烟。

昨天晚上我放学以后，她问我："肯定送到了吧？"

"是的，我肯定。也许他生病了。"

"你把这封信给他的时候，他看起来像是病了的样子吗？"

诡计：一个黄瓜绿颜色的词。

"呃，不是。"这是百分之七十五的实话，因为没见过他，所以在我看来他也就没有生病。我们俩都没有告诉过她我们是怎么在学校交换信件的，而现在不是承认科学实验室的信件传递系统的好时候。

"你明天能再传递一封信吗？"她问道，"有急事。"

这并不符合我们日程表的安排，我是在星期一传递，不是星期二。星期一是猩红色，不是瓶底绿。

"我知道，可是这很重要，我为卢卡斯担心。我害怕他的爸爸出了什么问题，我说过他很暴戾吧？"

我什么都没说。

我知道，如果卢卡斯·德鲁里没到老地方取信的话，他在家的情况一定很糟糕。这也是她想跟他联系的原因。她不是想谈她卧室里的闪闪发光的糖纸，因为她曾为此难过。那是一个可怕的错误，她悔恨过，所以我们才从不提起那件事。她想忘记那些颜色，用我用过的方式。

"我回家以后可以从你的卧室窗前看长尾小鹦鹉宝宝吗？"我问道，"我想看看它们的颜色是否有变化。"

"拿上最后这封信，你以后不必再以此换取在我的窗前看长尾小鹦鹉宝宝的次数了。我答应你，你可以一个星期来我家三次，每次待四十五分钟，不带任何附加条件，算了，一周四次。"

我忽略了她给我加上的"不带任何附加条件"，因为这是彻头彻尾的愚蠢。严格来说，那些长尾小鹦鹉已经不是新生的宝宝了，在不到两个星期的时间里，它们就会羽翼丰满。

不论如何，我就是这样在瓶底绿的星期二，发现自己午餐时间出现在废弃的科学实验室里，把信放到了第一封信上面，卢卡斯·德鲁里在猩红色的星期一还没有取第一封信，因为家里的情况已经那么糟糕了。

"住手！"一个蓝绿色的声音喊道。

我吓得差点尿了裤子，我刚才没听到有人走进实验室。我转过身来。一个穿着校服的男孩朝我走来。

"我马上就住手，我马上就走。"

"不，我的意思是不要再送信了，贾斯珀。我知道她不会收到信息的——我知道她会再把你派到这里来。我不想让你再给碧传递信件了，你们俩都要住手。"蓝绿色。

"卢卡斯·德鲁里。"

"怎么了，贾斯珀？"

"可这是商定好的事情，我把碧·拉卡姆的信件传递给你，我还总是看看有什么要带回去的。她并没告诉过我时间表再次变更。"

"那是因为她不能接受这件事已经结束了。"卢卡斯从抽屉一把抓出了那两封信，丢进了垃圾箱，"必须要她明白。"

"我不明白你在说什么，"我说道，"她没收到信息，我也没明白。"

"贾斯珀啊，贾斯珀啊，贾斯珀。"卢卡斯不停地用拳头敲打着太阳穴，"你让我烦死啦！"

我道了歉。

"我不知道该怎么办。碧·拉卡姆没告诉我接下来做什么。"

"你不能为自己想一次吗？"卢卡斯大声喊道，"你并不需要碧·拉卡姆。"

他抓住我的脖子，把我按在墙上，紧紧地贴在我身上。我的头砰的一声撞到了元素周期表上，深棕色。当我听到樱桃色的星星在我耳边怒气冲冲地嗡嗡作响，我挣扎着，呼吸困难。卢卡斯错了，我确实需要她，也需要长尾小鹦鹉。她喂养它们，保护它们免受大卫·吉尔伯特的伤害。

"喘……喘……喘不上气来。"我的手到处乱抓，抓到了他的手，"对不起。"

他放了手。"对不起！我对不起你，贾斯珀，我不应该这么做。你必须继续过你自己的生活，因为她会把你和她一起拖下水。我现在是明白了，我以前以为这与我有关，然而并不是，这全是碧自己的问题。"

"我什么也没看出来，"我声音嘶哑地说道，"我不知道那这些信件怎么处理，她没有告诉我该怎么办。"

卢卡斯退后，叹了一口气，微微泛着蓝青色的雾气："好的，如果这能帮助我摆脱你的话，向碧转达我的最后一条信息，告诉她我之前说的是真的，结束了，我不能这样做，我太年轻了。"

"你要把这条信息写下来，这样我才好传递给她。"我边说边咳嗽着，"这是一个交易，我给她传信，她允许我放学后看四十五分钟的长尾小鹦鹉，虽然比以前少了十五分钟，可还是值得的。"

"不，贾斯珀，我已经跟那些愚蠢的信断绝关系了，我与所有这些断绝关系了。太过分了，把这个给她。"

他把一个东西塞到我手里。

"这是你丢的手机，"我说，"你找到了。"

"把手机还给她，我不想要她的礼物，我不想要她的钱，我不想从她那里得到任何东西，我想一个人待着。"

"你不想被解救。"我解释道。

"是的，你说得对。我喜欢我们年级的一个女孩，我不想让碧毁了我和她的关系。她是我的同龄人，贾斯珀，这才对劲儿，这才叫正常。碧需要找一个她的同龄人。"

"对她来说什么年龄对劲儿呢？我该告诉她吗？"我的前额皱了起来。

卢卡斯用一只手摸了一下他的头发，看它是否在原位。

"跟着我重复这条信息，贾斯珀：我不能这样做，我太年轻了。"

我闭上眼睛，照做了。

"我不能这样做，我太年轻了。"

"没错。再来一遍，直到你把它记住，直到它不会离开你的大脑，你能想到的只有这条信息。"

"我不能这样做，我太年轻了。我不能这样做，我太年轻了。我不能这样做，我太年轻了。"

我放学以后，把这条信息一字一句地转达给碧·拉卡姆，她的脸上出现了道道泪痕。

"人人都有的，我为什么不能有，贾斯珀？为什么我不能得到幸福，不论这幸福来自何方？告诉我，贾斯珀，我为什么没有人爱？"

我悄悄地溜回了家。我不忍看着她哭泣。

我羞于承认自己不知道她问题的答案。我根本没从她卧室里看长尾小鹦鹉，今天不是个开口的好日子。

我害怕，非常害怕，她可能会说："你别来了，贾斯珀，从此以后再也别来了。"

四月六日，下午五点十三分
在纸上的天蓝色覆盖冷蓝色

你今天晚上一定要来，我昨天没有让你多待一会，对不起。

碧·拉卡姆在清晨七点五十一分的时候敲我家的前门，邀请我放学后回到她家。她说变更我们约定的时间让她感觉愧疚，所以会允许我今晚额外增加时间。

"碧，看那只！"

此时，我们站在卧室的窗前，看着长尾小鹦鹉宝宝扑扇着翅膀在安全的树枝上鸣叫。矢车菊蓝色，带有紫罗兰色和浅粉色的斑点。

"还有一只！"我喊道。一只小长尾小鹦鹉从屋檐下飞出，带着一股淡紫蓝色的雾气落到了那棵橡树里，"它不想落在后面！"

"谁也不想，贾斯珀。不过，你可以阻止这样的事发生。"天蓝色缎带。

碧·拉卡姆走到床前坐了下来。我盯着五斗橱，努力猜度她的意思。

只剩下一个饰品了，最后一个瓷质舞女玩偶，我为它感到难过。没有了那些易碎的同伴，它看起来很孤单。它们都抛弃了它，它们不可能是真朋友。

突然，我意识到那就是我——贾斯珀·威沙特——一个人形的瓷质饰品，穿着牛仔裤和绿色的汗衫。

易碎的，等待被摔成小小的碎片。

碎片再也难以复原在一起，没有人试图修补我。

当羽翼渐丰的长尾小鹦鹉离开巢穴，我也会成为孤家寡人。它们的父母会很快离开它们，它们会继续生活，到一个公共栖息场所定居。

碧也会看出这一点吗？她在试图警告我吗？

"我是你的朋友，是不是，贾斯珀？"碧说道，"请帮我最后一个忙，给卢卡斯捎最后一封信，告诉他事情紧急，我非得见他不可，非得跟他谈谈不可。"

碧又开始变糊涂了，她现在应该集中精力确保在鸟儿离巢之后，能够回到这棵树上来。

我昨天已经为她往科学实验室传递过最后一封信了，不可能有第二次了，这是协议，时间表已经被撕毁，什么都不存在了。

"我不想再这么做了，"我答道，"卢卡斯也不想再这么做了，他说一切都结束了，他不想被你解救，他不想再接收你的信件，也不想再接收你的礼物。他在本年级有一个喜欢的女孩儿，他不想让你毁了跟她的事情。这件事这样发展才对劲，很正常。"

"是的，你最后终于给我讲了这件事，这确实非常、非常有帮助，可是我可以做通他的工作，可以让他改变主意，求求你，贾斯珀。我今天傍晚一定要见他，明天夜里也行。如果不是情况紧急的话，我是不会求你的。"

"不，谢谢！我已经按照约定给你捎过最后一封信了，而卢卡斯把这封信，连同另一封信一起扔进了垃圾箱。我们还是好朋友，谢谢！"

碧站了起来："我想你可以回家了，贾斯珀，马上。"天蓝色已经硬化成了青灰色。

我看了看手表："我在这里只待了二十三分钟，我们约定的是四十五分钟。"

"一切都会变化，"碧说道，"我不认为你今天这么行事以后，我们还会有什么约定。"

"你什么意思？你说我们还是朋友，我们是朋友，不是吗？我按照你的吩咐去做了，我给你传递了最后一封信，你说如果我这么做的话，我可以一个星期来三次，每次四十五分钟，实际上，是四次。"

"我恨我自己，怎么变成了现在这个样子，"她用手捂住了脸，"都是他！"

"我不明白。"

她站了起来："这很简单，贾斯珀。今夜为我做这件事，否则的话，我再也不会让你从我的卧室看长尾小鹦鹉。你不老老实实地按照我说的去做，我就不再喂鸟儿。"

四月六日，早上六点零二分
在纸上形成了血橙色三角形

比起大卫·吉尔伯特那条狗的薯条黄色，我更恨这些颜色和形状。

我还看到了其他颜色和形状：电吉他紫色尖锐的声音，带着玉石颜色的尖刺。熟悉的金色闪电，它们来自碧·拉卡姆给我的地址。

格林伯恩路十七号。

卢卡斯·德鲁里的家。

我沿着小路走，站在前门外面，举起手来敲门。等不及放学了，我不得不在当晚把这封信送到，否则长尾小鹦鹉就得不到明天的早餐或午餐了。

我们一起研究过谷歌地图，而且我在脑海里练习走这段路，力求不出错。这段路走起来并不远，所以爸爸下班回来时，我早就到家了。

最多二十分钟。

因为碧·拉卡姆是我的朋友，为了让孤身一人造访陌生人家的我感觉好一些，我们设想了所有可能出现的情况。

假如是他爸爸开的门：

假装你是他的朋友，问卢卡斯在不在，叫他出来玩。

如果卢卡斯不在家：

不要把信留下。问他什么时候回来，说你会再来。朋友都是这样的。

我按了门铃。波浪形的银蓝色线条突然出现在血橙色三角形里。一条狗在汪汪地叫。

在我的图画里，这个颜色抹去了电吉他鲜艳的紫色和绿色，美丽的音符被破坏至死。

"你去开门可以吗，儿子？"一个男人暗黑褐色的声音在大喊大叫，"我在打电话。"

我们谈了很多关于卢卡斯父亲的事。

不要惹他生气，他脾气很坏。

碧却没有帮我做好这个准备。

我没有把这个包括进去：一条狗。

红色三角形伸展成尖尖的深橙色飞镖。

"天啊，闭嘴，公爵！去开门，我还在打电话。"肮脏的棕色尖刺，边缘是灰色的。

我正要离开，但多犹豫了片刻。门开了，我尖叫着，跌跌撞撞地向后退去，一只狗跳出来，我摔倒了。我用胳膊肘支撑着，看着它跳跃的弧度，像慢动作播放一样，它就要落在我身上了。突然，它退后了，发出暗红色的尖叫声和威胁的形状。

"什么事？"一个穿着跟我一样校服的男孩站到狗的旁边，一条德国牧羊犬，我想。他的手再次猛地一拉："安静，公爵。"他看着我，"贾斯珀？住在文森特花园街的？你用望远镜在你卧室窗户前看人。"

"是的，谢谢你。"卢卡斯·德鲁里已经肯定了他认识我，这对我来说就够了。

我对他的声音没太注意，可恶的红色和深橘色三角形把对手的大部分颜色都淹没了。我爬起来，把信封塞给他。信封上只写了一个词：卢卡斯。

我把碧告诉我的话背诵出来："此事紧急，她今夜非见你不可，最迟明天，这很重要。用后门的钥匙。不要告诉任何人，特别是不要告诉你爸爸。"

"呃，什么？"那个男孩问道。

一个头戴褪色海军蓝棒球帽的男人走到了门口，来到了他身旁。可能是白色运动鞋。我看着狗尖尖的红色三角形，无法把目光移开。

"谁呀？"

"不是什么重要的人，学校的一个怪物。"

我转过身来逃之夭夭，以防他松开狗链，让狗在后面追我。

"顺便说一句，望远镜男孩，"他大声喊道，瓶绿色，带一点点青苔般的蓝色，"这张纸条是给卢卡斯的还是给我的？"

哦不，哦不，哦不，哦不。

我没有回答。

我继续跑，一直跑到公园才停下来。我在秋千上待四十三分钟，在脑海里把对话重播了一遍又一遍。

这张纸条是给卢卡斯的还是给我的？

我把脑子里的颜色都翻了一遍——卢卡斯·德鲁里是蓝绿色，李·德鲁里是杉树绿色。

跟我说话的那个男孩的颜色被那条狗的颜色淹没了，但是我记得在他的颜色里绿比蓝多。

刚才跟我说话的不是卢卡斯。

我竟然把碧·拉卡姆的纸条给了一个与他相似的男孩，他们穿着同样的校服，住在同一幢房子里，有着相似颜色的声音。

李·德鲁里。站在他身旁有着含糊深棕色声音的男人是他爸爸。

如果我现在在家把这个情景全都重画一遍的话，我会给这幅画加少数几个淡淡的紫罗兰色圆点，这是某人轻轻敲玻璃的声音。

碧·拉卡姆站在她楼下的窗户前，我在人行道上跺着路面，出现黑色的圆盘形状。我假装没听见她敲打玻璃的声音，我不能和她说话，我不能告诉她我把她的信给错了人，交给了他的弟弟。

她会从此都不让我从她的卧室窗户前看长尾小鹦鹉。

*

第二天在学校，卢卡斯·德鲁里愤怒地找到我，他低声骂我，说我把他家搅了个鸡犬不宁。他爸爸读了碧·拉卡姆的信，差点把屋顶都掀翻了。

卢卡斯说我们现在都很安全，因为他爸爸不知道这封信是碧寄来的。她没有签上她的名字，和往常一样只有首字母。我不能告诉任何人是她把便条给我的。我今夜必须把他回复给碧的消息传过去：

不要试图跟我联系，不然我们都会惹上大麻烦的。

我点头，因为这意味着卢卡斯·德鲁里会放开我的运动上衣，重新消失在走廊里一波又一波的不知名的面孔中间。

我没有承认真相——我不可能告诉碧·拉卡姆发生了什么。

我必须保护鹦鹉，这才是最重要的，这才是我原来的计划。

这是我唯一想做的。

我记得这件事，记得比接下来发生的每一件可怕的事情都清楚。

星期六（蓝绿色）
上午

　　新社工马吉来带我去见警察的时候，我已经把书架路障撤了下来，衣服也穿戴整齐了。我没上床，没睡觉，没画画，没跟皮肤声音和瓦灰声音说话，也没为损坏的书道歉。我没吃早饭，因为我不喜欢麦片袋子的颜色，但是马吉说我们可以在路上停下来买点零食。

　　她又把我带到了那个房间，那个有卷边的哈利·波特系列的书，《最新评测》年刊和邪恶的单臂小丑的房间。我走进房间的时候，他们欢迎我回来，就像欢迎一个失散很久的朋友一样，可是我告诉他们，我不喜欢待在这里，我想回家查核我乱套了的笔记本。

　　这是第四十九天。

　　一些幼小的鹦鹉今天应该放弃它们的巢穴了，我必须在它们走之前说再见。

　　房间看起来跟上次一样，包括沙发上面，我呕吐物的污渍。马吉警告警察别再摆那面上次跟我玩心理游戏的狡猾的镜子。他们这次不再存有侥幸心理了，他们已经把它处理掉了。录像机和上次一样还在那个地方。

观察着我，企图抓住我的把柄。

很不幸，褪色的铬橙色今天已经返回。马吉说他的上司负责这起谋杀案的调查工作。她认为我应该跟一个已经与我有过联系的人交谈，一个有过特殊训练，知道怎么跟孩子、年轻人交谈的人。

他的上司错了。

我与褪色的铬橙色没有联系。他会"说话"，但是我猜他缺了"倾听"这一课。

还有一个律师和一个适当成年人①，因为我不想见爸爸，现在还不想见。不论怎样，还不会允许他到这里来。另有一个探员正在跟他谈我们之间发生的那场争吵。

马吉说，他还会被问到碧·拉卡姆身上都发生了什么事情。

在探案节目里，他们是不允许嫌疑人一起接受提问的，以防他们串供。我会坚持我自己的版本，不知道爸爸讲的版本是怎样的。

适当成年人会替我代为发言，褪色的铬橙色说。她到这里来就是保护我的权益的，因为爸爸不在这里。

我从来没有见过这个女人，我不知道她怎么来保护我的权益，她不知道我需要什么样的保护。她可能对长尾小鹦鹉、油画和颜色一无所知。我想要马吉，因为我喜欢她的颜色，但是她有别的安排。

"我想要你清楚现在正在发生什么，贾斯珀，"褪色的铬橙色说着，

---

① 适当成年人：指警察在询问未成年嫌疑人时，必须有适当的成年人（如监护人等）在场，旨在为嫌疑人提供帮助，协助与警察沟通，同时监督警察在讯问过程是否有不当行为。——编者注

"我想确保你明白你今天为什么到这里来。"

"好的。"我摩挲着我口袋里的纽扣。

终于可以招供了，这是一种解脱。在没有爸爸阻止的情况下，我可以对跟那个演员同名的理查德·张伯伦和盘托出。嗯，再给他讲一遍。我需要讲得慢些，因为他的一切都是暗淡的，他那褪色的铬橙色声音除外。

"那很好，贾斯珀。"褪色的铬橙色说道。

我摩挲纽扣的速度更快了，更用力了。他的声音刺耳，顺着我的脊背往下划，在我的头上点燃愤怒的小球。

"也许你可以解释一下你今天到这里来的原因？"

在我们来警察局之前，那个社工马吉让我坐下，跟我解释了一些重要事项。她以为我会哭，所以在皮肤颜色的人的桌上放了一盒纸巾。我不需要纸巾，因为她告诉我的百分之九十九的内容，都是我已经知道的。

我知道碧·拉卡姆是被谋杀的。

我猜测树林里的尸体就是她。

我不知道她的尸体被塞进了女式手提箱，这就是我还不知道的百分之一。

我深深地吸了一口气。

"因为你已经发现了我的邻居碧·拉卡姆的尸体，昨天上午八点四十五分，一个遛狗的人在距离文森特花园不远的林地里，发现了这个手提箱。你可以就碧·拉卡姆的谋杀案向我提问。"

"非常好。"褪色的铬橙色的头快速地上下点着。这让我想起了一个旧电视广告，里面有一只狗在点头。我爱那只狗，却不喜欢褪色的铬橙色。碧·拉卡姆被谋杀了，可不是"非常好"的事。难道他不应该因为说这么愚蠢的话而受到谴责吗？她被谋杀这件事与"非常好"正好相反。

"现在我希望你在回答下一个问题之前仔细考虑一下，贾斯珀。"我数到五秒钟，"你能告诉我你最后一次去看碧·拉卡姆是什么时间吗？"

又是一个简单的问题，"我在她死的那天见过她，也就是一个星期前的星期五。"

"这很有趣，贾斯珀，并且还很有用。"

我试着扣紧一个圆形的斑点状的叹息，但它从我的嘴里溜了出来。这既不有趣也不有用，这是事实。如果他愿意听的话，我在第一次说明就已经跟他说了。

冰蓝色晶体，边缘闪闪发光，还有锯齿状的银色冰柱。

"你说那是碧·拉卡姆死的那天，你能给我们大家解释一下这句话是什么意思吗？"褪色的铬橙色继续追问。

真的吗？我说得还不够清楚吗？

"四月八日星期五，"我强调说，"就是碧·拉卡姆被谋杀的日子。"

我的律师在便笺本上匆匆地记录着，录像机完全可以回放，他为什么还要记录？他怕录像机坏了？

褪色的铬橙色向前探了探身体："这就是我想要你解释的部分，贾斯珀，你怎么能肯定那就是碧·拉卡姆被谋杀的日子呢？"

我深深地吸了一口气，比那次还深。那次我和爸爸去坎布里亚郡露营，我穿着衣服跳进那个湖里的时候。我知道湖里很冷，但是冰冷的深渊会把我的腿变成石头，把我拖到湖底，这我可没有心理准备。

当时爸爸跳进湖里救我，可是他今天却不在这里，他再也不能救我，因为他现在正在试图拯救自己。其他的探员正在把他的故事跟我的版本进行比对，找出漏洞和把柄。

"因为是我谋杀了碧·拉卡姆。"

就这么一句。我原以为会引起他们一连串的问题，从褪色的铬橙色开始，但房间仍然沉默如旧。也许他还是不明白，他连不上这些点。

"我在四月八日星期五谋杀了碧·拉卡姆。"

我把单词重新排列成另一个句子来帮助褪色的铬橙色理解，我在编故事，一笔又一笔。

"对不起，"我补充道，"我去她家喝茶时，我并没有打算刺杀碧·拉卡姆，我不知道我爸爸会清理所有的血迹，把她的尸体藏在走廊的女式手提箱里，藏在我们家附近的林地。"

"我想现在刚好是我的当事人休息一下的时间。"我的律师说。他的声音像一杯令人心旷神怡的咖啡，咖啡里有大量的牛奶飞溅出来。

现在？我刚刚开始招供，而且永远按照这样的速度进行下去。

"我很好，"我说道，"嗯，不是绝对的好。"

显而易见，我杀了碧·拉卡姆以后不可能很好，再也不会很好了。我只能很坏，我活该。如果有地狱的话，我会直奔那里，不需要通行令。

"我们需要休息一下，贾斯珀，"律师说道，"在跟这位探员说任何话之前，我们需要谈谈。"

我正要说我想继续说的时候，褪色的铬橙色的声音却盖住了我的声音。

"当然可以，因为贾斯珀·威沙特已经要求讯问停止，讯问在上午十点十五分休会。"

"我没要求讯问休会，"我捂着嘴含含糊糊地说，"是律师要求的。"

"我们注意到了，谢谢你，贾斯珀！"褪色的铬橙色说道，"这不是问题。我们可以在你准备好的时候重新开始讯问。你想吃点什么还是喝点什么？如果你想来个加餐的话，我们的自动售货机里有罐装可乐和巧克力条。"

"谢谢，但爸爸说咖啡因和巧克力会让我兴奋。"

"好吧，如果你改变主意的话，请告诉我们。"

我已经改变主意了。

被爸爸发现我有一罐可乐和一个玛氏巧克力，可能是我最小的问题了，因为我现在已经供认自己犯了谋杀罪了。可能是最后一次喝可乐、吃巧克力了，因为我怀疑在少年犯的关押机构，或者他们计划把我关押的任何地方，是否会有自动售货机。

反正已经太迟了，褪色的铬橙色已经消失了。门咔嗒一声关上了，声音是木质的、纹理丰富的圆圈。只有我、我的律师和适当成年人留在房间里。她一句话也没说，她肯定不知道我的权益是什么。

我觉得很孤独，不住地颤抖。我又跳回了冰冷的湖里，这次没人愿意帮忙把我拉出来，我沉在湖底。

没人能找到我。没人会费心去找。

讯 问

四月十六日，星期六，上午十点三十分

律师是对的，我需要脱离褪色的铬橙色，做一次短暂的休整。他的颜色乱七八糟的，塞满了我的脑袋，形成了奇怪的、让人讨厌的形状。我的律师名叫利奥①，这让我联想起狮子，一个西瓜粉色的词。

利奥的声音是牛奶咖啡，看起来不像狮子，这让人很失望。从好的方面看，他长着让人容易记住的山羊胡子，戴了一副红色眼镜。利奥给我买了一罐可乐和奇巧威化巧克力，自动售货机里的玛氏巧克力卖光了。我提醒他，我可能会像长尾小鹦鹉一样扑扇翅膀，可他却说，我想扑扇多久就扑扇多久，他人真好。不过实话实说，他没有看到我扑扇翅膀的样子。

他对我的权益更感兴趣，所以跟我商议我要对警察讲什么。我把我所做的事告诉了他，我说这就是我要"一吐为快"的事情。我在学校跟

---

① 利奥的英文名是 Leo，有"狮子座"之义。——编者注

我的助教会面时，她用的就是这个成语。

你有想一吐为快的事情吗？

她第一次说这个短语的时候，我就觉得非常古怪，不过现在我们笑得很痛快。因为在我告诉她，这个成语让我想起了电影《异形》中从人的胸中爆出的怪物之后，这个成语成了"我们的事情"。

褪色的铬橙色已经解释完毕，声称我作为谋杀碧·拉卡姆的嫌疑人被正式逮捕。我现在有一定的权利，比如什么都不说的权利，我可以彻底保持沉默。

"我给你的解释你听明白了吗？"褪色的铬橙色问道。

我上下动着头。我不需要说什么，他刚才已经解释过了。

他告诉我，他更希望我大声说出"是的"，不过，摄像机会把我点头的动作记录下来的。

我什么也没说，我再次上下动着头。

"我们可以继续了吗？"

利奥确认我们可以开始了，他的声音就像加了全脂牛奶的咖啡。

"我们的讯问在十点三十分继续进行，请所有在场的人说出自己的名字以便记录？"

我们按照名单过了一遍。利奥替我说的，因为我不想说。还多出来一个人——莎拉·哈珀。她也像褪色的铬橙色一样是警员，但她的声音是一种我更能忍受的颜色，是暗淡的浅绿色。

暗淡的浅绿色。

我不想画出这个颜色，但至少可以忍受它。

褪色的铬橙色让我确认在休息期间，也就是摄像机关闭期间，没有警察询问过我关于本次调查的问题，利奥说"没有"以后，褪色的铬橙色终于从我们中断的地方开始了，这是他唯一正确的一次。

"我想把你在我们上次会面中所陈述的读一下。你说：'我在四月八日星期五谋杀了碧·拉卡姆。'你还记得说过这句话吗？"

我记得。我尽量忍住不咯咯地笑，因为这是严肃的场合。我在想象一只异形怪物从褪色的铬橙色的胸中爆出来。

"请你回答是或者不是，贾斯珀。"

"是的。"

我开始摇摆，我控制不住自己。没有人告诉我停下或者停止，也许他们没有注意到吧。

"可以把我直接送进监狱吗？我在离开之前想见见我爸爸。我现在可以见他吗？"

"我们现在只是在问问题，"他答道，"你不会被送进监狱，不必为此担忧。"

"我担心我进监狱以后，爸爸会怎样。我怕他会崩溃。"

"你爸爸很好，"暗淡的浅绿色说道，"我们再问你几个问题以后，你可以再休息一下。"

她没有回答我是否可以见爸爸，我猜测这意味着"不可以"。也许我供认得好的话，他们就会允许我见爸爸。

"也许我们可以倒带，回到那一天，"她建议说，"就是你声称谋杀碧·拉卡姆的那一天。"

我常常不理解人们说话的方式，嗯，大多数时候都不理解，真的。人们言不由衷，心口不一。他们说的都是密码，我无法破译。可是我并不笨，她的语气透露出，她并不相信我讲的故事。

现在，我想屏蔽她的，以及褪色的铬橙色的颜色。

你"声称"谋杀了碧·拉卡姆。

随着我们的讯问越来越深入，我想象着她的其他陈述。

你"声称"了许多，是不是，贾斯珀？

你今天还要"声称"什么？

我们为什么要相信你这样的人所"声称"的任何内容？

起初我接受了她的声音，但现在我不喜欢她的声音了。我无法信任她的声音，就像我无法信任褪色的铬橙色的声音一样。在关于声音的问题上，我不能依赖自己的第一本能。我是不被信任的罪犯。

我双手托着头。浅绿色和牛奶咖啡颜色与锈色的铬橙色凝结成一团。它会像致命的火箭一样在我的脑袋里爆炸，爆炸穿过我的头脑，摧毁它所经过的所有细胞。

"我的当事人表示他希望充分合作，"牛奶咖啡说道，"但我敢肯定，这对他来说很难处理，你们都能理解的。我想在这个阶段我最好代表他发言。"

两个探员都没说什么。我不知道他们的头是左右动，还是上下动过。不论怎么动，我都不得不赞赏利奥的技巧，能让他们令人难受的颜色长驱直入，我独自一人根本做不到。

我失去了集中注意力的能力，我的线无法把整个故事串起来。

"贾斯珀准备写一份全面的书面陈述，关于他四月八日晚上在碧·拉卡姆的厨房与其打斗时用刀过失杀人的过程。他从她家逃了出来，手里拿着一把刀和他的长尾小鹦鹉画，然后待在他的小窝里，一直到他爸爸下班回家。"

"一把刀？"褪色的铬橙色说道，像回音。

"是的，一把刀，"牛奶咖啡证实说，"按照我的理解，碧·拉卡姆的厨房抽屉里有一把长刃刀，那天她用这把刀切馅饼来着。"

我坐直身子，看着利奥。他在应付褪色的铬橙色时做得很好，尽管他不得不重复一些词句，好像他在和一个聋子打交道似的。他也漏掉了一些细枝末节，甚至颠三倒四，但那是我的错，不怪他。

我不能确定我是否做到了和盘托出，是否百分之百正确无误。

"贾斯珀说碧·拉卡姆那天晚上专门为他烘焙了那张馅饼。"利奥继续说着。

褪色的铬橙色和浅绿色看我的时候嘴角大张着。

"拉卡姆小姐真是太好了，"褪色的铬橙色说道，"还给你烤馅饼。"

我尖叫个不停，出现了刺耳的碧绿色，冰冷、尖锐的尖头指向褪色的铬橙色，因为他是我见过的最愚蠢的人。

馅饼不好吃，一点也不好吃。

它是一种武器，比我用来杀死碧·拉卡姆的刀还要恶毒和狡诈。

46

讯 问

四月十六日，星期六，上午十点四十三分

我不需要画笔。利奥跟探员说话的时候，我在脑海里画那些颜色。

碧·拉卡姆被谋杀的那天应该是惊心动魄的靛蓝色，因为那天是星期五，可是我只能看到天蓝色，碧·拉卡姆声音的颜色。

*

自星期三晚上开始，我一直在回避她。我从她家逃了出去，准备好了钥匙，这样放学以后我就可以打开前门藏在里面。我没有把窗帘拉开，只从缝隙查看鸟食罐。我的计划奏效了，碧·拉卡姆还在继续喂长尾小鹦鹉，因为她还没有发现我所犯下的灾难性错误。

卢卡斯没有告诉她，他不想跟她有任何联系。我把他的口信写在了我的笔记本里——警告她不要联系——可是我却没有把口信传过去，我做不到。我不把这个便条传过去，我也睡不好觉。

我从四月八日星期五醒来的那一刻起就没有时间的概念了，我的闹钟没有响，爸爸的也没响。

我们都像疯了一样到处乱跑。

"今晚见。"爸爸大声喊道。

"今晚见。"我确认道，砰的一声把门关上。生锈的棕色展开成了矩形。我沿着小路跑。

"等一等，贾斯珀，是我，我是你的朋友，碧·拉卡姆。"她天蓝色的声音边缘蒙上了一层霜。

她一直在等我把门关上。她的两个银质燕子飞向了两个相反的方向，眼睛揉得红红的。我不想停下来和她说话，因为她会逼着我把我犯的错误告诉她。

"我得走了，碧·拉卡姆，我迟到了，就像你最喜欢的故事里那只白兔一样①。"

"我讨厌我的故事。我以前告诉过你的，那不是我的结局。"

我眨了眨眼睛。我没看见她的嘴唇动，因为我在看人行道。我一定对此有过想象，因为我觉得我记得她说过，这是她小时候最喜欢的故事，只是长大后不再喜欢了。

她这次说话时我看着她，以确保我不要再犯愚蠢的错误。

"你把我星期三晚上给你的便条送过去了吗？"

"是的，我把它送到了格林伯恩路十七号。你要继续喂长尾小鹦鹉，就像我们约定的那样。"

"你确实给了卢卡斯？"

"我现在得走了。我遵守新协议。再见。"

---

① 此处指《爱丽丝梦游仙境》的开头，爱丽丝看到了一只穿着衣服的兔子跑过她的身边，并且自言自语"我迟到了！"爱丽丝随它进入兔子洞，开始了一系列的冒险。——编者注

"等等，贾斯珀，我们得谈谈这个问题，这很重要。"

"我把信送到了他家，好吧，他收到了。"

那不是百分之百的谎言，因为"他"确实收到了便条，只是此"他"非彼"他"。

"他根本没在星期三夜里或者昨天夜里来见我。你看见他打开信封了吗？他真的读过信吗？"

"我不知道。我不能再等了，没进他家。"我想绕着她走过去，可是她却挪动了位置。

"我本该事先告诉你当场等他的答复。"碧说道，"是我疏忽了。"

"不是的，"我答道，"那条血橙色三角形的大狗跳了起来，从门口朝我扑了过来。"

碧忽略了我的爆炸性真相："一定是他爸爸搞出了什么事儿，可能就是这样，因为他不会这样不理我。"

"卢卡斯不想你救他，他说你会拖累别人。"

碧直勾勾地盯着我看，我不知道她是生气还是悲伤。

"放学后来见我，好吗？"

"不，我讨厌狗，我不能再去卢卡斯家。你不能让我再去，那不在约定之内，我已经按照约定做了。"

她从耳朵后面拉出一缕头发，绕到她的手指上。手腕上出现了奇怪的痕迹，就像岩石上的红色条纹。

"我对你的态度很糟糕，贾斯珀，我想要补偿你。请让我补偿你，好吗？我想好好地款待你，下个星期你可以有大把时间来看长尾小鹦鹉，这应该能让你在家里有大量素材可画。"

为什么我不在再次被骗之前跑掉？

"我看不到你的画，十分想念，"她继续说着，"我猜你一直在努力工作，因为你卧室的窗帘一直都是拉着的。你一直在画长尾小鹦鹉，不是吗？放学后你能把画拿过来吗？等我们在我卧室窗前一起看完长尾小鹦鹉，可以一起看看你的画。"

一个男人走近我们，咕哝着说"你好，碧翠丝"。她什么都没说，也没认出他来。他说话的声音柔和，出现了灰白色模糊的线条。他经过我身边时我数了十步，第十一步时，他回头看了一眼。也许他希望碧终于可以认出他来，但她此时正看着我。这次她手里拿着的是黑曜石项链，而不是头发了。

"我想看看你画的长尾小鹦鹉，看它们是这么快乐的事儿，简直是乐以忘忧。"

碧以前也说过这样的话，那是在她的卧室里。我直到现在也没有搞清楚她指的是什么。她转过身来看着这条马路，却没有发现任何的"忧"。马路上空空荡荡，只有一个人，大概就是那个路过说你好的人。他在街道的尽头向右转了。

"这就是你想做的事儿？"我问道，"你想谈的是我的长尾小鹦鹉画，不是卢卡斯·德鲁里？"

"嗯，不只是那个，贾斯珀。"

我向旁边走了一步："我不想再去他家，再面对那条大狗，面对那颜色可怕的叫声了。"

碧用一只手梳理她的头发。我盯着她的手腕，因为我不想看她那哭花了妆的睫毛膏和泪痕斑斑的脸颊。

"红色十字线条。"

"别在意你的颜色啦，"她说，"我担心的是长尾小鹦鹉。"

"你喂它们是因为我完全按照你的吩咐做了，"我指出，"我把便条送到卢卡斯·德鲁里家。我们双方都遵守了约定。"

"我知道，可是大卫又在威胁我，他企图得到一份针对我的减噪令。除非我停止喂养长尾小鹦鹉，否则他又要去委员会投诉。可能我不得不停止喂它们，贾斯珀。"

"你不可以停止喂它们。"我反对道。

"我就是这么告诉大卫的，"她说道，"他把我吓坏了，贾斯珀，真让我害怕。他跟正常人不一样，他喜欢杀戮。即使他不亲自射杀，也会找人代替他去做。他说，如果它们变成有害的东西，委员会的害虫防治官员可以进入私人土地消灭鹦鹉，他们有这种权力。"

我把手机从我的滑雪衫口袋里掏了出来。

"不，不，我们还不能拨打999。我想我们可以一起制订一个计划，关于如何对付他。我知道你有大量笔记，如果把证据放在一起，警察一定会听我们的话。我们可以肯定，这就是犯罪。"

"是的，碧·拉卡姆，"我说道，"我们一定要这么做，我放学以后会带着我的笔记过来。"

"还有长尾小鹦鹉画，别忘了，我爱看那些画。我需要振作起来，你的画总能让我开心起来。"

"不要担心，碧·拉卡姆，我不会忘的。"

"好。"她的双手拍到了一起，"六点怎么样？你为什么不留下吃晚饭呢？那样的话，我们就不用着急了。你喜欢比萨吗？"

"我今晚吃鸡肉馅饼，不吃比萨，我星期五晚上总是吃鸡肉馅饼。爸爸下班晚，他会把装馅饼盒子放在冰箱里，我只能把它放进烤箱里烤三十分钟，一百八十摄氏度。"

"那样的话，我要给你烤最好吃的家常鸡肉馅饼，"碧说道，"我已经在我妈妈的一本旧食谱里找到了一个教程，你一定会喜欢的。"

讯 问

四月十六日，星期六，上午十一点零一分

"我要你慢慢消化理解，"褪色的铬橙色说着，"从你四月八日星期五晚上进入碧·拉卡姆家开始。不用急，我们按你自己的速度来消化理解。"

利奥解释说，我说话的时候，不想让任何人看着我，甚至人们挪动椅子，都会让我找不到合适的词。他们同意了。褪色的铬橙色建议我尝试另一种方式。

他让我把我脑海里的画面画出来——是个好主意，可是这很困难，因为我害怕那些颜色，我知道它们会伤害我。

记住，一笔一笔地画。我必须要的就是：把这部分故事一笔一笔地还原出来，用我所有鲜艳的颜色。

*

"你来了，贾斯珀！"一个金发碧眼的女人站在文森特花园街二十号的门口，她波浪翻滚的头发披在她的肩上，发梢潮湿卷曲。我闻到了椰子的味道，这是我不熟悉的，但是她的耳朵上有银色的燕子，一个长长的黑色项链挂在她的脖子上。

黑曜石：世界上保护能力最强的宝石。

"我还以为你不来了呢！"

天蓝色，肯定是碧·拉卡姆。她声音的颜色辨识度这么高，我不可能把她与任何人混淆。

"你总是说话算话，"她接着说道，"我就爱你这一点，贾斯珀。你从来没有让我失望过，你总是想做正确的事儿。"

我把我的文件夹紧紧地抱在胸前。我肩上背的是一句笔记本，里面记录着大卫·吉尔伯特的威胁。我低头看了看毯子，上面有一块块的泥，在毯子的毛上结了块。

一只黑色的大箱子放在它旁边，即将被扔掉。

"进来，进来。"

门关上时，椰子味道又飘进了我的鼻孔。她把我的滑雪衫挂在衣架上。

"你觉得怎么样？"她像芭蕾舞演员似的踮起脚尖旋转，她的蓝色长裙呈扇形散开。

"我一直在想你今天早上说的话。你需要在你家外面装上摄像头，因为我不能每时每刻都在窗前站岗。我得去上学，得睡觉。这样我们就能抓住大卫·吉尔伯特非法侵入你前花园的证据了。"

"不，我是说裙子怎么样。我是特别为你穿的，因为我知道你喜欢这种颜色。这是钻蓝色，你最喜欢的颜色。"

"这不是钻蓝色。"

"我肯定这是钻蓝色，贾斯珀，是商店的女导购告诉我的。"

"她错了，这比钻蓝色暗多了。"

碧哈哈大笑，出现了天蓝色，带有深灰色的山峰，比以往更高，更尖锐。

"既然你都这么说了，那就不是吧，贾斯珀。我的意思是说，你是颜色和绘画专家，我不是！无论如何，我想让你知道我昨天买这条裙子的时候想的是你。女导购声称这是钴蓝色，我信了她的话，我真傻。这是你妈妈的颜色，不是吗，钴蓝色？"

"妈妈总是钴蓝色。"

"那我是什么颜色？"

"你是天蓝色，我以前告诉过你，碧·拉卡姆。你应该在橡树周围建起一道栅栏来保护长尾小鹦鹉，我们应该在橡树周围建起栅栏来保护长尾小鹦鹉。我们也可以给皇家警卫队而非警察打电话，我在互联网上找到了这个电话号码。"

碧双手拍到了一起："当然，天蓝色。我真傻！这意味着我和你妈妈的颜色几乎是一样的。这样我们差不多就像姐妹了。好吧，不管怎样，家庭很重要，贾斯珀，你不觉得吗？这是我从未有过却一直想要的。"

"妈妈根本就没有姐妹，她是独生女。钴蓝色是用氧化钴和氧化铝盐制成的，一七七七年第一次在英语中用作颜色名称。一八一八年，水彩画家约翰·瓦利建议在画天空的时候用钴蓝色代替群青。"我说道。

"嗯。"雾蒙蒙的云几乎遮住了她的天蓝色。

碧把头发往一边一甩。更多的椰子味道。

"你为什么不坐到厨房来？我也快完事儿了。我一直在忙着收拾衣服，去参加我朋友的女性周末聚会。我不知道该拿什么。最后，我把这么多东西塞进手提箱里，不得不坐在上面才把拉链拉上。不管怎样，时间不够用啦！"

"现在是傍晚六点，"我说，"是我们约定谈计划，看长尾小鹦鹉画的时间。"

"是的，不过你是我认识的唯一按时出现的男孩儿。我认识的大多数男孩都会迟到。卢卡斯总是迟到，你不记得他总是迟到吗？"

我不记得有这种事。我不太了解他，无法说这是真还是假。"他今天在学校。"我主动说道，"我不知道他上课是否迟到了。他比我大，我们不在一个班。"

我跟着她进了厨房。厨房看起来、闻起来都跟平时不一样。盘子、碗和其他器皿都堆放在水槽里没有洗。到处都堆着脏罐子和盘子，包括我计划展示绘画作品的桌子。桌子上有三个褐色的苹果核和从一个大白包里撒出的糖，还有碧忘记扔掉的空牛奶盒。

"你看见他了吗？"

"谁？"我想让碧飞来飞去地把厨房整理好，就像白雪公主和森林里所有的动物——松鼠、兔子和老鼠一起做的那样。

"卢卡斯。"

我们又回到了碧·拉卡姆最喜欢的话题，而不是长尾小鹦鹉上。如果她把桌子清理干净的话，我们应该看长尾小鹦鹉画了。这是我的错，她邀请我到这里来谈大卫·吉尔伯特，但我无意间提到卢卡斯·德鲁里。是我把话题带了过去，不是她，我为什么这么做？

"副校长保尔森在会上宣读了卢卡斯·德鲁里的名字，一个男孩代表他们班领了奖，"我说着，"他们这个星期获胜，夺回了奖项。对了，卢卡斯·德鲁里没迟到。这个男孩上台只用了二十九秒，可真快，有些孩子领奖要用一分钟十七秒。"

碧玩弄着她的连衣裙。我认为这条裙子不适合她，跟她的项链也不配。

"也许卢卡斯喜欢让我等吧，星期三夜里他也没有露面。我给他做了一顿夜宵，足足等了他两个小时。贾斯珀，你能想象吗，一位女士做了一顿可爱的晚餐，谁会让她等那么长时间？"

"一个没有手表的人吧？"我启发道。

"你这样的人就不会，贾斯珀。"碧半蹲着凝视着烤箱里面，"我没有计时器，我们俩都需要盯着点馅饼。"她戴上了一副蓝白条纹的手套，打开烤箱的门，深深地吸了一口气。

"啊。"她闭上了眼睛。

我也闻到了一股香味，是鸡肉馅饼。

"你永远不会让我那么等，是吧，贾斯珀？你是一位绅士，真正的绅士。"

"我有手表，这意味着我永远都会做一个守时的人。"

"这是我喜欢你的另一个原因，贾斯珀。"她啪的一声把烤箱门关上。黄色火花。"对于男孩来说，守时是一种罕见的品质，也是好修养，现在，人们都低估了这两点，可是女人喜欢绅士。"

她对一片狼藉视而不见，直接打开了冰箱的门。我的手掌发痒。她为什么不打扫一下？她抽出一瓶酒，双手捧着："我需要喝酒，你不知道我多想喝一杯，贾斯珀，可我却不能喝。"

"我没事，"我说道，"你渴你就喝呗！"

碧把酒瓶放回冰箱："谢谢，不过，我在学着做个好人，我必须做个好人，虽然这对于我来说很难，因为做好人特别好玩儿，你不觉得吗？"她发出一阵笑声，出现了蓝色条纹。

我打开了我的文件夹，不能肯定应该说什么或者做什么。

我想展示全部八张长尾小鹦鹉画，我们俩一起研究一下。我的原计划就是在讨论完大卫·吉尔伯特问题之后就研究画，可是桌子上黏糊糊的，堆满了乱七八糟的东西。砂糖也撒了，她早饭后忘记清理了。两个玉米片粘在桌子上。我坐在一把椅子上，用指甲抠出一个又硬又尖的谷物片。

"哎哟！"它扎进了我的指甲下面，扎破了我的皮肤。

我吸吮着手指，碧·拉卡姆什么也没说。她冲着我所在的方向哼着一首粉色的芭蕾舞曲，我没听出是哪首。

"我很高兴你今天提起卢卡斯的事。"她说道，"我一直在担心他，也担心你。自从我上次请你帮我传递那个便条以来，我就没有见过你们俩，这让我一直想知道出了什么问题。"

我在椅子上挪了身子。我不想谈论血橙色的狗叫声和卢卡斯爸爸大喊大叫的灰色边缘的肮脏棕色。

"我得走了。"我站起来，把椅子带倒了，出现暗褐色的涟漪。

"对不起，贾斯珀，回来，坐下。"

"我想把我的画和笔记本带回家。你说你想看看，可是你一次没有问过，你一直在问卢卡斯的事。当你应该对我们要保护的长尾小鹦鹉感兴趣的时候，你只对卢卡斯感兴趣。"

"这不是真的，"碧说着，"我不是有意让你难过的，贾斯珀，我也很难过，跟你一样。"

我盯着指甲下面的血迹。这个玉米片很锋利，像一把小刀。这么小的东西怎么可能造成这么大的痛苦？

"我不能把你可爱的画铺在我乱七八糟的桌子上。你回来坐下，我给你腾个地方。"

我犹豫了，就像她在街上把我抓住那样。

离开还是留下。

留下还是离开。

我想离开，可是碧像白雪公主一样——身边却没有动物助手——跑来跑去地收拾桌子。她把牛奶盒甩进垃圾箱里，把苹果核和撒了的糖清理掉，把一大抱报纸扔进回收篮。

"等等，等等，我还没干完呢！我真是个笨蛋。这个星期我过得很难，我都没空收拾了。不要看我没洗的那些碗碟，洗碗机坏了，我只能把它就这么放着。"

她把一块蓝色海绵浸在水龙头下面。浅蓝灰色的线条。

水溅到白色的瓷砖上。

溅，溅，溅。

晦暗的顶针形状。

滑倒容易受伤，有危险。事故最有可能发生在家里，而且每年造成约六千人死亡。

我还没来得及警告她，她就把水滴到桌子上，溅到我腿上的一幅画上。我把座位向后推了推站了起来，抓住椅子以免再次翻倒，出现更多的形状。

"对不起，对不起，我希望桌子配得上你的画，桌子必须特别干净才能展示你的作品。我不知道我在想什么，在你来之前我的脑子不太清楚。"

我盯着我的画。一个小水滴扩散开，使得成年长尾小鹦鹉蓝宝石色的声音融进了它后代的淡一些的音调里，改变了它们声音的节奏，使它们都唱跑了调。

"我这张画被毁了。"

"没有被毁，贾斯珀。"碧说道。

她错了，跟她以前对问题的看法一样。我不喜欢她的声音，她声音的边缘是尖锐的，形状也是尖锐的。

"画上沾了一个水滴不是被毁，这几乎看不出来。你的人生付诸东流，你却无计可施，无法阻止，这才是被毁；失去了一生所爱，却不知道如何把他找回来，这才是被毁。"

我闭上了眼睛，感觉自己在摇晃。长尾小鹦鹉正在唱着美妙的歌声，我不想让它们的歌声被毁。

不公平。如果我的画没有完美地捕捉到这些鸟儿的颜色的话，我会让它们失望的。

"长尾小鹦鹉就是我的一生所爱，"我指出，"不管怎样，现在它们都是我一生的挚爱，在那之前是妈妈。她也会喜欢长尾小鹦鹉的，她不想失去它们。我不想把它们拱手相让，输给大卫·吉尔伯特。在他伤害它们之前，我想阻止大卫·吉尔伯特。"

"我们又回到了长尾小鹦鹉话题了，"碧说道，"我也同样非常高兴。"她叹了口气，出现了翻滚着蓝白色的薄雾。

这听起来不像是渴望的叹息，不像是渴望看见它们的声音，不像是我听到、看到它们时的渴望。我第一次感知到，她的感受跟我并不一样。尽管她和我说的是同样的词，它们的色彩确实是奇怪的，不友好的。

"实话实说，我很高兴可以再谈谈长尾小鹦鹉。嘿！我们可以聊一下你有趣的阴谋论，如果你愿意的话，现在也谈谈大卫·吉尔伯特。"

"是的，这就是我想要的。"

她用一条又干又旧的毛巾擦桌子。

"看，一切都是闪亮、崭新的！现在让我看看你的画。"

我指着一个小水珠说道："那儿湿了。"

"对不起，"她擦得更用力了，"原谅我，我的生活一团糟，没能把一切按照你喜欢的方式，做得尽善尽美。"

她的遣词造句在试图表达善意，听起来碧在做努力，恰如其分地努力。可是，她的嘴角没有动，她的颜色从边缘溜出来。我只能识别一种笑容——露齿的微笑——在我刚刚到的时候。

"你还想看我的画吗？"我不得不核实一下。我不知道她想要什么，她在想什么，我们之间没有联系，在我走进她乱七八糟的厨房，在她的笑容消失以后，我切断了与她的联系。

"求求你，快让我看吧。"她拎起她的裙子边，行了一个屈膝礼，"如果我有这种荣幸，我会激动万分的。我现在什么想法也没有，悬念会要我的命的。"

实话实说，我并不想杀碧·拉卡姆。我慢慢地把画摆在她的桌子上，顺序一定要正确，跟笔记本的顺序一致。可是，拉卡姆却用脚敲着地板，出现了泰迪熊颜色的圆圈，让我分心。

"你是想按照档案的顺序，也就是日期来看呢？还是按照主题来看？例如，按照歌唱、吃食、修整羽毛、打斗、从巢穴里或树枝上窥视，或者可能——"

"事实上，"她打断了我的话。"我一直在尽力去理解卢卡斯看我的便条以后为什么没有露面，这让我陷入了思考，假如这不是卢卡斯的错呢？假如这是你的错呢？"

听了这尖刻的话，我的肚子一紧。

"这是日落系列，"我接着说道，"这些是日出歌唱系列。"

"很可爱，你的画很可爱，贾斯珀，一如既往可爱。可是，我知道你听清我说的话了。"她的声音低低的，好像怕有人偷听似的，"这条街上的一些人，例如大卫·吉尔伯特，认为你傻。他们告诉我，因为你不是一个正常的孩子，所以你是个傻子，可是我知道你不傻。我知道你听到我说的话了，贾斯珀。"

我继续摆放我的作品，把长尾小鹦鹉吃食、打斗、歌唱和聊天的画摆了出来。

"你替我送信的时候是不是出了错，贾斯珀？你星期三的时候是不是送错人家了？你是不是把便条给了卢卡斯以外的什么人了？告诉我哪里出了错！"

"血橙色的三角形和肮脏的灰色边缘的棕色飞镖！"

"好好回答我，贾斯珀，用英语回答，我不懂你的颜色语言。你犯错了吗？如果你承认你犯了错，我会原谅你的，人人都会犯错，我一直都在犯错。"

我泪流满面，无法直视她。我继续看着我的画。

日落，日出，吃食。

"贾斯珀？"

"我以为是卢卡斯，"我说道，"我把信给了来开门的穿校服的男孩。"

"那么，这很重要。"她慢慢地说道，就像爸爸被惹恼了或者他想让我平静下来那样，"不要着急回答，贾斯珀。有没有任何可能，哪怕一点点可能，你可能把信给了他弟弟李了？"

我不需要慢慢说。

"可能。我不知道，我没有问他的姓名，对不起，那条狗血橙色的三角形叫声把我吓蒙了，我不得不离开，赶紧离开。"

碧摇了摇头，说："这没那么糟糕，没有我害怕的那么糟糕，起码你送的地址是对的，信在这家的某个地方。"

"烧着了。"

"卢卡斯家什么东西烧着了？把烧着的东西扔到你身上了？"

"不是，在你的烤箱里。"

"该死，我的馅饼！"她飞过厨房，猛地打开了烤箱门，"唉，我认为我把它毁了。"她一把抓起脏脏的毛巾，猛地把馅饼拉出来，扔到桌面上。

砰。红色的火花。

"烫，烫，烫！"她吹了吹手指，然后把手指伸到水龙头下面。模糊的灰色线条。

"我该回家了，爸爸会纳闷我跑到哪里去了。"

"不太可能吧？"碧说话时没有回头。这听起来像是个问题，但她没等人答复，"我怀疑他是不是在想你，因为他还没下班回家，对吧？"

我低头看了一眼手表，她是对的。

"你告诉过他今晚要来见我吗？"她问道，"他知道你在哪里吗？"

我继续看着我的手表。

"别担心，贾斯珀，我肯定你爸爸不会在意的，他喜欢我，他一直都喜欢我，从那次派对开始，也许第一眼就喜欢上了。我搬回这条无聊街道的那天晚上，我看见你俩站在你卧室的窗前看我。"

我不能肯定爸爸是不是喜欢她，因为他称她为愚蠢的小果馅饼，可是我不想再让她失望了，她认为不存在的上帝已经抛弃了她，而我没有。

"对不起，你的手被烫了，卢卡斯没有来见你，我把你的重要信件给了他弟弟，我对不起你，对不起，对不起。"

那个有棱角的绿蓝色单词在我嘴唇上颤抖着。

"别这样，贾斯珀。现在我知道发生了什么，我反而更高兴了。卢卡斯根本就没有收到我的信，他弟弟一定忘了把它给他。你也知道小孩子是什么德行，对吧？他们是不可靠的，他们会把事情搞砸，重要的事情。"

我用舌头数着牙齿，因为我忘记把妈妈的纽扣放进口袋了。

"光顾着聊天了，都没照顾好你。你一定饿了，我们吃点馅饼吧。"

"我不是那么……"

"请不要说你不饿，贾斯珀，因为这对我费了这么大劲才给你做成的馅饼来说是无礼的。这可是我自己亲手做的，不是买的。"

我不想无礼，但是是她无礼在先。她没有好好看我的画，她没有让我给她看笔记本，或对如何解决大卫·吉尔伯特的问题来一次头脑风暴。她只想谈卢卡斯·德鲁里为什么没来见她。我又犹豫了，因为她从抽屉里拿出一把刀。

"来一大块好吃的馅饼怎么样？"她没有等我的回答，就用这把深褐色的金属刀向馅饼砍去，切下了长长的一大块。

我无法把目光从这把刀上移开。在头顶的吊灯下面，刀刃在闪闪发光。有一瞬间，我可以看到金属刀片反射自己出扭曲变形的脸。

然后我就走了，好像从来没有去过碧·拉卡姆的厨房似的。从未来过。

讯 问

四月十六日，星期六，上午十一点二十三分

"你做得很好，贾斯珀，我们可以接着谈那把刀吗？"褪色的铬橙色
问道，"就是碧·拉卡姆用来切馅饼的那把刀。"

我再次闭上了眼睛，感觉到了手里的画笔，它在试图保护我。

可是这没用。

谁不知道打斗时，画笔赢不了刀。

＊

"你觉得我的鸡肉馅饼怎么样，贾斯珀？"

馅饼是脆的，我喜欢这种口感，皮却烤过火了，如果碧·拉卡姆没有
紧盯着我的话，我会把烧煳了的碎渣刮掉的，尽管如此，我还是尝到了铜
的味道，跟我通常星期五晚上吃的，用硬纸板包装的外卖鸡肉馅饼不一样。

"我觉得尝起来还可以。"一块难以辨认的肉从酱汁里冒出来了，我
用叉子扎住了它。

"'还可以'吗？你是个难伺候的人哪，贾斯珀。"

"酱汁里有块状的东西，馅饼烤得过火了，吃着苦，"我咕哝道，"除此之外，都可以。"

"哇哦，谢谢你的夸奖，我都飘飘然了。"她咬了一口，闭上了眼睛，"嗯，好吃。有趣的是，一顿美味的家常饭能让你感觉好点，你一点一滴地烹饪，知道所有的配料从哪里来。"

我不知道这是不是真的，我和爸爸从来没有从无到有地做过一顿饭。一般都来自冰箱里的盒子，只需要在微波炉或者烤箱里加热就能吃。爸爸的拿手菜是即食千层面。

"现在我觉得不头晕了，我可以好好看看你的长尾小鹦鹉了。拿过来吧，贾斯珀。对不起，我之前的注意力不够集中。"

我反复强调我很担心她在我画上留下油腻的馅饼污渍，但她坚持说她会非常小心。她每看一幅画——从十秒到十五秒不等——就把它们整齐地堆在旁边的椅子上。

最后一幅的角儿上有一点水。碧没有提到这一点。这幅是她最喜欢的，因为一些奇怪的原因，她看不出它被毁了。

"我要收藏这件，你能把你这幅了不起的画送给我吗？我想就挂在那儿。"她指了指我身后的白墙，除了一颗生锈的钉子之外光秃秃的，"我妈妈过去在那里挂一幅我一直讨厌的可怕的海景画。"

"你确定吗？"我问，"我有很多幅画得更好的，比如这一摞里的第一幅。这幅被毁了。"

"不，我看这幅画的时候感觉到了什么，比其他的都要强烈，"她答道，"别误会，它们都很美。只是这幅画像我一样，不完美，但仍然很美。不是吗，贾斯珀？你看到了我所有的缺点，但你还是喜欢我，不是吗？你很喜欢我。"

"我喜欢你的声音和你播放的音乐的颜色，"我承认，"你很漂亮，你喜欢长尾小鹦鹉，你想保护它们不受大卫·吉尔伯特的伤害。你是我的朋友。"

"谢谢！你是个可爱的男孩。很抱歉我以前对你没好气，因为我担心得快疯了。我觉得你也很完美。你是个了不起的画家，贾斯珀，而且多才多艺。"她突然大笑起来，"听听，我们的相互吹捧太做作了吧！"

她伸出手来等着。我把盘子递给她，尽量避免看她手腕上的红色条纹。我已经吃完了，她可能该洗盘子了。

"不，我想握着你的手，贾斯珀。我可以握吗？我知道很多自闭症儿童讨厌被人触摸，讨厌吵闹的音乐，但是你爸爸说你与众不同，你不像其他自闭症儿童。不过，你还有其他问题，很多让生活变得困难的问题。"

爸爸什么时候谈起我的？他还说了什么有关我的话？

她等着，直到我把左手伸出来，我们的手指快要碰上了。我的手颤抖着，我想把它藏到桌子底下，我不知道她要握我的手做什么。

"靠近一点，"她说道，"我知道你能做到的。"

我在椅子上挪动一下，我的手指掠过了她的手指。突然，她紧紧地抓住了我的手，"我们怎么解决你造成的这个问题，贾斯珀？"

我试图挣脱开，可是她不松手："如果不是因为我绝望了，我不会再问你的，但我真的绝望了。你不知道我最近这几天是怎么过的，我担心得都要发疯了。"

"对不起，"我低声说道，"我已经跟你说对不起了。我能看见人，却看不见人的脸。还记得我说的那条吠出血橙三角形的那条大狗吗？我不能再去那里了。"

我企图把手拽回来，可是她不松手。

"放开我！"

"冷静，贾斯珀，不要大喊大叫。"她松了手，"这不好，好男孩不会这么做。"

我揉着我的手腕。我想站起来，却觉得晕得厉害。她的话把我粘在了椅子上，好像她在我的椅子上涂了胶水一样。她不会放了我，我被困住了，就像《爱丽丝梦游仙境》里的爱丽丝，无法穿过兔子洞回到安全地带。

"我太年轻了，我不想给你传递信件，我不想跟卢卡斯说话，我憎恨他。"

"这不是真的，贾斯珀。你并不恨他。对于一个像你这样的小男孩来说，用'憎恨'这样的词太大了。"

"憎恨是一个冒烟的绿色词语，"我纠正道，"我也不小，我身高五英尺，我的身高只比我这个年龄孩子的平均身高矮一点点。"

她凝视着我的前额，我想扔什么东西让她停下来。我只能看到面前的馅饼盘，油腻的酱汁渗出，使我的肚子猛地一抽。我转而凝视着那把刀。

"看画，别看我，我不喜欢。"

"对不起，贾斯珀，我保证，我不会看你的。我需要你为我做最后一件事，我需要你再给卢卡斯递封信，明天早晨在他爸爸醒来之前给在家的卢卡斯。我现在就给你写。"

"我不去，我不去！我不玩这个游戏了，我要回家。"我站了起来，差点摔倒。房间在我周围漂浮，使我失去平衡。如果我摔倒了，我怀疑碧·拉卡姆会不会扶住我。

"不，贾斯珀，你哪儿也不许去。我试着对你好，我看过你的画，甚至会往我的墙上挂一幅，我让你喋喋不休地谈论你对大卫·吉尔伯特的妄想。如果你拒绝为我做这件事，我会……"她的声音越来越低了。

虽然她答应不看我，但是我能感觉到她在盯着我。

我盯着那把刀，它在灯光下闪闪发亮。

闪烁，闪烁，闪烁。

我无法把视线从这把刀上移开，即使它的颜色有所冲突。刀闪着银光，但是"刀"这个字是深紫色，中心是狡诈的红色。

碧向前探着身体。我可以看到她的面容在刀片上变成了奇形怪状。即使我在座位上挪动了位置，她仍然在那里，面容映在刀锋利的边缘上。

"你知道我和你爸爸的事了，对不对？"

"爸爸叫你愚蠢的小果馅饼。"对此，他错了，完全错了。果馅饼使人联想到多汁的草莓，或是撒上糖霜的肉桂黄色的甜苹果，但我嘴里有一股恶心的酸味。

"他这么说的？那一夜我们发生了性行为，在楼上我妈妈的旧卧室里，与此同时，你在马路对面的房子里睡得正香。"

性：一个泡泡糖一样的粉红色的词，带有一种淘气的丁香色。

我使劲儿用手捂住了耳朵，闭上了眼睛。

"说实话，那可不是最好的性。我以为这有助于我摆脱脑海里的卢卡斯，但我错了，我全程都在想着卢卡斯。你爸爸喝醉了，为他自己致歉，为你是他的儿子致歉。他说有你这样的儿子，对他来说很难，他宁愿自己能再度孑然一身。"

这些词从我的指尖飘进了我的耳朵，我试着把它们过滤掉，但是它们就像空气中细小的有毒微粒一样，穿透人们的呼吸道，在他们的肺里安居，引发癌症。

"这对我来说毫无意义，但那晚会永远地改变你的生活，贾斯珀。这可能意味着，你再也没法与你爸爸住在这条街，而是被送到其他什么地方和不了解你特殊需求的陌生人在一起，他们不会明白你识别他人的面孔时需要什么帮助。因为这是你的特殊需求，不是吗，贾斯珀？我现在明白了——"

我的手被从耳朵上扯下来。

"我可以说你爸爸强暴了我，贾斯珀，说他那天夜里喝醉了，强行与我发生了性行为。社工会把你从他身边带走。他们会把你从你的宝贝长尾小鹦鹉身边带走，把你安置在一个新家里，离鸟儿远远的。"

我尖叫着，锯齿状的白云和海蓝色的山峰。

"我会拿这套说辞对付他，"她继续企图说服我，"就算你重复我说的话，也没有人会相信你。警察不会相信你说的一个字，你就是他们所说的不可信任的证人。"

我的手奋力挣脱，撕扯着天蓝色，抓住了一个坚硬的东西。

是什么在和我打架？

我倒在地上，手里抓着什么东西。

"该死的，你把我的项链弄坏了。"

几根手指从我紧握的拳头里把宝石抢走了。

"你必须为我做这件事，贾斯珀，你欠我的。"

"不！不！不！不！"

我必须把我的画拿上，我必须把我的长尾小鹦鹉救出去，我不能把它们留在这幢房子里。我睁开眼睛，抓着椅子腿站了起来。碧·拉卡姆挡住了我的去路，我闯不过去。

我转过身来，向桌子上的馅饼猛扑过去。

讯 问

四月十六日，星期六，上午十一点三十九分

"你就是那时候拿起了刀？"褪色的铬橙色问道，"你用来捅碧·拉卡姆的那把刀？"

"没有，没那么早。"

像平时一样，他提问的时机糟透了。我不想谈了，头疼得厉害，我需要换一把椅子。

一把可以转圈的椅子。

转，转，转。

"你做得的确非常好，贾斯珀，"褪色的铬橙色说道，"我们已经很接近了。现在放松，闭上眼睛，回到现场吧！"

我照他说的做，我回到了碧·拉卡姆的厨房。我正在她的桌子上伸直身子。定格。不能向前或向后移动，直到褪色的铬橙色发出命令。

"慢慢来，"他说，"按你自己的步调来，你想休息多少次就休息多少次，没必要着急。"

像平时一样，他又错了，我必须快点，这很迫切。

*

我必须抢救我的画和笔记本。对我来说，现在只能靠自己。爸爸救不了我，他还没下班回来，他不知道我在这里。

对于他来说，有你这样的儿子很难。

他宁愿自己能再度孑然一身。

性：一个泡泡糖一样的粉红色的词，带淘气的丁香色。

碧·拉卡姆声音的颜色已经渗入我的大脑，不管我怎么努力都洗不掉。天蓝色麻痹了我，渗入我的血液。不久，它就会控制住我的身体。我必须阻止它。

桌子太宽了，我无法够到所有的画。当我伸直身体时，我的腋窝撞到了馅饼。刀子从盘子上滑下来，在桌子上转来转去。

它一圈又一圈地旋转，像一场致命的俄罗斯轮盘赌游戏。

活着，去死。活着，去死。活着，去死。

相反的词和相反的颜色：

翡翠绿，大红。翡翠绿，大红。翡翠绿，大红。

碧抓住了刀子，然后用力把手甩开。飞镖形的木纹颜色。

"小心，贾斯珀，你会受伤的。"她绕着桌子走，"这就是你想要的吗？你的宝贝长尾小鹦鹉画？给你，拿着。"

她把画向我扔过来。它们纷纷散落在各处，掉在桌子上、椅子上，还有几张落在她肮脏的地板上。

"我还是要留着这幅，贾斯珀。"她举起污迹斑斑的油画，"我会把它挂在墙上，提醒自己你是一个多么可怕、自私的小男孩。"她把那张画摔到身后的梳妆台上，坏了的项链旁边。盘子愤怒地颤抖起来。

由于我对碧的仇恨和碧对我的仇恨——后者更强力——我的耳膜快要炸裂了。它灌进我的耳朵里给我下毒，在我的身体里面越渗越深。

天蓝色。

不是钴蓝色。

绝对不是钴蓝色。

我抢救了三幅画，不够，还不够，我必须把它们都弄到手。四，五。我伸手去拿另一个。六。我还必须解救我的笔记本。

绝不抛弃一个人。

那不是英国空军特别部队的真言吗？爸爸最喜欢的话。

碧跟我，还有我的长尾小鹦鹉的事情完不了。

"我不该无礼呀！你给了我一个礼物，贾斯珀，我也应该回送你一个礼物。"

我一头栽下去，把掉在桌子下面的那幅画救了出来。我不能再让她夺走我的画。

"不——要——礼——物。"我再次站起来，不能确定我说话的声音是否响亮，却感觉到它们的颜色绕着我的头轻轻地推搡，让人头晕目眩。它们尽最大努力想引起人的注意。

碧转过身来，看着梳妆台旁边的书柜。"哪里去了？"她低声哼着。我认出了从《动物狂欢节》中战栗的《鸟舍》烧焦的粉红色。

"啊哈，在这里。"她拿出一本满是灰尘的勃艮第葡萄酒颜色的书——没错，与"最终"一词的颜色相同。

"《比顿夫人的家政管理书》。这里面有你绝对没见过的不寻常的食谱，贾斯珀，尤其是关于澳大利亚美食的那部分。我不可能把它扔掉，它与众不同，跟你一样。"

我重新数了数我的画。

七。我都抢救回来了，除了碧不肯还的，放在梳妆台上的油画，我救不了它。

当她继续翻阅那本书，边舔手指边翻页的时候，我把我的画胡乱塞进箱子里。画的顺序不对，我也没时间整理。我把我的笔记本放回包里，拿起了我的文件夹，把它抱到我的胸口，没时间扣上。

"这个食谱，"她继续说，"我就是照着它做的馅饼。我必须用四片培根、几片牛肉和三个煮得全熟的鸡蛋，才做成了你吃的馅饼，贾斯珀，而你只觉得还可以。"

不。在。乎。

我以为我说的话声音极小，其实不是，它们从我嘴里冒出银色的、冰蓝色的泡泡，这惹恼了碧·拉卡姆。

"我认为你会在乎的，贾斯珀。"她说道。

我紧紧抓住椅子以保持平衡。我得绕过桌子，走出厨房，走进大厅，打开前门，逃跑。

路倒是不远，但我能做到吗？

"当我告诉你馅饼里有什么时，你会更在意的。看到了吧，我骗了你，贾斯珀，你吃的不是鸡肉馅饼。"

她把书推到我面前："你觉得这个怎么样，贾斯珀？这是你最喜欢的话题。"

我没有感觉到文件夹从我的手中掉了下来，也没有感觉到装笔记本的包从我肩上滑落。

柔和的薄荷绿沙沙声。

我所有的画都散落下来，落在盘子里、馅饼和桌子上的刀子的周围。

我的箱子和包掉到地板上，我听到了小小的、生锈的、带红色的砰砰声。我没有把它们拾起来。

我的目光又回到了那页食谱上。

鹦鹉馅饼

配料：十二只长尾小鹦鹉、几片牛肉（最好是半生不熟的冷牛肉）、四片培根、三颗煮至全熟的鸡蛋、碎欧芹还有柠檬皮、椒盐、高汤、起酥面皮。

步骤：将牛肉切成薄片排成一排，在上面放六只长尾小鹦鹉，撒上面粉，用切成薄片的鸡蛋填满，撒上调料。下一步，把培根切成小丁，把牛肉切成条，再放六只长尾小鹦鹉，再填满牛肉，撒上调料。倒入高汤或水，直至盘子快满为止，盖上起酥面皮，烤制一小时。

时间：一小时。

可供五人至六人食用。

任何季节都可以。

我叫都叫不出来，因为我吐了。

凝结的淡红色呕吐物。

越来越多。

"贾斯珀！"

我一次又一次地把手指伸进喉咙里，我必须把馅饼掏出来，但催吐没有奏效。死去的长尾小鹦鹉困在我的身体里了，我必须割开身体，让它们自由。我的画在尖叫，出现了绿黄色和冰冻的蔚蓝色。我猛地冲过桌子，抓住刀，我把它对准了我的肚子。

"住手，贾斯珀，不！"

我的声音又恢复了，我不认识这个颜色。

"我恨你，"我喊道，"你这是在要我的命！"

我闭上眼睛，感觉到刀尖刺穿了一个物体，是我的肚子。

柔软的奶油色皮肤。

猛刺，猛刺，猛刺。

碧尖叫着，出现了冰蓝色的晶体。

一只手抓住了我，我猛地一拍，那只手甩开了。银色冰柱一次又一次地袭击。

"对不起！"天蓝色的声音尖叫着，"住手，贾斯珀，我太过分了，我在开玩笑，我搞了个恶作剧来吓你。对不起，这不是真的，是鸡肉，就是鸡肉，我向你保证，请原谅我。"

"我不会原谅你！"

我向她回敬着尖叫，出现了鲜活的青绿色和锯齿状的白色。

我的头像一颗要裂成两半的多汁的西瓜。我听不到她的蓝色水晶和冰柱，因为我发动了一场反击战，一场栩栩如生的雷雨，惊人的蔚蓝色。

像是有一把灼热的钳子烧穿了我的肚子，但我只能看到我呼喊的颜色和鹦鹉的尖叫声混合在一起。

青黄色，夹杂冰冻的蔚蓝色。

它们的哀嚎从我的画中响起，指责我，仇恨我。我没能保护它们，我把它们吃掉了。

把刀给我。

不，我得把它们拿出来。

碧的手又试图抓住刀子。

我不会拱手相让，只要长尾小鹦鹉还在我身体里，我就不能。我不能停下，我必须阻止她。

"把刀给我！"

"不！"

我在空中一挥手，这一次刀子奔着她的皮肤而去。

淡蓝色锯齿状的晶体。

碧抓住她的右臂，血从她的手指里渗了出来。

"求你了，贾斯珀。对不起，我不是有意伤害你。我真的太后悔了，原谅我！"

我撕开运动衫，又发现了肉。

"不，你不是钴蓝色的，你从来都不是，你骗了我！"

"贾斯珀！停下来，我求你了！"

她用手挡住了路。

"你得把刀放下，不然我们俩都会受伤，你会给我们俩带来麻烦的。"

她试图把刀从我手中拧下来。我们中的一个绊倒了，我不知道那是谁的错。我们俩都摇摇晃晃的；厨房倾斜得像一条禁不住海上风浪的船。碧·拉卡姆向后摔倒，握住我的手腕，她的眼睛盯着刀。

我们俩都摔倒了。

鹦鹉尖叫着要我们小心。

碧·拉卡姆尖叫着。

冰蓝色晶体，边缘闪闪发光，还有锯齿状的银色冰柱。

她第一个摔倒，我第二个摔倒，她的头撞在肮脏的有炭色裂缝的地板上。

事情发生的顺序就是这样，我肯定。因为这是最后我趴在碧·拉卡姆身上的唯一解释了。

四秒钟后，我侧过身看到更多的血溅在瓷砖上。

溅，溅，溅。

它从我的肚子里流出来，流到牛仔裤上。它溅到碧不是钻蓝色的钻蓝色连衣裙上，从她的右胳膊和她的左手掌心流下来。

我脑海里长尾小鹦鹉的尖叫声已经变成了耀眼的白色。吞噬一切。我又拿起刀来救它们。

碧·拉卡姆这次不能阻止我了，她没有张开嘴巴或眼睛，她一动不动。

冰蓝色晶体和银色的冰柱消失了，带走了它们所有的闪光，锯齿边缘。

只有我独自一人拿着刀和那群尖叫着的、吓坏了的鹦鹉在一起。

讯 问

四月十六日，星期六，上午十二点十五分

我的律师利奥一遍又一遍地说"意外"和"过失杀人"两个词。我把这两个词已经听了八遍，因为他告诉我，不，是建议我不要说了。

强烈建议。

褪色的铬橙色和暗淡的浅绿色同意这个关键性的场面——我拿着刀俯视着碧·拉卡姆的一动不动的身体——是故事的一个自然的间歇点。

我们需要找出这与他所声称发生的事情之间的联系，在哪一点上可是与他有关。我们的兴趣在于埃德·威沙特那天夜里采取了什么行动，他让贾斯珀下一步做什么。

我的适当成年人要求再休息一次。她一定是累了，也许她跟我一样，很难集中注意力。

一时间要记起的事情太多，死活想不起来的事情太多，至少我还可以记起一小部分。

接下来，有一个大分歧。

他们会就这部分向爸爸提问：他是怎么把碧·拉卡姆的尸体装进走廊里的手提箱，然后转移到树林里的。我没法给他们讲出故事的这部分，我也不知道他怎么处理手提箱里的女性聚会的衣服。

"现在你们已经找到了碧·拉卡姆的尸体，你们打算怎么处理？"我问道，"因为从一开始就没人能告诉我。"

白色和灰色的低语声消失了。褪色的铬橙色的余味，像一种令人嫌弃的气味：烤焦的糕点的香气。

烤焦的长尾小鹦鹉馅饼。

"你不用担心这个，贾斯珀，"我的律师说，"与你无关。"

"有，与我有关。每个人都该死得其所，入土为安：妈妈、姥姥、拉卡姆夫人、长尾小鹦鹉和沃特金斯夫人。那十二只长尾小鹦鹉，没有人给它们举行葬礼。"

我闭上眼睛，给我脑海里的尸体一一标号。我想把那一系列死亡按正确的顺序排列，因为这很重要。

"老实说，我们现在还不知道，"暗淡的浅绿色说道，"我们想找找她是否有远亲。拉卡姆小姐的尸体在验尸官那里，尸检已经完成。一定要得出死亡原因。因为今天是星期六，所以各项测试的时间都会更长。"

我们花了一整天的时间，但我想我们终于确定了，我用碧·拉卡姆的刀杀死了她，她就是用这把刀切开比顿太太的馅饼。

我不想因为他们误解了或听错了，就回去再重新解释一遍。

"我能见见我爸爸吗？"我问道。

暗淡的浅绿色表示抱歉，但我们目前必须暂时分开，这是警察的规矩。

"你还怕你爸爸吗，贾斯珀？"褪色的铬橙色问道，"昨天你对警官说他以前杀过人，你认为他当时要杀你。"

我告诉他我犯了一个可怕的错误，爸爸当时没有要杀我的意思，是我昏了头，我为碧·拉卡姆而难过，我不应该指控他，我很后悔。我打赌，他也很后悔推搡警官，他不是故意的。

我像平时一样，把他逼到了绝境。

我没把其余的有关案件的信息告诉他，理查德·张伯伦——那个跟演员同名的人——并没有得到全部。

我为爸爸害怕，特别是现在。

讯 问
四月十六日，星期六，下午两点

"我知道这对你来说会很困难，贾斯珀。在我们继续跟你爸爸谈接下来发生的事之前，我们想跟你谈谈碧·拉卡姆的鸡肉馅饼。"

褪色的铬橙色没听见我的话吗？

"长尾小鹦鹉馅饼。"我澄清一下以便记录。

我又休息了一会儿，吃了午饭，但是没吃三明治，因为吃虾会让我呕吐。我想尽力帮上忙。我想见爸爸。我对拨打999，把他卷进来表示抱歉。

"食谱上说要用十二只长尾小鹦鹉。"我继续说着。

"那是碧残忍的地方，"褪色的铬橙色说道，"让你以为你吃了长尾小鹦鹉，你最喜欢的鸟，这一定会让你非常愤怒和不安。"

我的肚子张开又闭上，表示是的。

"贾斯珀？"

他没有接收到我从衬衫里面发出的秘密信号，也许衬衫的料太厚了，也许他的心思在别的什么事上。

"吃长尾小鹦鹉让我愤怒。"

我不能说太复杂的话，说简单句才能方便他理解。

"实际上你没吃，贾斯珀，"褪色的铬橙色说道，"我要你理解这一点，对此，我可以肯定。碧·拉卡姆让你以为你吃了长尾小鹦鹉，是很残忍。她意识到她不能操控你继续给卢卡斯送信，怀孕以后陷入了抑郁。她故意伤害你，很严重，就像她所受的伤一样。"

不幸的是，他说的话，我一个字都不信。

"我也伤害了她，用刀，流了好多的血。我很后悔。"

我想告诉他我们在英语课上怎么学习乔治·奥威尔的《动物农场》。

所有动物都是平等的，但是有些动物比其他动物更平等。

对于我和碧来说也是一样。褪色的铬橙色可能从来都没听说过奥威尔的《动物农场》和《1984》，我想告诉他的话，他是不会理解的：

我和碧·拉卡姆都同样有罪，可我的罪过可能比她大。

"那我们暂时把馅饼放到一边，讨论点会让你更舒服的话题，"褪色的铬橙色说道，"我愿意听你聊聊你的画，如果可以的话。你是个惊人的艺术家，贾斯珀，我希望我的儿子们有你五分之一的才能，他们把所有时间都花在玩《我的世界》上，而你长大以后会成名成家。"

"《我的世界》。"我重复着，我不知道还有什么让人更惊讶，实际上令我惊讶的是，他竟然有儿子，而他们在玩史上最好的电子游戏。

"他们是什么颜色？"我问道。

"他们的颜色？"

"你儿子们声音的颜色，他们跟你一样吗？"拜托，请告诉我不一样。

"我不知道，对不起。"

"好的。"

"在你的所有画中，我最喜欢你的长尾小鹦鹉画，我认为它们很动人，非常精彩的抽象艺术。"

褪色的铬橙色从桌子旁边拿起一个大塑料袋放在他面前。我看到一片模糊的颜色。这些不可能是我的画，它们都安全地留在家里。

"我经过你爸爸允许了，他让我看你的长尾小鹦鹉画，贾斯珀。"他说道。

我使劲儿地盯着看，我看到一群面目模糊的长尾小鹦鹉在塑料袋子中挣扎着呼吸。

它们快窒息了。

"他允许我们进入你的卧室拿了这些。我们一起看好吗？"

"不！"带白色边缘的刺眼的蔚蓝色。

"我们只是看看它们，"褪色的铬橙色说道，"我们知道这些画对你来说非常珍贵，我们会尽快把它们还回去的。"

我拒绝看他，我恨他。

爸爸不应该允许警察进我的卧室，他们把我的画弄混了，我的笔记本盒子乱了顺序。

褪色的铬橙色的问题也是如此。

"你找到白兔了吗？"我问道，因为那只小动物也被弄丢了。

"我们现在只对长尾小鹦鹉的画感兴趣，"他回答，"你爸爸解释说你只画声音，不画实物。这真是难以置信的作品，贾斯珀，你真的非同寻常。你是什么时候开始画这种画的？"

五，四，三，二，一。三，五，四，一，二。

他不回答我的问题，我就不回答他的问题。

我倒着数数，不按顺序数，把我脑海中一张巨大的白纸上的颜色号码打乱。现在我在褪色的铬橙色上涂钴蓝色。

"你要不要试试新的提问方式？"我的律师问道。

"好吧，让我们从这个问题开始，贾斯珀。这些是你四月八日去碧·拉卡姆家带去的长尾小鹦鹉画吗？"

他把被监禁在塑料袋里的画推到我面前："有些是纸上画的，有些是在油画布上。你把它们和你的其他长尾小鹦鹉画都分开放置，你把它们藏在一个黑色的箱子里——有人告诉我是艺术作品集——在你小窝的毯子下面。"

他进过我的小窝？

从那天晚上起，我就不敢细看这些画了。我只偷看了一次文件夹，检查了一遍。然而，我记得每幅画的笔触。

"我看画的后面有日期，"褪色的铬橙色说道，"碧·拉卡姆死前那个星期，你整个星期都在画它们，也许你想再看看它们，检查它们画得对不对？"

我没想。我知道，不检查，它们就会错，就像今天的一切。日出会和日落混在一起，打斗会跟追逐游戏混在一起。我不想让他把我骗了，我不想让他赢。

"我发现这些画让人惊讶，贾斯珀，不仅因为你画的是长尾小鹦鹉的声音。你想听听是什么让我感到惊讶吗？"

不。我开始在脑海中重画，在他的话上涂上了一层淡淡的烟蓝色。我对他说的话都不感兴趣。尽管如此，褪色的铬橙色却还在滔滔不绝地说着。

他不断重复"惊讶"这个词，我所能看到的都是银黄色的。我的颜色不够鲜艳，无法覆盖在它的色调上。

"我觉得很惊讶，你不小心杀死了拉卡姆小姐之后，你竟然有勇气把你所有的画收集起来，把文件夹和装笔记本的包带回了家。"

又是褪色的铬橙色，他溅到了我脑海里的银色和黄色里。他跳转了话题，让我离开了犯罪现场。

"你的律师声称你在刺杀拉卡姆小姐之后，带着刀还有画回了家。"他说道，"他说得对吗？还是由别人帮你拿的？"

我又试了试在脑海里加了钴蓝色横纹，那么美，那么平静。

"此前，在我们警告你之前，你告诉我们，你爸爸把血迹清理干净，转移了尸体，"暗淡的浅绿色说道，"这个时候他跟你在一起吗？是他把画带回家的吗？"

我捂住眼睛，在脑海里画了一幅新画：长尾小鹦鹉在尖叫，要求给碧·拉卡姆的鸟食罐再装满鸟食。奶油黄会听见吗？他还记得喂它们吗？他说他从不违背诺言。

"贾斯珀在我们之前的谈话中很明确——他一个人把刀和画带回了家。"利奥说道，"他把东西放进自己的小窝妥善保管起来，等着爸爸下班回家。"

"利奥，这就是我们要谈的，"褪色的铬橙色说道，"发生这件事的时候，他爸爸到底在哪里？他什么时候下班到家的？他什么时候试图帮他儿子来着？我们需要查清在这个时间，谁？在什么地方？做了什么？"

灰白色的模糊线条。

"贾斯珀？"牛奶咖啡叫我。

我把手从脸上拿开。

"张伯伦警官想和你谈谈，你与拉卡姆小姐打架之后，紧接着发生了什么事。"

"好的。"

我盯着桌子看，因为我不想看褪色的铬橙色。"你看，贾斯珀，问题是这个，"他继续说道，"我们不明白你是如何自己一个人把东西都带上，却没有在这些画和笔记本上留下血淋淋的指纹。你的肚子在流血，手里还拿着刀。法医告诉我们，没有在画上或者袋子上发现你的血迹。你怎么可能像你声称的那样，独自离开了那幢房子？"

我无言以对。我记得地板上的血迹，飞溅到我和碧·拉卡姆身上，我不知道哪里还有血。

"也许我们应该继续往下问。"利奥说道。

"当然，"褪色的铬橙色说道，"你把这幅画，以及另外七幅画带到拉卡姆小姐家了？"

他把一张照片推到我面前，不是画，但是我认出了是独特的颜料旋涡。

我吸了口气，青白的意大利螺旋面的形状："是的，飞溅的水花。"

"谢谢你的确认，贾斯珀！"他说，"你看，这幅绘画与其他作品不同，它最让我们感兴趣。"

我不明白，为什么大家都喜欢这幅画？碧·拉卡姆用一个飞溅的水滴毁了它，却还是把它选为最喜欢的。实在是奇怪——她喜欢它是因为它有瑕疵。

跟她一样。

我叹息。带有少许蓝色的半透明线条在移动。

"你知道我们在哪里找到的这幅画吗？"

"不，我不知道。"

"它挂在拉卡姆小姐家厨房的墙上，"他说着，"你看到她把它挂在那里了吗？"

我犹豫了一下，然后摇摇头。不，我肯定没看见她把这个挂在墙上。

这一定是个谎言，他想骗我。

"在这幅油画的后面发现了一大片拉卡姆小姐的血迹，还有她血淋淋的指纹，画上却还是没有你的血。"

"你听得懂张伯伦警察对你说的话吗？"我的律师问道。

不。我的头从一侧动到了另一侧再动回来。

他现在在跟褪色的铬橙色说话："你把他搞蒙了。你的提问应该抓住要点，而不是试图诱导他，请直接向他提问。"

"你解释一下，假如你在杀她之前没有看见她把画挂到那里，这幅画怎么就挂到了碧·拉卡姆的墙上？"

不可能！

我当然解释不了！

我干吗要那么做？

"如果我们把你搞蒙了，我很抱歉，"褪色的铬橙色说着，"我们试图搞明白的是，这幅油画是怎么就挂到了厨房的墙上。"

我不知道，我不知道。

"你杀了拉卡姆小姐以后，在你从她家跑回家之前，把这幅画挂到了墙上？"

没有，没有，没有。

"你那天晚上看到什么人把这幅画挂到厨房里了吗？"他锲而不舍地追问道，"会不会是你爸爸？你杀拉卡姆小姐的时候，他也在厨房里吗？"

我用手捂住了眼睛，开始东摇西晃。

我不能这样做，我太年轻了。我不能这样做，我太年轻了。

"对于这些问题，你有什么想说的吗，贾斯珀？"利奥问道。

"告诉他们，我要把我的画要回来，"我捂着眼睛，大声喊道，"它不属于碧·拉卡姆，现在不属于她，以前也不属于她。我没看见爸爸碰过这幅画，也不可能是碧·拉卡姆，死人不可能挂画，这不可能，人人都知道！"

讯 问
四月十六日，星期六，下午三点十分

　　我的适当成年人陪着我又休息了一次。爸爸告诉了警察什么？他们还是不让我见他，因为他与谋杀碧·拉卡姆的人有牵连被捕了。我想告诉他我很抱歉，我对一切都很抱歉。

　　利奥说，探员们仍然很困惑，长尾小鹦鹉画是怎么带回家的，谁帮了我，谁把那幅画挂到了墙上，我需要尽可能详细地再解释一遍。

　　我这次必须努力使一切回归井然有序。

　　当我们再次开始讯问时，我开门见山，因为我不想慢慢来，我想把它立马结束掉，否则爸爸很有可能因此被定罪。

　　我闭上眼睛。

　　我开始了。

*

　　溅，溅，溅。

　　我又站了起来，拿着刀。碧·拉卡姆躺在厨房地板上，她不动了。

我不记得看到我的长尾小鹦鹉画挂在墙上，我看到地板上的血迹。溅，溅，溅。

我看着那把刀。闪烁，闪烁，闪烁。长尾小鹦鹉不能再有减损了。它们尖叫着要我逃跑。

我从死了的碧·拉卡姆的房子里逃了出来。

穿过马路进了家门。

停！掉头！

所有的画和笔记本都忘了带回来，我在楼梯前犹豫了一下。

现在回去已经太晚了。

我是世界上最差的士兵，我把长尾小鹦鹉留在敌人的战线里了。我吃了几只，抛弃了其他的。

我没法回去。

我没法面对用长尾小鹦鹉做的馅饼。

我没法面对碧·拉卡姆。

现在我在我的小窝里，把毯子拉下来。门关上了。我摩挲，摩挲，摩挲着妈妈开襟羊毛衫上的一粒纽扣。我肚子上的嘴巴对我尖叫着：你杀了碧·拉卡姆！

我想对爸爸大声呼喊，可是我真正的嘴发不出任何声音。我看不到家里有任何颜色，一片寂静，他还没下班。

那把刀跟我一起待在小窝里，监视着我。我的衣服上血迹斑斑，我脱不下来。我的胳膊不听使唤，我的嘴巴不听使唤，我的腿不听使唤。

我的肚子疼。

碧·拉卡姆是怎么杀那十二只长尾小鹦鹉的？她从大卫·吉尔伯特那里借来猎枪射杀的？她设了一个陷阱？它们死前受罪了吗？

她是什么时候杀的它们？我上学的时候？我给卢卡斯送信，她哭了的那天夜里？因为她猜出我没送到，所以在星期四夜里杀的？要不就是今天早晨，因为她意识到我在说谎？

*

前门砰的一声关上了：丰富的棕色，松散的长方形。

"儿子，我回来了！"浑浊的黄褐色。

我不知道我一个人在家里待了多久，我在小窝里看不到时间，我动不了，我不能低头看手腕上的手表。

爸爸的脚步声在楼梯上跳跃着过熟的香蕉色，进了我的卧室："一切都好吗，贾斯珀？你吃晚饭了吗？"

摩挲，摩挲，摩挲。

我肚子上的嘴尖叫着救命，他没听见，他要走了。

回来！

"你需要什么就叫我，我去楼下赶紧吃点东西。"

摩挲，摩挲，摩挲。

爸爸走了。

不，我错了。

门咔嗒一声又开了，花生壳褐色。他回来了，我的小窝外面出现了暗粉色的吱吱声。

"楼梯上有血，贾斯珀。这里的地毯上也有血，发生了什么事儿，你受伤了吗？"

毯子被猛地拉了下来，一只手伸了进来，我对着他尖叫，出现了冰蓝色的锯齿形状。

"哦，我的上帝，发生了什么事儿？天啊，这些血是怎么来的？"

一只手把我拉了出来，我又是踢又是尖叫，出现了更多粗糙的碧绿色晶体，我手里的刀掉落下来。

"贾斯珀，天啊，你对自己做了什么？"

我睁开了眼睛，现在，我站在地板上，他俯视着我，手里拿着刀。我掀起我的运动衣，他手里的刀掉落下来。

"哦，上帝。"他扯下衬衫按到我肚子上，"我得止住你的血。"他更使劲地按住，"为什么，贾斯珀？你为什么这样对自己？是因为我下班回家晚了吗？你在惩罚我吗？对不起，贾斯珀，我也是没办法，会议开到太晚了。"

他用力按，尖尖的银星刺着我的全身。

"你弄疼我了！"

"对不起。"他握着衬衫的手松了一点，"让我看看，我这次不会碰的，我保证，我只是看看。"

他盯着我的肚子："谢谢，贾斯珀！你做得很出色，你会没事的，这看起来只是表皮上的，但我们要去看医生。"

"碧说……"

"碧说什么？"

我低头盯着手上的血和运动衣，血溅得我牛仔裤、滑雪衫上到处都是，怎么才能把这些血渍洗掉？

"贾斯珀，她知道这件事了？她怎么知道的？"

"我不能去看医生。"我大声喊道，"碧说我会让我们俩都卷入麻烦。"

"她看见你这么做却没叫医生？她没给你去叫救护车？"

我在颤抖着哭泣，鼻涕顺着我的脸流下来。

一片寂静。

"等等，是她对你这样做的吗？"

"不！"我大声喊道，"我用刀杀了她，因为她该死。"

"贾斯珀！"他又捡起了那把刀，"你就是用这把刀杀了碧？"

"我太年轻了，我不能这样做。我太年轻了，我不能这样做。我太年轻了。"

"哦，上帝。"他跑到窗前，"她前屋的灯亮着。我没看到外面有救护车，也许你伤她伤得不厉害？你们当时在争论什么？"

我前后摇晃着。

"长尾小鹦鹉。"

"天哪！你伤她到什么程度，贾斯珀？你还记得吗？她也需要去医院吗？"

我闭上眼睛，把这个颜色屏蔽掉，但是，红色从我的眼皮后渗了进来。

"住手，你这是在要我的命！"

爸爸手里的刀掉落下来，落在地毯上，落在我身旁，"可能弄错了吧？你弄错了，是不是？"

我想吐，我不停地干呕，却吐不出来东西。

"我得给你洗洗，然后我要去马路对面，"他说道，"我会妥善处理这件事的，我保证。我会妥善处理碧的，实在严重的话，我就叫警察和救护车来。"

"对不起，对不起，对不起。"

他把我拉起来，领到卫生间。

"那个怎么办？"我转过身来，指着地毯上的凶器问道。

"别担心，我会把刀和你的衣服处理掉，你不会再见到它们的。"

他把花洒打开，没等我回答。

"在我检查完碧之前，我不能带你去看医生。我可以用胶布把你的肚子包扎起来，得防止伤口感染。我们有抗生素，所以我们可以妥善处理，我在皇家海军陆战队里见过比这还糟糕的情况。我们能挺过去的，对吧？"他让我坐在浴缸边上，给我脱衣服，慢慢地脱掉衣服，"等我处理完了，给你一些止痛药和半片安眠药。等你明天早上醒来，这场噩梦就过去了。我会妥善处理碧·拉卡姆的，你明白吗？"

我明白了。

我告诉他在哪里可以找到碧·拉卡姆家后门的钥匙。

我不说话了。

我去睡觉了。

讯 问

四月十六日，星期六，下午三点四十三分

　　我的律师和褪色的铬橙色对爸爸给我的"药品鸡尾酒"十分关注：抗生素、止痛药和安眠药，这解释了为什么我记忆中会出现一些空白。

　　对于他们所提出的问题，我没有答案，我又不是医生。

　　你为什么不问问我爸爸？你说他被捕了。他正在被其他探员审问。你不是像电影里那样交换笔记吗？你们之间不交流吗？

　　我不记得我吃了多少药，我不记得吞过药片，我不记得爸爸帮我洗澡，穿上睡衣，从我的小窝里把那条沾满鲜血的毯子拉出来，把我放在妈妈的开襟羊毛衫旁边。

　　他一定做了这些事情，可是，一团灰蒙蒙的旋涡状薄雾笼罩了卫生间里的那个场景。我记得它在我的脑海里飘进飘出，从我脑海最深处夺走记忆。我试图抓住它们，特别是我需要告诉爸爸的内容。

　　有关长尾小鹦鹉，有关在碧·拉卡姆家做的事。

　　他必须救长尾小鹦鹉。

从哪里入手？他该怎么做？

那团薄雾把我的这个想法从脑海中抹去。

长尾小鹦鹉不见了，爸爸也不见了。

只剩我自己。

接下来你还记得什么，贾斯珀？闭上你的眼睛，你不在这个讯问室，想象你回到了你卧室的小窝里。

我服从了褪色的铬橙色的指令。

我回来了。

*

我坐了起来，身处小窝之中。

我忘了带我的长尾小鹦鹉画，我忘了带我的笔记本，我把它们落在碧·拉卡姆家里了。

这就是我要告诉爸爸的。他在这里，在片刻之前，也许更长，我不确定。我不知道现在几点了。

我的长尾小鹦鹉孤单地待在厨房里，跟碧·拉卡姆在一起。爸爸在妥善处理她，因为我做了一件坏事，我伤害了她，用一把刀，她用来切长尾小鹦鹉馅饼的那把刀。

"爸爸？"我的声音是粗哑的灰蓝色。我从小窝里爬出来，走进黑暗的房间。我的视线模糊，无法聚焦在钟表上。我的手表没戴在手腕上，我不知道它到哪里去了。

我在楼梯上看到爸爸卧室的门开着，他的床上空无一物，他没上床睡觉。那是因为他在马路对面，我记得他说的最后一句话是：

我要去马路对面，我会妥善处理碧。

我应该帮他，我必须把我的长尾小鹦鹉画拿回来，他会把它们忘了的。还有我的笔记本，他不会认为它们很重要。他可能被四处可见的血迹分心，不会注意它们。

我走到楼梯底部。前门上挂着链子，客厅的门关着，厨房的门开着。我要进的就是厨房。我听到客厅方向传来深棕色的、有节奏的噪音。

我走到后门，转动手柄，门没锁。我出来了，雨拍打着我的脸，它透过我的睡衣刺痛了我的皮肤。

我穿过后门，沿着战线穿过马路，它让我稳定地走着正确的路线。它指引我走向小巷，我在废弃的垃圾上走过，来到后门。

我在碧·拉卡姆家的花园里。

在后门。

有些地方不对劲儿。

现在我在碧·拉卡姆家的厨房里。这里的东西被换掉了——我的文件夹和装笔记本的包。

其他东西也被换掉了，但是，薄雾再次降临，变成了黑暗的大雾，不够轻薄，还有一种奇怪的味道，使得星星在我的肚子里舞蹈。

碧·拉卡姆还躺在地板上。

她不动了，我不想看她。

爸爸已经到了这里。

他正在妥善处理碧·拉卡姆。他说过他会的。

他正跪在她身旁。蓝色牛仔裤，深蓝色棒球帽，一件蓝衬衫：和平时穿的一样。

"碧·拉卡姆死了吗？"我问道。

他跳了起来，把手放在地板上稳住身体，环顾四周。他吸了口气，白色的意大利螺旋面形状。

"我杀了她吗，爸爸？"我又问了一遍。

他不看我，他不忍看我。薄雾快要把我拉走了，我必须努力集中注意力。

"告诉我，爸爸。是吗？"

他的头猝然一动。

"我杀了她吗？"

"是的，儿子。"白灰色的低语穿透了薄雾。

"对不起，对不起，对不起。救救我，爸爸！"

他的一只胳膊举了起来，他指着桌子，那里有我的装笔记本的包和扣好的文件夹。

爸爸把一切都妥善处理了，他已经把我的画装进了盒里。

他的胳膊又动了，这次指向门。他不需要告诉我做什么，我知道我必须逃跑，我知道我们再也不会谈到这个。

爸爸必须继续妥善处理碧·拉卡姆。

他说过他会的。

他在帮助我。

我抓起我的文件夹和装笔记本的包，转身跑了。

54

讯 问

四月十六日，星期六，下午四点十分

停！掉头！

我们是怎么来到这个陌生的新地方的？褪色的铬橙色让我们在讯问中完成了三点掉头①。我们开着逃亡车尖叫着离开——远离那把刀、我的长尾小鹦鹉画和爸爸妥善处理的碧·拉卡姆——去了一个全新的地方。

这是在他被叫出房间，过了七分四十一秒又回来之后发生的。现在我无法继续了，虽然已经又休息了一次。我不想再努力了。

回来以后，我的脑子已经锁定在碧·拉卡姆厨房的场景中了。

我的公文包和装笔记本的包肯定放在桌子上了。长尾小鹦鹉馅饼不见了，别的东西取代了它所在的位置，本不应该放在那里的东西。很难回忆起来。我的脑细胞乱跳，把颜色弄混了。

---

① 三点掉头（three-point turn）：指汽车在狭窄场所中转弯的方法，先向前，再后退，再向前进。——编者注

我要是向右看就好了，那样的话，我也许会看见我的长尾小鹦鹉画挂在了墙上，一定是爸爸在妥善处理了碧·拉卡姆以后挂的。

不可能是碧·拉卡姆本人挂的，因为她已经死了。画一定还在墙上呼救，请求救援。

褪色的铬橙色说不能把其他画还给我，因为它们是警方证据。他已经对我的作品失去了兴趣，转而想讨论碧·拉卡姆的脖子了。

"我们知道谈论你爸爸让你很不安，"暗淡的浅绿色说道，"如果可以的话，我们需要你集中注意力，贾斯珀。我们希望可以先往下进行，然后你就可以再休息一会儿了。"

"我能见见我爸爸吗？"

她说："请让我们先讨论一下这个问题。张伯伦警官问你有没有碰过拉卡姆小姐的头或脖子？"

在好奇心战胜我之前，我花了整整十三秒钟仔细考虑了这个令人困惑的问题，然后忍不住问道："为什么问这个？"

利奥把一杯水推到我面前，我推了回去，水晃荡出来，洒在桌子上。那是个错误。它让我想起了碧·拉卡姆把海绵上的水溅到她的餐桌上。

"她家里很脏乱，"我说，"她不喜欢打扫。她没有洗餐具是因为洗碗机坏了。"

"喜欢整洁干净的你，看到她的厨房又脏又乱，会不会很愤怒？"褪色的铬橙色问道，"所以你想碰她的脖子？"

"我不喜欢你的脖子！"

"你描绘过你跟拉卡姆小姐争夺那把刀以后她摔倒了，"他说道，"我们想知道在你回家告诉你爸爸都发生了什么之前，她躺在地板上快死的时候，你是否放下了刀，用手掐住了她的脖子？"

我脑子里一片杂乱无章，难以处理。我不能把它理清，来回地回忆了这么多次，把它理顺并填补缺失的空白是不可能的。我怎么能忍心去触摸碧·拉卡姆呢？

褪色的铬橙色又说话了："你跑回家以前，你用手绕住拉卡姆小姐的脖子感受脉搏了吗？"

"她死了，我杀了她。"

"你没有抓住拉卡姆小姐脖子上的东西勒紧吗？哪怕是偶然的？"

"没有！"

"你看到你爸爸把手放在她的脖子上了吗？"

"我不知道你在说什么！"我站起来抓住那杯水，"我恨你！"

我把杯子向桌子对面扔过去，褪色的铬橙色躲闪得很及时。

讯　问

四月十六日，星期六，下午四点二十四分

　　当然，我道了歉。我不得不道歉，是为朝褪色的铬橙色扔杯子道歉，而不是为自己的投掷精准度低，没能命中他的头而道歉。我在学校玩所有的球类游戏都没什么准头儿。

　　袭警是一种严重的犯罪行为，我不需要把这一条加到我的犯罪记录清单里。

　　对不起，我的头快要爆炸了，有时我会大发雷霆。

　　"我接受你的道歉，"褪色的铬橙色说道，"我知道这对你来说很有压力。你睡一觉，给你的电池充充电，会感觉好点的。"

　　我又不是手机，笨蛋。

　　"我已经告诉过你是我干的，你现在可以把我送进监狱。我不想回答更多的问题了，我要走了。"

　　"你不会坐牢的。"

　　他并没有原谅我。他把我推向更不利的位置，因为我差点用一杯水

打中他。

"你说得对——少年拘留所或少年犯关押机构，"我纠正道，"随便你怎么称呼它。"

他说："我们现在已经和你谈完了，正在安排社工带你回到临时寄养家庭。如果我们明天需要再和你谈话，会告知你的社工，她会把你带回来的。"

我动也没动。我一定是听错了，这不可能，我杀了碧·拉卡姆，还差点袭击了一名警官。

我有罪。

"你和你的律师可以走了，贾斯珀，"褪色的铬橙色说道，"你的社工马吉会照顾你的。"

"那爸爸呢？"

"你爸爸还在接受讯问，他会在这里多待一会儿，我们在等待法医鉴定结果。"

我在椅子上动弹不得，双手抱着身体。

警察和我的律师又凑到一起了。褪色的铬橙色很可能是在向他上司解释，他离开了讯问室，还是搞不清真相。

像往常一样。

我等待他们认识到自己的错误。

"我不明白，"我说道，"冰蓝色晶体，边缘闪闪发光，还有锯齿状的银色冰柱。"

"听我说，贾斯珀。"理查德·张伯伦的褪色的铬橙色比以前柔和了些，"我们允许你离开，是因为你不会为谋杀碧·拉卡姆负责，我们不认为是你杀了她。"

他的话毫无意义。

爸爸说我刺伤她后的第二天，当我醒来的时候，噩梦就会结束了。但它没有结束，它还在继续。

"是我干的！"我大声喊道，"我告诉你们是我干的，我杀了碧·拉卡姆。不要归咎于爸爸，他当时是想保护我。"

我深深地吸了一口气。

"我已经招供了用刀杀了碧·拉卡姆，我现在必须受到惩罚，"我坚定地说道，"这才是真实的情况，你们为什么看不出来？"

褪色的铬橙色和暗淡的浅绿色面面相觑。

"他需要知道整件事情的情况，"我的律师说，"如果你向他解释全部证据，他可能会更好地理解这一点。"

褪色的铬橙色的头上下动着。

"我们允许你离开，贾斯珀，是因为我们已经收到了初步的尸检结果，我们已经知道了她是怎么死的。"

我看着他，想象自己手里握着一把刀，碧·拉卡姆用来切长尾小鹦鹉馅饼的刀，我用来杀她的刀。

褪色的铬橙色坐在椅子上往前探身："关于拉卡姆小姐怀孕的事，你是对的，贾斯珀，她处在早期怀孕阶段。我们要对卢卡斯·德鲁里和你爸爸的 DNA 进行鉴定比对，来看看这个孩子的父亲是谁。"

我的手仍然握着那把看不见的刀。

"尸检发现了她的手腕和大腿上有旧刀痕，我们怀疑是她自己割的。她右臂和左手有表皮伤口，我们认为那是你那天晚上割的，但并不是致命的伤口，那不是她的死因。"

"我杀了她，"我重复道，"她一直流血，她死在厨房的地板上。爸爸告诉我是我干的。"

"不，贾斯珀，"褪色的铬橙色说道，"她是被勒死的，不是被砍死的。你没有杀她，贾斯珀。我们相信谋杀碧·拉卡姆的真凶，另有其人。"

56

爸爸的故事

　　两个人记忆中的同一件事会有差别，好像他们是参加了不同派对的客人，这可真滑稽。他们只抓住最好的部分来记，忽略那些从他们指间漏掉的令人不安的真相。

　　也许我错了。也许我们实际上什么都没看到，或者我们忘记了重要的部分。没有人是完美的，尤其是我和爸爸。他说我们两年前的坎布里亚男孩露营是一次美妙的假期旅行。

　　"这将是一部史诗，"爸爸在他的床上卷我们的衣服时说道，"对我们俩来说都是史诗般的冒险。"

　　卷衣服很重要，因为士兵就是这么做的，在赴阿富汗和世界其他战区进行特别的行动之前，在穿上特别的衣服之前，就把他们的衣服装进背包。

　　叠，叠，叠。

　　这就像是为了苹果派比赛做糕点，而不像准备开战。我用手把 T 恤和运动衫挪上挪下，但它们不喜欢这些扭动的形状。它们想在我《星球大战》的背包里塑造自己的形状。

"你叠得不对，"爸爸说道，"我给你叠吧，这样会快点。"他把我的衣服生生叠成了长长的香肠形。

"可以把它们放到这里来。"他拿起了他从一家陆军和海军的军需用品店买的大背包。他已经把这个大背包给我展示过八次了，不厌其烦地检查隔层，摆弄带子。他一定很担心会有东西掉出来的，这也让我紧张起来。

"别带你的星球大战背包了，那个不合适，我这个才是真家伙呀!"

我继续往我的背包里装衣服，背包的顶部有一个大大的拉链，活像个大嘴巴。什么都掉不出来，什么都逃不了。

"我知道你喜欢你的背包，贾斯珀，可是我已经带了这么个大背包了，你的就不必带了。"

我往包里又放了一件 T 恤。

"听着，你的包是个玩具包，不够结实，会撑破，会脏。你不喜欢这样，对吧? 你会心烦的，这个周末我不想让你心烦。"

玩具包?

我替帕尔帕庭感到愤怒，跟达斯·西迪厄斯有关的东西绝对不可能像玩具。

"我必须带上它，我走到哪儿带到哪儿。"

"我知道你会带着，但我想如果你能习惯不带着它到处走的话，那就好了。"

爸爸有时会有最奇怪的想法。"我——为——什——么——要——这——样——做——"

他在床上坐下，说:"因为，不论你多么希望保持现状，但是情况却一直都在变化，不会永远保持原状，贾斯珀。我们可以改变，比如这个周末，我们可以冲动一把。我们可以任性地临时起意决定去野营。我们可以背一个大背包，而不是两个。不要每件事都一直被控制着。"

爸爸的言辞说不通。他一个退役军人，买一个军用背包，是因为他怀念那种生活。我们在像士兵一样打点行囊。我拿出了营地图片，他说他给我这个图片是为了帮助我适应这个想法。我盯着它看。爸爸说，妈妈死后，我们需要绑定在一起共度时光。

我不明白为什么当我们不能在家里交谈时，我们会转而需要一片潮湿的田野静静地坐在一起。

"我的背包也有很多隔层，"我说道，"我可以在里面放小石头。"

"不论你喜欢什么样的小石头，你都可以放到这里，你看这个背包有这么多口袋。"爸爸又把他的背包打开了，"跟我在皇家海军陆战队里用过的一样。"

"嗯……"我搓着双手，在床上坐下。

"怎么了，贾斯珀？"

我苦思冥想了三十七秒，然后说："达斯·西迪厄斯死在恩多战役中。"

"好吧，带上你那该死的背包！别摇晃了，好吗？"

我用手捂起耳朵来稀释这个骂人的词的颜色：黏糊糊的耳屎橙色。

"我们来过个有意义的周末吧！"他说道，"拜托，我需要这次休息。就当帮我一个忙，贾斯珀，你能为我这么做吗？"

爸爸没忘记要我把达斯·西迪厄斯背包留下。他说，第一夜我们通力合作，冒着倾盆大雨架起帐篷，然后在另一个家庭的篝火上烤棉花糖，因为我们没有干木材。他把照片贴在脸书网上。

"我们第一次历险的地点！！！"他写了三个感叹号，一个还嫌不够。

我所记得的野营之旅，跟他所记得的不一样。

我记得我们在雨中徒步旅行时迷路了。

我记得帐篷漏水了，我们醒来时发现我的背包在一个泥泞的水坑里，它湿透了，被毁了。

我记得爸爸说我们在吃的上省了钱，因为其他家庭邀请我们加入他们的篝火晚餐。

"我同情你，"一个女人在第一天晚上说，"做一个单亲爸爸必须坚强。"他点头表示同意。

这些是我脑海中铭记的其他事情：

1. 第一天晚上在我们在帐篷里没睡觉，因为雨不停地敲打着帐篷，出现了紫色的墨水渍形状。

2. 第二天早上在我沾满泥渍的湿的背包上哭泣。

3. 把我的破背包扔进湖里。

4. 深呼吸，跳入水中救背包。

5. 爸爸跳进湖里救我，而不是我的背包。

我现在才记起另一件事。

用"记起"这个词不恰当，因为我从来不曾忘记。我当时不可能知道这是一个重要证据。我现在意识到，当我们在他的卧室里为达斯·西迪厄斯背包争执时说的话，听起来像极了碧·拉卡姆。

就当帮我一个忙，贾斯珀，你能为我这么做吗？

星期天（杏色）

我回到了我的临时寄养家庭。我的肚子疼，我不想和皮肤的颜色和石板瓦灰色说话，我不认识他们。我得等爸爸来接我，他不会让我一个人在陌生的房子里再过一个晚上，我必须回家整理我的笔记本和画，和鹦鹉说再见。

我还是不明白褪色的铬橙色昨天在警察局告诉我的话，和后来利奥的解释。

我没有杀碧·拉卡姆，是别人干的。

我摩挲妈妈开襟羊毛衫上的纽扣，一遍又一遍地重复这些话，但它们没有任何意义。

爸爸在她的厨房里，收拾残局：尸体和血迹，以及其他东西。

我问他我是否杀了碧·拉卡姆。

是的，儿子。

他忘了他在那儿吗？他是为了保护我而撒谎吗？

他是不是屏蔽了他所做的事情，就像我无法准确地回忆起所有事情一样?

我不知道关于碧·拉卡姆被谋杀的那一夜,爸爸都记得什么。他没有告诉我,因为他不想谈起她。

我想等到爸爸来这里以后再画画。我给了马吉一个清单,让她帮我把我的东西从卧室取过来,我真正的卧室。我今晚就会回到那里。马吉在碧·拉卡姆家前花园的橡树上看到了长尾小鹦鹉,她不记得有多少只了,她为没有数一数而道歉。

她说这是临时安置,要想让我在这里待得更久,儿童服务机构需要得到法院的命令才行。爸爸与警方充分合作,已经提供了 DNA,所以他们不需要这样做,除非他被指控有违法行为。

她预计爸爸今天晚些时候会得到保释,就会允许他回家,但是有严格的限制,如定期去警察局报告,上交护照。

我很高兴。我不想上法庭,爸爸也不应该上法庭。除了试图帮助我之外,他没做错过任何事情。

今天,为了我们俩,我必须变得特别勇敢。现在就剩我们俩了。我们家只有两个成员了,因为妈妈和姥姥死了,离开了我们,不是去天堂,而是去别的地方,可是我也不知道在哪里。

爸爸和我。

我和爸爸。

我第一次尝试画冰蓝色晶体,边缘闪闪发光,还有锯齿状的银色冰柱,来帮助自己准确地回忆出那天夜里的每一个细节。我没有合适的画材,无法画得恰到好处。我忘带厚涂颜料凝胶了,只有用厚涂技法才能构建碧·拉卡姆尖叫的纹理,而我只有一张大油画布。

我应该有两张油画布:一张画我用刀划伤碧·拉卡姆时的种种颜色;

一张画我回到她的厨房取我的笔记本和画时的种种颜色。

两个不同的场景。

两张画。

可是，我只有一张油画布——把这张画画好的唯一机会。

我把颜料准备好，一字排开——群青、天蓝色、钴蓝色和黑色。我忘了要明亮的钛白色了，只好用较暗的锌白色代替。我用我最喜欢的一个罐子装满了水，罐子是马吉在我家浴室里发现的。

直到最后拖不下去了，我才开始试图用颜色和形状来画碧·拉卡姆谋杀案：

冰蓝色晶体，边缘闪闪发光，还有锯齿状的银色冰柱。

我以为原来的颜色和形状是正确的，但是褪色的铬橙色坚持说它们错了。

我没有杀碧·拉卡姆。

我对这张不得不创作的、奇怪的新画不熟悉，我以前从没有试图画过。

我必须描绘我对真相的理解，而不是其他人的理解。

我把画笔蘸上水和白色颜料，在油画布上用力地画。我把天蓝色洒在上面，把黑色和白色混在一起形成银色锯齿状的尖刺。我用画笔轻轻地拍打，因为没有凝胶，我不能用纸板碎片把点和冰柱塑造成山峰。

我尽力画出了：

碧·拉卡姆摔倒时的尖叫声。

她的尸体躺在厨房地板上，靠近走廊的门。

她的眼睛闭着。

鲜血溅在瓷砖上，顺着碧并非钴蓝色的钴蓝色连衣裙流了下来。有一摊凝结的淡红色呕吐物。

长尾小鹦鹉画散落在桌子上。

长尾小鹦鹉馅饼在桌子上。

厨房一团糟，锅碗瓢盆堆在水槽里。

刀在我手里。

我以为我已经完成了我的画作，可是更多颜色和形状飘进了我的脑海。

淡黄色的点点。厨房的钟在嘀嗒作响。我把这些点加到了右上角。

一个奇怪的形状来自碧的嘴，她喘着粗气的时候，出现了卷曲的白色，质地不一致。我试着重新创造它，但同样，如果不用厚涂技法，就不可能完美地表达。

我的画笔继续画着，它不想在死者身上停留太久。

它跟随我橙色的脚步进入走廊，我看见女式手提箱，它笔直地立在衣架旁边，紧闭着。我从衣架上抓起我的滑雪衫，扔在箱子上面，把刀插在下面，然后跑出这幢房子。

我加了一个深棕色的形状，就像一把加长的扫帚，这是代表前门砰的一声关上了。

这幅画完成了——准确描述了发生在碧·拉卡姆厨房里的事情。到底是什么会误导我？

我想让爸爸解释一下我是在哪里犯了严重的错误，但是他不能，他还在警局。

我想象他是在告诉探员他相信我原来画里的颜色。他以为是我杀了碧·拉卡姆，而为了阻止我进监狱，才试图掩盖我的罪行。他把她的尸体塞进走廊的手提箱里，然后提着手提箱开车去了林地。

这些颜色欺骗了我们俩。

我必须再试一次。

这次我要用新的颜色在已完成的油画上，创作我那天晚上看到的场景。

我摩挲着一粒纽扣，感觉自己好了一点，然后继续作画。

我要回碧的厨房去救我的长尾小鹦鹉画和笔记本。这次我得从另一扇门重新进去。

后门。

我凭着本能在左下角涂上棕灰色——我移动火烈鸟雕像，找到碧·拉卡姆的备用钥匙。颜色渗入下面的白色颜料里，马上就看上去不对劲了。

它不属于那里。

我用白色的笔触把彩色斑点遮住，因为这是错误的。

当我第二次到达时，后门已经打开了，钥匙在外面的锁头上。爸爸一定是把它忘在那里了。

现在我回到了厨房。

我不必再在时钟上加上淡黄色的点，因为它们已经在我的画布上了。

我的画笔在颤抖。

我有七八成肯定，我没有看到卷曲的白色形状——我回来的时候，从碧的嘴里传来的声音。

厨房看起来跟原来不一样了，比原来更暗，但我画不出来，混乱的新细节在我脑海里不断涌出，因为我只会画声音，不画实物。

瓷质舞女玩偶出现了，她之前肯定不在那里。我的画已经跳回了文件夹里，放在桌子上，在装笔记本包的旁边。

那天晚上有两个见证人：我和爸爸。

爸爸戴着一顶深蓝色棒球帽跪在碧·拉卡姆尸体的旁边。可能他在检查她脖子上的生命体征，就像褪色的铬橙色提到的那样。

我看不清楚。

他吸气，出现了白色的意大利螺旋面的形状。然后他开口说话，出现了灰白色的低语，我很快把它添加到画布上。

这次我没看手提箱，直接从桌子上一把抓起我的箱子，连同一袋笔记本，从后门逃走了。门是开着的，我没有把它关上或者把钥匙还给火烈鸟。我跑出花园，跑进小巷的时候，根本没有回头看，雨打在我的脸上。

我离碧·拉卡姆家的房子越远，颜色恢复得越快。

一辆汽车在远处鸣笛，出现了麝香红色的钝角。一只狐狸跑着穿过马路。我在追猎。我们在吱吱作响的深绿色大门口分道扬镳了。

我回到我们家的花园，然后进了家门，到了厨房里；我此前离开的时候，桌子上有一杯喝了一半的橙汁。

我在调色板和油画布上的条纹上混合了一种天鹅绒般的黑巧克力色：我离开房子时听到的褐色声音。

我跑向我的小窝。上楼时，出现了淡淡的、柔和的、模糊不清的黄色。

还有四种特殊的颜色我直到现在都记不起来。

当我把文件夹埋在我窝里的毯子下面时，黑色的、熟透了的香蕉形状脚步声在楼梯上响起。

一片寂静，我钟上的蛋黄色圆圈除外。

几秒钟后，另一种颜色和形状：模糊的深灰色和闪亮的清晰的线条，几乎跟电视里的雪花差不多，但是并不完全一样。

爸爸正在洗澡。

我不能离开我的小窝。我抱着妈妈的开襟羊毛衫。

钴蓝色。

我用妈妈声音的颜色清洗整个画面，让我自己感觉好一点。今天，缺乏合适的画材，就想创作这幅画，这是一个错误。一切与之相关的都感觉不对劲儿。

我不相信那些颜色，不相信那些白色，螺旋状的形状，低语，爸爸的电视雪花。

我只能相信妈妈。

我只能相信钴蓝色。

我和妈妈一周中的每天都有不同的颜色、数字还有音乐，但这并不重要。

我们有共同的语言，一种我们能相互理解的语言，一个从不让爸爸进来的世界。

我想念妈妈，我想要她回来。

她过去喜欢玩拼图、纵横字谜和解决难题。

我需要她帮我解决难题。我独自一人解决不了，我不够聪明。我没能掌握全部的线索，我有的都是没有意义的碎片。它们混在一起，我不能回家整理清楚。

碧·拉卡姆有我缺失的碎片。

或者是爸爸。

我的律师利奥说警方最初认为我是最后一个看到碧·拉卡姆活着的人。

现在他们认为是别人干的。

我想那个人一定是爸爸。

肯定是爸爸。

星期天（杏色）

下午

　　我不喜欢塞布家的卧室，可我现在太害怕了，不敢离开。我害怕回到家，面对一棵空空荡荡的橡树和那里空空荡荡的窝，被遗弃的鸟巢。长尾小鹦鹉宝宝应该已经加入了栖息处，没等我回来说再见。

　　我把颜料和其他东西都打包好了。我的帆布背包在床边等着。它看着门。

　　我也是。

　　我害怕和爸爸一起离开这所房子。

　　皮肤颜色和石板瓦灰色正和社工马吉在楼下交谈。他们都在跟爸爸说话，因为目前警察已经允许他离开警察局。他并没有被指控侵犯人身安全和谋杀碧·拉卡姆。

　　正如马吉所预料的那样，他被保释了。他可能会被再次叫回警察局接受进一步的询问。探员们会让他的律师知道的，不是利奥，而是一个名叫琳达的女人。

马吉说社会服务部门一直在讨论我的案子，漫长而困难。他们已经考虑到这个事实，那就是我没有其他亲戚可以住在一起，而和陌生人在一起，对于像我这样的人来说尤其痛苦。

他们让我们回到文森特花园街，但要接受她部门不间断的严格监督。

爸爸说他是清白的，我们都该回家了。

在车里，爸爸解释说，警察没法儿不让他走，因为犯罪现场的证据不足。

法医在碧·拉卡姆的房子里发现了几十个指纹，有些指纹和他吻合，因为他参加了她的派对，还有很多其他人的指纹。

这并不能证明什么。

警察正在试图追查每一个去过那幢房子的人，包括所有学音乐的学生。他们在做更多的工作——在这条街挨家挨户地上门询问，并重新检查证人的证词。他们继续研究碧身上和手提箱中找到的 DNA。

已经初步排除了爸爸的嫌疑，这对我们两个来说都是好消息。

你必须相信我，我跟这件事绝对没有任何关系。

我不知道该相信什么，也不知道应该相信谁。

我倒是知道这条街上什么都不对劲儿，因为：

1. 鸟食罐空了。我在那棵橡树上和屋檐下看不到一只长尾小鹦鹉。

2. 那位瓷质舞女玩偶没爬回楼上，回到她通常摆放的窗口。她一定还在厨房里。

3. 警察的纸带在碧·拉卡姆家的前门周围飘扬。

4. 我们从车里出来的时候，一个戴着黑帽子的男人不跟爸爸打招呼。他拒绝透露他声音的颜色。爸爸说那个人是大卫·吉尔伯特，他因为他被捕而冷落他，他是故意的。大卫·吉尔伯特可能以为他也有罪。

我的卧室什么都不对劲儿，因为：

    1.我的小窝被拆掉了，有人想把毯子再立起来。他们都做错了。

    2.妈妈的开襟羊毛衫闻起来跟以前不一样了，尽管我把它带到了皮肤颜色和石板瓦灰色的家。它没有单独在这里。

    3.我的画看起来很伤心，看起来不想再见我，我无法肯定是否应该怪罪它们。

一切都结束了（一个夹杂深褐色的黑色的词）。浅灰色尘埃挑衅地沾在我的衣柜上，当我走近一看，我看到了指纹的形状。在门后，就像我怀疑的那样糟糕，我的箱子顺序都乱了。

"我不在的时候有人进了我的衣橱，"我冲进厨房大声喊道，"他们打开了我的箱子，乱翻我的笔记本。他们这样做是不对的！"

爸爸坐在桌旁，手拿着一杯热饮。

"对不起，贾斯珀。我应该在车里就跟你解释清楚，我们不在的时候，警察搜了我们的家，他们拿走了几样东西，不过他们都逐条列了出来。如果你愿意的话，我可以给你看清单。"

"他们拿走了我的长尾小鹦鹉画，我要它们回来，"我坚持说，"所有的画，带水痕的那幅也带回来。"

"他们暂时还没法还给你，还有你的一些笔记本。不过其他的画都回到了它们楼上的箱子里。"

"它们不对劲儿，"我说道，"它们乱了。他们都错了。"

我看着厨房的另一边。餐具抽屉上也有灰色的污点，更多的指纹。

"别担心那些。"爸爸放下手里的杯子，"警察当时在检查指纹。我告诉他们，那是我放碧的刀的地方，之后，你知道……"

是真的吗？我肯定他把刀藏在秘密的地方了，在这所房子和花园以外，在他知道我永远也找不到的地方。

"我会把刀和你的衣服处理掉的——这些是你的原话。"我指出。

"是的，你说得对，我做到了。我把你所有的血淋淋的衣服都扔掉了，包括你的滑雪衫，我知道你再也不会穿了。我把刀放在抽屉里，因为我不知道该怎么处理，我想忘掉它。"

"你当时就在撒谎，"我说道，"你现在又来骗我。"

"不，你误会了，贾斯珀。你完全误解了我和碧的事情，从一开始就误解了。"

"你和碧·拉卡姆发生过性行为。我明白！我理解！我明白她不是妈妈。她不是钴蓝色的，她从来都不是钴蓝色，她离钴蓝色还差十万八千里呢！"

我跑出房间，上了楼梯。爸爸没有试图阻拦我，就连我进他卧室的时候都没有试图阻拦我。

我找到了他藏在李查德封皮下的那本书。

《了解孩子的自闭症和其他学习障碍》。

我一页一页地撕掉："我不是手册！我不是手册！"

他站在门口，他不想救他的书，也不反驳我。

"我没有杀碧·拉卡姆！"我大声喊道。

"我知道，"他平静地说，"我从没认为你杀了她，贾斯珀。我也没杀她，你必须相信我。"

"我不，你说的话，我一个字也不信！"

星期一（猩红色）
上午

　　我太害怕了，不敢一次把我衣橱里的箱子全都一股脑倒到地板上，我做不到。我只能挨个箱子地搜索，来找那本失踪的白兔笔记本。我可以缩小搜索范围。四月十二日，我在第一次说明的时候，褪色的铬橙色从一个箱子里把它抽了出来。接着，这个动物就再次失踪了，因为它不想因为私入民宅被抓住。

　　我开始搜索，之后马吉会在我休学这段时间内来找我们俩谈话。从现在起，她会定期来看我们的，明天再带我回警察局，看我是否还记得四月八日晚上的其他事情。她马上就来，我只有五分钟，时间不够。兔子是胆小的动物，如果它们害怕的话，它们是不会从藏身处出来的。

　　我应该告诉马吉。如果我忘了，我可以随时给她打电话，她给了我一个特别的电话号码。如果我害怕，我可以随时给她打电话，不论白天还是晚上。

　　这就是我和爸爸现在要做的，马吉喝了一杯茶，吃了两份蛋奶冻以后走了。

在接下来的十五分钟，我们每个人都写了一份重要事实的清单，然后把两份清单进行比较。我们交换之后，如果不明白什么事情的话，我们可以举手提问或是做出解释。

爸爸的重要事实

1.我没有杀碧·拉卡姆。

2.我星期五夜里不在碧·拉卡姆家的厨房里。

3.我没有腾空她的手提箱，把她的尸体放进去，运到林地。

4.我上午九点三十分左右，在她家的前门口，跟碧说过话。当天晚上，我敲了几次门，但是她正在播放震耳欲聋的音乐，可能没听见。

5.我的靴子上沾了泥，是因为我走路上班，在雨中抄了个近路。我的棒球帽在客厅衣架上，在大衣的下面，我跑完步就放在那里，你们可以检查，帽子是褪了色的黑色。

我把他的清单跟我的清单做了个比较：

贾斯珀的重要事实

1.我没有杀碧·拉卡姆。

2.星期五夜里，爸爸在碧·拉卡姆家戴了一顶深蓝色的棒球帽。

3.爸爸证实过是我杀了碧·拉卡姆。

4.爸爸在他怎么处理那把刀的问题上说了谎。

我的手猛地举起："清单的第二条，你没说谎吧？"

"没有，儿子。"

我喘不上来气。

我扔掉清单，跑上楼去。我把椅子推到门把手的下面。我不会给马吉打电话，她帮不了我。

我只能拨打 999，因为这是紧急情况。

我需要告诉警察，我确定是爸爸杀了碧·拉卡姆。

只可能是他。

他在那里，在碧·拉卡姆家的厨房里，戴着一顶深蓝色的棒球帽，掐着她的脖子。

"贾斯珀，我向你保证这是真相，我那天夜里不在那里。"

我把我的手机落在楼下了。

我捶打着玻璃窗。没有人听到我的捶打声，他们看不见我的颜色。

"我没有做任何错事，"爸爸在门后重申道，"你一定要相信我，贾斯珀。我不在那里，我说真的，我不在那里。警察相信我。如果他们认为我是危险分子的话，绝对不会让我带你回家。他们正在讯问卢卡斯·德鲁里的爸爸，现在他是嫌疑人。他已经被指控侵犯人身安全，非法入室抢劫，威胁杀人。他对一切都矢口否认，但是，张伯伦警官认为他们会让他招认的，因为碧肚子里的孩子是卢卡斯的，不是我的，警察已经通过 DNA 检测证实了这一点。"

我不知道应该相信谁。

爸爸。

卢卡斯的爸爸。

卢卡斯。

我不能出去，卧室以外的世界太危险。

长尾小鹦鹉宝宝也意识到了这一点，一些已经羽翼丰满，会飞了，可是它们夜里还在鸟巢附近。我看见它们在那棵橡树的树枝上栖息，它们的父母在附近。

它们不想留下我一个人，它们知道我不安全，在我的卧室里，在这条街上。

星期一（猩红色）

下午

我把小窝重新搭了搭，跟我去了临时寄养家庭的颜料也都归了原位。

这让我感觉好了一些。

我这次要好好画碧·拉卡姆被谋杀的那一夜了——用两张油画布，这样的话，我就可以把两张画并排放置，看看我哪里出错了。

我这次画对了，因为使用了合适的颜料和设备，我把它们摆放在桌子上：钥匙、梳子、爸爸的旧信用卡、硬纸板条、画笔、调色板刀。

在我在调色板上把厚涂颜料凝胶分成三份之前，我快速清洗了那支笔。我把白色颜料和明亮的天蓝色和灰色混合在一起。

这样调出来的蓝色正是我需要的颜色，坚硬的金属色。不可饶恕的。

我用一把调色刀把混合好的蓝色铺在我的画上，用我的手指和一块硬纸板堆起又大又尖的山峰。我在蓝色的尖顶上轻轻地弹上锋利的钛白色颜料，用我的手指和一把钥匙戳进尖角的边缘。

接下来我抹上灰色，用信用卡和梳子塑造尖锐的冰柱。我的美术老师建议在家里用不寻常的工具做实验，这些是创造锋利形状最好的工具。

我知道这些声音是正确的：碧·拉卡姆向后摔倒时尖叫着。

我接着也摔倒了。

碧躺在地板上，闭着眼睛，仰面躺着。

使用更多的白色，让螺旋的形状从她嘴里出来，再加上时钟的颜色。

我在画布背面标注了正确的画作日期：

四月八日：油画布上的冰蓝色晶体，边缘闪闪发光，还有锯齿状的银色冰柱。

我把这幅画放在窗户旁边，开始画第二幅画，这幅画更麻烦，要展示我那天夜里晚些时候返回碧·拉卡姆家。

我重新改了改时钟指针的淡黄色。完成之后，我像上次一样犹豫起来，但不是因为我对我的工具有怀疑，也不是我想对油画布致歉。

这幅画里时钟的颜色与窗台下面的那一幅的确一样，可是，我需要把注意力集中在不一样的地方，碧·拉卡姆嘴里出现的螺旋状的白色声音不见了。

我现在是百分之百地肯定了。

还有一些其他不一样的地方。

我在皮肤颜色和石板瓦灰色家里的时候，将注意力集中在努力回忆厨房里出现的声音的颜色，可是，这些肯定不是主要的变化。

变化最大的是我所看见的，而不是我所听到的颜色。

我离开碧·拉卡姆的时候，她躺在地板上，眼睛是闭着的。可是，我回到厨房抢救我的画的时候，她的眼睛是睁着的。

她当时正在凝视着我——肯定已经死了。

我的手在抖，那天夜里她的眼睛吓坏我了，现在也让我害怕。

这幅画哪里都不对，不仅仅是眼睛：当时是闭上的，现在是睁开的。

碧当时穿的是一件黑色上衣和一条蓝绿色的裙子，拉到膝盖处。具有异国情调的皮肤。她的衣服和姿势变了，躺在桌子另一侧的地板上，而不是在走廊门旁。

她的左手包扎着。

房间比以前暗了——头顶的吊灯没有开，只是一盏小侧灯。

再回想到当晚的现场，我的眼睛想集中在溅满了血迹的厨房地板上，但是它们不见了，连同一摊呕吐物一起消失了。

肮脏的锅碗瓢盆和所有没洗的衣服都不见了。厨房干净整洁。长尾小鹦鹉馅饼从桌子上消失了，瓷质舞女玩偶取代了它的位置。

她看着一个戴着深蓝色棒球帽的男人俯身看着碧·拉卡姆的尸体。

碧·拉卡姆的眼睛看起来像是不透明的石头。

我又一次战栗起来。

我记得闻到了一股奇怪而刺鼻的味道：消毒剂。还有另一种气味，它害我肚子疼，我以前闻到过。

我密封的文件夹放在干净的桌子上，旁边是我装笔记本的包。

有人把这堆乱七八糟的东西收拾干净了——他打扫血和呕吐物，洗了盘子。他把我的画收在一起。

我以为那个人是爸爸，戴深蓝色的棒球帽的人，是他帮我摆脱困境。但这无法解释为什么碧看起来跟原来不一样，她为什么躺在一个新的位置上。

当我将这张画与窗户旁边的画进行比较时，出现的差异让我害怕。

它们证实了我没有杀碧·拉卡姆。她在我离开之后，一定从地板上站了起来。她把手包扎起来，换了衣服，用消毒剂拖了地板。她把我的画归拢起来，一幅挂到墙上，其余的放进了文件夹。

我看到了我以前没有看到的东西。

这是一幅正确的画，一幅我从一开始就应该相信的画。这是对所发生的事真正的描绘。

我现在把它命名为：

四月八日：油画布上的真相。

第一幅画——冰蓝色晶体，边缘闪闪发光，还有锯齿状的银色冰柱——严重误导了我。

我不知道谋杀碧·拉卡姆凶手的颜色和形状。

我一直都不知道。她死的时候，我不在现场。

星期一（猩红色）
那天下午的晚些时候

　　我已经同意跟爸爸谈谈，但是我现在还没把门打开。我们现在正坐在门的两边。他把他的清单压在两腿之间，因为我说我想讨论清单的第四条。

　　"我告诉过你我会妥善处理碧，我也这么做了。"爸爸说道，"当你睡着的时候，我去拜访了她，问她到底发生了什么事。她已经用绷带把手包扎好了。她告诉我，当她拒绝向警方报告大卫威胁长尾小鹦鹉以后，你发了脾气。你用刀攻击她，却把自己刺伤了，造成她先攻击你的假象。她说你失控了，很暴力。她说你是个威胁。"

　　"都错了，"我说，把沾满颜料的手放在门上，"都错了。"

　　"我知道，对不起。我把一切都搞错了。那天晚上我应该带你去看医生，不该听信碧的话。我应该和你谈谈后来发生的事，但我希望一切都消失。我不知道……"

　　他不说话了，然后又开始说话了。

"碧说，作为对我的一个回报，她不会指控你侵犯人身安全，"他继续说着，"她不想和警察谈。她警告我，如果我带你去看医生，社工和警察就会掺和进来。这样一来，不论她是否帮我们说话，警察会坚持对你进行起诉。我们一致同意对此事保密，看在你的分儿上——我们不会告诉任何人发生了什么。我们谁也不会再谈论这件事。所以我才告诉你，你得保持沉默，贾斯珀。我保证，就是这个原因。"

碧画了一幅假画，不诚实的颜色，正如我以前画的那幅。她把它给爸爸了，还挂在了他卧室的墙上，他毫无疑问地接受了我画的颜色。

是他站在了碧·拉卡姆的身边，不是我。

"她帮了你一个忙，因为那场派对之后，你们一起发生了性关系。"我说道。

一片寂静。

"我不会否认这一点，但是，我们只是一夜情。我后来也追悔莫及，非常对不起。"爸爸良久才开口道。

"就像你后悔生了我。有一个像我这样的孩子很难，是碧告诉我的，你宁愿你再度孑然一身。"

"不，这不是真的。听着，我早就应该断绝你跟碧之间的来往。我不知道她是怎么操纵你，操纵这条街上的每一个人的。她已经钻进你的脑袋里了，你一定要把她清除出去，她就爱说谎。"

我做不到。

"我要告诉你，我没想用她取代你妈妈，如果你这么想的话，"爸爸接着说道，"这跟你妈妈没关系，我只是寂寞孤单。"

我也是。

"你现在可以出来了吗？"

"我得画画，我得在忘了之前找到白兔。"透过门，我听到了他叹息的颜色。

"我们再谈谈那后面的事情吧，"他说着，"因为还有其他事情，我需要得到你的理解，贾斯珀。我在星期五晚上九点三十分跟碧说的话，可是邻居们在凌晨一点以后还听见过她那大声放着的音乐，他们证实了我的描述。大卫·吉尔伯特又过去抱怨了噪声问题，他跟碧又争吵了起来。最后一个见到活碧·拉卡姆的是他，不是我。"

星期一（猩红色）

还是那天的下午

我不需要下楼——爸爸在我的卧室门外留下了一个装着三明治的盘子。我一直等到他脚步声的颜色渐渐消失，才把盘子拿进来。我把我的桌子放回原位，把椅子卡在门把手和橱柜的底部之间。

这样，如果爸爸想用肩把门撞开的话，门就不会动摇了。

他说，他不会那样做，因为他不想杀我。

他没有杀碧·拉卡姆。

星期五晚上他不在碧·拉卡姆家的厨房。

我可能是想象自己看到有人，因为爸爸给我服了药。他根本没听到我离开家里的声音。

也许我没有回去。

也许爸爸是对的，那是一场可怕的噩梦，这一切都是我梦到的，一个没有关联，也没有意义的情景。

我给马吉打过电话，跟她聊过。她说我能和爸爸说说清楚发生了什么，这很好。

我现在要把画撂下，因为它们也是混乱的。我又开始寻找白兔笔记本，它不属于这幢房子。这只动物住在马路对面，但是门上有胶带，所以它不能回去了，也许这就是这个动物来找我的原因。

我在衣柜后面打开的第四个箱子里找到了它，夹到详细记录我住到这条街上最初几个月经历的那堆旧笔记本之间。

我没把兔子放在这个箱子里过，也没放在任何一个箱子里过。它能进入这里唯一可能的途径就是碧·拉卡姆来过我的卧室，把它落下了。可是她并没有把它随便地一扔，等我意外地发现。她一定是故意把它放在箱子里的。

她不想要了？

她想给我一个惊喜？

或者，她忘了让我保证它的安全？

我翻开了第一页。

这本日记属于碧翠丝·拉卡姆，年龄九岁零三个月。如果你发现了这本日记，请还给文森特花园街二十号。

对不起，我现在做不到。

碧——我不能叫她（碧翠丝），就像大卫·吉尔伯特一样——内封上已经有了兔子的图片。老实说，它们挺可怕的。旁边的一页是《爱丽丝梦游仙境》摘抄，就是她在长尾小鹦鹉的墓前朗诵过的那首诗。这个笔迹看起来更整洁。

我继续翻阅。内容很无聊：她吃什么，在学校跟哪些女孩玩。她何时上学；她用了很多页写她生病在家，读《圣经》，我无法肯定她出了什么问题。

我跳到一个折角页。我把它弄直，是因为折痕看起来都不对劲，如果我不把它弄直的话，我整天都会很烦。

星期四

妈妈说我是个坏女孩，厚脸皮。凌乱的卧室是一种罪恶。必须一起读《圣经》，整整两个小时！不让看电视。希望我能记住做一个好女孩。做好女孩很难。

妈妈和沃特金斯太太明晚要去祈祷会。我现在待在家里，希望临时保姆别逼我读《圣经》，很无聊。我不能告诉妈妈，她又会生气的。

星期五

期待妈妈出去。在放学回家的路上看到我的临时保姆了，他说我们可以像我最喜欢的书《爱丽丝梦游仙境》里所描绘的那样，开一个疯帽匠茶会。等不及了！！！

我爬进我的小窝，把日记放在毯子下面。碧·拉卡姆的童年是枯燥乏味的。如果她没有被谋杀，我会告诉她我不拿她的这个"礼物"当回事。我会把它还给她，连句"谢谢"也不说。我更喜欢从她的卧室窗户看长尾小鹦鹉。她肯定会猜到这个重要证据？

我搞不清楚应该怎么处理她这本沉闷的日记。

碧·拉卡姆想告诉我什么呢？

星期二（瓶绿色）
上午

　　十分钟以后，马吉回到这里来，开车带我去警察局。为了安全起见，她不到，我就不会把桌子挪开，也不会把椅子从我卧室的门把手下面拿走的。

　　我在从上次中断的地方开始，继续读碧·拉卡姆的日记。这算不上一本日记，它并没有准确地记录她的生活。我随意地前后翻翻，发现有太多的空白：一些页被撕破了，或者用黑笔暴力涂抹，纸都被划破了。

　　有些页的内容我真希望我没读过，我希望她没有写过。那个疯帽匠对她做了可怕的事，在茶会的那天晚上。还有其他的晚上，当拉卡姆夫人去参加祈祷会，他当临时保姆的时候。我真希望我不知道，但是我不能把这些颜色从我的脑海里挤出来。

　　我希望我能穿越时间，及时回去告诉拉卡姆夫人，另找一个临时保姆。

　　我重读了碧·拉卡姆的一件事：

妈妈为什么不相信我？我为什么这么坏？我恨疯帽匠，我恨他。我要阻止他到这里来，我要阻止他弄哭我。我会再向上帝求助，他一定要帮我。

碧给三月兔、睡鼠和看起来不对劲的疯帽匠画了一些画。疯帽匠没戴帽子。他是一个恶棍，手里拿着杯子。

白兔一页一页地跳着，穿过整本日记，在后面落地。在那里，它毫无生气地躺在地上，四条腿都向上伸着。十个大字写在这具动物尸体的下面：

上帝不帮助我，我要去死。

"碧·拉卡姆想去死，"我在讯问室告诉褪色的铬橙色，"这是真相。上帝什么都没做，他从来没伸出过援手，因为他无处可寻。"

马吉跟我和利奥在一起。我告诉褪色的铬橙色，我不需要其他适当成年人，马吉就很适合。他同意了，还说说得好。

"那是她告诉你的吗？"褪色的铬橙色问道，"她有没有和你讨论过她为什么要自残？"

我不知道那是什么意思。

"她讨厌兔子，我知道，她在最后杀了它。她也恨那个疯帽匠。"

"你知道他在说什么兔子吗？"褪色的铬橙色问马吉。

"这是他第一次向我提起这个，"她答道，"他通常只谈长尾小鹦鹉。"

"他们还是没人喂，"我指出，"鸟食罐今天上午又空了。我们一点鸟食和苹果都没有，我们还没有出去购物。警察能喂喂它们吗？"

"我当然会为你办这事的，贾斯珀。"褪色的铬橙色说道。

"奥利·沃特金斯的妈妈死于癌症，我猜可能因为这个，他才忘记喂长尾小鹦鹉吧！"他伤心难过，寂寞孤单，像我一样。

"别担心，"马吉说道，"我们回家的路上可以买鸟食。"

接下来，褪色的铬橙色又把爸爸的故事讲给我听，他的版本。其中有一些爸爸在家里已经给我讲过了，其余部分他省略了，就像多喝了几杯啤酒，跟一个朋友通完电话，在他最喜欢的扶手椅里睡着了似的。

爸爸告诉警察，星期五晚上，他去拜访碧·拉卡姆，不过没进她家。接下来他就是在他最喜欢的扶手椅上睡着的。因此，假如我夜里确实起来了的话，我在他的卧室里是看不到他的。

后来，他听到有个动静，把他惊醒了。他冲了个淋浴，来缓解一下僵硬的脖子，然后上床睡觉了。

他的故事被证实了。大卫·吉尔伯特听到碧在大声地播放音乐，一直持续到凌晨一点，他敲了她的门抱怨过。她骂了他，他就走了。他也接受了警方的讯问，说他也没杀她。

我们把它刚刚整理好，就一次又一次继续做同样的事情——在碧·拉卡姆家厨房的情景和戴深蓝色棒球帽的男人。我带来了我的画，但是褪色的铬橙色还没看，他的问题越来越多了。

你能在想象中再次去碧·拉卡姆家吗？

也许吧。

你还记得其他有用的细节吗？

瓷质舞女玩偶不应该在厨房里。

你能肯定你见过这个饰物吗？我们在厨房里发现了碧破碎的黑曜石项链，没看见玩偶。

我肯定瓷质舞女玩偶在那里，它看见了一切。

你回去的时候看见走廊里的手提箱了吗？它的位置变了吗？

我没进走廊。

你上楼从那扇窗前查看长尾小鹦鹉了吗？

没有。

你肯定你没看见前卧室床上的衣服吗？我们认为那是碧放进她手提箱里的衣服，有人那天晚上把手提箱腾空了。

我没上楼，我没看见闪闪发亮的女人派对衣服，我没看长尾小鹦鹉。

你记得厨房里任何声音的颜色吗？

时钟。

当时是什么时间？

没看。

你能回忆起什么味道吗？

消毒剂和其他东西。我不记得是什么，我不喜欢它，它害我肚子疼。

你能描述一下你看到的俯视碧尸体的那个人吗？

头戴深蓝色棒球帽，身穿蓝色牛仔裤和蓝色衬衫。

你看到他的脸了吗？

是的，我看到了他的脸。

如果你再见到他，你能认出他吗？

不能，我无法形容他头发的颜色，被棒球帽盖住了，但是我通常不会看人的发型。我认不出他头的形状，也认不出他的袜子。

"可能是你认识的人，而不是你爸爸吗？"褪色的铬橙色问道，"你以前说过话的人？你能认出他声音的颜色吗？"

不能，他低声说的，我只看到白色的线条。

"你能认出那顶棒球帽吗?"

不能。海军蓝、深蓝和黑色是棒球帽的常见颜色,我无法用这些当做标记来记忆人脸,它们很容易混,远看的话都太相像了。况且,当时厨房里只亮着一盏灯。

"你能估算一下你看到的这个人的年龄吗?"

不能,我不善于估算人的年龄。他跪在碧身边,我也不知道他有多高。

"他会是一个男孩而不是一个男人吗?"

我不知道。

"你觉得他认识你吗?"

他看见我了,如果你是这个意思的话,他肯定是看见我了。他没有说我的名字,他低头看着碧的尸体,对我低声说了四个字:"是的,儿子。"

他知道爸爸对我说过这句话,或者碰巧猜中了。

"还有什么,有什么你能记得的,可能有助于我们找到是谁干的吗?"

"碧以前就想过去死,"我答道,"然后我不小心弄坏了她具有保护能力的项链。那是我的错,对不起,我万分抱歉。"

"没关系,贾斯珀,"褪色的铬橙色说,"别担心,这不是你的错。"

我很担心。

我见过杀人犯,但记不起他的脸。

他也见过我。

他可能记得我的脸。

64

星期二（瓶绿色）

下午

    马吉同意在回家路上去一趟宠物店。那个声音发霉的深紫色的人，他说他没有鸟食，下星期也不会备货了。她的苹果手机上列出了附近十英里内其他宠物店的名单，但她没有时间带我去别的地方，她必须去看另一个男孩。

    我们停车的时候，爸爸从家里出来了，他一直在窗口等着我。他走到马吉的车旁。当我在人行道上等待，盯着那棵橡树的时候，他们安静地交谈着。

    她在开车离开以前，一定简单地跟他说了鸟食的问题。

    "我保证，我们今天就买鸟食。"爸爸说道。

    "我们可以试着问问奥利·沃特金斯，他可能有鸟食，长尾小鹦鹉不能再等了。"

    "我怀疑奥利家里有没有类似的东西，"他回答，"他不喜欢鸟。他和大卫一样讨厌它们。"

他错了，因为奥利·沃特金斯以前喂过长尾小鹦鹉，我不明白他为什么又不喂了。他也是一个鸟类爱好者，跟我一样。我穿过马路，看两边的车。

"等等，贾斯珀，回来吧。"

我沿着小路走到他家，文森特花园街十八号，敲门，从黑暗中放射出浅棕色。

"我不认为这是个好主意，"爸爸说道，"我们回家吧。我答应你，我们再出去买点。"

门开了。

"你没有喂长尾小鹦鹉，"我告诉穿蓝色牛仔裤和灰色毛衣的人，"你答应过的，承诺就是承诺。那是你说的，你以前总是信守诺言的。"

"你再说一遍？"颗粒状暗红色，暗色调。

"大卫，抱歉。"爸爸向前迈了一步，"奥利在家吗？贾斯珀认定了他可能有鸟食。"

我向后跟跄了一下："你不属于这里，大卫·吉尔伯特。你不正常，你穿的衣服也不对。"

蓝色牛仔裤，而不是樱桃红色的灯芯绒裤。

"我没想到会见到你们俩，"那个人说，"我以为你们两个都在警察局。"

"我们两个都没有被指控任何罪行，大卫，"爸爸说道。他声音里带有粗糙、阴暗的边缘，"因为我们都没有做错事。"

"爸爸被保释了。"当另一个人出现在门口时，我澄清道。他穿着红色牛仔裤，"我们没有杀了碧·拉卡姆，也没有把她的尸体藏起来。我没有带瓷质舞女玩偶，另有其人，是那个戴深蓝色棒球帽的男人。"

房子里，两个男人并排站着。他们身高相同，头顶都是圆状的。我用我自己的头发跟他们的头发比较：都是深色的，一个有灰色条纹。

蓝色牛仔裤 / 灰色套衫。

红色牛仔裤 / 黑色运动衫。

我说不出他们袜子的颜色。他们穿的衣服都不对，我完全弄混了。相反，我把注意力集中在他们的声音上。

"他这次又在说什么？"颗粒状暗红色问道，"他以前总挂在嘴边的是长尾小鹦鹉啊！"这一定是大卫·吉尔伯特，这是他声音的颜色。

我选择对第二个人，那个穿红色牛仔裤的人说话。

"它们需要喂食了。"我告诉他，因为这一定是奥利·沃特金斯——除非他回到瑞士，回到他的未婚妻身边了，或者有新人搬进了文森特花园街十八号。

"请进。"那人咳嗽时发出刺耳的奶油黄，带有奇怪的彩色条纹，"别站在外边，不要客气。"

"好吧，如果你确定的话，奥利，"爸爸说，"我们不会待太久的，我需要给贾斯珀弄午饭了。"

门开得更大了，爸爸走了进去："你要进来吗，贾斯珀？就几分钟，午餐只需要在微波炉里热一下就好。"

我走进去，门在我身后关上了。我不能再继续走进大厅，那会让我回忆起碧的派对，让我回忆起我的画。我不想在这里，我想喂长尾小鹦鹉。

"你没事吧，贾斯珀？"站在我旁边的那个人穿着他常穿的衣服：蓝色衬衫，蓝色牛仔裤。是爸爸。

"就几分钟，"我重复道，"时间不能更久，现在是午餐时间，奶酪通心粉。"

我们跟着两个人进了厨房。感觉不对劲,一切都乱七八糟的。

大卫·吉尔伯特来了,但是薯条黄不在。奥利·沃特金斯住在这里,但没有出来开门,他穿着红色牛仔裤,搭配刺耳的咳嗽,而不是纯粹的奶油黄色。

我们被领进一个同样令人困惑的房间。跟碧·拉卡姆家厨房的格局是一样的,但是家具最终摆放的位置不对,与碧家相邻的那堵墙上立着一个梳妆台,梳妆台上有动物饰品,邻墙挂着盘子形的装饰品。

"不好意思,乱七八糟的,"穿红色牛仔裤的那个人指着角落里的一堆箱子说道,"我想我还要再去几次慈善商店,房子将准备挂到市场上出售。我很快就要订回瑞士的航班了。"

是奥利·沃特金斯。

"这绝对是一个时代的终结,"颗粒状暗红色说道,"看你走我会很难过的,奥利。太难过了——你妈妈和波林两人在九个月内都走了。我相信,当一个亲密的朋友死了,活着的人会陷入深深的悲伤。"

"还有碧,"我大声说道,"别忘了碧·拉卡姆也死了。她在她的厨房里被谋杀了,在这个梳妆台后面,在墙的另一面,被勒死了,而不是像我原来以为的被刺死。"

爸爸和那两个人看着我。我走到梳妆台前,然后转身。其中一个盘子的边缘是翠色绿的,跟一个更大的绿松石边缘的盘子在争夺我的目光。

"那些警察有什么消息吗?"颗粒状暗红色问道,"他们也问过我问题,但他们不透露到底发生了什么。"

"那个男孩的爸爸还在接受警察的调查,"爸爸浑浊的黄褐色声音平静地说,"他显然有暴力史,我想他很可能也有嫌疑,但警察也不肯向我透露太多。"

"让我们盼望警察很快就对他进行起诉。"带有深深划痕的蛋黄酱颜色。

"可怕的事情。"又是颗粒状暗红色，"想想这发生在我们安静的小街上。自从他在碧的花园里那么袭击我和贾斯珀以后，我在自己家里都感觉不安全。"

"别担心他，大卫。"爸爸浑浊的黄褐色，"他们最起码因为他对你和贾斯珀进行人身侵犯已经逮捕了他，有他上法庭的时候。他没可能这么快就能回到这里来。"

"也许是另有其人，可能是一个完全陌生的人的随机袭击。"奶油黄色，然后那个人咳嗽出大黄的深色碎片。

"那岂不是更糟糕！一想到会有疯子闯进我家，我怎么能睡得着呢？"

"别担心，大卫。警方认为可能是她认识的人，因为没有强行进入的迹象。她在星期五让那个人进了屋，是一个深夜的来访者。"

"不，"我告诉浑浊的黄褐色，没有转身，"她没有让他进来。那个深蓝色棒球帽的男人用了备用钥匙，在后花园的火烈鸟雕像下面。后门是开着的。拉卡姆夫人把钥匙藏在雕像下面。律师在她死后拿走了钥匙，然后又把它放回去了。因为房子里没有值得偷的东西。现在钥匙不见了。"

"这不对，贾斯珀，"浑浊的黄褐色说道，"警察已经发现了这把钥匙。就像你说的，它在雕像下面，他们搜查花园时找到了它。他们星期六给我看了一个证据袋，钥匙在证据袋里，还问我以前是否见过。"

"星期四下午，大卫·吉尔伯特出现，告诉卢卡斯·德鲁里的爸爸我藏在垃圾箱，在此之前就不见了。"我检查了一个盘子，上面有墨水蓝色的图案。

"不，贾斯珀，钥匙一直在那里，你一定是看走眼了。"

爸爸错了，不是我。

"大卫·吉尔伯特，你因为这个原因才到后花园来？"我问道，"你忘记把钥匙带走了，你意识到自己犯了一个错误？你只好把钥匙放回去，可是你被人发现了。"

"什么？不，我当时在遛蒙蒂，听到了有人正在高声说话。我就是那时候发现了你，我阻止那个人伤害你，你不记得了吗？"

"有人知道钥匙在那儿，"我指出，"爸爸就是这么说的。有人意识到他不应该拿走它。他在碧被杀后，把它放了回去，因为他知道他犯了个错误。"

"那不可能，"爸爸说，"法医是星期四晚上到的，在卢卡斯·德鲁里的爸爸闯进了碧家之后。警方说封了后门，以保存现场的所有证据。这样一来，就不会有人能这样做了，警察一定会注意到的。"

我想了几秒钟。我见过警察在房子前面的巡逻车里。我敢肯定，后门是拼图板的另一个缺失部分。

"不管怎样，怎么会有人知道去哪里找钥匙呢？"爸爸问，"碧把它藏在雕像下面，这不可能是人人都知道的。"

"卢卡斯·德鲁里知道钥匙放在哪里，喜欢惊喜造访，"我低声说道，"他像他爸爸一样脾气暴躁，不想毁了与学校新女友的关系。他借了他爸爸的棒球帽。他没有把东西放回原处。"

他们谈话的颜色罩住了我，遮住了我的冷蓝色。

"不妨想想看，那是她母亲保存的钥匙，"大卫·吉尔伯特说道，"每当她被送进医院，我和莉莉都会用它开门，给波林的植物浇水。在她死后，律师把房子锁起来的时候，我告诉他在哪里找到它，但是这孩子说得是对的，碧翠丝一定把它放回去了。贾斯珀告诉警察，他检查时钥匙不见了？这可能很重要。"

"我不能肯定。"浑浊的黄褐色，"我没有出席过任何一次正式讯问。他们慢慢地从他身上获取信息，随着他所想起的节奏，一点一点的。他们认为，由于他是目击者，受到了惊吓，所以他会把那天晚上的记忆内容压在心里，在脑海里混成一团。每天都会回忆起一些新的细节，可是把整个故事整理得有条不紊，还需要时间。"

我沿着梳妆台走，拿起一只身穿粉红色衣服的瓷质棕色老鼠，屁股后面跟着一个穿蓝色衣服的朋友。底部有个名字，我以前就听说。我检查下一只棕色兔子和再下一只兔子，它们都是一个品牌的。十八只兔子都穿浅色的衣服，一些在弹奏乐器或者在读书。

"皇家道尔顿，"我说，"那些瓷质舞女玩偶也是这个牌子。"

当我转过身来，颗粒状暗红色说道："我爱皇家道尔顿，这是世界上最好的瓷器。莉莉很有品位，她曾经收集过它。波林也收集过。"

"这些兔子都是棕色的，"我回答道，"但是碧讨厌白色的兔子。她在故事结束时杀了它，因为它迫使她去兔子洞做那些事。她讨厌它，它让她感觉不好。"

我沿着架子往前走，从碟子上拿起一个白色图案的杯子。一道细缝穿过瓷器，把这个动物一分为二。

"这只是野兔，不是家兔，"颗粒状暗红色说道，"你可以根据耳朵的长度来判断，野兔的耳朵要长得多，我应该是知道的。我年轻时打到过几只野兔和家兔。在我看来它像三月兔。"

我的手在颤抖。鸟类杀手——同时也是兔子杀手——大卫·吉尔伯特站在我的正后方，看着我手中这个精致的物体。他想杀掉这只野兔，就像他想杀掉一切生灵一样。只是这只兔子不是活的，它已经破碎了。茶壶和三个茶托也破碎了，但它们又被粘在一起了。

"臭名昭著的疯帽匠茶具，"大卫·吉尔伯特继续说着，"你还记得吗，奥利？碧翠丝有一次发脾气，把它打碎了，她真是个坏孩子。你妈妈哭了好几天。波林也无可奈何，我也很难过。每当我的小侄女克拉拉来访的时候，莉莉就允许我把它借去用。当波林需要出去的时候，有时克拉拉和碧翠丝一起在我的厨房里举办疯帽匠茶会。但是，在碧毁了它之后，一切都结束了。"

"我只记得一些碎片。"奶油黄色的条纹，"那是很早以前了，我从剑桥回来的时候，碧把茶具摔了。"

"真的吗？我记得莉莉说你帮着用胶水又粘在一起了。"

"我是粘过。妈妈给我打电话告诉我碧做了什么，我周末回家安慰她。"

"当然，你一直是莉莉的好儿子，碧翠丝和波林的正面标杆。她在这里大砸特砸过后不久，她又砸碎了她妈妈珍藏的一些瓷器——天使雕像。"

"我不记得了。那时我可能已经回剑桥了。"

"她的行为并没有随着年龄的增长而改善。你知道吗，波林死后，她打碎了她珍贵的女性雕像？我试图跟她讲道理，可是她不听，还跟以前一样。那是出于纯粹的怨恨，尤其是自从波林答应送给你妈妈以后。我也不会介意我的梳妆台也放几个。我是这样告诉她的，不过也没多大用。"

"碧总是喜欢我行我素，不管它是否伤害了别人。"奥利·沃特金斯奶油黄色的声音剧烈地咳嗽，出现了深红色的斑点，"对不起，我以为我的胸腔感染已经痊愈了。"

"你经历的每件事都让你精疲力竭。"颗粒状暗红色，"你得照顾好自己，奥利。去看医生，要些抗生素，应该顶事。当然把烟也一并戒掉。"

"碧翠丝·拉卡姆九岁三个月的时候，她就想过去死，"我大声说道，

"她认为她妈妈是个老巫婆。她恨那个疯帽匠，因为他伤害了她。他端着一个茶杯，还让她哭泣。"

"妈妈的收藏很精致，请不要碰它。"有双手把我拿的杯子拿走了，"它可能会再破裂，我们不想发生这样的事吧，贾斯珀？"

我看了看架子，又回头看了看穿红色牛仔裤的男人和穿蓝色牛仔裤的男人。

他们并排站着。

他们反对我。

他们互换了衣服。他们的声音融合在一起，像一个人在说话，与此同时，他们的颜色在变化。

有一条新的战线，它不再沿街而下，它在这个厨房里。我向爸爸迈出了一步，因为他不知道我们可能会有"危险"：一个烧焦的橙色词，带有刺眼的红的底色。

"今天一切都变了，就像四月八日在碧的厨房里一样，瓷质舞女玩偶不在那里，而接下来她出现了，一切都不同了。"

"对不起，你让我彻底乱了，"颗粒状暗红色说道，"我绝对不知道你在说什么。"

"来吧，贾斯珀，我想我们该走了。"这是爸爸的颜色。

"还没有喂长尾小鹦鹉，"我提醒他，"这就是我们来这里的原因。我们来取鸟食，不是要和根本不是碧·拉卡姆朋友的人开什么疯帽匠茶会。"

"我怕是没有鸟食了，在我飞回瑞士之前，我在忙着整理这幢房子，对不起，贾斯珀。"

"原来你一直在喂长尾小鹦鹉，奥利？你跟碧翠丝一样坏。你在想什么？你信不信我拧断你的脖子。"

"你是个杀手，大卫·吉尔伯特，"我平静地说，"兔子和长尾小鹦鹉也知道这一点。你有罪，我一直都清楚，但没人听我说话。"

"这个男孩儿说的是什么话？"暗红色，绝对是暗红色的，颗粒状的。

"我们现在要走了，贾斯珀，"爸爸说道，"我们还可以去一些其他的宠物店试试。我保证，午餐后我们就出去。某个地方一定会有鸟食的存货，除非整个伦敦西部的人都决定喂养野生长尾小鹦鹉，买光了所有鸟食。"

"千万不要这样。"其中一个人咕哝着，出现了暗红色的碎片。

"我想他就是那个让碧·拉卡姆哭的疯帽匠，"当我们走出前门的时候，我说道。

"谁？"爸爸问道，"大卫还是奥利？"

"我不能百分之百确定。"

我拿不定主意，因为他们都把我搞糊涂了，以不同的方式。我需要再看看白兔笔记本，来确定谁是真正的罪魁祸首。

星期二（瓶绿色）
那天下午的晚些时候

爸爸并没有信守他的承诺，这也不是第一次了，我们不能一起去买鸟食，因为他要处理工作上的紧急情况，是关于硬盘故障和必须恢复的问题，从备份到重新测试，一切都从头再来。

我不知道他在说什么，但他说那完完全全是一场噩梦。如果他不立马回到办公室，把事情处理好的话，他的老板会发疯，他可能会失业。当我问他老板喜欢腰果还是巴西坚果时，爸爸哈哈大笑，所以他应该没有那么担心。

不管怎样，他又做了一个承诺：他会在回家的路上买鸟食。

他外出时，除非是警官，比如褪色的铬橙色，否则我不能给任何人开前门，即使我知道那个人的名字。爸爸拿了钥匙，他会自己进来的。

我也不能拨打 999，除非房子着火了。去年重新布线之后，着火是不太可能的，因为没有开着的电器，比如熨斗或是油炸锅。

爸爸把重要的事项写下来，帮助我记住：

1. 别担心房子着火，我不该这样说，房子里一切都很好。

2. 除非是警官或社工，不要给任何人开门。

3. 不会有紧急情况。你不需要拨打 999。

4. 别再拨 999 给我惹麻烦了！除非真的不得已，我不会离开你。

我们估计，用爸爸笔记本电脑上的路线规划程序，他很可能会离开七十四分钟。他很快就会回来的，这要取决于工作中是否有其他人来帮忙。

没什么好担心的，真的没有。

爸爸说他可以叫一个邻居过来，不过我拒绝了。我不喜欢临时保姆，也不喜欢茶会，我自己一个人更安全。

他走了，我现在很担心。

我担心白兔和九岁的碧·拉卡姆打碎的疯帽匠的茶具。

我担心卢卡斯·德鲁里，担心他出其不意地造访，而我却不得不保密。在那个出其不意来访的夜里，他借了他爸爸的棒球帽，忘了把碧的钥匙放回火烈鸟雕像下面。在科学实验室，他紧紧抓住我的喉咙使劲儿地掐，导致我呼吸困难。不到一个星期——在碧被谋杀之后——他看起来像曾与龙卷风搏斗过的样子，嘴唇裂开，手被刮伤。他说那是他爸爸干的。

但是，假如碧在被攻击时反击了呢？

我把我的画和颜料重新摆放在卧室的桌子上。我重新开始，在纸上涂上白色，但它很干，而且质地呈白垩状。我的笔触很粗糙，不够精确。

我画得不好，想白色兔子的时候总是画不准。我把碧的日记从小窝里的毯子下面掏出来，我向前翻，翻过她关于那个疯帽匠茶会的条目。

她在其中一页上画了一幅画——爱丽丝，跟疯帽匠、三月兔和睡鼠。在下面，她加了一个大茶壶、杯子和茶托。她一定搞错了，就像我涂了白颜料一样。整页一次又一次地打叉，用的是黑笔。

> 沃特金斯太太同意妈妈的说法，认为我是一个可恨的女孩，爱诋毁好人。他们都在为我的灵魂祈祷。我没有说谎。我恨那个疯帽匠，他不会停下来的，我要他离我远点。

我合上日记。我害怕在文森特花园街二十二号的大卫·吉尔伯特。他进了不属于自己的房子，譬如沃特金斯夫人家。他知道人们把钥匙藏在哪里。他戴黑色和棕色的鸭舌帽，家里可能有一顶棒球帽。每个人不都是这样吗？

他是碧的妈妈波林·拉卡姆以及奥利的妈妈莉莉·沃特金斯的朋友。他和每个人都有联系，跟每件事都有联系。

我以为他恨碧·拉卡姆因为她很吵，喜欢长尾小鹦鹉，但他早在这以前就恨她了。碧是坏孩子，她打碎了沃特金斯太太的疯帽子茶具，一个一个地毁了拉卡姆夫人的皇家道尔顿瓷质舞女玩偶。这两位女士都是他的朋友。

大卫·吉尔伯特喜欢皇家道尔顿。他承认为他侄女借过疯帽匠茶具，他可能是九岁的碧·拉卡姆的临时保姆。他也喜欢瓷质舞女玩偶。

我以为我见了魔鬼的那天夜晚，他当时是在碧·拉卡姆家外面的小木屋里找饰品吗？

也许他想要回最后一个瓷器舞女玩偶，在碧有机会把它摔碎之前。

他是否试着在她的派对上把它顺手带走？我记得那个人声音刺耳，微红，声称他在找厕所。

那是个谎言——他是直奔玩偶而来的。

这就是为什么在碧死的那天夜里，瓷器舞女玩偶会出现在厨房里。是他从卧室里偷走了它，打算从后门逃跑。

碧不是在床上而是在楼下吗？也许她在客厅的沙发上睡着了。他偷了饰品就要走的时候，看到了她，让他大吃一惊。她听到有响声，被惊醒了。

我必须把我的新推论告诉警察。

这是紧急情况吗？我要拨打999吗？我想了大约二分三十秒。我认为爸爸不一定把这描述为紧急情况，因为我明天还会见褪色的铬橙色，我可以在警察局告诉他这是头等重要的证据。如果我现在打电话，又会给爸爸惹麻烦了。

我查看我的手表，爸爸已经走了十四分钟了，他可能会在一小时内就回来，或者更快。他回来以后，我可以告诉他。我带着画笔下楼去拿一杯水，因为它可能不喜欢单独留在我的卧室里。房子发出柔和的粉红色咯吱声，就像一只小老鼠在急匆匆地跑来跑去。

我也应该告诉褪色的铬橙色，钥匙在碧·拉卡姆家后门的锁头上。卢卡斯·德鲁里知道钥匙藏在哪里，大卫·吉尔伯特也知道。也许这个危险的鸟类杀手正准备把钥匙放回去的时候，德鲁里先生戴着卢卡斯借来的棒球帽，打乱了他的计划。

大卫·吉尔伯特一定是在警察走了以后又回来了。他可能是从他家后门的小巷偷偷穿过去的吧？我不知道警察是怎么封的碧家的后门，不过，很可能是用那种很容易撕下来的胶带吧？

不论怎样，钥匙是第二重要的证据。

我还应该告诉褪色的铬橙色一些别的事情——我可以肯定我曾经两次进出碧·拉卡姆的家，我不是在做梦。我看见了戴深蓝色棒球帽的人。那个人不是爸爸，现在，人人都相信这一点了，包括我。可能是化了装的大卫·吉尔伯特。

他知道我认不出他，在碧的派对上，爸爸告诉他我有脸盲症，他听过爸爸叫我"儿子"。他很可能模仿他常穿的衣服：蓝色牛仔裤和蓝色衬衫。我在脑海里记下了这一条要告诉褪色的铬橙色的第三重要的证据。

我在水槽里放了二十秒的水，因为我喜欢水流声音的蓝灰色线条，与淋浴的颜色不同。厨房的时钟显示现在是下午两点零二分，爸爸可能会在五十七分钟之内回来。我走过客厅的门，门是开着的。

那天晚上关门了，我听到柔和的黑巧克力色线条。

爸爸打鼾的颜色。

接下来是淋浴的颜色。

这是第四和第五重要的证据。

我的颜色证实了父亲的故事，他说的是实话。他说他在凌晨三点十五分听到一声噪音，因为睡在扶手椅上，脖子睡疼了，所以他起身去洗澡，发出了褐红色的吱嘎声。

我盼望他回来。我会告诉他，我相信他，我在碧·拉卡姆厨房里看到的人不是他。我看见的肯定是别人，我肯定当时在那里。我记得消毒剂的味道，还有另一种令人不快的味道，这味道让我想起了碧·拉卡姆的派对，只是分不清那是大卫·吉尔伯特还是奥利·沃特金斯的味道了。

这是第六重要的证据。

我把玻璃杯带回了楼上。青苹果颜色的楼梯吱吱作响。在我的脚接触到下一级楼梯之前，我听到一把钥匙在开前门的锁。

发黑的暗绿色，尖厉的声音与颜色相匹配。

蓝色衬衫，蓝色牛仔裤走了进来，他没有拿包。

"你回来太早了，爸爸。你没买鸟食，你需要再出去一趟。"

爸爸看着地板。我让他走，他不高兴吗？还是生气了？我说不清。

等你回来后，我会告诉你我认为是谁谋杀了碧·拉卡姆，她的日记已经记载了全部的真相。"

他看着衣架，没看我。他拿下我的校服领带，把领带一头缠在他的手上。

我口袋里的手机振动了一下，出现了红色和黄色气泡，这很奇怪，因为唯一打电话或发短信给我的人是爸爸。

我继续上楼梯向我的卧室走去，同时打开了这条信息：

工作完成！已经买到鸟食了。马上回来。爱你的爸爸

我手里的玻璃杯掉了。

我打着字，还没来得及按"发送"，我的手机就从我的手里飞了出去。那个穿蓝色牛仔裤和蓝色衬衫的男人冲上了楼梯，一把抓住了我的脚踝。我踢打着挣脱开了，可是他却紧紧地抓住了我的另一只脚。

"放开我，大卫·吉尔伯特！"我尖叫道。

"碧的日记在哪里？"他生气地低声问道，出现了灰白色的锯齿状线条。

我踢他的脸。他低声咒骂着，出现了球状的白色。我向上爬，但他跑得更快。他扑到我的身上，踩着我的胸。

"日记在哪里？"颤抖，生硬的白色线条。他又低声说话了。

"听——不——懂。"

"他妈的在哪里？"他咳嗽得厉害，出现了凝结的红色和黄色。

"在我的小窝里。在我的卧室里。"

领带绕在我脖子上。一次又一次地勒紧。

不能呼吸。

他拉着我的领带到了栏杆前。

他的呼吸闻起来像是碧·拉卡姆的派对、她的厨房、沃特金斯太太家的厨房。

烟味。

他的声音里包含了更多的奶油黄，而不是红色。

两个人不能合二为一。

认错了人。

他换了衣服，想要看上去像爸爸。

他声音的颜色也变了。

不能呼吸。

窒息。

爸爸。

我想要浑浊的黄褐色。

妈妈。

我更想要钴蓝色。

"是你，奥利·沃特金斯，"我上气不接下气地说道，"我知道了。"

他的手松了点："你错了。"

他的手从我脖子上滑下来时，我发出了呼哧呼哧的喘息声。

"我没有错，"我咳嗽着说，出现了深宝石蓝，"对于声音的颜色我不会错。即使它们欺骗我，我最终还会看穿它们。"

"贾斯珀，贾斯珀。"他的头左右动着，"你这次又是在说什么？"

我吸了一大口空气。"你的胸腔感染，加上吸烟，改变了你声音的颜色，从奶油黄色变成了刺耳的红色，把我弄糊涂了，但你就是那个疯帽匠。你参加了那个聚会。你的声音是微红的，因为你病了。你进了碧的卧室去偷瓷质舞女玩偶，你在走廊里跟我说过再见。"我喘息着，接着说道，"你在情人节前一天回来了。你在她的前门对碧道歉，想把花送给她。那就是你。你用灰白色的声音俯身在碧的身体上低声说话。"

奥利·沃特金斯猛踢了我一脚，出现了带条纹的黄红斑点。

"孩子自杀真是悲剧，你不觉得吗？你无法摆脱碧被杀的创伤和对你爸爸怀疑的阴影。他还可能被起诉，对吧？为什么？他为什么那样从你家跑出去，不情愿地上车离开？把你这样的病人一个人丢在家里，是非常不负责任的表现。对于你的死亡，没有人会质疑，也不会量刑很重。这不是你的问题。这是可悲的，但可以理解。"

当他用力拉的时候，我的手在领带上乱抓。他企图把它绕在栏杆上。我的另一只手抓住了画笔。我把画笔举起来，刺向奥利·沃特金斯的眼睛。他尖叫着，出现了黄色和深红色的斑点，领带松了，他向后倒了下去，滚下了楼梯。

我转身跑进卧室。他来了，出现了深黄色的，几乎是棕色的颜色，咚咚的脚步声上了楼梯。在我身后。

我砰的一声关上门，一把抓住椅子，把它卡到门把手的下面，然后把椅子腿顶在橱柜下面。

砰，砰，砰！

他已经在撞门了，但椅子已经牢牢地固定住了。

路障架设完毕。

它能挡得住吗？它能挡得住吗？

砰，砰！

椅子在摇动，门在摇动。他一次又一次猛撞，红色的星星在棕色的大矩形中爆开。

我跑到窗前，敲碎玻璃，就像易碎的丁香花碎片。

"救命。"我一遍又一遍地喊出这个词。我的喉咙痛，我再也喊不出来了。"救命……"

我打开窗户，长尾小鹦鹉在碧·拉卡姆家橡树上的巢穴附近飞来飞去。

救命。

砰砰声停止了。

脚步声顺着楼梯往下跑，模糊的黄色线条。

现在我看到了锐利的白点和明亮的冰绿蓝色的管状物。

他在厨房里砸东西，他在摔玻璃杯。

我向一辆汽车挥舞手臂。它匆匆驶过，出现了深紫红色的鱼雷形状，伴随着海军蓝的阴霾。接着是一辆摩托车，灰色和黑色交织在一起的线条。一个头戴棕色鸭舌帽，身穿牛仔裤的男人从文森特花园街二十二号走了出来，牵着一条狗，它叫着薯条黄的颜色。我向那个一定是大卫·吉尔伯特的人挥手，可是他的钥匙掉了，所以弯下了腰去拾。

砰，砰，砰，撞着我卧室的门。更凶猛的红色飞镖形状，更大的棕色矩形。

"对不起，贾斯珀。我忍不住发了脾气。我不应该碰你的。把碧的日记给我，我就离开。我不会伤害你的，我保证。"

奥利·沃特金斯回来了，他没有信守承诺，他没喂长尾小鹦鹉——

他跟大卫·吉尔伯特一样仇恨它们。他掐死了碧·拉卡姆。

所以他才到这里来，他想毁掉证据。

他知道我读过这本日记，他就是伤害碧的疯帽匠。他偷了瓷质舞女玩偶，因为他想把它还给死去的妈妈。

我的身体往窗外探得更多了。这条街空无一人：除了牵着薯条黄的大卫·吉尔伯特，一个行驶的车辆或走路的人都没有，就连长尾小鹦鹉都停止了歌唱。

一种新颜色出现了。*暗的，螺旋形的池塘绿色。*

我转来转去。门把手螺丝在转动。

奥利·沃特金斯在厨房抽屉里找到一把螺丝刀，他正在拆卸门把手。

那个人和那条狗沿着文森特花园街二十二号的小路走着。

*救救我，救救我，救救我。*我喊不出来——我的喉咙疼得厉害。

门把手发出刺耳的橙色阴影，它掉到了椅子下面，门又开了。

我把一本书和我最喜欢的颜料罐扔出窗外，它在下面的地上碎了。*冰绿色的管状物。*那个戴棕色鸭舌帽的人停下了脚步，他朝我所在的方向看。

我把我的双筒望远镜扔了出去，我把我的笔记本都扔了出去，我把我能找到的所有东西都扔了出去，它们撞到地上，声音是更加令人不安的颜色。

他又走了起来，向我们家的方向。他在向我走来吗？卧室门制造出巨大的、刺耳的、粗糙的橙色形状，它们更多刺，更明亮。

门开了，发出砰砰砰声音，一次次地撞到桌子上，把桌子撞到了一旁，我看见一只脚。

我爬出窗户，一半身体在卧室的里面，另一半在卧室的外面。

"不，贾斯珀，不！"那人放下狗链，开始跑。我回头看。

一条腿进来了，现在半个身体进来了。路障碎成了尖锐的、疯狂的橙色碎片。奥利·沃特金斯正在努力往里挤，他几秒钟后就能抓住我。

我把另一条腿从窗户伸出来，蹲在窗台上。

"停下！住手！"戴着鸭舌帽的男人尖叫着，出现了鲜红色。

他跑到了一辆汽车的前面。

汽车对着他发出了嘀嘀的汽笛声，红玫瑰星向他扑来，吓到了碧·拉卡姆家橡树上的长尾小鹦鹉宝宝，它们从树枝上发出孔雀蓝、绿色、紫色的叫声。

闪闪发光的彩色玻璃窗。

它们都抛弃了这条街，全都一股脑地飞走了。

它们待不下去了。鸟食罐是空的。它们在夜晚不再需要巢穴或树枝，它们鼓起足够的勇气来到这个栖息处。

它们要把杀害碧·拉卡姆的凶手——文森特花园街十八号的沃特金斯——和我单独留在一起。

它们带着漂亮的颜色飞走了。

回来！

等等我！

我受不了卧室里丑陋刺耳的橘黄色形状。

我想要天空中柔和的、闪烁的蓝色和弯曲的金色水滴。

我伸开双臂。

"等等！"冷蓝色，带着锥形的白色的尖刺。

我的颜色与鸟儿们的颜色完美地融为一体。

我闭上眼睛，用脚一蹬。

我飞了。

后 记

三个月以后

"我一听到收音机里的新闻就来了。是真的吗？一切都结束了吗？"颗粒状暗红色的问题像雨点般落在前门口的爸爸身上，"我听错了那个记者的报道吗？"

"不，你听得没错儿。对我们来说，这简直是晴天霹雳——对于警察和他的律师来说也是。进来吧，咱们俩倒杯茶喝。"

"如果你确定没什么麻烦的话，埃德？"他的声音变暗了，变成了深红的，但仍然有明显的沙哑，"我知道你正忙得不可开交。"

爸爸离开客厅时什么都没带，他把报纸放在我旁边的沙发上，我在那里架着我的腿。这可能就是为什么他坚持说做一杯热饮不是问题的原因。

我不需要听爸爸说这个人的名字，也不需要看他樱桃红色的灯芯绒裤，就知道这是住在二十二号的大卫·吉尔伯特，那个我认为会先杀掉长尾小鹦鹉，然后杀掉碧·拉卡姆，最后杀掉我的邻居。

我以前冤枉了他，就像我一直在冤枉好多人一样。

*

大卫·吉尔伯特跑到一辆车前，想把我从奥利·沃特金斯的魔爪中解救出来。我从窗台上跳下来后，他照看着我，直到救护车来。事实证明我不能像鹦鹉一样飞起来。

男医护人员说我不走运，因为我摔到了一个窗户下的混凝土柱子上，落点是一个奇怪的位置，我的右腿和手腕严重骨折。他不明白事实恰恰相反——我非常幸运，我用来画画的左手没有受伤，甚至一点伤都没有。

大卫·吉尔伯特不仅是我们的邻居，而且还是那天的急救员，他成了警方讯问的主要证人。

奥利·沃特金斯无法逃离我们家，因为大卫·吉尔伯特和我待在前花园里，挡住了他的逃生路线。后门锁着，他找不到钥匙。警官撞开了我们的前门，发现奥利·沃特金斯藏在我房间的小窝里。他被捕并被指控谋杀碧·拉卡姆，还有企图谋杀我。

爸爸已经为我开始做审判的准备——他说今年晚些时候我们两个都要向陪审团讲述我们的故事。大卫·吉尔伯特也必须准备好出庭做证。

这些重要的证据都因为褪色的铬橙色的一次电话改变了。我们刚从医院看病回家，电话就来了。他告诉爸爸有一个刑事法庭的听证会，在法官面前准备审判。

把这些指控宣读给奥利·沃特金斯听时，他在被告席上泪流满面。他的未婚妻也哭了，因为让大家——包括他的辩护律师——都很震惊的是，他对两个罪状都认了罪，所以辩护律师跳起来，要求与委托人单独谈谈。

褪色的铬橙色告诉我们这是一个相当壮观的场面（"壮观"是一个彩虹色、珍珠母色的词）。法官承认他不喜欢意外，于是暂时休庭。奥利·沃特金斯和他的辩护律师在法庭下面的小单间里商议了一下，十五分钟后回来了。

然后辩护律师向法官解释了奥利·沃特金斯那个周五晚上，还有他袭击我那天所做的一切。

他想"一吐为快"。

法官马上直接进入宣判环节，因为他像我一样，不喜欢拖延时间。奥利·沃特金斯被判处谋杀和谋杀未遂两项罪名，而唯一的刑罚就是无期徒刑。褪色的铬橙色说他啜泣着被带离被告席。

虽然对他不利的证据十分确凿，他无法抵赖，我们还是希望奥利能在陪审团面前抓住机会。

爸爸承认他也很震惊，但我不需要在法庭上描述奥利·沃特金斯的颜色有多骇人，以及经受这一创伤，这让他如释重负。

我们都可以继续生活了，试着忘记这一切。

我对奥利·沃特金斯的决定并没有感到震惊，因为在过去的六个月里，我已经了解，人们经常做计划，又出乎意料地改变计划。有时他们会为撕毁原始计划而感到内疚，有时他们则毫不在意。

他们的思想和声音的颜色都会变化。

爸爸在厨房里和大卫·吉尔伯特说话——关于证据确凿，无法抵赖的证据。门开了六英寸，但是我只能听到五颜六色的声音。我拿起拐杖，把自己从沙发上撑起来放松一下。我的腿在发抖，但我用力站了起来，慢慢地走向柔和的阴影。

我站在门外，尽管没有人喜欢警察。

"张伯伦警官声称，法医所提供的证据使他无法抵赖，"爸爸那浑浊的黄赭色声音说道，在开水壶的上方出现银光闪闪的黄色气泡，"他不可能找到摆脱这种证据的方法。"

我不知道，除了我的卧室门，奥利·沃特金斯还有什么证据确凿无法抵赖的证据需要摆脱。但我知道警察在他死去母亲家的盒子里发现了瓷质舞女，同时还发现了一顶深蓝色的棒球帽。爸爸与褪色的铬橙色交谈之后告诉我的。

"很明显，他的 DNA 和贾斯珀衣服上、碧·拉卡姆尸体和手提箱上留下的痕迹相吻合。"爸爸继续说着，"他们从他汽车后备厢里发现了她的一缕头发，警方还追踪到从碧的后花园到十八号家里地毯上的泥印。"

他告诉大卫·吉尔伯特，奥利·沃特金斯没忘了把碧·拉卡姆家后门钥匙上的指纹擦掉，但是警察却在花园围栏上，找到了一根和他的毛衣相匹配的纤维。警察封锁了通往小巷的大门以后，他从豁口挤进去，把钥匙送了回来。他意识到自己的错误，必须把钥匙送回原处。

篱笆上的豁口是一个重要的线索，我错过了，所以我弄不清楚凶手是怎么回到碧·拉卡姆家花园的。

爸爸忘了提到另一个对奥利·沃特金斯不利的、至关重要的证据——我能从这次袭击中辨别出他的声音。尽管因为胸腔感染，出现了红色条纹，他的奶油黄不会错。他的指纹也留在了我们的备用钥匙上，那天他看到我逃学，从花盆下面拿的备用钥匙。

"你的孩子不用上法庭，我如释重负。你也是。你们俩都够难的了。我也不眠不休地提供证据，但我仍然想看他的眼睛，真的想看他的眼睛，"颗粒状暗红色的声音说，"我想明白他为什么要对可怜的碧翠丝做这些可怕的事情。"

理查德·张伯伦——和那个演员同名的警官——说在奥利·沃特金斯承认犯罪之前，谋杀调查组已经知道了这一点。他们设法把碧的日记、我的笔记本，对我、爸爸和吉尔伯特的讯问拼接起来。

奥利·沃特金斯经常帮拉卡姆太太照看孩子。自打他从大学回到家，在虐待碧·拉卡姆之前都会跟她一起玩"疯帽匠的茶会游戏"。她把事情告诉了碧的妈妈和奥利的妈妈，他们根本不相信她，她们站在奥利一边，因为他是那么好的一个孩子，而碧是一个不虔诚的坏孩子。她通过砸碎她们收藏的瓷器来惩罚她们。

碧·拉卡姆的母亲死后，碧利用大声播放音乐，通过拒绝履行她妈妈的遗嘱，拒绝交出瓷质舞女玩偶，想再惩罚沃特金斯夫人一次。

爸爸把这些重要证据给大卫·吉尔伯特解释完了。

"我感觉很糟糕，埃德，"颗粒状暗红色声音说道，"我根本不知道小碧翠丝经受了什么，如果时光倒流，我希望我当时能帮助她，可是我当时一点蛛丝马迹也没有觉察出来。"他停了下来，与此同时，爸爸浑浊的黄褐色与他的话混在了一起，"不，埃德，这是真的。我应该对她好点，她回来以后，我抱怨她的音乐和长尾小鹦鹉，让她的生活很痛苦。在她死的那天晚上，我还对她恶言恶语，我现在希望能全部收回，可是我做不到了。"

"不要再怪罪自己了，大卫，不是你的错。你不能为此责备自己。"

爸爸是对的，大卫·吉尔伯特从来没为难过任何人。

即使我给999打了多个电话，告诉警察他应该被逮捕，其实他也没有犯下任何罪行。

这都是奥利·沃特金斯的错。

他让碧·拉卡姆从小时候就想自杀，等她长大了，因为她一再威胁要报警，把她的日记交给警察，他才杀了她。奥利·沃特金斯会失去所有——他在银行的高薪职位，瑞士的未婚妻。

奥利·沃特金斯的妈妈曾经告诉过他，碧的备用钥匙藏在哪里，他的辩护律师告诉法庭。大声播放的音乐停止了几个小时以后，他以为碧睡着了，于是在凌晨三点左右从后门进去寻找她的日记。那本日记里描绘了这桩恶事，还有她企图向拉卡姆夫人和沃特金斯夫人求助的过程。奥利疯了，担心警方会用碧的童年日记试图对他提起诉讼；他不知道有很多页都被撕掉或者涂黑了。他没找到日记，因为碧把它藏在我衣柜的盒子里了。他想拿走舞女玩偶，碧却不允许，于是他们争吵了起来。她威胁说要告诉他的未婚妻和警察——任何愿意倾听的人——在他抓住她的喉咙之前。他杀了她，然后把她的手提箱腾空，把她的尸体装进去拖回他家。

他回到厨房的时候，看见我穿着睡衣站在那里。他假装成爸爸，称我为他的儿子。他以为他已经成功地瞒天过海了，但后来在我逃学后，故意在街上拦住我，他想测试我再次面对他的面孔时的反应。

在碧·拉卡姆的派对上，大卫·吉尔伯特对他说我有脸盲症，这无意中帮助了他。他还告诉他，我爸爸总是穿蓝色衬衫和牛仔裤，以便我在公共场合更容易认出他来，所以他在决定袭击我时换了衣服。

爸爸问了大卫是否在茶里加糖之后，转述了这些重要的证据。大卫·吉尔伯特说他只加一勺，还说虽然事件令人心烦意乱，可他还是想将来龙去脉了解清楚。

我以前以为我和鸟类杀手大卫·吉尔伯特根本没有什么共同点，但这不是百分之百准确。当我的腿痛得走不过去的时候，他每个星期都会为长尾小鹦鹉买些落花生和鸟食，把碧的鸟食罐装满。

褪色的铬橙色打来电话以后，我也告诉爸爸我想要彻底了解所有的情况，尽管词句颜色丑陋的那部分让我害怕，让我想摩挲我房间里妈妈开襟羊毛衫上的纽扣。

我必须了解奥利·沃特金斯的真相——这个人把自己伪装成鸟类爱

好者和我的朋友。

爸爸现在在重复自己的话，告诉大卫·吉尔伯特这不是他的错。我不知道他怎么会不明白奥利·沃特金斯会认罪。没有人责怪大卫·吉尔伯特，连我都不会。

"你真是太好了，埃德，但我一直在想我让碧有多难过，尤其是在长尾小鹦鹉这件事上。我不能向她道歉，但现在我把事情做好还为时未晚……"

我失去了平衡，把门吱吱地顶开了。奶油鸡汤的颜色。

"贾斯珀，你爸爸和我只不过是在讨论碧·拉卡姆罢了。"

"我知道呀，大卫·吉尔伯特，我偷听的时候不小心推开了门。"

他和爸爸笑了。他们的声音混合在一起，创造出更漂亮的灰蒙蒙的红木色。我以前没画过这个声音组合，我迫不及待地想在我的卧室里开始启用一幅新油画布。

我不知道为什么他们都觉得我的陈述很有趣，因为我说的是大实话。然后我记得爸爸告诉我的话，我被送进医院的那天——我们应该从那天起，对彼此讲真话，不要任何形式的掩饰。

我会爆发出大笑，尽管有爆裂的银色疼痛，因为我立刻想象这个词裹在一件花裙子里，头上戴着一顶愚蠢的、松软的帽子。

爸爸和大卫·吉尔伯特可能在他们的脑海里也给词语穿上有趣的衣服。

"我正要告诉你爸爸，我要在这条街上做点不一样的事情，就从今天开始，"大卫·吉尔伯特说道，"这意味着我需要寻求你的建议，贾斯珀。"

"你应该停止射杀野鸡和山鹬，"我回答，"这就是我的建议。"

"谢谢你，贾斯珀，我会记住的！你帮我看看这个，我不太懂。"

他递给我一本小册子："我前些日子在宠物店买鸟食的时候拿了这个，也许你能帮忙？你能告诉我哪张是最好的鸟食台吗？我想在我的前花园放一张，这样，一旦二十号卖了，我就可以继续喂长尾小鹦鹉。"

当我仔细研究这些书页时，爸爸说："这主意不错，大卫，谢谢你！"

"嗯，我们永远不知道之后有谁会搬进拉卡姆夫人家，是吧？我们想要那种合适的人，但愿是一家有小孩子的家庭，有像贾斯珀一样会喜欢本地野生动物的小孩子。"

"请你买这张吧，大卫·吉尔伯特。"我指着一个豪华的鸟食台，有四个悬挂式鸟食罐和两个水槽，这本小册子说它的设计是为了吸引各种各样的鸟，"碧·拉卡姆一定会赞同我们的这次采购，她总是想给我们的街道带来尽可能多的色彩。"

*

午饭以后，我和爸爸去墓园看望了我们的老邻居，因为我们有好多新闻要和她讲。我刚刚被允许出院，我的脚又可以承重了，就立马来陪陪她。当时，我告诉碧·拉卡姆：卢卡斯·德鲁里的父亲没有因为殴打大卫·吉尔伯特和私闯进她家而入狱，另一位法官判了他缓刑。

但这事是今天才知道的——褪色的铬橙色说，卢卡斯和李现在与他们的妈妈和男朋友住在一起。他们九月份将转学到另一所学校，因为他们两个需要一个新的开始。

我还给碧讲了大卫·吉尔伯特的鸟食台和明年夏天威沙特一家即将进行的野营之旅。我们将花整整一年做准备，我可以去户外商店选择帐篷和新背包。

我把最难以启齿的消息一直隐瞒到最后。我解释了奥利·沃特金斯在法庭上流下的眼泪，可能意思是他为他对我们俩，尤其是对她所做的可怕的事而追悔莫及。

我在她的坟墓上留下了一根长尾小鹦鹉羽毛，因为我原谅了她——馅饼用的是鸡肉，不是长尾小鹦鹉肉。褪色的铬橙色和爸爸一而再再而三地这么跟我说，我终于相信了他们说的话。

碧·拉卡姆是我的朋友，95.7% 的时间都是。她有好有坏，其间夹杂了成千上万种颜色。我更喜欢她的天蓝色，想一直保留这种颜色。它有助于淡化其他令人不快的色调，尤其是今天的奶油黄色。

我和爸爸每个星期都会去她的坟墓看她——也同样去里士满公园的纪念妈妈的长椅——因为必须有人照顾她，她没有其他人了。

附近有个孩子的坟墓，每当我看到它，我就会想那可能是我，埋在她身边，在这个陌生、安静的地方全天陪伴着她。上次和碧·拉卡姆谈话的时候，我看见一个男人在孩子的墓碑上摆了一束花。爸爸纠正了我的错误——他说来的不止一个人，而是两位哀悼者，他们都穿着相似的深色衣服。

褪色的铬橙色说，他会帮助我们治疗我的病——他帮助爸爸与能够评估我脸盲症问题的人取得联系。他告诉爸爸不要放弃希望，不要以为脸盲症以及我看待世界的不同方式没有治愈方法。

这很好，但我不想治愈我的通感能力，我不想失去我的颜色。我也可以和其他事物并存——我也有自己的应对方式，比如在学校我可以用坐标方格，这样我就能记住我的同学。

*

我和爸爸回家装修。这次不是我惯常的画画，这次我们用滚筒重新粉刷我的卧室。我坐下来，把我们精心挑选的颜色混合在一起，爸爸站在梯子上，铲掉那些根本不想到这里来的星星。

这里不是它们的家，它们属于普利茅斯。

我在医院接受治疗的时候，爸爸问我是否愿意再搬家，那样的话，我出院以后就不用每天都非得看见奥利·沃特金斯和碧·拉卡姆的家了。在回答他的问题之前，我有大量时间可以思考，因为我当时只能整天都躺在病床上，想碧·拉卡姆、奥利·沃特金斯、卢卡斯·德鲁里、大卫·吉尔伯特、爸爸，以及发生在这条街上的事情。

我知道我们不能离开，我必须用落花生和鸟食把长尾小鹦鹉引回来。另外，我必须住在文森特花园街十九号，改变我和爸爸已经开始创造的颜色。

我们都知道这些颜色还不完美，它们需要更多的打磨，但是没关系。

这是我的归属地，妈妈的声音就在这里陪着我，虽然她一次也没来过。在这里，我讨厌的邻居大卫·吉尔伯特最后帮了我，后悔最初没帮上碧·拉卡姆。

收音机里跳动着青铜斑点和姜黄色猫爪的形状，但是窗外长尾小鹦鹉的颜色更强烈，更有活力。它们想见我，所以我拄着拐杖来到窗前。我的动作快不了，但是它们很有耐心。医生说我下个星期就可以把石膏拆掉，理疗师会教我可以加强腿部肌肉力量的运动。

我想现在是长尾小鹦鹉想和我道别最合适的时间，因为它们在附近发现了一个大型栖息场所，那里有数百只鹦鹉。它们每天回来吃食，是因为我在爸爸和大卫·吉尔伯特的帮助下，给鸟食罐加满鸟食。

长尾小鹦鹉从碧家的橡树上飞到空中，像一块巨大的绿色羽毛地毯，伴随着潺潺流水般声音，合唱出粉红、紫色、蓝色和爆炸的金色水滴。

"再会。"我低声说道。

它们有最美丽的颜色，前所未有。

"一切都好吧，贾斯珀？"爸爸问道，"你是不是太累了，不能继续下去了？"

我的回答让我自己都震惊："不，我想继续下去。"

当长尾小鹦鹉把我抛弃，就像妈妈和姥姥那样，那时我没想过我要继续生活下去，我以为我太悲伤了，无法继续下去。

但是，我知道长尾小鹦鹉会回来吃食的，它们明年会早早地在橡树的巢穴里和屋檐下栖息。

这是确凿无疑的事情，就像一号是灰白色的、八号是深蓝色的花边一样。

我可以等长尾小鹦鹉回来，我不再害怕明天。

我们按照原定的颜色来装修我的卧室，我们已经创造出了精确的颜色。

只可能是这一种颜色。

我把手按在窗边的墙上，感觉到指尖下的油漆未干。

今天的颜色太完美了。

今天是钻蓝色。

致 谢

非常感谢这么多帮助我创作这部小说的人。首先要万分感谢玛莎·阿什比，她是我最有才华的编辑，从一开始就支持我，她的远见卓识无人能比。与哈珀·柯林斯团队的其他成员，包括与非凡的代理人弗利斯·费纳姆和为我创作出绝妙封面的设计师米凯拉·阿尔卡诺合作，是我的荣幸。是你们让我的出版历程如此令人振奋。我可爱的美国编辑塔拉·帕森斯和她的"试金石"团队也表现了同样的热情和支持——谢谢你们。

我总是为自己的运气太好而掐自己，不敢相信这是真的——我的经纪人是了不起的杰米玛·福雷斯特。从第一天起，你就一直信任我，不知疲倦地为我工作，帮助我实现了成为一名成人小说作家的理想。还要感谢大卫·海厄姆协会的外国版权团队，感谢你们将我的书卖到了世界各地；感谢电影代理乔治娜·勒夫海德；此外还要感谢埃维塔斯创意管理公司的米歇尔·布劳尔确保我美国交易的成功。

我要特别感谢英国、美国和德国的通感团体。若不是学习到你们的经验，我不可能写成这本书。特别是对被采访者们表达衷心的感谢，包括给予我灵感的埃米塞斯特·沙伯（他也帮助我理解了脸盲和自闭症）、苏珊·盖斯勒、阿莉莎·布罗克、维多利亚·沙因和朱莉亚·尼尔森。我还得到了下列人士的帮助：英国联觉协会的詹姆斯·沃纳顿，苏塞克斯大学认知神经科学教授杰米·沃德，东伦敦大学心理学学院高级讲师玛丽·简·斯皮尔博士，世界著名联觉学家、南卡罗来纳州三叉戟技术学院肖恩·戴教授，以及西格尼·哈林顿。

对于面容失认症，我从英国脸盲症协会的黑兹尔·普拉斯托和英国自闭症协会的罗宾·斯图尔德那里得到了宝贵的见解。还要感谢社会运动领袖以及公众的参与，以及媒体官员汤姆·珀瑟和皮尔斯·赖特对我的导引。

我从极其耐心的鸟类学家——你不想被人点名，但我也欠你一份情——那里了解到了长尾小鹦鹉的习性。还要感谢肯特大学保护与生态研究所（DICE）的哈泽尔·杰克逊博士和英国皇家鸟类保护协会（RSPB）的基尔斯·佩克博士。

艺术家列什马·高德吉教我使用混合丙烯颜料，在纸上重现声音和尖叫的颜色。所有与警察有关的事宜，我都非常幸运地得到了英格兰和威尔士警察联合会的凯伦·斯蒂芬斯和《每日邮报》首席犯罪记者克里斯·格林伍德的帮助，他还协助我完成了法庭程序的相关内容。还要感特雷西·普里解答过我社会工作的问题；感谢律师安德鲁·莫森回答过我法律方面的问题；感谢皇家学院的外科医生为我所有与骨骼相关的问题提供帮助；感谢兰开夏郡的中央大学英语文学高级讲师海伦·戴博士，分享了你对比顿夫人的广博知识。

除了感谢上面提到的人，我还应该再补充说明，我书中的任何错误都是我的错。我也有在某些地方使用了"诗的破格"①。

林赛、维多利亚、理查德、我的妈妈、爸爸和丈夫达伦，他们帮助我进行前期阅读和编辑。我得到了其他作者和朋友的支持，包括比齐、

---

① 诗的破格（poetic licence）：又称破格修辞法，指说话或写作时脱离实际或脱离语言常规，以实现创作效果的自由。——编者注

克里斯、夏洛塔、乔、费伊和我的姐姐蕾切尔。我的前经纪人阿杰达·武契切维奇，我在布里斯托尔的老笔友约翰以及卡罗琳，你们都从未怀疑过我可以写成本书。

最后，我还要感谢我可爱的儿子——詹姆斯和卢克。以及我的丈夫达伦，你读了这本书无数次，是你让我的人生变得圆满。得到各位家人的如此深爱和支持，这份荣幸无以言表。

参考文献

书籍

Wednesday is Indigo Blue, Richard Cytowic and David Eagleman

The Frog Who Croaked Blue, Jamie Ward

Prosopagnosia, Face Blindness Explained, Lyndsay Leatherdale

Understanding Facial Recognition Difficulties in Children, Nancy L. Mindick

Face Recognition and its Disorders, Sarah Bate

What Color Is Monday?, Carrie Cariello

M is for Autism, The Students of Limpsfield Grange School

论文

Color and texture associations in voice-induced synaesthesia, Anja Moos, David Simmons, Julia Simner and Rachel Smith. Published in *Frontiers in Psychology*

Is synaesthesia more common in autism?, Simon Baron-Cohen et al, published in *Molecular Autism*

Whitchurch, A.K. (1922). Synaesthesia in a child of three and a half years, *American Journal of Psychology, 33, 302-303*. This little boy-Edgar Curtis-also featured in an edition of *Popular Science* magazine in November 1922

视频、电影

Professor Jamie Ward's synaesthesia films at gocognitive

An Eyeful of Sound, an animated documentary about synaesthesia directed by Samantha Moore

Olivier Messiaen 1908-1992: Messiaen and Synaesthesia, Philharmonia Orchestra

Amythest Schaber's YouTube vlogs, Ask An Autistic

The Autistic Me (BBC documentary)

网站

www.uksynaesthesia.com

www.daysyn.com

www.faceblind.org.uk

www.autism.org.uk

prosopagnosiaresearch.org/about/children